L'HOMME NOMADE

JACQUES ATTALI

L'Homme nomade

FAYARD

Magiques sont ceux qui partent...

CHAPITRE PREMIER

Le désir et la peur

« Incessamment des chiens parcourent les steppes à la recherche de loups pour en faire des chiens. »

Antonin ARTAUD, *Passages*.

Au loin une caravane anime le désert, infinie succession de silhouettes cahotantes. Deux cents chameaux peut-être, davantage encore de cavaliers. À l'avant, le sayyid juché sur une monture caparaçonnée. Derrière lui, des guerriers voilés guettent chaque monticule de sable d'où peuvent surgir des pillards. Sur les plus belles montures, des femmes rêvent de la prochaine oasis et croisent furtivement le regard des hommes qui caracolent autour d'elles. À l'arrière, les marchands calculent le profit qu'ils tireront de la revente des soieries et des armes entassées dans leurs malles. Ils toisent les éleveurs de buffles aperçus sur la piste et les bergers qui passent à dos d'âne, rameutant chèvres et moutons.

Quand le soleil disparaît derrière la dernière dune, sur un geste du maître, la caravane s'arrête. Les hommes dressent leurs lourdes tentes. Les femmes allument les feux. Au fond de la nuit rôdent de sombres cavaliers ; ils s'arrêtent à quelque distance du camp, juste avant la lumière, attendant qu'un signe du sayyid les autorise à rejoindre les cercles de feu puis à partager le café brûlant et la semoule tiède.

Toute l'histoire de l'humanité peut être relue comme celle de cette caravane. Parce que toute cette histoire est marquée du sceau du nomadisme.

Le mot est aujourd'hui à la mode, et employé à tort et à travers pour qualifier les humains les plus divers : peuples premiers, cueilleurs, chasseurs, bergers, agriculteurs itinérants, chevaliers, colons, marins, pèlerins, jongleurs, troubadours, compagnons, pirates, mendiants, exilés, marginaux, marchands, explorateurs, saisonniers, sans-abri, cow-boys, travailleurs migrants, réfugiés politiques, prêcheurs, gens du voyage, artistes, hippies, cadres branchés et même touristes, amateurs de jeux vidéo, utilisateurs de téléphones portables et de l'Internet.

Ils ne sont pas tous nomades : ils ne voyagent pas toujours avec toutes leurs propriétés. Mais tous partagent l'éthique et la culture nomades : le voyage constitue l'essence de leur existence.

Certains, mendiants ou conquérants, sont toujours craints des sédentaires ; d'autres, marchands et artistes, sont, au gré des circonstances, espérés ou redoutés.

Le pronostic porté sur l'avenir de ce mode de vie est aujourd'hui discuté. Pour les uns, il serait en train de disparaître sous les coups de la modernité qui contraignent les ultimes voyageurs, spectateurs fascinés de la fin de l'Histoire, à rester rivés devant des écrans, bouddhas obèses, pour avoir accès depuis leurs niches aux instruments du travail, du commerce, de l'éducation, de la médecine et de la distraction. Pour les autres, au contraire, le nomadisme serait en train d'envahir toutes les formes de la vie, jetant l'ensemble des humains dans le grand maelström de la mondialisation et leur imposant de voyager sans cesse, pour leur souffrance ou leur plaisir, dans la solitude et la liberté.

Pour se forger un avis sur cet avenir et sur ce qu'il implique pour chacun, trois chemins sont possibles : l'observation, la spéculation, l'érudition. Chacun renvoie à un mode de démonstration : description, synthèse, analyse.

Au XIIᵉ siècle de notre ère, le premier grand philosophe européen, le musulman d'Espagne Ibn Rushd, connu en Occident sous le nom d'Averroès[179] – le premier nomade intellectuel moderne –, expliquait qu'une théorie ne mérite qu'on s'y intéresse que dans la mesure où elle peut tout à la fois s'exprimer en quelques lignes, s'exposer en quelques pages et se démontrer en plusieurs chapitres. Pour lui, le premier des trois textes devait résumer la thèse principale ; le deuxième, rassembler l'essentiel des propositions ; le troisième, analyser en détail les matériaux fournis par l'érudition. Chacun d'eux devait à la fois obéir à sa propre logique et ne point contredire celle des deux autres. Car, pour lui, c'est dans leur cohérence que réside la preuve de leur conjointe vérité.

Le but de ce premier chapitre est d'exprimer en quelques lignes, puis d'exposer en quelques pages, ce que les huit chapitres suivants tenteront de démontrer.

En quelques lignes

La sédentarité n'est qu'une brève parenthèse dans l'histoire humaine. Durant l'essentiel de son aventure, l'homme a été façonné par le nomadisme et il est en train de redevenir voyageur. Et même tout au long des cinq millénaires où l'agriculture a cru régner en maître, l'Histoire n'a été qu'une succession de batailles menées par des peuples voyageurs contre d'autres, anciennement nomades, arrivés là peu avant eux et devenus les propriétaires jaloux d'une terre prise à d'autres.

Puis ont surgi d'innombrables sortes de nomades individuels que l'État – invention principale des sédentaires – a tout fait pour maîtriser, réunir et uniformiser.

Il convient de faire revenir aux premiers rangs de l'Histoire ces acteurs jusqu'ici ignorés ou oubliés, peuples nomades, bergers, marchands, cavaliers, créateurs, découvreurs et migrants, qui furent les inventeurs de ce qui fait encore le substrat de toutes les civilisations, du feu à l'art, de l'écriture à la métallurgie, de l'agriculture à la musique, de Dieu à la démocratie. Une pareille lecture de leur genèse éclaire les cultures dont nous sommes issus. Elle révèle en outre les principaux fléaux, enjeux et espoirs de notre temps : de la précarité à la violence, des dérives financières aux défis géopolitiques, de la malnutrition à l'obésité, des dérèglements climatiques au regain des fondamentalismes, de la recrudescence des drogues aux potentialités immenses des arts et des technologies.

S'annonce en particulier une accélération de la mondialisation marchande, avatar particulier du nomadisme, prélude à un ample désordre planétaire, à de vastes mouvements de population et à l'exaspération d'un terrorisme sans frontières. Les grands conflits de demain n'opposeront pas des civilisations mais le dernier empire sédentaire, l'Empire américain, à trois empires nomades, hors sol, en compétition avec l'Amérique et en lutte les uns contre les autres, aspirant à gouverner le monde pour leur compte propre : le marché, l'islam et la démocratie.

Pour échapper au chaos qui s'annonce et aux totalitarismes encore possibles, l'humanité devra réussir à vivre à la fois en sédentaire pour se construire et en nomade pour s'inventer.

En quelques pages

• L'extraordinaire enchevêtrement des formes vivantes conduisant à l'espèce humaine est fait de mobilité, de glissements, de migrations, de sauts et de voyages. Des amibes aux fleurs, du poisson à l'oiseau, du cheval au singe, l'histoire même de la vie est nomade bien avant que ne le soit celle de l'homme.

• L'homme naît du voyage ; son corps comme son esprit sont façonnés par le nomadisme. Le propre de l'homme, c'est d'abord la course d'un bipède.

• Il y a cinq millions d'années, une espèce particulière de primate, l'*Australopithèque*, descend des arbres, se dresse sur ses deux jambes et arpente les paysages de l'Afrique orientale et australe.

• Trois millions d'années plus tard, certains de ses descendants, *Homo habilis* et *Homo rudolphensis*, sélectionnés par les exigences de la marche, apprennent à se servir de pierres comme d'outils et se mettent en route à travers le continent africain. Leurs habitats comme leurs vies restent précaires. Cueilleurs, charognards, parasites, en se tenant plus droits ils peuvent porter un cerveau plus lourd ; ils commencent à vouloir le progrès et à penser le temps.

• Un million d'années après, surgit *Homo ergaster*, premier homme, mieux adapté encore aux voyages. À peine voûté, il travaille, façonne des outils en fonction de ses besoins de voyageur. Lui-même est façonné par le voyage : il perd ses poils et peut courir à travers le monde.

• Descendant d'*ergaster*, une autre espèce, *Homo erectus*, quitte ce coin du monde pour découvrir, en l'espace de quelques dizaines de millénaires, le reste de l'Afrique, l'Europe, l'Asie centrale, l'Inde, l'Indonésie et la Chine.

• Il y a un million d'années au moins surgissent, encore en Afrique, semble-t-il, l'*Homo sapiens*, puis l'*Homo heidelbergensis*, encore mieux adaptés que leurs prédécesseurs à la marche. Ils se tiennent plus droits, leur cerveau est plus volumineux, leurs habitats encore précaires plus complexes, leurs outils plus ingénieux. Jusqu'à ce que, vers – 700 000 ans, ils fassent l'indispensable découverte de la maîtrise du feu et l'invention – plus prosaïque, mais non moins importante – des premières chausses. Ils peuvent alors cuire des végétaux et mieux nourrir leur cerveau.

• Cette première espèce d'*Homo sapiens* se sépare en plusieurs branches. L'une d'elles évolue vers l'*Homo neanderthalis* qui construit où qu'il passe des huttes sophistiquées et erre, toujours à pied, à travers l'Europe et l'Asie ; avant de disparaître sans héritier.

• Dans cette longue traversée du temps, seules survivent les espèces les mieux adaptées à l'errance. Seules progressent les techniques de chasse et de cueillette compatibles avec le mouvement. Seuls perdurent les mythologies et les rites donnant sens au voyage.

• Sur une autre branche d'*Homo sapiens*, vers – 160 000 ans, apparaît, en Afrique puis au Moyen-Orient et en Europe, le premier homme moderne, le fruit physique et intellectuel des exigences nomades, l'*Homo sapiens sapiens* auquel se rattache l'homme de Cro-Magnon. Il commence à avoir une certaine idée du surnaturel et à s'organiser en tribus ; il ne possède encore rien qu'il ne puisse transporter : du feu, des outils, des armes, des souvenirs. Tout, dans sa façon de voir le monde, reste lié à la nécessité de l'errance.

• Vers – 85 000 ans, le climat se refroidit ; l'homme construit des gîtes moins précaires et y séjourne un peu plus longtemps.

• Au Proche-Orient, vers – 45 000 ans, il s'adapte de mieux en mieux au voyage. Il habite l'hiver dans des grottes et l'été dans des huttes. Il fabrique des outils de plus en plus spécialisés.

• Il mesure désormais l'espace en journées de marche : pour lui, la distance n'est que du temps. Il n'accumule pas, n'épargne pas, ne garde rien en réserve. Il ne détruit ni son environnement ni les ressources renouvelables. Il ne transmet que des objets nomades, tels le feu, des savoirs, des rites, des histoires, des haines et des remords. S'il punit, c'est sans doute en bannissant hors du groupe plus qu'en tuant. La musique est son art premier. Il peint, sculpte et orne ses premiers tombeaux : les premiers sédentaires sont les morts.

• Il y a environ trente-cinq mille ans, le climat se réchauffe. Les hommes sortent de leurs abris. Ils commencent à voyager sur la mer. Leur physique et leurs capacités intellectuelles leur permettent d'investir l'Europe, l'Asie, l'Australie et enfin d'atteindre les Amériques par le détroit de Behring. Naissent et se diversifient les langues ; celles-ci évoluent, comme les hommes, par le voyage.

• Contrairement à la légende, le nomade est en général plutôt pacifique avec ses congénères ; il ne meurt pas pour conserver ou s'approprier une terre, mais pour conserver le droit de la quitter. Les guerres entre groupes – pour des femmes ou des zones de chasse – obéissent à quelques principes simples : faire peur, attaquer par surprise, rompre les lignes de communication de l'ennemi, ne pas lui laisser de répit. Elles ne respectent aucune règle morale : il est recommandé de se faire passer pour un allié de son adversaire, de le trahir, de faire croire à sa propre fuite ; et rien n'interdit d'attaquer dans le dos. Tout est bon pour pousser l'autre à abandonner au plus vite le bien convoité.

• Le nomade sait les ravages que peut causer la violence. Aussi, pour l'empêcher de proliférer, la concentre-t-il sur des objets de sacrifice – humains ou animaux – qu'il détruit pour maintenir la paix au sein du groupe. Le sacrifice est nécessairement une idée de nomade ; mise à mort rituelle destinée à enrayer la prolifération de la mort, en la focalisant en un point, en la sédentarisant.

• Il y a environ trente mille ans, les voyages amènent à découvrir le troc et à établir des équivalences entre produits. Un embryon de marché s'organise.

• Les familles de nomades forment dans les plaines et des déserts des civilisations à la fois mobiles et fusionnelles, aux identités changeantes selon ceux qui les nomment et les mouvements qui les agitent. Leurs dieux comme leurs maîtres sont sélectionnés par le voyage : un esprit vaincu laissera la place à un dieu vainqueur.

• Il y a vingt mille ans, les plus avancés vivent un peu plus vieux, attachent de l'importance à leur progéniture, ménagent la nature, creusent des puits, contrôlent des troupeaux d'animaux sauvages sans pour autant les domestiquer.

• La chasse d'un gibier plus rapide que l'homme amène à inventer les deux premiers instruments plus puissants que celui qui les utilise : le propulseur, premier levier, et l'arc, premier moteur. Survivre à la sélection naturelle ne requiert plus obligatoirement la force.

• Il y a dix mille ans, dans ce Moyen-Orient au climat particulièrement accueillant, ce chasseur apprend à réutiliser les graines, à arroser des terrains, à stocker des réserves. Le voici paysan et bientôt villageois. Seul survivant parmi les diverses lignées d'homoïdes, parce que le meilleur des nomades, l'*Homo sapiens sapiens* invente ainsi la sédentarité.

• Il y a neuf mille ans, il pense à faire se reproduire des espèces animales en captivité et à rechercher, par croisements successifs, de nouvelles espèces mieux adaptées à ses besoins en nourriture et en transport. Il devient pasteur.

• La sédentarité est ainsi une idée de chasseur ; l'agriculture, une invention de sédentaire ; le pastoralisme, une pratique de paysan.

• À la même époque, des tribus d'Asie maîtrisent la roue, le cheval, le renne et le chameau, révolutionnant les conditions du transport. Il faudra néanmoins attendre deux mille ans de plus pour qu'apparaisse l'équitation.

• Les villages grandissent ; des chefs constituent des armées et collectent des impôts. Naissent les premiers États, par nature sédentaires. Ils n'ont besoin des nomades que pour commercialiser leurs produits et les défendre contre d'autres voyageurs.

• Il y a environ quatre mille ans, en Amérique et en Afrique subsaharienne, alors presque coupées du reste du monde, le voyage s'interrompt et la sédentarisation enraye le nomadisme. De nombreuses civilisations s'y créent, pour l'essentiel sédentaires et piétonnes.

Ignorant la roue et le cheval, elles sont condamnées à l'immobilisme et aux cycles de l'agriculture.

• Au même moment, en Asie centrale, des nomades (Mongols, Indo-Européens – définis par une culture et non comme une race – et Turcs) domestiquent le cheval et se lancent à la conquête des plaines. Turcs et Mongols sont intéressés par la Chine ; Indo-Européens et Turcs par l'Inde et la Mésopotamie. Les premières cités-États s'installent : Hao Xi'an en Chine, Ellora en Inde, Ur, Ninive, Babylone en Mésopotamie, etc.

• Peu après, sur les côtes de la Méditerranée, des nomades d'Asie défient les premiers empires de Mésopotamie et mettent en place les premières civilisations portuaires. En 1500 avant notre ère, pour mieux commercer avec leurs voisins, ces voyageurs savants créent l'alphabet – besoin nomade – puis ébauchent huit siècles plus tard la démocratie pour faire valoir leurs droits de marins et de marchands contre les campagnes environnantes. Naît le héros grec, voyageur, savant et soldat solitaire.

• Dans cet océan de polythéismes vagabonds et de mythologies errantes, quinze siècles au moins avant notre ère, un peuple de bergers se dit conduit vers une Terre promise par un dieu unique et universel. Le peuple hébreu est ainsi le premier groupe humain à écrire son histoire. Son Livre, premier objet nomade de type religieux, est avant tout une méditation sur la difficile coexistence entre nomadisme et sédentarité. Comme le marché et la démocratie, le monothéisme est donc une découverte de nomade.

• C'est un temps où les Mongols, les Indo-Européens (Scythes, puis Sarmates et Grecs) et les Turcs (Xiongnu et Khazars), devenus pour un temps sédentaires, développent en Chine et en Inde des civilisations d'un grand raffinement, faites de remparts, de forteresses, d'œuvres d'art, de frontières et de bureaucraties, jusqu'à être ensuite eux-mêmes bousculés par d'autres nomades. D'autres peuples isolés font de même en Amérique et en Afrique.

• Les nomades ont alors inventé l'essentiel : le feu, la chasse, les langues, l'agriculture, l'élevage, les chausses, les vêtements, les outils, les rites, l'art, la peinture, la sculpture, la musique, le calcul, la roue, l'écriture, la loi, le marché, la céramique, la métallurgie, l'équitation, le gouvernail, la marine, Dieu, la démocratie. Ils ne laissent en somme aux sédentaires à venir – et d'abord à Rome – que l'invention de l'État, de l'impôt, de la prison, de l'épargne, puis du fusil et de la poudre à canon.

• Le christianisme délivre alors à tous le message nomade du judaïsme : apologie du voyage sans violence dans la vie et sans richesse vers l'éternité, nouvelle terre promise.

• Durant ces siècles, pacifiques et solitaires, d'autres voyageurs (marins, philosophes, interprètes, médecins et marchands) grecs, mongols, juifs et arabes maintiennent ouverts les circuits de communication et de commerce, passant les lignes de front, faisant circuler idées et produits.

• Au Vᵉ siècle de notre ère, l'Empire romain d'Occident esquissé par la lutte se disloque sous les coups des Germains et des Slaves, eux-mêmes bousculés par des cavaliers turcs. De multiples tribus indo-européennes (Goths, Francs, Vandales, Slaves, Alamans, Lombards, Vénètes, Teutons, Vikings), ainsi que Huns et Mongols, se mêlent alors aux nomades précédents pour former les nations d'aujourd'hui. Sans ces peuples et leurs civilisations successives, nos langues, nos législations, nos cultures, nos croyances, nos frontières ne seraient pas ce qu'elles sont.

• De ce formidable brassage, se dégagent deux nations en puissance : la France et la Russie – dominées l'une par des Francs, l'autre par des Vikings, deux peuples venus d'ailleurs –, à côté d'innombrables principautés dominées par les Wisigoths en Espagne, les Saxons en Allemagne, les Lombards en Italie. La France, la Russie, l'Italie, l'Espagne et l'Angleterre porteront ainsi le nom d'un de leurs envahisseurs ; l'Allemagne, celui de trois d'entre eux, selon la langue dans laquelle on la nomme.

• La France, qui se veut alors plus romaine et grecque que gauloise, à peine marginalement franque, est faite de Wisigoths, de Vikings, de Burgondes, de Juifs, de Celtes, de Slaves, d'Arabes et de beaucoup d'autres (Turcs, Mongols...).

• Les mouvements des Vikings jusqu'au XIᵉ siècle donnent ainsi aux Danois, aux Suédois, aux Normands, aux Islandais, aux Anglais, aux Russes, aux Siciliens une origine commune...

• Au XIIe siècle, dans quelques ports d'Occident, là où les États n'ont pas réussi à s'imposer, des marchands en dérive, des esclaves en révolte, des serfs chassés de leurs terres, devenus nomades urbains, reprennent le flambeau du mouvement, font exploser le système féodal et inventent le capitalisme, nomadisme du salariat et du profit.

• Partout où les États sédentaires l'emportent sur le mouvement, la puissance ne décolle pas. L'héritage nomade y est oublié, renié ; les cavaliers deviennent chevaliers. La féodalité se construit sur la dénonciation du passé dit barbare et sur la peur de ceux qui bougent encore (marchands, inventeurs, marins, banquiers, médecins, pèlerins, philosophes, savants, artistes, jongleurs, musiciens, comédiens, découvreurs, explorateurs, pirates, bandits et mendiants).

• En particulier, la France est alors, avec la Russie, la seule puissance maritime dont la capitale ne soit pas un port. Sa priorité reste agricole. L'obsession de son État et de sa bureaucratie est de surveiller tous ceux qui bougent pour les bannir, les enfermer, les taxer ou les punir. Elle y perd sa chance d'être au cœur des richesses du monde.

• Toutes les guerres déclenchées en Europe sont alors le résultat d'un choc entre des sédentaires barricadés et certains de leurs voisins traversés d'impulsions nomades.

• En Asie, où se trouve encore l'essentiel des richesses, la ronde des empires nomades continue : aux XIIIe et XIVe siècles, le Mongol Gengis Khan puis le Turc Tamerlan édifient encore d'immenses empires allant de la muraille de Chine à la Méditerranée.

• Au XVe siècle, en Asie comme ailleurs, la poudre à canon et le fusil donnent le pouvoir aux sédentaires.

• L'Islam, puissance conquérante, barre à l'Occident la route des marchandises d'Asie. Pour aller les chercher en naviguant au large, il faut un nouveau bateau : la caravelle. Le monde devient un terrain d'aventures pour les marchands d'Europe, découvreurs, explorateurs, civilisateurs au fil de l'épée, faisant de la liberté de circulation la pierre angulaire de leur éthique.

• À partir du milieu du XVIIe siècle commence une première mondialisation, premier nomadisme marchand. Il conduit à faciliter la circulation des marchandises, des marchands et de leurs idées, mais reste fermé aux mouvements des pauvres.

• Ce ne sont plus ceux qui circulent qu'il faut faire travailler, mais ceux qui travaillent qu'il faut aider à circuler, marchands et artisans. Se mêlent à eux découvreurs et colons, flibustiers et pirates.

• En Amérique, à partir du XVIe siècle, plusieurs dizaines de millions de descendants de nomades venus d'Asie sont massacrés par quelques milliers d'autres, venus d'Europe.

• En découle, au début du XVIIIᵉ siècle, un premier refus de la mondialisation. Celui-ci réapparaîtra chaque fois que le nomadisme marchand sera sur le point de l'emporter sur les forces sédentaires.

• À la fin du XVIIIᵉ siècle, ces rencontres avec les peuples premiers montrent aux Européens que le nomade peut être plus heureux que le paysan, et que la misère n'est pas inéluctable.

• Après une parenthèse révolutionnaire – utopie sédentaire –, une partie de l'Europe renoue avec l'urgence du mouvement des idées, des hommes et des choses. Ayant mis en pratique le marché et le voyage, la Grande-Bretagne tente de les généraliser, pour son profit, au reste de la planète : commence une deuxième mondialisation, industrielle, qui creuse l'écart entre nomades de misère et nomades de luxe.

• Les peuples premiers continuent d'y disparaître, victimes d'un ethnocide colonial, tandis que la société industrielle fait naître de nouveaux nomades : explorateurs, travailleurs migrants, colonisateurs, voyageurs d'affaires et de plaisir dont le trafic engendre une industrialisation du voyage.

• Au total, les nomades venus d'Europe provoquent beaucoup plus de massacres que quinze siècles plus tôt les « barbares » venus d'Asie.

• Les États-Unis du XIXᵉ siècle inventent deux nouveaux types de nomades : le *cow-boy*, puis le *hobo*, tous deux travailleurs migrants.

• De nouveaux moyens de voyager et de faire voyager les informations bouleversent l'économie. La planète entière s'ouvre à l'exploration, à l'échange, à la colonisation, à l'universalisme, au nomadisme industriel. Le tour du monde devient à la portée des touristes.

• Pour surveiller et encadrer les mouvements des pauvres, de plus en plus nombreux, apparaissent les papiers d'identité. La peur de l'immigré remplace celle du migrant. Ceux qui travaillent sont désormais aussi dangereux que ceux qui chôment.

• Les thèses de Darwin sur la sélection naturelle conduisent Marx à penser que le nomadisme est un stade primitif à dépasser, et Ratzel à soutenir qu'il est au contraire une force vitale à préserver. Inspirateurs involontaires, l'un et l'autre, des deux grandes barbaries du siècle suivant...

• Si les hommes savent depuis toujours que le domaine des rêves est un lieu de voyage, la psychanalyse en devient le guide, expliquant tout voyage intérieur par la trajectoire spécifique de chaque vie, entraînant ainsi chacun à revenir sur sa propre histoire pour mieux voyager dans la vie.

• Comme la première, la deuxième mondialisation est interrompue, vers 1880, par la misère qu'elle engendre et par les totalitarismes qui en découlent, transformant

le xxe siècle en réaction barbare d'une sédentarité décli-
nante contre la pression d'un nomadisme novateur.

• Tous les régimes totalitaires ont alors une obsession : se débarrasser des nomades par des législations de
clôture, poussant à leur paroxysme les règles des bureau-
crates qui les ont précédées.

• Après la Seconde Guerre mondiale, le nomadisme
marchand prend un nouvel élan et tente, une troisième
fois, d'étendre son champ d'action. Encore une fois, il
pousse à la circulation des choses plus qu'à celle des
gens ; et à celle des riches du Nord plus qu'à celle des
pauvres du Sud.

• L'industrie des moyens de transport transforme
l'organisation des villes. Le transistor et le tourne-disque
portable, qui permettent de danser hors de l'enceinte sur-
veillée des bals, c'est-à-dire hors la présence des parents,
ouvrent au nomadisme sexuel. Le tourisme devient une
industrie où les voyageurs deviennent « voyagés ».

• En 1968, le nomadisme marchand est bousculé par
la culture beatnik, puis hippie, où drogue, musique et
pacifisme se mêlent à la passion du voyage.

• La lutte contre les dictatures passe par un combat
pour la liberté de circuler : les *refuzniki* et les dissidents
qui veulent quitter l'URSS, les *boat people* qui tentent
de s'évader du Vietnam, de Cuba ou du Cambodge.

• Aujourd'hui, plus de cinq cents millions de personnes peuvent être considérées comme des nomades du

travail ou de la politique : immigrés, réfugiés, expatriés, « sans domicile fixe » et migrants de toutes sortes.

• Plus d'un milliard de personnes voyagent chaque année, que ce soit par plaisir ou par obligation. Pour bien plus encore de nomades urbains, les déplacements de chaque jour sont la condition même du travail.

• Sur les quelque six milliards d'habitants de la planète, environ trois cents millions appartiennent encore à des peuples premiers. Quelques dizaines de millions sont encore nomades, soit quelques pour mille. Plus des quatre cinquièmes d'entre eux vivent en deçà du seuil de pauvreté. Quelques-uns, en Amérique et en Europe du Nord, jouissent d'un semblant de liberté ; d'autres menacent de faire sécession et de fragmenter les nations fondées sur leurs ruines.

• Par leur présence, ces peuples premiers protègent en partie les forêts, poumons du monde, en train de disparaître.

• Malgré la scandaleuse indifférence des nations et des organisations internationales, ces peuples commencent à faire entendre qu'ils ne constituent pas une menace, une forme d'obscurantisme ni un obstacle au développement, mais qu'ils sont au contraire porteurs de cultures et de sagesses utiles à tous, que leurs problèmes seront demain ceux des autres humains et que les défendre, c'est défendre la vie.

• Avec la généralisation du nomadisme marchand vient l'obsession du réversible, du neuf, de l'urgent, du solitaire, ouvrant à des formes infiniment diversifiées de voyage offertes au corps et à l'esprit.

• Tout devient précaire : hommes, objets, institutions, entreprises, concepts et valeurs, solidarités, amours, familles, travail, modes de consommation, temps de repas et de sommeil, idéologies, formes de guerre, renommées, loisirs et distractions. S'installe le droit de disparaître, de changer de nom, d'identité ou de traits, de vivre une vie choisie. La sédentarité est l'ultime privilège des enfants qui vivront avec des grands-parents dans des lieux stables et protégés où les parents viendront alternativement passer un moment avec eux.

• De très nombreux travailleurs, momentanément expatriés, constituent des diasporas sans cesse plus exigeantes à l'égard de leurs mères patries. Tout nomade n'est pas nécessairement en situation précaire. Toute personne en situation précaire finit en revanche par devenir nomade.

• Quatre-vingt-dix millions de nouveaux venus sur terre ; environ dix millions de personnes s'exilent chaque année, ce qui, d'ici à cinquante ans, pourrait conduire plus d'un milliard d'individus à vivre ailleurs que dans leur pays natal.

• S'instaure une nouvelle classification distinguant métiers sédentaires et nomades : sont sédentaires ceux qui s'exercent au plus près des consommateurs, tels ceux liés à la santé, à l'éducation et à l'exercice de la souveraineté ; nomades sont ceux qui peuvent choisir de se délocaliser là où les coûts de production sont les plus bas, c'est-à-dire presque tous les autres, y compris l'agriculture.

• La mondialisation finit par désarticuler les services publics les plus sédentaires. Les nations ne sont plus que des oasis se disputant le passage de trop rares caravanes ; les solidarités géographiques ne fonctionnent plus ; le pouvoir réel est hors du contrôle de la loi. Trop minoritaires pour y imposer la réduction de leurs charges, les élites quittent les pays où les impôts sont les plus élevés. Les partis politiques opposent ceux qui acceptent ces mouvements (altermondialistes, libertaires, humanitaires, sociaux-démocrates, libéraux) à ceux qui les refusent (anti-mondialistes, souverainistes, nationalistes).

• La plupart des entreprises sont organisées sur le modèle des *troupes de théâtre*, rassemblant des compétences pour remplir des rôles donnés pour un temps limité, puis se dispersant. D'autres, plus rares, sont organisées sur le modèle des *cirques*, rassemblant des attractions changeantes autour d'une marque mondialement reconnue.

• Les produits sont présentés et promus comme des moyens de voyager et de s'évader. De nouveaux objets nomades envahissent le quotidien, prothèses de vie et de savoir, instruments d'un nomadisme ludique, par le sport, le tourisme, le spectacle et la drogue. L'amplification de ces voyages accélère l'épuisement des ressources énergétiques de la planète.

• La consommation, le travail, les distractions et l'art deviennent virtuellement nomades. On pourra voyager en trois dimensions en parcourant des utopies labyrinthiques aménagées sur mesure.

• Les sports d'avenir sont le golf, l'équitation, la voile et la danse. Le *bookcrossing* annonce les nouvelles distractions. Le voyeurisme devient un nomadisme de proximité. La mondialisation marchande achève ainsi sa trajectoire, traduisant le nomadisme des premiers hommes en un commerce de son simulacre.

• Il deviendra peut-être aussi possible de modifier sa mémoire, de choisir d'être autre, de voyager de corps en corps, de remonter le temps pour décider où naître, de devenir soi-même un objet nomade abandonné dès qu'un modèle nouveau viendra exciter le désir. Chacun voudra aussi disposer de services et d'accessoires de voyage pour l'ultime traversée. On vendra des droits au suicide, à la mort médicalement assistée, à la sédentarisation ultime par la cryogénisation.

• Les *hypernomades* (artistes, détenteurs d'un actif nomade, brevet ou savoir-faire) sont les maîtres de cette troisième mondialisation. Sans attaches sédentaires, ils sont les vedettes des « cirques » et des « troupes de théâtre ». Ils forment une *hyperclasse* regroupant quelques dizaines de millions d'individus. Ils constituent le réseau gouvernant le monde, à la recherche de nouvelles conquêtes, en particulier de nouvelles colonies à peupler dans l'espace réel et virtuel.

• Comme toute classe dominante, celle-ci exerce une influence déterminante sur le mode de vie et le comportement des *sédentaires* qui s'évertuent à les imiter et ne vivent que dans l'espoir de les rejoindre.

• D'innombrables nomades de misère – *infranomades* – représenteront l'essentiel de l'humanité. Ils seront traversés de toutes les violences, de toutes les fois, de toutes les espérances. Ils tentent d'aborder les territoires et de croiser les routes où évoluent les nomades de luxe. Des batailles auront lieu aux carrefours et aux lisières. Les zones de heurts – Asie centrale, Méditerranée, Caraïbes – constitueront les enjeux stratégiques majeurs.

• Les infranomades sont et seront les moteurs principaux de l'Histoire, de l'économie et de la politique.

• Avec le 11 septembre 2001 ont commencé de nouvelles guerres opposant des rebelles nomades à l'actuel empire. Elles mêleront les principes éternels de la guerre nomade (faire peur pour faire fuir) avec les technologies les plus avancées.

• L'actuel empire dominant ne laissera pas la place à un autre empire sédentaire. Si la mondialisation l'emporte, le Marché lui-même, devenu empire d'un genre nouveau, *hyperempire* mondial, nomade, dégagé des exigences et servitudes d'une nation, doté de sa propre armée privée, de son système juridique et de ses propres institutions, sera l'aboutissement du capitalisme planétaire.

• Les nations ne seront plus que des oasis en compétition pour attirer des caravanes de passage ; elles ne seront habitées que par ceux qui ne pourront être nomades, parce que trop fragiles, trop jeunes, trop vieux, trop pauvres.

• L'hyperempire organisera l'hypersurveillance des consommateurs et des travailleurs, nomades réels et virtuels, qui souhaiteront eux-mêmes être repérés pour être guidés, puis pour être formés et soignés. Ce suivi deviendra ensuite un moyen de police. Chacun sera vu comme un nomade possible, un danger potentiel. Une bureaucratie largement virtuelle saura tout des faits et des désirs des hommes, libres d'aspirer et d'acquiescer à leur servitude dans l'exaspération de leurs mouvements.

• L'immigration se ralentira parce que le travail se déplacera vers le sud. L'allongement de la durée de la vie, la rareté de l'énergie et l'encombrement deviendront des obstacles au nomadisme.

• Le nomade finira par ne plus nourrir qu'un rêve : s'arrêter, se poser, prendre son temps ; faire du monde une terre promise. L'obésité sera de plus en plus une manifestation de ce désir de sédentarité. Le tourisme laissera la place au désir de repos et à la revendication d'un nouveau droit de l'homme : celui d'être immobile.

• Deux autres empires nomades surgiront face au marché : l'un autour de l'islam, l'autre autour de la démocratie. Des empires sédentaires, locaux, barricadés, tenteront d'échapper à ces mondialisations.

• Ni le marché ni l'islam ne réussiront à dominer le monde et ils se morcelleront.

• Comme au moment de la chute de l'Empire romain commence un formidable chaos d'où naîtra une nouvelle civilisation, faite des résidus glorieux de l'empire en déclin et de valeurs nouvelles, prises aux nouveaux nomades : le monde de demain sera à la fois démocrate, religieux et marchand. À la fois nomade et sédentaire.

• La mondialisation démocratique passera par la difficile mise en pratique des vertus du nomade (entêtement, hospitalité, courage, mémoire) pendant les phases sédentaires, et de celles du sédentaire (vigilance et épargne) pendant les phases nomades.

• Cela ne passera pas seulement par la technologie mais aussi par la réinvention de modes de vie nouveaux, inspirés de ceux des peuples premiers. Cela exigera de repenser les cultures et l'organisation du travail dans les villes et de la politique ; d'inventer un gouvernement de la planète ; une démocratie transhumaine.

• Se dessinera alors, au-delà d'immenses désordres, comme la promesse d'un métissage planétaire, d'une Terre hospitalière à tous les voyageurs de la vie.

CHAPITRE II

L'invention nomade de l'homme

Depuis le premier primate descendu des arbres, il y a quelque six millions d'années, jusqu'aux premiers sédentaires d'il y a dix mille ans, les humanoïdes vivent en voyage dans la précarité et l'incertitude, fuyant les tempêtes, les froids, les sécheresses, les grands fauves à la recherche de vivres et d'abris.

Pendant cette longue traversée du temps, seules survivent les espèces les mieux adaptées à l'errance. Seules progressent les techniques de chasse et de cueillette compatibles avec le mouvement. Seules perdurent les mythologies et les rites donnant sens au voyage.

L'homme lui-même naît physiquement et culturellement de cette nécessaire errance ; le nomadisme façonne son corps et son esprit.

1. NOMADES AVANT D'ÊTRE HOMMES : de – 6 à – 1 million d'années

Quand la vie apparaît sur la Terre, il y a 3,5 milliards d'années, elle est par nature mobile, passant d'un organisme à un autre. Avant même qu'il y ait reproduction

sexuée, les plantes, sédentaires par nature, ont besoin du
voyage – autonome ou assisté – du pollen pour se reproduire. La plupart des espèces animales (des bactéries aux
vers, des mouches aux oiseaux) sont en mouvement,
même si quelques-unes (abeilles, castors, mollusques)
vivent dans une semi-sédentarité. Les mammifères apparaissent il y a 150 millions d'années et s'installent dans
diverses formes d'errance qui conditionnent leur survie.
Certains d'entre eux – tels les grands fauves – délimitent
des territoires dont ils excluent les autres. D'autres animaux – tels, plus tard, les cigognes, les oies, les saumons
– organisent de vastes migrations collectives aux cycles
parfaitement réglés. D'autres enfin se déplacent sans
point fixe, au rythme des aléas climatiques, en quête de
charognes à dépecer ou de fruits à cueillir. Tel est le cas
des grands primates dont l'homme deviendra l'espèce
dominante.

1.1. Descendre des arbres

Les primates apparaissent il y a 55 millions d'années
dans un des lieux alors les mieux adaptés à leur survie,
l'Afrique australe. En 30 millions d'années se dégage
une lignée de singes particuliers vivant dans les arbres
pour se protéger des prédateurs, s'y déplaçant à quatre
pattes, de branche en branche, à la recherche de fruits
ou de feuilles comestibles. Il y a 25 millions d'années,
les plus grands de ces singes – ils dépassent rarement un
mètre – ont chassé tous les autres animaux des arbres,
hormis les oiseaux et les reptiles. Des vingt-cinq espèces
alors recensées dériveront les cinq encore existantes

aujourd'hui : les chimpanzés, les bonobos, les gorilles, les orangs-outans et les hommes.

Il y a 17 millions d'années apparaît en Afrique orientale le premier de ces singes à qui un nom ait été donné : *Proconsul*. Il commence à se suspendre aux branches pour mieux se déplacer, dissociant ainsi les fonctions des bras et des jambes. Il ne marche pas encore, mais ses doigts commencent à se différencier ; il apprend à redresser la tête pour guetter les mouvements du reste du règne animal. Il vit en moyenne moins d'une vingtaine d'années. Pour vivre plus longtemps, il va devoir voyager et évoluer.

Il y a 14 millions d'années, toujours en Afrique orientale, le *Kenyapithèque* sort des forêts qui couvrent alors la région et se déplace sur de très grandes distances. Au fil de très nombreuses générations, il passe en Eurasie en remontant les confins de l'Arabie encore accolée à l'Afrique. Sans doute le fait-il pour chercher une nourriture et un climat plus appropriés ; peut-être aussi déjà par curiosité.

De l'évolution de ces grands singes entre − 14 et − 6 millions d'années, nous ne savons presque rien. Leurs fossiles, trouvés pour l'essentiel au Kenya, sont peu nombreux et fragmentaires : un fragment de maxillaire à Samburu Hill (− 9,5 Ma), un morceau de mandibule portant une molaire à Lothagan (− 6 Ma), une molaire inférieure à Lukeiro (− 5,5 Ma), une extrémité d'humérus et un os de mandibule aux dents brisées à Chemeron (− 5,5 à − 4,1 Ma). On peut en déduire que ces humanoïdes se dressent de plus en plus souvent sur leurs pattes arrière, qu'ils commencent à utiliser des éclats de pierre et des bouts de bois comme outils, qu'ils voyagent de plus en plus loin et vivent un peu plus vieux. Si l'on ne sait pas suivre leur généalogie dans le détail, on en sait néanmoins assez long pour comprendre comment et pourquoi certains de ces singes voyageurs évoluent vers des espèces mieux préparées à l'errance, qui déboucheront sur l'homme.

1.2. Premiers singes debout, premiers hommes marchants

Il y a environ 6 à 7 millions d'années, peut-être pour des raisons d'ordre géologique ou climatique, ces grands singes évoluent dans deux directions différentes : d'un côté les Pongidés, qui donneront les bonobos, les chimpanzés et les gorilles, à la mobilité physique et intellectuelle limitée ; de l'autre les Hominidés qui donneront les Australopithèques, puis, bien plus tard, les *Homo habilis* et *ergaster*, puis *heidelbergensis* : les hommes modernes. On ne connaît pas le dernier maillon commun à ces deux lignées. Et comme aucun paléontologue ne semble vouloir se contenter de découvrir un ancêtre des singes, toutes les nouvelles découvertes relatives à cette période sont immanquablement placées, en première analyse, sur le rameau de l'évolution conduisant à l'homme.

Ainsi du fossile vieux de 6 millions d'années découvert à Orrorin, au Kenya, et de celui, vieux de 6 à 7 millions d'années, découvert récemment beaucoup plus à l'ouest, à Toumaï, au Tchad. En fait, nul ne sait si « Orrorin » ou « Toumaï » sont bien sur la lignée des *Homo*, ou plutôt sur celle des « gorilles », ou encore antérieurs à la séparation des deux rameaux. Leur datation par la mesure de la thermoluminescence, de l'uranium, du thorium, du potassium ou de l'argon des roches environnantes reste trop floue pour pouvoir trancher.

Toujours est-il qu'à un moment encore incertain se séparent ceux qui resteront des singes et ceux qui deviendront des hommes, espèce particulière de singes marchant et courant debout.

Cette séparation est certainement liée au fait que les uns bougent dans un rayon limité, tandis que les autres se déplacent sur de très longues distances : le propre de l'homme, c'est la longue marche et la course.

Curieusement, malgré les incessants voyages de ces animaux à travers la planète, il semble que ce soit en Afrique centrale ou orientale que se déroulent leurs mutations majeures. (À moins que cette hypothèse ne soit qu'une résultante de la concentration des fouilles dans cette région[285] !...)

Il y a plus de 4 millions d'années, un grand singe – « Orrorin », « Toumaï » ou un autre – donne naissance au premier mammifère marchant en permanence debout : l'*Australopithèque*. Grand voyageur, mieux préparé que les autres à son environnement, il se différencie en plusieurs sous-espèces. La première, l'*Ardipithecus*, réside il y a 4,4 millions d'années en Éthiopie où elle laisse quelques restes à Aramis, dans la moyenne vallée de l'Aouach ; chaque spécimen ne vit pas encore en moyenne beaucoup plus d'une vingtaine d'années. Puis on trouve trace de cinq autres sous-espèces dans la même région : l'*Australopithecus anamensis*, qui vit à Kanapoi, en Éthiopie, il y a 4,2 millions d'années, et à Allia Bay, au Kenya, dans la région du lac Turkana, il y a

3,9 millions d'années ; puis l'*Australopithecus afarensis*, il y a environ 3,9 millions d'années, à Belohdelie, en Éthiopie, et à Hadar : c'est là qu'on a trouvé 52 ossements d'une femelle connue sous le nom de Lucy, mesurant 1,06 m, qui a vécu là il y a 3,2 millions d'années. D'autres Australopithèques ont laissé les premières traces connues de pas, il y a 3,7 millions d'années, au Kenya et en Tanzanie, révélant une morphologie de bipède permanent. Leur cerveau, le premier dont on ait pu calculer le volume, mesure le tiers de celui de l'homme moderne. Vient ensuite l'*Australopithecus barelghazalis*, dont on retrouve une mandibule à Korotoro, au Tchad, et qui semble y avoir séjourné il y a 3,5 millions d'années. Apparaît enfin, entre − 3,5 et − 2,6 millions d'années, l'*Australopithecus africanus*, dit « gracile », marchant mieux encore, qui traversa au moins toute l'Afrique australe jusqu'à son extrémité sud, puisqu'on le retrouve dans les sédiments de Sterkfontein, près de Johannesburg, et à Makapansgat, au Transvaal.

Ces Australopithèques sont manifestement des nomades, comme tous les animaux qui les entourent. Si chacun d'eux ne va pas très loin, dans la mesure où il ne vit pas très vieux, le groupe franchit en revanche de grandes distances, génération après génération.

Grâce à leur bipédie, ils se défendent mieux que les autres singes. En se dressant pour marcher, ils voient venir les prédateurs de plus loin que les autres animaux. En contrepartie, la nuit, ils voient moins bien que les autres, et, pour se protéger, ils doivent encore dormir dans les arbres[102]. Ils mangent des fruits, fouillent le sol à la recherche de racines, commencent à manger de la viande crue arrachée aux charognes, ce qui accélère la croissance de leur cerveau et les incite à utiliser quelques pierres, os ou cornes pour découper la viande.

Pour s'assurer une meilleure protection, ces charognards errants voyagent de plus en plus en bandes. Elles sont dirigées en général par un mâle qui contrôle la répartition des femelles (souvent enlevées à d'autres groupes peut-être pour éviter la consanguinité). Selon certains chercheurs[268], ils pourraient même commencer, dès ce moment, à communiquer par une esquisse de langage : leur cerveau, proche de celui des chimpanzés d'aujourd'hui, contient en effet les aires associées à la parole, dites de Broca et de Wernicke.

Il y a moins de 2 millions d'années apparaît, encore en Afrique de l'Est, un ultime singe qu'on peut encore considérer comme un Australopithèque : le *Paranthropus* ; ce rameau lui-même se subdivise en trois sous-espèces vivant entre − 2,5 et − 1,4 millions d'années : d'abord *aethiopicus*, présent dans la vallée de l'Omo et à l'ouest du lac Turkana, en Éthiopie ; puis *boisei*, vers − 2,3 millions d'années, dont on trouve aussi la trace en Éthiopie, dans la vallée de l'Omo, au Kenya, à l'est du lac Turkana, et en Tanzanie, à Olduvai, il y a 1,8 millions d'années ; le dernier, *robustus*, qui doit son nom à la taille respectable de ses mâchoires, a vécu il y a 1,5 million d'années à Uraha, au Malawi, et en Afrique du Sud, à Kromdraai, à Drimolen et à Swartkrans ; il n'est pas le plus avancé des Australopithèques : herbivore, il utilise des pierres, mais ne les taille pas ; son espérance de vie est plus courte : elle ne dépasse pas vingt ans. Il va vite disparaître.

On ne sait rien de la cohabitation entre ces espèces, sinon qu'il ne semble pas qu'elles se combattent, ni même qu'elles se mêlent, l'évolution se faisant surtout au gré de leur adaptation aux exigences physiques et intellectuelles du voyage.

1.3. Courir en Afrique. *Homo habilis*, *ergaster* et *rudolphensis* : – 2,75 millions d'années

Vers – 2,75 millions d'années apparaît, encore en Afrique orientale, un primate au port plus vertical, ce qui lui permet de supporter un cerveau un peu plus volumineux et lourd (650 cm^3) et d'avoir des mains plus dégagées et habiles : *Homo habilis*. Sa mâchoire est plus réduite, ses jambes plus robustes, ses membres supérieurs plus souples. Omnivore, il n'est pas encore chasseur, mais reste toujours un charognard. Il brise des pierres, dont il remarque le tranchant, pour dépecer les cadavres et casser les os. Marchant dans les savanes et les forêts, il y aménage des sortes de huttes provisoires. Il vit un peu plus vieux, mais ses moyens intellectuels et physiques ne lui permettent pas encore d'aller très loin : les déserts, les grands froids, l'exploration de paysages nouveaux, de terres inconnues sont au-dessus de ses forces. Il côtoie les derniers Australopithèques qui disparaissent vers – 2,5 millions d'années sans qu'on sache comment ni pourquoi, ni si *Homo habilis*, mieux adapté, y est pour quelque chose.

Un temps, il est aussi le contemporain de *Paranthropus*, qui disparaît avant lui, et d'un autre primate très proche de lui, *Homo rudolphensis*, au cerveau encore un peu plus développé que le sien (750 cm^3) et aux fortes mâchoires plus proches de celles de *Paranthropus*. Là encore, on ne sait rien des conditions de leur voisinage ni des causes de leurs mutations, si ce n'est que leur marche à travers l'Afrique sélectionne parmi eux la force, l'intelligence et la longévité. Le grand préhistorien Leroi-Gourhan écrit d'ailleurs à leur propos : « La domestication du temps et de l'espace constitue le plus important facteur d'hominisation[224]. »

Homo habilis et *Homo rudolphensis* ne sont pas tout à fait des hommes. *Homo ergaster* l'est, qui surgit, toujours dans la même région, pendant que les autres disparaissent, entre − 2 et − 1,8 millions d'années[102].

On en a découvert un squelette sur le site du lac Turkana, au Kenya. Un peu plus grand qu'*Homo habilis*, *ergaster* est parfaitement bipède, presque aussi grand que l'homme actuel, et doté d'un cerveau de 800 cm^3. Mieux préparé encore à l'environnement et à la vie nomade, il construit de précaires huttes de branchages et taille des pierres pour découper la viande. Il perd ses poils, peut transpirer et donc courir[102].

Selon certains chercheurs[101], c'est l'*ergaster* et non l'Australopithèque qui serait le premier à avoir esquissé une forme de langage, une période de sécheresse ayant entraîné la transformation de ses voies respiratoires et un abaissement de son larynx.

Il n'est pas exclu qu'*ergaster* ait réussi à quitter l'Afrique. En tout cas, l'espèce suivante, *erectus*, le fera, marquant les vrais débuts de la conquête de la planète par ce qui va devenir l'espèce humaine.

1.4. L'*Homo erectus* (– 2 millions d'années), chasseur à travers le monde

Un autre groupe à la marche plus endurante et déliée, au cerveau encore un peu plus volumineux, *Homo erectus*, est repéré avec certitude il y a près de 2 millions d'années, d'abord à Olduvai (Tanzanie), en Ouganda (Nyabusosi), puis au Kenya (Nariokotome) où il pourrait avoir existé à une période antérieure.

Grande révolution : pour survivre, il ne se contente plus de ce qu'il trouve ; il devient chasseur, d'abord par légitime défense, puis en tant que consommateur.

Si de grands singes sont allés avant lui en Asie, *Homo erectus* est le premier d'entre eux à avoir en toute certitude quitté l'Afrique. Les raisons, les routes, la durée de ses migrations vers le nord et l'est sont encore mystérieuses et s'expliquent au moins en partie par des alternances de périodes glaciaires et de réchauffement. Mais il est établi que chaque adulte franchit quelque distance sans revenir à son point de départ. Des milliers de générations participent ainsi à une marche qui les conduit, selon les traces retrouvées, à occuper d'abord l'ensemble de l'Afrique jusqu'aux rivages de la Méditerranée, puis à passer en Asie. Ni la quête de nourriture ni les aléas du climat n'expliquent tous ces voyages. La curiosité et le goût du risque les stimulent sans doute plus encore.

La plus ancienne trace d'*Homo erectus* connue sur le continent eurasiatique (une mandibule trouvée à Dmanisi, en Géorgie, en 1991) a été localisée dans des niveaux de sédiments datant d'environ – 1,7 million d'années, ce qui donne à penser qu'il serait arrivé en Asie dès son émergence en Afrique – ou qu'*Homo ergaster* a évolué vers l'*Homo erectus* ailleurs qu'en Afrique, ce qui est fort possible. On le trouve en tout cas avec certitude vers – 900 000 ans en France (grotte du Vallonet, puis Soleilhas) et en Allemagne (à Mauer) ; vers – 700 000 ans, il est en Israël (à Oubeidiyeh), en Syrie vers – 550 000 ans, en France à nouveau (à Tautavel) vers – 450 000 ans. On le rencontre aussi alors en Afrique du Sud (Swartkrans), au Maroc (avec l'homme de Rabat) et en Algérie (à Ternifine). Vers – 400 000 ans, il passe sur les bords du lac Ndutu (Tanzanie) et à Bodo (Éthiopie) ; il traverse le Sahara, alors très fertile, et atteint ce qui deviendra l'Égypte.

Pendant que, vers – 1,3 million d'années, *Homo habilis*, *Homo rudolphensis* et *Homo ergaster* s'effacent, *Homo erectus*, avec ses appréciables capacités physiques et intellectuelles, constitue une première « culture », dite *acheuléenne*.

Difficile de se figurer ce qu'elle peut être. Quelques adultes errant en bandes éphémères sur de grands espaces, s'habillant de peaux d'animaux, transportant quelques enfants, des bâtons pour déterrer les tubercules, des pierres taillées sur les deux faces pour couper les fruits, briser les coques, des éclats de silex pour dépecer les proies, divers outils en os ou en galets de quartz. Ils ne se contentent plus de manger des cadavres ; ils chassent leur nourriture, traquant éléphants, gazelles, hippopotames, crocodiles. Il est possible qu'ils commencent là à utiliser le feu vers – 700 000 ans et à cuire des végétaux, ce qui nourrit mieux leur cerveau. Les hommes

voient depuis longtemps la foudre tomber du ciel et
embraser la forêt, les nuits d'orage. Ils apprennent désormais à ne plus avoir peur du feu, mais à le domestiquer.
Révolution majeure, sans doute l'une des plus importantes de toute l'histoire humaine. Ils restent un moment
sur des zones de chasse, puis partent vers d'autres lieux
où ils savent trouver des proies et d'autres plantes. Ils
s'abritent dans des refuges précaires, y laissant des restes
de repas, de foyers, de pierres de calage pouvant avoir
servi à maintenir une tente faite de peaux ou des huttes
en os de mammouth. Ils ne se constituent pas encore en
peuples ni même en familles, mais se regroupent en
bandes éphémères autour d'un mâle capable de défendre
un territoire provisoire. Même si les relations sexuelles
restent de hasard, apparaissent les premiers liens entre
parents d'une même femme. Ils ont à peine le temps
d'accumuler quelque expérience et de la transmettre
qu'ils laissent place à d'autres générations. Aucun n'a
dû vivre plus de quarante ans.

On ne sait rien de leur rapport à la mort, sinon
qu'aucun squelette d'*Homo erectus* – et encore moins
d'*Homo* antérieur – n'a été retrouvé dans une posture
funéraire. Ils se sentent probablement possédés par
le monde, soumis à des forces qui les dépassent, les dirigent et décident de leur sort. Si, dans la grotte de Tautavel, on a découvert des traces laissées par des outils
sur des ossements humains[234] d'il y a 400 000 ans à côté
de ceux de chevaux, de lions, d'éléphants et d'aurochs,
elles donnent plus à penser à des manifestations de cannibalisme qu'à des rites funéraires. Et, de fait, le
cannibalisme fait alors son apparition en de nombreux
endroits de la planète[16]. Il est là encore une solution

commode pour le nomade, parfois même nécessaire à sa survie, et un indéniable facteur d'évolution[16].

2. *HOMO SAPIENS*, NOMADE UNIVERSEL

Entre − 1,5 million d'années et − 500 000 ans surgissent, à côté d'*Homo erectus*, qui disparaît sans descendance, les deux premiers *Homo sapiens* : en Afrique, *Homo heidelbergensis*, cousin d'*Homo erectus,* qui devient en Europe l'*homme de Neanderthal* et ailleurs *sapiens sapiens*. Ils opèrent d'énormes progrès, physiques et intellectuels, dans l'organisation de leur errance.

2.1. L'*Homo heidelbergensis* : quelques pas sur un volcan

Le cerveau augmente de volume. Le corps s'affine. Les talents de chasseur s'affirment. Selon les lieux, il tue des lions, des ours, des mouflons, toujours à coups de pierres plus ou moins taillées ; il pose des pièges pour prendre des renards, des loups, des volatiles, distinguant de plus en plus entre les camps de base, où il reste quelques semaines, et des haltes plus provisoires où il chasse, découpe la viande, taille des pierres sur les deux faces, préserve aussi des crânes humains séparés du corps pour des raisons qu'on présume mystiques.

On trouve trace de cet *Homo heidelbergensis* à Olduvai, à Olorgesailie, à Katandusi, dans le Rift, à l'est du lac Turkana, à Nsongesi, entre l'Ouganda et la Tanzanie, à Isimila et Lukuliro, au sud de la Tanzanie, à

Melka Kontouré, en Éthiopie. Certains spécimens arrivent assez vite en Europe. Entre – 590 000 et – 600 000 ans, un de ces *Homo heidelbergensis* construit une cabane près d'une falaise à Prezletice, près de Prague[120]. Vers – 385 000 ans, trois autres *Homo heidelbergensis* laissent des traces de pas dans de la cendre volcanique sur la pente occidentale du volcan Roccamonfina, en Italie. D'autres traces sont encore repérées, dispersées entre l'Europe centrale, l'Espagne et l'Indonésie[121].

C'est à Zhoukoudian, en Chine, où il laisse une trace datant d'il y a 400 000 ans, que l'on trouve, autour de – 380 000 ans, les premiers sites attestant de façon certaine l'usage du feu en Asie.

L'*Homo erectus* continue de se déplacer à travers l'Europe et l'Asie. Il laisse à Terra Amata, près de Nice, et à Vertiss-Zollos, en Hongrie, des traces de son passage il y a 300 000 ans.

Cet *Homo sapiens*, longtemps pris pour l'ancêtre direct de l'homme moderne, ne le sera pas. Vers – 380 000, ses descendants se séparent en divers rameaux : les premiers évoluent vers l'*Homo neanderthalensis* puis s'effacent ; plus tard, d'autres évoluent vers l'ancêtre direct de l'homme actuel, nommé faute de mieux *Homo sapiens sapiens*.

2.2. Premiers rites funéraires, premiers marins : les *Néanderthaliens* (– 380 000 ans)

Vers – 380 000 ans, au Moyen-Orient, une sous-espèce particulière d'*Homo sapiens*, les *hommes de*

Neanderthal, là encore mieux adaptée à l'errance, succède à *Homo heidelbergensis*. Les plus anciens spécimens vivent en Israël (grottes de Kebara et d'Amond) et en Irak (grotte de Shanidar). Puis ils émigrent en Asie centrale, en Pologne, en Allemagne et – premiers marins, peut-être ? – traversent semble-t-il un bras de mer jusqu'en Angleterre[234] où ils débarquent il y a 250 000 ans. En 1856, on découvre près de Düsseldorf, dans une grotte de la vallée de Neander, une calotte crânienne appartenant à un représentant de cette espèce, nommée pour cette raison *Homo neanderthalensis*.

Ses capacités physiques et inventives sont très supérieures à celles de ses prédécesseurs et au moins égales à celles de l'homme moderne ; le cerveau de certains d'entre eux (1 600 cm^3) est même plus gros ! Il polit des pierres sur des blocs de grès, puis les fixe à un manche en bois pour en faire des haches, des couteaux, des racloirs, des grattoirs. Il dispose sans doute alors de ses premières chausses, qui couvrent ses pieds, fondamentales protections pour voyager.

Sans doute aussi, novation majeure, enterre-t-il ses morts. Ses ultimes représentants seront en tout cas les premiers animaux à arborer des objets de parure et à manifester une préoccupation spirituelle[27].

2.3. Envahir la planète : *Homo sapiens sapiens* (vers – 160 000 ans)

À une date encore incertaine, mais remontant à moins de 200 000 ans, s'impose au milieu de toutes les autres une nouvelle espèce d'*Homo sapiens*, avec un corps, des mains, des yeux, un cerveau plus développés encore, et qui semble être, elle, à l'origine directe de l'homme moderne. On la nomme *Homo sapiens sapiens*.

En l'état actuel des connaissances, elle apparaît une fois de plus en Afrique, contrée au climat encore idéal. Étonnante coïncidence : alors que l'homme de Heidelberg est répandu sur la planète, c'est encore sur le continent des origines qu'il évolue vers des formes plus sophistiquées. Comme si ce continent était le sélecteur naturel des progrès de l'évolution.

De fait, en tout mieux adapté, *Homo sapiens sapiens* occupe très rapidement l'espace par un nomadisme foudroyant ; il remplace *Homo erectus, heidelbergensis* et *sapiens* et il élimine en particulier les Néanderthaliens d'Europe.

Le plus ancien de ces *Homo sapiens sapiens*, l'*Homo sapiens idaltu*, vit une fois de plus le jour en Éthiopie, il y a 160 000 ans. On l'a retrouvé enterré à côté d'outils et d'un crâne d'enfant portant de nombreuses incisions (comme s'il avait servi de récipient).

En quelques millénaires, les *Homo sapiens sapiens* occupent le reste du continent africain : certains migrent vers le sud, y devenant les ancêtres des actuels Xan, ou Bochimans, de l'Afrique australe ; d'autres occupent le Sahara, et les Bantous en seraient issus. Et comme on a trouvé en Syrie des outils ressemblant à ceux de cet *Homo sapiens idaltu*, laissés là à la même époque, il semble que certains d'entre eux aient gagné particulièrement vite le Moyen-Orient, où le climat est tout aussi clément. Il est également possible que ces *Homo sapiens sapiens* du Moyen-Orient soient issus, ou au moins métissés, d'un groupe de Néanderthaliens venus d'Europe quelque 200 000 ans plus tôt avec leur propre culture, et qui y auraient évolué. Ce qui est sûr, c'est que *sapiens sapiens* colonise ensuite à marche forcée l'Europe, l'Asie centrale, l'Inde, l'Indonésie et des territoires jusque-là vierges de toute présence d'hominidés, comme la Sibérie. Vers – 150 000 ans, quelques millions de ses descendants vivent ainsi dans de vastes espaces, transportant avec eux vêtements, chausses, outils, armes et feu, célébrant des rituels religieux là où ils enterrent leurs morts.

Vingt mille ans plus tard, ils sont à Nice dans la grotte de Lazaret[234], et les rites funéraires sont désormais chez eux pratique courante. Vers – 100 000 ans, dans la grotte de Qafzeh, en Israël, six adultes d'*Homo sapiens sapiens* et huit enfants sont enterrés, recouverts d'ocre. On les trouve à la même époque en Asie du Sud-Est.

En – 85 000 le climat se refroidit ; des calottes glaciaires recouvrent le nord de l'Eurasie et de l'Amérique[215]. Le niveau des mers baisse, découvrant des espaces permettant de marcher vers des régions autrefois séparées par des étendues d'eau. Le continent asiatique, auquel l'Indonésie est encore rattachée, est alors à moins de 100 kilomètres de l'Australie.

Si certains groupes migrent vers des régions nouvelles, d'autres se recroquevillent là où ils sont. Ainsi, il y a – 70 000 ans, à Blombos, en Afrique du Sud, où ils gravent avec des morceaux d'ocre des motifs labyrinthiques dans des cavernes, fabriquent des parures et ornent des sépultures[21]. À la même époque, en maints autres endroits d'Afrique, ils dessinent aussi les premières représentations stylisées des animaux qu'ils chassent.

Vers – 65 000 ans, des *Homo sapiens sapiens*, marins confirmés, inventent la traversée hauturière et débarquent en Australie via Java, Timor, ou par le banc de Sahul, passage de basse mer à partir de la Papouasie. Ancêtres directs des Aborigènes d'aujourd'hui, ils laissent une trace, en – 60 000, dans une grotte du nord de l'île, sur la terre d'Arnhem ; en – 45 000, ils gravent des dessins labyrinthiques sur des voûtes dans le sud du continent[21] ; en – 43 000, ils abandonnent des outils de pierre dans une carrière près de la rivière Napean, en Nouvelle-Galles du Sud ; en – 38 000, ils abandonnent neuf cents outils et matériaux divers à Upper Swan River, près de Perth, à l'ouest. En – 30 000, un homme est enterré près du lac Mungo, plus à l'est du continent.

Pendant ce temps, de l'autre côté du monde, d'autres *Homo sapiens sapiens* atteignent, peut-être en – 35 000, ce qu'on appellera les Amériques par ce qui deviendra le détroit de Behring[215]. Ils descendent tout au long du continent, laissant, 5 000 ans plus tard, des traces de leur présence au Brésil, puis ils se subdivisent en divers groupes dont les langues s'éloignent. Ce qu'on nomme l'Amérique est donc le dernier continent peuplé, après même l'Océanie.

Partout dans le monde sauf en Europe, il faut cent cinquante mille ans pour que les diverses espèces d'*Homo sapiens* laissent la place aux *Homo sapiens sapiens*. Là encore, on ne sait s'il y eut des heurts ou au contraire des métissages entre ces espèces différentes.

En Europe, où le froid se fait particulièrement intense, la mutation va être plus tardive et beaucoup plus brutale. Vers – 65 000, dans la région de Lascaux, vivent encore des Néanderthaliens qui aménagent des sépultures, hommes et ours mêlés, dans des grottes à vocation sans doute religieuse où ils viennent de temps à autre. Ces derniers hommes de Neanderthal, connus sous le nom de *châtelperroniens*, du nom de leur site principal dans l'Allier[27], passent alors la saison froide dans des abris de falaise, des entrées de grottes, pour la plupart à proximité de points d'eau, lieux stratégiques où ils trouvent du gibier, des pierres pour l'outillage, des branches pour le feu et la construction d'abris. Mais le froid les laissant affaiblis, ils n'y sont pas préparés, ils s'épuisent, voyagent en vain dans leur prison glacée et meurent plus jeunes qu'avant, victimes de l'impitoyable sélection naturelle.

C'est vers – 35 000 que les premiers *Homo sapiens sapiens* parviennent en Europe. À peine mille ans après, les derniers Néanderthaliens en ont disparu, sauf d'Espagne où ils survivent un petit millénaire de plus, sans doute protégés par un climat un peu moins rude que dans le reste du continent[121].

Le nomadisme a fait son œuvre : il a façonné physiquement, mentalement et culturellement l'homme moderne.

Extrême et énigmatique brutalité de ce remplacement : comme si le temps de l'Histoire s'était soudain accéléré pour un passage en force... Et, de fait, il s'est accéléré : tous les autres singes préhumains disparaissent au même moment. *Homo sapiens sapiens* reste le seul survivant de la longue sélection naturelle.

Survivant parce que le meilleur des nomades, mais encore simple parasite de la nature, c'est lui qui va inventer la sédentarité.

2.4. Débuts des échanges, nomadisme
marchand : Cro-Magnon et aurignacien

Les premiers *Homo sapiens sapiens*, descendants d'*ergaster* puis d'*heidelbergensis*, arrivent en Europe vers – 35 000. Ils sont peut-être, on l'a vu, par un étrange aller et retour, les très lointains descendants de Néanderthaliens européens qui avaient émigré vers – 200 000 au Proche-Orient avant d'être absorbés par des *Homo sapiens* locaux pour donner, vers – 100 000, des *Homo sapiens sapiens*.

À leur retour en Europe, le Périgord actuel semble être pour eux un lieu de vie privilégié. Le premier de ces hommes nouveaux est connu comme « aurignacien », à partir du nom de l'abri de Haute-Garonne où on l'a trouvé[120]. Les plus anciens sont dits de *Cro-Magnon* en raison du lieu de découverte du corps d'un des leurs, en 1868, aux Eyzies, en Dordogne, dans un « abri-sous-roche » de la vallée de Cro-Magnon. On désignera aussi leurs successeurs selon les sites où on les a découverts : « solutréens » en Bourgogne, « magdaléniens » en Périgord.

L'homme de Cro-Magnon est mieux adapté au climat de l'époque que celui de Neanderthal. Il est plus grand, plus habile de ses mains, plus maître de ses doigts. Beaucoup mieux organisé, son cerveau atteint 1 550 cm^3. Preuve de son adaptation, il réussit à vivre un peu plus vieux : en moyenne jusqu'à trente-deux ans[364].

Le temps prend du sens pour lui. Il est le premier, semble-t-il, à le mesurer par des esquisses de cadrans solaires. Il chasse bisons, rennes, ours, chamois, mammouths, phoques. Il épargne aussi parfois les femelles et les jeunes animaux. Il apprend à calculer quelques coups d'avance. Il ne vit plus dans l'instant. Il mange moins de chair humaine, de peur de servir un jour, lui aussi, de nourriture.

Il se vêt de peaux de bêtes, construit des kayaks, invente de nouveaux outils, burins et perçoirs. Ses chausses, si essentielles pour la marche, deviennent plus solides et plus confortables. Il s'abrite encore sous des tentes en peaux de bêtes, qu'il transporte, mais aussi dans des cabanes au toit de pierres plates soutenu par des poteaux, et même parfois au sol dallé, édifiées à l'intérieur de grottes[120]. En Moravie et dans la plaine russe, il bâtit même des cabanes à partir de structures en bois ou d'ossements de mammouths. Il y habite pendant toute une saison d'hiver et, pour résister au froid, y fait brûler de la graisse animale dans des lampes. Il creuse dans le sol des foyers et des cuves à provisions. Au mur il peint encore des figures d'animaux associées à des labyrinthes et intégrées aux formes et reliefs des parois. Nouveauté considérable : il sculpte des silhouettes féminines en calcaire, en argile, en calcite, en ivoire de mammouth, en bois de cervidé.

Depuis les rives de l'Atlantique jusqu'à la mer de Chine, il ensevelit ses morts sous le sol de ses camps de base, garnissant leurs sépultures d'armes, de lampes, de flûtes, de pierres ouvragées, de statuettes d'ivoire ou en bois de cervidé, de bijoux ; aussi parfois de femmes et d'enfants sacrifiés. On a trouvé en Asie centrale le squelette complet d'un homme de Cro-Magnon revêtu d'une parure faite de bandeaux brodés de milliers de perles en ivoire de mammouth.

Parfois, plusieurs centaines d'entre eux passent ensemble une saison au même endroit. Ainsi, vers – 30 000, à Lascaux, près des lieux où l'on peindra un peu plus tard des fresques animales, des villages précaires s'installent dans des grottes. À la même époque, on trouve de telles habitations en Europe centrale, regroupées autour de sépultures. Des chasseurs y séjournent plusieurs mois, y reviennent parfois l'hiver suivant, n'y passant jamais une vie entière. Encore moins est-ce le cas de plusieurs générations successives.

Ce ralentissement du mouvement entraîne une certaine prise de conscience de l'importance des enfants pour la survie du groupe. Mais on ne bâtit pas, on ne plante pas. On reste des parasites de la nature. On ne fait que passer.

Les tâches commencent néanmoins à se répartir entre les membres du groupe : fabrication des lances, taille des pointes d'ivoire, détection des animaux, chasse, découpe du gibier, transport de la viande vers le camp de base, cuisson, cueillette, soins aux enfants, confection des repas, des vêtements, des outils.

Il y a environ 30 000 ans, cette division du travail va conduire à pratiquer le troc – et à voyager avec des marchandises –, d'abord à l'intérieur du groupe, puis entre groupes et sur de longues distances. S'établissent ainsi les premières équivalences : des entailles sur du bois ou des os permettent de garder en mémoire des dénombrements et de quantifier les échanges.

2.5. Premières chaleurs, premiers arcs, premiers pasteurs

Vers – 20 000, le climat se réchauffe, les glaciers régressent. Les paysages du monde évoluent vers ce qu'ils sont aujourd'hui. Commence la dernière période totalement nomade, qui s'étend de – 18 000 à – 10 000, le « magdalénien »[377], ainsi désigné à partir du nom de l'abri de la Madeleine, à Tursac (encore en Dordogne), apogée de ces cultures, aboutissement physique et intellectuel de cinq millions d'années d'errance[320]. Les hommes y vivent plusieurs mois par an dans de petits villages provisoires qui regroupent chacun une centaine de personnes[364]. Ils y retournent parfois à intervalles réguliers, comme à Pincevent, en suivant des circuits périodiques de chasse et de cueillette[234].

Mais, avec le réchauffement, ils en reviennent à un mode de vie plus mobile[34]. Les Européens se déplacent ainsi vers la grande plaine qui s'est formée entre la Rhénanie et le Danube et qui devient particulièrement accueillante. Ils y transplantent des langages, des rites et des techniques[252]. Commencent à s'y former ceux qui deviendront les premiers peuples nomades d'Europe centrale, si importants par la suite[377]. Ils domestiquent le chien, inventent le harpon en bois de renne, l'aiguille à coudre en os qui leur sert à assembler les peaux avec des tendons ou des nerfs d'animal. Ils fabriquent des bijoux en os, peignent des animaux sur les parois des grottes, sculptent des femmes dans l'argile, l'ivoire de mammouth, le bois de renne[252]. Certains se spécialisent

dans l'artisanat de la pierre, des peaux, de l'os ou du
bois de cervidé. Les langues se complexifient et se différencient. On trouve des traits gravés, peints ou dessinés
sur bois et sur os, évoquant des nombres sans doute
encore réservés à des rites.

Toujours en Eurasie, la mutation climatique entraîne
une révolution des instruments de chasse. Là où la chaleur développe une forêt plus touffue au détriment des
prairies, les grands herbivores, tels le bison ou le mammouth, disparaissent, remplacés par le cerf, le chevreuil
et le sanglier. Comme ces nouveaux animaux sont plus
rapides, donc plus difficiles à atteindre, il y faut d'autres
armes que la sagaie. Les chasseurs mettent alors au point
deux instruments révolutionnaires dont la puissance
dépasse pour la première fois celle des bras, augmentant
à la fois vitesse, précision et distance des lancers : le
propulseur, sorte de levier pour lancer une sagaie, puis
l'arc. Passées trop souvent inaperçues, ces deux innovations bouleversent pourtant le rapport des hommes aux
choses : ils ne se sentent plus parasites du monde ; ils
savent mettre la puissance de la matière à leur service ;
ils savent se rendre plus forts qu'eux-mêmes.

Parfois, ces armes sont aussi utilisées pour organiser
des rapts – de femmes ou de main-d'œuvre, premiers
esclaves ou offrandes aux dieux.

Les religions commencent à se dessiner. Le monde
des vivants, fine pellicule d'éternité, interstice dérisoire
entre l'avant-vie et l'après-mort, sert maintenant explicitement à préparer le grand voyage vers un Au-delà où,
pense-t-on, les morts retrouvent les Esprits. L'art n'est
plus seulement représentation du gibier offert en sacrifice

aux Esprits, mais peut aussi, associé à la prière, glorifier la femme et la force[252].

L'essentiel de la richesse continue de tourner autour de l'eau. Sur le littoral, la pêche et le ramassage des coquillages s'ajoutent désormais à la chasse, permettant aux tribus de traverser les saisons en un même site. Les femmes ne se déplacent presque plus ; la population augmente : la sédentarité est d'abord portuaire.

En Eurasie comme en Afrique et en Amérique, autour de ces premières résidences stables, le chasseur entreprend de capturer les animaux qu'il se contentait jusque-là de chasser. Pas encore pour les dresser. Seulement pour les garder un temps près de lui, avant de les consommer. Mutation considérable dans la conception du temps : il ne s'agit plus seulement d'épargner les jeunes et les femelles à la chasse ou de les relâcher, mais de les emmener avec soi pour les sacrifier plus tard aux Esprits ou pour les manger. La propriété de l'animal devient promesse de consommation future. Commence ainsi le temps de l'épargne. Il implique le besoin d'entraîner des troupeaux avec soi dans l'errance.

Il y a 15 000 ans, des chasseurs d'Ukraine maîtrisent ainsi des bandes de mammouths et de loups et les font voyager à leur suite. La plus ancienne trace de contrôle du mouton – bien avant sa domestication – date de 11 000 ans ; celui de la chèvre, d'il y a 10 000 ans, en Grèce, au Pakistan et en Iran. Les premiers habitants de la Sibérie du Nord-Ouest contrôlent alors les rennes sauvages ; avec eux ils passent l'été en plaine et l'hiver sur les plateaux, couvrant des distances considérables[340]. Ils constituent les peuples les plus anciens dont des traces existent encore : vivent encore aujourd'hui de tels éleveurs de rennes sauvages en Sibérie, les Dolganes[150], de même que des éleveurs de bovidés sauvages en Afrique orientale, les Barabaig. Ils ne consomment que rarement la viande de leurs troupeaux, se contentant de leur lait et parfois de leur sang[150]. Avec les peaux des bêtes ils fabriquent des vêtements, des chausses, des sangles, des cordages, des tentes, des outres, et utilisent la bouse comme combustible et revêtement des huttes.

Même s'il ne s'agit pas encore d'élevage ni même de domestication, le rapport à la terre qui nourrit les bêtes se précise ; les contours de territoires de pâture se fixent.

Les voyages tournent désormais autour de ces exigences nouvelles. En Europe, des plaines atlantiques aux contreforts du Massif central et des Pyrénées, puis vers les plateaux et pénéplaines d'Europe centrale, certains groupes recherchent des pâturages[84]. En Afrique, le réchauffement commence à dessécher le Sahara ; la chasse comme le contrôle des animaux y deviennent plus difficiles. Beaucoup migrent alors vers des régions moins arides. Ceux qui restent occupent en automne et en hiver des abris-sous-roche, puis se dispersent en été sur de vastes étendues autour des massifs montagneux[257].

Dans les plaines d'Amérique, les chasseurs continuent de tuer le gros gibier avec des pointes de bifaces ; ils atteignent le Yukon en – 22 000, le Pérou et l'Atlantique en – 18 000. Leur chasse est si efficace qu'ils provoquent la disparition de plusieurs espèces de grands herbivores comme le mammouth[215] ; ils doivent alors se replier dans les montagnes de l'Ouest où le gibier et l'eau restent abondants et où ils réinventent – ou importent d'Eurasie – l'arc et le propulseur. Certains soutiennent que d'autres arrivent alors d'Asie par la mer. C'est très peu vraisemblable.

En Asie Mineure, d'aucuns vont remarquer que des graines produisent des plantes ; ils en sèment au hasard du voyage, récoltent des graminées, les transportent avec eux mais ne les replantent pas encore au même endroit. Ils ne sont déjà plus tout à fait parasites de la nature : ils commencent à la mettre au travail.

Le cannibalisme ne disparaît pas pour autant[16] : à Cheddar, en Angleterre, des os humains sont découpés et cuits il y a encore 12 000 ans.

2.6. Premiers sédentaires, premiers paysans

Les climats du monde tendent à se stabiliser. Certains peuples d'Europe, d'Asie et d'Amérique remontent vers le nord pour suivre le gibier auquel ils sont habitués. D'autres, plus audacieux, descendent vers le sud pour y trouver une nouvelle faune et de nouvelles formes de vie, plus confortables et plus faciles.

Même si elle est moins perceptible que par le passé, parce qu'à une tout autre échelle de temps, l'évolution de l'espèce continue. Partout dans le monde ces hommes forment des groupes de plus en plus durables et sophistiqués qui communiquent entre eux grâce à des langues de plus en plus diverses et échangent sur de plus grandes distances. Ainsi, en mille cinq cents ans, la technologie de l'arc se propage-t-elle un peu partout. Celle de la céramique existe en 11 000 avant notre ère chez des nomades pêcheurs-cueilleurs jomon, au Japon ; elle est en Asie centrale moins d'un millénaire plus tard, puis, encore mille ans après, dans la vallée du Jourdain.

Là règne alors le meilleur climat du monde, là sont les meilleures terres. Pour la première fois, des nomades vont trouver de quoi vivre tout au long de leur vie en un même endroit : le jardin d'Éden est là, comme un rêve d'abondance immobile.

Des communautés s'y installent. Elles élèvent des troupeaux de bovidés et de caprins, dont elles organisent la transhumance entre pâturages d'été et pâturages d'hiver, selon des itinéraires de plus en plus figés, sur des territoires limités par les besoins des communautés voisines. Elles laissent des artisans, des vieux, des enfants et des femmes s'installer durablement sur les sites d'hivernage régulièrement réutilisés.

Près de ces résidences les chasseurs-éleveurs commencent à faire pousser des céréales, des pois, des lentilles. Ce n'est pas encore de l'agriculture : ils ne stockent rien, ne gardent pas les graines, ne moulent pas les récoltes. Ils en ont pourtant les outils et leurs charpentiers utilisent déjà des meules[84], mais ils ne pensent pas encore à les utiliser pour broyer le grain. Ils ne sont que paysans d'occasion près des territoires d'errance de leurs animaux sauvages[84].

Leurs traits culturels se transforment : sur leurs dessins, le taureau, symbole de puissance et de masculinité, tend à remplacer le gibier. Vers 10 000 avant notre ère, toujours dans ce Moyen-Orient au climat particulièrement clément et hospitalier, ils inventent une sorte de première écriture sur galets, dite protoécriture hellienne, qui simplifie les échanges de peuple à peuple.

Puis ils apprennent à mieux connaître les plantes qu'ils consomment ; ils domestiquent des céréales sauvages, en réutilisent les graines, arrosent les terrains, utilisent leurs outils pour l'agriculture et en inventent de spécifiques comme l'herminette et la houe. Ils stockent enfin des réserves. Les voilà devenus paysans.

Vers – 9500, comme leur nombre croît, champs et troupeaux de la vallée du Jourdain ne suffisent plus à les nourrir. Pour la première fois, la balance du parasitisme est négative. Certains de ces paysans redeviennent un temps nomades et partent coloniser le Néguev, le Sinaï, la Phénicie, les contreforts du Taurus oriental, la Mésopotamie, le désert syrien, le Zagros et le Pakistan. Ils s'y installent en paysans, chassent les chasseurs qui y vivent déjà ou les contraignent à travailler pour eux.

Dans la grande forêt tempérée d'Europe, rien n'incite à la même évolution : le gibier est abondant, les plaines sont plus rares[84], l'agriculture n'y est ni nécessaire ni possible.

En Australie, des Aborigènes inventent, à Whyrie Swamp, le boomerang pour attraper le gibier d'eau. Au Sahara s'installent de petits villages occupés seulement en automne et en hiver[257]. En Amérique, les tribus se réfugient pour l'essentiel dans les montagnes où le gibier reste abondant[215].

À partir de – 9000, pour mieux se défendre des agressions de nomades devenus leurs ennemis, les premiers paysans dont on trouve une trace (à Jerf el-Ahmar, en Syrie, et à Samarra, Halaf, Obeiden en Irak) regroupent en villages des habitations rectangulaires. Tout à côté naît en particulier ce qui deviendra Jéricho, la plus ancienne ville à avoir traversé toute l'Histoire.

À leur panthéon de femmes et de taureaux s'ajoutent désormais des représentations de la pluie, du vent, des récoltes. Ils commencent à penser le monde selon les rythmes de la terre et non plus selon ceux de l'errance. Leur Au-delà se présente comme un jardin, et non plus comme un terrain de chasse.

Le nomadisme ne s'éloigne pourtant jamais beaucoup de leur esprit. Même ceux qui se sédentarisent savent qu'ils auront peut-être à repartir et qu'il leur reste encore à préparer un dernier voyage. Commencent à voir le jour des idées comme la résurrection, la réincarnation, la transmigration des âmes, nouveaux voyages, cette fois avec retour, prenant leur source dans l'expérience saisonnière du paysan.

2.7. Le paysan invente le berger : – 8500

Comme ils ont inventé la domestication des plantes, des paysans pensent à reproduire des espèces animales en captivité et, par croisements successifs, à former de nouvelles races mieux adaptées à leurs besoins. Ainsi, vers – 8500, dans la région d'Hayaz, sur les contreforts du Taurus, exactement là où est née l'agriculture, on trouve à la fois les traces d'un élevage de chèvres et de moutons et des restes d'ateliers de taille de silex. Les habitants de ce site étaient donc à la fois chasseurs, artisans, paysans et bergers. En ces lieux privilégiés qui deviendront la Mésopotamie et le Levant, les villages grandissent, les récoltes deviennent bisannuelles, les surplus s'accumulent[88]. En Turquie, les bovins commencent à être domestiqués. Un type particulier de langue, identifié aujourd'hui comme « proto-indo-européen », accompagne cette économie nouvelle.

Comme les sédentaires craignent que les nomades ne s'intéressent de trop près à leurs troupeaux et à leurs récoltes, ils confient parfois leur protection à des guerriers professionnels. Le jour, les paysans travaillent aux champs, le soir ils rentrent dans les premiers villages entourés de remparts, où ils entreposent des réserves. Un premier bourg de ce genre, Cayönü Tepesi, est repéré vers – 7000 en Anatolie.

Le religieux domine le militaire et l'économique. Toute innovation est d'abord au service du culte avant de devenir arme ou outil. Ainsi, quand la céramique arrive d'Asie centrale, les Mésopotamiens s'en servent pour fabriquer des objets rituels, puis, seulement un millénaire et demi plus tard, pour fabriquer des récipients utilitaires.

De ce chaos de petits peuples mobiles et de villages fortifiés émergent parfois des fédérations de tribus ou de villages constituées par des alliances militaires ou matrimoniales, qui se disloquent plus ou moins rapidement à la mort de leur fondateur.

Au VIIe millénaire apparaît une première civilisation urbaine, celle de Çatal Höyük, en Asie Mineure, dont la population atteint cinq mille habitants. Les maisons y sont faites de briques ; on y accède par le toit, grâce à des échelles qui sont retirées le soir. On trouve là les premières peintures murales, réalisées six mille deux cents ans avant notre ère, représentant des labyrinthes, des chasses et un volcan en éruption.

Les hommes sont maintenant quelques dizaines de millions sur la Terre. Certains pasteurs du Proche-Orient partent avec chèvres et moutons pour créer de nouveaux villages dans les Balkans, sur le pourtour de la Méditerranée, vers l'Asie centrale, la Chine et l'Afrique[84].

Cette arrivée de l'élevage provoque des réactions très différentes selon les lieux.

Dans la plaine d'Asie centrale, des tribus nomades passent directement du statut de cueilleurs-chasseurs à celui de pasteurs, toujours nomades. Ceux des chasseurs-cueilleurs qui veulent le rester partent avec leurs troupeaux de rennes sauvages vers le Grand Nord. Cette région, qui ne connaîtra pas l'agriculture en raison du gel permanent des sols, jouera un rôle essentiel – jusqu'à aujourd'hui – dans la préservation et le développement du nomadisme : c'est en Asie centrale qu'il progressera plus que partout ailleurs, y inventant l'essentiel de ses futures civilisations dont l'homme moderne est largement le légataire.

Dans les forêts d'Europe, rien n'incite les chasseurs, déjà réticents à l'agriculture, à adopter l'élevage[84]. Vers – 5000 seulement, des paysans venus du Danube s'installent dans le Bassin parisien avec des espèces animales déjà domestiquées et y deviennent bergers : en Europe, l'agriculture commence par l'élevage.

Dans la partie de l'Afrique devenue déserte, des bergers s'installent avec des troupeaux[257]. Au Tassili des Ajjer, de nombreuses peintures rupestres représentent des bovidés avec leurs bergers côtoyant des animaux sauvages (autruches, antilopes, éléphants). En Afrique de l'Ouest, des peuples d'éleveurs, quittant le Sahara devenu un désert, descendent vers la forêt. Ceux qui deviendront les Bantous se répandent dans le centre du continent[257]. Ceux qui deviendront les Nuers et les bédouins restent plus près des déserts, avec leurs vaches et leurs chameaux dont ils connaissent aussi bien la couleur, le caractère que le pedigree sur plusieurs générations[257]. Certains de ces peuples se déplacent entre des bases saisonnières (les Samburus du Kenya), d'autres pratiquent une agriculture non sédentaire (les Zaghaouas du Tchad), d'autres encore font les deux à la fois (les Dinkas du Soudan, les Karimojong d'Ouganda)[257].

Vers 5000 avant notre ère, plus des deux tiers des habitants de la planète sont encore nomades – chasseurs, cueilleurs, pasteurs ou bergers. Les autres sont devenus paysans.

Toute innovation est encore d'abord au service du religieux. Ainsi quand, à la fin du Ve millénaire avant notre ère, la métallurgie du bronze apparaît presque en même temps en Chine, en Mésopotamie et en Iran, elle est d'abord un art rituel et le reste longtemps avant de devenir un moyen de fabriquer des armes, puis des outils.

Par suite du réchauffement du globe, la fonte des glaces provoque la montée du niveau des mers, l'inondation du golfe Persique et la rupture de ce qui constitue aujourd'hui le détroit des Dardanelles. La plupart des espaces à peu près vivables – y compris les montagnes, les forêts équatoriales, les espaces subdésertiques – sont alors visités ; l'Amérique est investie jusqu'aux pôles. Des populations venues de Chine débarquent en Nouvelle-Guinée après un long voyage en haute mer, d'où elles migreront bien plus tard en Mélanésie puis en Polynésie.

Vers – 3500, de nouvelles crues inondent les plaines du Tigre et de l'Euphrate, noyant le nomadisme et son jardin d'Éden jusque dans la mémoire des hommes.

3. CULTURES NOMADES

Pendant ces cinq millions d'années, l'homme se constitue physiquement et intellectuellement ; il se donne des langues, des mythologies, des cultures, des pouvoirs, des modes de vie, des façons de penser l'Au-delà.

On peut reconstituer ces civilisations à partir de traces infimes laissées sur des sites, de fossiles, de graphismes, de récits rédigés il y a seulement deux mille cinq cents ans, voire dans leurs ultimes manifestations dans les pratiques de leurs actuels descendants et enfin dans leur présence dans nos propres façons de penser le monde.

3.1. Vivre ensemble

Un nomade ne peut survivre qu'en groupe ; et la sélection naturelle favorise ceux de ces groupes qui savent organiser la division du travail et la transmission d'expériences.

Il y a au moins trois millions d'années, les Australopithèques se regroupent en petites communautés autour d'un mâle dominant. Il y a un million d'années, les *Homo erectus* forment les premières familles autour d'un chef, pas nécessairement le plus fort, en général le mieux à même de guider le groupe pendant les voyages. Les plus faibles sont abandonnés à leur sort, c'est-à-dire à la mort.

S'il y a peut-être trente-cinq mille ans apparaît l'amour humain[107], les groupes échangent des femmes avec d'autres groupes ou bien les volent, et c'est un des premiers sujets de conflits. Partout, ils se méfient des célibataires ; ainsi, chez les Guayakis du Brésil, encore aujourd'hui en partie nomades, « un célibataire c'est comme un jaguar dans la communauté »[91]. La famille ne constitue pas encore une structure hiérarchique ; les adultes n'y nourrissent aucun sentiment de supériorité à l'égard des enfants. Aujourd'hui encore, chez les Inuit d'Alaska, les enfants sont d'autant plus respectés et mieux traités que chacun espère se réincarner dans l'un de ses petits-enfants[342].

D'abord limités à un nombre modeste d'individus – parce que la difficulté logistique interdit l'organisation de trop vastes mouvements collectifs –, ces groupes s'étoffent avec le temps et divisent le travail entre leurs membres de plus en plus nombreux : chasseurs, cueilleurs, bergers, artisans, puis – catégories nouvelles – guerriers et prêtres-guérisseurs. Certains fabriquent des outils et des armes, d'autres pistent les proies, d'autres chassent, rapportent la nourriture, protègent femmes et enfants, bâtissent des camps de base, des camps de transit, des haltes de chasse, des sites de taille des pierres, des lieux d'abattage, des terrains de funérailles ; d'autres encore – tâche la plus difficile – organisent la logistique, maintiennent des communications entre tous ces lieux et avec les Esprits.

Y parviennent mieux ceux qui se dotent d'une langue et d'une hiérarchie efficaces.

Ainsi les quatre cents langues bantoues parlées aujourd'hui du nord de l'équateur au Cap dérivent-elles toutes d'une autre, parlée par des nomades il y a sept mille ans au Nigeria, point de départ du voyage vers le sud des hommes venus d'Afrique orientale[257]. De même les langues d'Europe et du Moyen-Orient, dites indo-européennes, trouvent-elles presque toutes leur origine dans des langues parlées il y a sept mille ans par des bergers sur les contreforts de l'Anatolie et venus là depuis le Levant.

Le nom des peuples compte moins que ceux des individus. Quand ils commencent à se donner des noms, dans ces premières langues, nombre de peuples se désignent simplement par le mot qui signifie « les hommes »[84], ou « nous-mêmes », ou « ceux qui parlent la même langue », ou « le peuple », ou « la famille », ou encore le « patrimoine »[18]. Et comme ce nom est en général pour eux dénué d'importance, ils en changent souvent pour prendre ceux des peuples auxquels ils se mêlent, conquérants ou vaincus. Les sentiments d'appartenance et d'identité ne viennent que beaucoup plus tard.

Le voyage fait évoluer les langues : les premiers mots aident chacun à nommer ce dont, comme voyageur, il a besoin pour chasser ou se protéger. Les mots sont d'abord des objets de voyage.

Comme les choses qu'ils désignent, ils sont aussi des êtres vivants doués de vertus et de pouvoirs, des êtres nomades. À la différence du nom du groupe, celui de chaque individu importe beaucoup ; c'est celui d'un être vivant et il ne faut jamais le proférer sous peine de le voir partir, lui-même nomade, et, avec lui, disparaître l'identité de qui le porte[148]. Encore aujourd'hui, certains Inuit changent de nom à intervalles réguliers pour renaître avec chaque nouveau patronyme et vivre ainsi des sortes de réincarnations symboliques[18].

De nombreux mots sont aussi des messagers capables de voyager vers l'Au-delà pour conjurer les maladies ou exorciser des divinités maléfiques. D'autres sont essentiels à l'exercice du pouvoir.

Si certains des tout premiers groupes n'ont peut-être pas de chef (c'est le cas aujourd'hui encore des Gabbras, au Kenya) et ne connaissent peut-être même pas l'autorité (comme aujourd'hui chez les Huaoranis d'Équateur, où nul n'est tenu de faire quoi que ce soit), ils suivent en général les ordres d'un mâle qui leur sert de *guide*, parce qu'il connaît mieux que les autres les techniques de l'errance, qu'il sait lire les étoiles, les traces, qu'il sait pister les animaux, retrouver un chemin dans la forêt et parler aux Esprits.

Le chef est d'abord le plus fort, le plus mobile, le plus rapide ; puis le plus savant, le plus expérimenté. Il dispose souvent de la plus grande tente, entourée de celles des membres de sa famille. C'est parfois une femme, comme le confirmera leur prééminence dans certaines sociétés nomades ultérieures. Le chef organise les voyages, répartit le butin, assure la défense du groupe, protège les faibles, arbitre les conflits[342], faisant en sorte que les décisions les plus délicates soient le résultat d'un consensus et tiennent compte du respect dû aux ancêtres. Le chef est aussi celui qui juge et peut condamner les fautifs à la pire peine : le bannissement, prison ouverte et mort assurée. Il est enfin l'intercesseur avec l'Au-delà, prêtre et guérisseur, voyageur au pays des morts bien avant d'être prince des vivants. Le groupe n'est qu'une constellation floue d'individus, rassemblés pour faciliter les voyages rarement au-delà d'une génération.

3.2. Voyager

Les premiers déplacements sont des marches de hasard sur la trace de proies ou pour fuir des ennemis. Puis elles sont animées par ce qui, au-delà de la nécessité, animait déjà les grands primates évolués : la curiosité.

Le nomade ne voyage jamais seul – il en mourrait vite, comme le banni – ni en trop grand groupe – la logistique serait par trop complexe. Il déambule avec ceux en qui il a confiance et qui le complètent.

Puis, quand il commence à survivre à l'adolescence, comprenant qu'il peut utilement revenir aux mêmes endroits – une fois laissé le temps au gibier et à la flore de se reconstituer –, ses voyages deviennent plus ou moins cycliques, obéissant au rythme des saisons, des années. Il lui faut alors retrouver son chemin dans des paysages et sous des ciels donnés, refaire régulièrement les mêmes trajets en respectant des rites à chaque étape.

Quelques nomades vivaient encore ainsi il y a peu. Ainsi, vers 1960, les Yörüks, pasteurs de la Turquie méridionale[308], partageaient leur temps entre un estivage dans les montagnes du Taurus et un hivernage sur la côte méditerranéenne. À la fin du printemps, le responsable de la tribu, l'*aga*, aussi le plus riche (« soit que ses fonctions lui donnent la richesse, soit que la richesse lui donne ses fonctions »[308]), réunissait les « grands des familles », venus de tous les campements d'hiver, pour décider de la date du départ vers la montagne. On discutait de la longueur de l'hiver, de la santé des femmes, de l'état des pistes, des réserves de sel, de la préparation des vêtements, des équipements de chasse et des ornements pour les fêtes. Avec l'intendant (en général un esclave enlevé à une autre tribu), l'*aga* organisait des convois de sept chameaux portant chacun cent clochettes[308]. Lorsque toutes les familles éparpillées étaient prêtes, l'*aga* donnait l'ordre de se mettre en route. Chacun partait à son rythme vers un point de ralliement où se regroupaient toutes les caravanes. Là, les familles se retrouvaient, parfois pour la première fois depuis six mois, et organisaient les cérémonies du véritable départ : des prières, un sacrifice animal, un repas en commun. Puis la caravane démarrait, tous convois réunis. Quand elle débouchait dans la steppe ouvrant sur la montagne, de nouvelles fêtes avaient lieu, renouvelées à chaque étape de l'ascension : luttes, courses, tirs, prières, sacrifices[308]. Une fois arrivés sur le lieu d'estivage, les Yörüks montaient des tentes en poils de chèvre noire, tendues sur des arceaux, et s'habillaient de vêtements neufs après avoir énoncé les formules suivantes : « Tout le monde est très propre, tout le monde est élégant » et « Toutes les mauvaises choses de la plaine se perdront »[308]. Quand venait l'automne, la marche de retour était plus mélancolique ; on observait les mêmes rites, les mêmes prières, les mêmes sacrifices qu'à la montée, mais sans joie, et on se dispersait tristement dans les camps d'hivernage jusqu'au printemps suivant[308].

Les nomades mesurent l'espace en journées de marche. Pour eux, la distance n'est que du temps.

Les techniques nécessaires à l'agencement de leurs déplacements sont très sophistiquées. Aujourd'hui

encore, pour se prémunir contre les souffrances de
la marche et pour se retrouver dans des paysages
complexes, les Aborigènes d'Australie s'enduisent
d'onguents secrets et utilisent la transmission de pensée
pour rester en liaison entre groupes dispersés ou avec des
égarés. Durant la marche, ils se repèrent à des signes visi-
bles d'eux seuls, laissés sur des rochers lors d'un précédent passage. Les femmes s'occupent de la cueillette et
du petit gibier ; les hommes chassent l'émeu et le kan-
gourou. Le soir, ils chantent et jouent du didgeridoo, sorte
de flûte en bois d'eucalyptus creusé par les termites.

3.3. Habiter

De même que leurs techniques de marche, les habitats
des nomades témoignent d'une remarquable inventivité,
depuis des abris de grottes et des huttes de feuillage
jusqu'à des tentes de peaux et des maisons mobiles. Les
plus simples sont abandonnés sur place, les plus
complexes sont emportés, au moins en partie, lorsque
leur poids n'est pas excessif.

Ces gîtes sont d'autant plus sophistiqués que les climats sont extrêmes. Aujourd'hui encore, des Lapons
chasseurs de rennes construisent des huttes légères à
arceaux en ogive ou à fourches très résistantes au vent,
avec un trou d'évacuation pour la fumée et des portes à
battant[342]. En hiver, les Kamtchadales ou Itelmènes de
Sibérie enfouissent leurs abris dans le sol. Les Inuit du
Grand Nord canadien bâtissent des cabanes assez vastes
pour abriter plusieurs dizaines de personnes[86]. En été,
les Tchouktches et les Esquimaux de Sibérie dressent

des tentes ; les Kamtchadales construisent des huttes
faites d'une ossature en bois recouverte d'herbes ;
lorsqu'ils chassent, ils se construisent un igloo chaque
jour ; au printemps, les Inuit se dispersent et plantent des
tentes le long des côtes[365]. Les Indiens du Moyen Nord
et du Subarctique québécois[86] se regroupent aussi pendant l'hiver dans de grandes cabanes et se dispersent au
printemps sous des tentes.

Dans les régions chaudes, les nomades des déserts
utilisent des abris tout aussi adaptés. La tente des
bédouins, de forme rectangulaire, est ouverte d'un côté
et cloisonnée à l'intérieur pour s'abriter du soleil[342] ; elle
est tissée en poil de chèvre qui, à la différence de la laine
de mouton ou du poil de chameau, n'absorbe pas l'eau
de pluie et protège de la chaleur.

Les nomades des pays tempérés se contentent d'abris
plus sommaires. Ainsi, les premières tribus des plaines
d'Amérique du Nord construisent des huttes de branchages abandonnées à chaque étape : *tepee* en peaux ou
wigwam en écorce de bouleau. Les Canoeros, qui nomadisent sur plus de cinq mille îles des archipels de Patagonie, construisent encore des huttes coniques ou en
coupoles, faites de longues perches enfoncées dans le
sol, liées avec des joncs, recouvertes de végétaux ou de
peaux[342] ; ils les abandonnent tous les quinze jours et,
lorsqu'ils reviennent des semaines ou des mois plus tard,
réutilisent les armatures. Les Pygmées débroussaillent
dans les sous-bois une surface circulaire et y fixent des
arceaux de bois souple recouverts de feuilles maintenues
par des lianes ; en repartant, au bout de quelques jours,
ils emportent les feuilles encore utilisables, mais ne se
réinstallent jamais au même endroit[342].

Quand les nomades tendent à ralentir leurs mouvements, ils rassemblent leurs habitations en des campements dont le plan organise une vie collective déjà
sophistiquée. Ainsi, toutes les ouvertures des tentes des
Gabbras, au Kenya, sont alignées et orientées dans une
même direction de façon à tourner le dos au vent dominant[342]. Les cabanes provisoires des Huaoranis de
l'Équateur ouvrent toutes sur le centre du cercle qu'elles
dessinent. Celles des Menkragonotis du Paraguay sont,
elles aussi, dressées en cercle, leurs portes tournées vers
le centre où se dresse la « tente des hommes », celle dans
laquelle se préparent les cérémonies et où résident les
célibataires.

Aussi provisoire soit-elle, l'habitation est en général un
lieu sacré où nul n'a le droit de porter les armes et où, à
partir du Neanderthal, le nomade enterre ses morts et
reçoit les vivants. Accueillir les hôtes avec déférence et
leur offrir l'hospitalité est une dimension majeure de la
vie des voyageurs. Un proverbe bédouin dit : « L'hôte est
un prince lorsqu'il est reçu, un captif lorsqu'il est logé, un
ministre quand il part. » Dès qu'une tribu reçoit un
étranger, elle est responsable de sa sécurité, même si c'est
un ennemi : en cas de meurtre, le déshonneur retombe sur
tous les membres de la tribu. C'est là un principe qu'on
retrouvera jusque dans la Bible et le Coran.

3.4. Penser l'Au-delà

Le monde n'est pour les premiers humains qu'une
composante infime de l'univers. Tout problème, quel
qu'il soit, vient de l'au-delà du Temps et de l'Espace,

de là où vivent les esprits qui prédéterminent la vie des hommes, des bêtes et des choses.

Ces esprits sont d'abord les éléments, puis les ancêtres, puis des dieux plus abstraits représentant d'abord la force et la fertilité. Ils peuvent s'investir dans des animaux, des plantes, des pierres ou des objets faits de main d'homme. Chez les Punans de Bornéo, par exemple, un esprit malin, Penakoh, peut se cacher dans le tronc d'un figuier dit « étrangleur »[342].

Connaître les esprits, communiquer avec eux, leur faire des offrandes permet de survivre[18]. Eux-mêmes, comme les humains, sont sélectionnés pour ne laisser survivre que les plus efficaces : un esprit vaincu laisse la place à un autre, plus fort ou plus utile.

Qu'ils soient mal disposés par nature envers les hommes ou indisposés par leurs actes, les esprits provoquent le Mal. Ainsi les Xan, ou Bushmen, d'Afrique australe pensent que les esprits sont capricieux et tirent sans raison sur les hommes avec des flèches invisibles, porteuses de malheur. Pour d'autres peuples, les esprits sont rationnellement hostiles aux hommes[342]. Parfois, l'esprit ne devient malin que pour se venger des humains : chez les Huaoranis d'Équateur, il arrive qu'un singe poursuivi par des chasseurs laisse apparaître son « âme » et « parle avec les yeux »[342] pour supplier qu'on l'épargne ; si on le tue, il poursuivra les chasseurs de sa vengeance.

Le Bien vient aussi de certains esprits auxquels on peut demander de faire tomber la pluie, de guérir ou d'écarter le vent ou le gel.

Le rapport avec les esprits passe par la musique[22], la danse, la transe, les incantations, la prière, les offrandes, les sacrifices humains ou animaux. Pour plaire à leurs esprits, les Menkragonotis du Paraguay organisent tout au long de l'année des célébrations préparées par des expéditions en forêt où ils ramassent des plantes très spécifiques et chassent des perroquets dont les plumes seront nécessaires aux coiffures et aux parures.

Pour que les morts ne deviennent pas des esprits malins, il convient de s'occuper de leur dernier voyage. Depuis l'homme de Neanderthal, les morts, on l'a vu, sont ensevelis avec des objets, parfois avec des proches sacrifiés pour leur permettre de poursuivre leur vie dans l'Au-delà sans être tentés de revenir déranger les vivants. Par exemple, chez les Guayakis du Paraguay[91], dont le mode de vie a sans doute peu évolué depuis des millénaires, les morts deviennent des esprits parmi lesquels les plus dangereux sont ceux des jeunes adultes masculins, ceux-ci supportant mal la solitude et exigeant un compagnon pour le voyage vers la « savane des âmes ». Pour satisfaire le mort, on tue donc un de ses enfants – le *jepy* –, une fille si possible, qu'il emporte dans sa tombe, « blottie sur son épaule »[91].

Pour extraire le mal du corps des hommes, les guérisseurs utilisent la trépanation, la cautérisation, le plâtrage, la quarantaine et des sortes de vaccinations[16] ; chez les bédouins, par exemple, seuls peuvent approcher un malade ceux qui ont survécu au même mal. Les connaissances thérapeutiques des premiers hommes sont immenses, souvent efficaces, sans qu'ils en connaissent les raisons[16].

Ils utilisent aussi des drogues, nommées « voyages » dans beaucoup de langues. Les Piaroa du bassin de l'Orénoque préparent le yopo ; les Tukano du bassin du

Vaupés, le yagué. Les Yaquis de Basse-Californie recourent au peyotl et à la « danse du Soleil » pour « trouver leur place »[81]. Les Guajiros du Venezuela consomment la coca pour « briser la réalité ». Les nomades de Java connaissent la *Rauvolfia serpentina*, la plante « qui fait les yeux émerveillés » et qui chasse les esprits qui rendent fou. Les Warao du Venezuela communiquent avec les esprits grâce au tabac. Les Guaranis du Brésil espèrent aussi atteindre avec lui la « Terre-sans-Mal ».

Ces voyages sont en général réservés à ceux qui savent. Chez les Guajiros, l'usage de la coca est réservé aux prêtres et aux chefs. Chez les Dolganes de Sibérie, seuls les chamanes sont autorisés à communiquer ainsi avec les esprits.

3.5. Penser le temps

Le nomade n'accumule pas, n'épargne pas ; il ne détruit pas la nature dont il est un parasite ; il ne transmet que des objets nomades tels que le feu, les savoirs, les rites, les histoires, les haines, les remords. Durant la chasse, la vitesse est pour lui un enjeu vital. Après la chasse, le temps prend une épaisseur toute différente : il est essentiellement structuré par la construction d'abris, l'organisation des rites, la fabrication des outils et la confection des repas, et surtout la narration de récits.

Cette dernière occupation est une question de vie ou de mort pour le groupe, puisqu'elle initie les jeunes aux conditions de la survie et aux principes fondateurs de l'identité collective.

Cette transmission se fait par le chant, la musique associée à la danse et le récit proprement dit, au cours de veillées et à l'occasion de cérémonies spécifiques célébrant les anniversaires d'événements essentiels de l'histoire du peuple. Des griots – souvent des femmes – miment des personnages, des animaux, des épisodes, comme chez les pygmées Bakas du Cameroun. Parfois, comme chez les Anasazis, de petites poupées aident les enfants à mémoriser les personnages qui peuvent être plusieurs centaines. Elles deviendront les kachinas des Hopis.

On a encore trace de la façon dont ce temps est vécu par les premiers hommes avec ce qu'en disent certains des derniers nomades d'aujourd'hui, comme les Inuit d'Amérique du Nord ou les Touvas de Mongolie : « On raconte dans l'igloo familial. Ils sont étendus, la tête vers le centre, les pieds au mur. [...] C'est alors qu'à mi-voix, et lentement, la mère récite. Chacun écoute sans dire mot. Le matin, au réveil, les enfants se feront préciser un ou deux détails, répéteront plusieurs fois les phrases difficiles. On les corrigera. Et c'en sera fait. À jamais la mémoire leur en restera[342]. »

Ces récits reposent en général sur des paraboles de voyages, d'expulsions, de fuites au long de labyrinthes et sont semés de rencontres avec des esprits[21]. Certains peuples croient que leurs ancêtres ont été créés en ce monde alors que d'autres, comme les Yuquis de Bolivie, expliquent que ce sont leurs aïeux, venus d'ailleurs, qui ont créé la Terre et le Ciel. Les Aborigènes d'Australie pensent que leurs ancêtres ont créé les hommes pendant le « Temps du Rêve » à partir de plantes et d'animaux ; les rivières l'ont été par le Serpent Arc-en-Ciel pour noyer des hommes coupables de violer les tabous ; rochers et collines ont vu le jour quand il les a avalés et puis recrachés. D'autres peuples premiers pensent encore que les hommes sont chassés d'un univers vers un autre par suite de catastrophes ou de fautes ; ainsi les premiers Indiens d'Amérique pensent que l'humanité a vécu dans trois univers avant d'arriver dans l'actuel, qu'elle y a chaque fois échoué ; que quelques hommes ont réussi à trois reprises à s'enfuir vers un nouvel univers où une nouvelle chance leur a été donnée ; pour leurs descendants d'aujourd'hui, les Hopis, l'univers actuel, le quatrième et avant-dernier disponible, n'est pas loin non plus de l'échec.

D'après certains de ces récits, la condition de l'humanité est entachée d'un péché originel consécutif à une violation des règles du voyage, et l'Histoire vise à lui donner une chance de se faire pardonner. Par exemple, les Mbutis vivant dans la forêt tropicale d'Afrique centrale racontent que les hommes étaient immortels et herbivores jusqu'au jour où l'un de leurs ancêtres tua une antilope puis la mangea pour dissimuler son acte. Afin de tenter de recouvrer l'immortalité, ils doivent maintenant respecter les animaux et les chasser « sans férocité ». À l'autre bout du monde, en Indonésie, les Punans croient eux aussi qu'ils sont devenus mortels pour avoir tué des animaux, et ils n'ont désormais le droit d'abattre un tigre ou un crocodile qu'en état de légitime défense ; ils disent : « Si seulement nous pouvions apprendre à vivre sans tuer, nous pourrions recouvrer notre immortalité[342]. »

Chez tous les premiers hommes se retrouve cette idée que la non-violence pourrait rendre aux hommes leur éternité : ils savent les ravages de la violence. Aussi, pour l'empêcher de proliférer, la concentrent-ils sur des victimes sacrificielles – humains ou animaux – qu'ils détruisent pour maintenir la paix au sein du groupe[159].

3.6. Penser, danser le voyage

Les *Homo sapiens sapiens* pensent très tôt à représenter leur voyage, et pas seulement à le raconter. Depuis plus de 30 000 ans, ils le font au moins par d'étranges dessins, représentant une figure très particulière qu'on retrouve partout à travers le monde : le *labyrinthe*[21], matérialisation de la destinée nomade, à la fois souvenir du premier voyage – celui de la naissance –, angoisse du dernier – celui de la mort – et traduction de la condition du voyageur, à la merci d'une tempête, d'un prédateur, d'une tribu hostile, dans l'angoisse de se perdre, de ne pas retrouver le camp après la chasse, de ne plus pouvoir s'extirper d'un désert ou d'une forêt.

Le labyrinthe est un formidable moyen de méditation sur la condition humaine, et de transmission, d'apprentissage de celle-ci. Il est dessiné, imaginé, voire dansé par les premiers hommes dans des cérémonies aux formes multiples, simulacres de voyage et enseignement moral pour les jeunes générations.

La plus ancienne représentation connue de cette figure a été trouvée gravée sur un morceau d'ivoire de mammouth déposé en offrande dans une tombe de nomade sibérien il y a quelque 50 000 ans. C'est un dédale à sept circonvolutions, entouré de quatre doubles spirales gravées[21]. On en trouve d'autres, tracés il y a plus de

15 000 ans au bord du Danube et de la mer Égée, en Iran, en Savoie, en Irlande, en Sardaigne, au Portugal, dans des tombes ou des grottes.

Leurs dessins sont étonnamment semblables : près de Madras, en Inde, ils ont la même forme que certains tracés de galets alignés à la même époque en Scandinavie. La plupart de ces tracés sont inscrits dans des carrés ou des cercles, accompagnés parfois de dessins d'ours, d'oiseaux, de serpents. On trouve ainsi chez les Yombas, dans le djebel Bes Seba du Hoggar, une girafe contemplant un labyrinthe dans lequel un oiseau est fasciné par un serpent. On en trouve aussi datant de 7 000 ans, à Brdo, près de Belgrade, sur des figurines d'une civilisation dite de Vinca, et sur des représentations féminines retrouvées en Écosse à la même époque. On en trouve encore d'identiques, du même âge, sur un bloc de granit des cavernes des monts Wicklow, en Irlande, et un peu partout en Amérique.

En maintes régions du monde, on enseigne ainsi aux enfants toutes les figures possibles du voyage en les gravant dans la mémoire visuelle (par le labyrinthe) et dans celle du corps (par la danse), car la chorégraphie est un labyrinthe virtuel. Pour avancer malgré la peur ; pour inventer malgré la mort.

3.7. Inventer

Contrairement à ce que laisse croire l'Histoire telle que la racontent les sédentaires, il n'a pas fallu attendre l'agriculture pour que débute la civilisation. Au contraire, on l'a vu, c'est pendant les centaines de millénaires nomades

qu'ont été faites les principales innovations dont les
sédentaires se sont ensuite servis : le feu, les rites, les
vêtements, la chasse, les outils, l'art, les langues, la
musique, la peinture, la sculpture, le calcul, le péché,
l'éthique, l'arc, le commerce, les marchés, la loi, le
bateau, la métallurgie, la céramique, l'élevage et l'écriture sont là bien avant que des nomades décident de
s'établir paysans. Et ce sont d'autres nomades encore,
un peu plus tard, qui inventeront l'équitation, la roue,
Dieu, la démocratie, l'alphabet, le livre, la marine, entre
bien d'autres choses encore.

Le premier but de toute innovation est d'ordre spirituel
avant d'être matériel. Ainsi du feu, instrument de rituel
avant d'être défense contre le froid. Ainsi de la domestication des animaux sauvages, objets de sacrifice avant
d'être fournisseurs de lait, de peau, de fourrure et de
viande. Ainsi de la métallurgie du bronze, d'abord art
rituel longtemps avant de devenir moyen de fabriquer
des outils. Ainsi de l'échange, d'abord procédure religieuse d'élimination de la violence par une offrande aux
esprits avant de devenir marché entre les hommes.

3.8. Échanger

Certains des premiers hommes mettent tout en
commun, tels aujourd'hui encore certains Xan du
Kalahari et les Mbutis de la forêt de l'Ituri, en Afrique
orientale. Un récit moderne des Mbutis donne une idée de
cette pratique : « Lorsque d'autres familles se trouvaient
là, nous partagions toujours ce que nous avions avec elles.
Si l'un de nous avait de la nourriture – des dattes ou des

racines – ou avait tué un animal à la chasse, nous cuisions le repas et le partagions entre tous[342]. » L'obligation de partage est parfois incluse dans un code d'honneur ; ainsi les Huaoranis de l'Équateur considèrent que si la forêt leur offre ce dont ils ont besoin, rien ne leur appartient en propre. Pour décrire la manière dont quelque chose change de mains, ils disent « qu'elle est allée d'une personne à une autre ». Ils n'ont pas de mots pour dire « donner », « recevoir », « devoir » ou « merci »[18].

Avec l'*Homo sapiens sapiens,* les humains commencent à s'approprier ce qu'ils fabriquent : aliments, outils, vêtements, armes, protections, bijoux qu'ils échangent contre ce que fabriquent les autres. Là commencent l'accumulation par les plus forts, la marginalisation de ceux qui produisent moins et l'exclusion des plus faibles.

Les hommes échangent d'abord leurs biens avec les Esprits en faisant accompagner les morts par des offrandes ou en se livrant à des sacrifices. Mais à leurs risques et périls : si l'Esprit n'est pas satisfait, le don, pris comme un affront, se retourne contre son auteur.

Entre vivants, l'échange est tout aussi dangereux : si celui qui reçoit n'a pas les moyens de rendre, il peut être humilié, se sentir offensé, et vouloir se venger. Chez les bédouins d'Oman, la réputation d'une famille tient à sa capacité à rendre ce qu'elle reçoit. Chez les Haïdas, les Tlingits et les Kwakiutls, au Canada, ce don, le *potlatch*, est sévèrement contrôlé par des rites[250] sous peine de dégénérer.

De surcroît, nourriture et objets étant vivants, donner c'est prendre le risque de se fâcher avec l'objet qu'on abandonne. En Inde, l'éleveur qui donne une vache doit vivre avec elle pendant trois jours et trois nuits[250] pour lui expliquer la raison de cette séparation. Dans certaines sociétés nomades d'Asie, chacun garde toute sa vie le droit de « pleurer le bien » qu'il donne, et reçoit de l'acheteur un « billet de gémissement » qui lui conserve à jamais un certain droit sur l'objet cédé[18].

La division du travail conduit les premiers hommes à échanger entre eux sur de plus ou moins longues distances et à s'en remettre, pour ces voyages, à des spécialistes : les marchands.

Sur le littoral occidental de l'Amérique du Nord, des tribus côtières récoltent des coquillages et des poissons qu'elles envoient dans les Plaines et échangent contre des peaux avec des tribus locales, qui les échangent à leur tour au Mexique contre des poteries ou au Brésil contre des perroquets. Les Zuñis d'Arizona échangent des coquillages obtenus de tribus riveraines du Pacifique contre du sel de tribus du Colorado. Des tribus nomadisant dans les marécages de la côte septentrionale de Nouvelle-Guinée vont chercher, à l'ouest de l'île, des dents de chien avec lesquelles elles fabriquent des colliers, échangés ensuite, à l'est de l'île, contre des peintures pour le corps, des canoës et des tissus[18].

Qu'il soit destiné à des Esprits ou à des humains, le don d'un objet, ou son échange contre un autre, est un moment périlleux du fait du risque de déséquilibre. Aussi est-il canalisé dans ces premières sociétés par des procédures très rigoureuses articulant le don et le contre-don en des rituels de passage.

Tout objet doit être annoncé comme inoffensif et tout don comme ne constituant pas un défi. Chez les Aborigènes d'Australie du Sud-Est, le chasseur laisse tomber le produit de sa chasse aux pieds de celui à qui il le donne afin d'éviter que celui-ci croie qu'il cherche à lui jeter un sort ou à lui lancer un défi.

Tout objet échangé doit être traité comme une sorte d'otage. Des rituels doivent assurer l'équilibre de la transaction en se fondant sur deux principes universels – équivalence et isolement – dont le respect s'obtient par une procédure : l'échange silencieux[18].

Celui qui veut échanger un bien contre celui d'un autre vient le déposer en un endroit précis, circonscrit par une figure géométrique déterminée, en général à la lisière d'une forêt, en bordure d'une rivière ou de la mer, à l'extérieur du campement.

Puis il se retire et observe. Un acheteur éventuel se présente, dépose sur le lieu d'échange ce qu'il croit être équivalent, et se retire ; le vendeur revient alors et, s'il accepte l'échange, prend ce qui a été laissé par l'acheteur. Sinon, il s'en va de nouveau ; l'autre revient pour proposer davantage ou reprendre son offre. Dans ce rituel planétaire et multimillénaire, silence et séparation évitent toute dispute et favorisent la recherche de l'équivalence.

Dans de nombreuses sociétés nomades (les Togos, les Balis Tulam, les Somalis, les Gallas, les Diolas et les Masaïs en Afrique, les Lothe Nages en Inde, les Mongols et les Tibétains, les Aborigènes en Australie), la bonne marche de ce rituel silencieux exige un témoin. Ce dernier prend beaucoup de risques : il peut être pris à partie dans une dispute entre les protagonistes de l'échange. En outre, recevant les biens en dépôt, il est traversé de leurs forces vitales.

Chez les Balis Tulam du Niger, le témoin (le *dilleli*) certifie la légitimité du passage du bétail d'un pasteur à l'autre, et reçoit une commission pour ses services[18].

Chez les Aborigènes d'Australie, deux témoins doivent
tenir chacun à la main un morceau du cordon ombilical
de l'autre, conservé par des familles spécialisées dans ce
rôle. Au Dahomey et dans le Nicaragua précolombien,
les témoins sont toujours des femmes ; chez les Lhotè
Nages d'Inde ce sont des vieux ; chez les Diolas,
pêcheurs d'origine nomade de Casamance, ce sont des
prêtres spécialisés[18].

Il arrive que l'échange n'ait d'autre finalité que d'organiser les relations entre groupes nomades et d'en éliminer
la violence. Dans ce cas se mêlent échanges avec les
Esprits et avec les vivants. Il arrive même que des objets
rituels doivent voyager de tribu en tribu sous peine de
nuire à ceux qui en interromperaient le voyage. Ces objets
(qui tiennent plus des êtres nomades que du monde des
objets) forcent alors les hommes à voyager pour les transporter. Chez les Mélanésiens, par exemple[238], la cérémonie de la *kula* organise une circulation ininterrompue
de tous les adultes d'île en île pour transmettre à des
partenaires connus à l'avance des bijoux (les *naygu'a*)
ayant chacun une personnalité, un nom, une histoire et
un « père mystique ». Dans un sens circulent des colliers
de coquillages rouges (*suleva*) ; dans l'autre, des bracelets de coquillages blancs (*mwali*). Ceux qui les reçoivent
les regardent, les portent, les apposent sur les corps des
malades, puis les transportent plus loin. À leur mort,
d'autres les remplacent dans cette gigantesque course-
relais. Chacun a d'autant plus de partenaires qu'il est
important dans la hiérarchie sociale ; un chef en compte
des centaines. Ces échanges rendent ainsi nécessaire
le voyage rituel de plusieurs milliers d'individus parlant des langues différentes, jamais interrompu au fil

du temps et déterminant toute l'économie[238]. On en trouvera d'autres versions ultérieurement jusqu'à aujourd'hui.

Quand échoue l'échange avec les Esprits, quand le don est trop déséquilibré pour ne pas constituer un affront, quand une tribu convoite des biens qu'une autre ne souhaite pas échanger (des femmes, des jeunes hommes, des territoires de chasse), ne reste d'issue que la guerre.

3.9. Dominer

Si, pendant longtemps, les groupes nomades ont pu se croiser sans se combattre dans l'immensité des espaces, la pression démographique provoque des rivalités pour des femmes, des corps à manger ou sacrifier, des points d'eau, des lieux de chasse, des abris, des pâturages. Des actes de violence entraînent alors vengeance et représailles de la part des victimes ou de leurs proches.

Même si une présentation idyllique des nomades laisse croire que la guerre serait une invention de sédentaires, les armes leur ont donc très vite servi à autre chose qu'à chasser du gibier. On a gardé trace de combats, par exemple sur des squelettes trouvés criblés de flèches à Jebel Sahaba, sur le Nil, et à la Gravette, en Dordogne, il y a 12 000 ans.

Lorsqu'elle a lieu, la guerre entre groupes ressortit à quelques principes simples : faire peur, attaquer par surprise, rompre les lignes de communication de l'ennemi, ne pas lui laisser de répit. Elle n'obéit à aucune règle morale : il est recommandé de se faire passer pour un allié de son adversaire, de le trahir, de lui faire croire à sa propre fuite. Tout est bon pour inciter l'autre à abandonner au plus vite le bien convoité.

Parfois, des tribus voisines établissent des codes de bonne conduite. Dans ce cas, si une tribu veut faire la guerre à une autre, elle doit lui envoyer un messager pour annoncer qu'il est mis fin à la paix et proposer un combat singulier ou exiger une offrande. Si la proposition n'est pas acceptée, la guerre éclate.

Elle s'interrompt par l'interdiction rituelle de la vengeance. Généralement en vain. Car, malgré les interdits, la vengeance voyage. C'est même le premier objet nomade porteur de mort. On la retrouvera bientôt universellement répandue sous le nom grec de *nemesis*, latin de *talio*, arabe de *Tha'r*. Jusqu'à ce que le monothéisme – lui aussi une création nomade – propose d'y mettre fin.

CHAPITRE III

Chevaux d'empires

« Quand les civilisations perdent ou semblent perdre, le vainqueur est toujours un "barbare". Pour un Grec, est barbare quiconque n'est pas grec, pour un Chinois, quiconque n'est pas chinois. »

Fernand BRAUDEL, *Civilisation matérielle, économie et capitalisme*, t. 7, Armand Colin, Paris, 1979.

L'histoire des cinq derniers millénaires ne nous est connue que par des récits de sédentaires qui la présentent comme une succession d'efforts de nations « civilisées » pour se protéger contre l'invasion de « hordes barbares » censées être venues piller leurs légitimes richesses.

En fait, toute entité sédentaire, aussi ancienne qu'elle se prétende, naît toujours d'un peuple nomade venu en chasser un autre passé là avant lui. Aussi les moteurs initiaux de l'Histoire ne sont-ils pas les orgueilleuses nations qui paradent aujourd'hui, mais de hautes civilisations vagabondes, presque toutes disparues.

La domestication du cheval, puis du renne, du dromadaire et du chameau, rendant aux nomades d'Asie le pouvoir qu'ils avaient un temps laissé aux paysans de Mésopotamie, confère à ces cavaliers du vent les moyens de dicter leur destin aux immobiles.

1. Chevaux d'empires

1.1. Le cheval, le chameau, le renne et la roue

La maîtrise par des pasteurs d'animaux capables de transporter de lourdes charges, de tirer des chariots et de porter des gens en armes, révolutionne le monde. Pour la première fois, l'homme peut voyager plus vite que son pas, transporter plus qu'il ne peut porter. Le progrès est une fois de plus l'apanage de nomades. Désormais, traverser l'Eurasie, l'Afrique ou l'Amérique ne se mesure plus en vies, mais en années, bientôt en mois.

Au temps des glaciations, le précurseur du cheval, l'*Equus caballus*, apparu en Amérique il y a 2 millions d'années, passe par le détroit de Behring en Asie, puis en Europe ; 30 000 ans avant notre ère, il est contrôlé par l'*Homo sapiens sapiens* d'Eurasie, ainsi que le racontent des dessins laissés sur les parois des grottes, où on le voit aussi, comme dans le sud-ouest de la France, équipé de harnais passés sur son encolure.

Il y a quelque 10 000 ans, le cheval disparaît du continent américain sous les coups des chasseurs.

Quatre mille ans plus tard, soit en 4000 avant notre ère, dans le Nord-Caucase, entre la mer Caspienne et le désert de Gobi, un poney dont descendent les chevaux de trait d'aujourd'hui, l'*Equus prezwalski gracilis*, est domestiqué par des nomades d'Asie centrale. Il se répand dans toute l'Eurasie, en Arabie et en Chine ; on le retrouve en – 3900 jusque dans la péninsule Ibérique.

Les paysans ne s'y intéressent pas : le cheval répond à des besoins de pasteurs. Il est d'abord utilisé comme animal de bât pour transporter charges et tentes.

Quelque mille ans après a lieu l'invention majeure de la roue pleine en bois et celle du mors, aussi en bois, sans doute par ces mêmes peuples, en tout cas par des nomades en marche ; le cheval est alors attelé à des chars de guerre, puis à des chariots. Au moins un millénaire encore plus tard, soit environ deux mille ans avant notre ère, il est monté par l'homme, d'abord sur les plateaux en bordure de l'Himalaya, du Pamir et de l'Hindu Kuch. À la même époque, en Asie centrale et en Afrique, d'autres pasteurs domestiquent l'âne et tentent de le croiser avec le cheval. Ce sera le mulet.

La domestication du cheval bouleverse le destin des peuples. Grâce à lui et à la roue, il devient possible de transporter de lourdes charges, de vivre même à bord des chariots, d'échanger de gros volumes sur de longues distances, puis de chasser et combattre à cheval. Dans le bassin du Tarim où se trouvent des oasis stratégiques entre la Chine et l'Asie centrale, les chevaux deviennent des facteurs de puissance si importants qu'ils sont enterrés avec leur maître et sa cravache, équipés de leur mors en bois et de leurs rênes.

Malgré les preuves irréfutables qui situent ces découvertes en Asie septentrionale, certains historiens en créditent aujourd'hui des nomades de l'Ukraine actuelle. L'enjeu n'est pas dénué d'importance, puisque cette hypothèse reviendrait à conférer la paternité de la civilisation du cheval à des Indo-Européens, c'est-à-dire à un fantasme d'hommes blancs. Même si c'était le cas – ce qui est peu vraisemblable –, elle n'en resterait pas moins le fait de voyageurs, tout comme le besoin auquel elle répond.

Au moment où le cheval est ainsi domestiqué en Eurasie, le renne l'est en Asie septentrionale, le chameau en Asie centrale et le dromadaire au Proche-Orient. Ces animaux partagent une qualité majeure, essentielle aux yeux des voyageurs : une fois un trajet accompli ils ne l'oublient pas ; leur infaillible mémoire des parcours rend possible la traversée des déserts, des savanes et des steppes uniformes d'Asie centrale et d'Afrique.

Le renne, animal des grands froids, devient la bête de trait des Lapons, des Samoyèdes, des Toungouzes, des Iakoutes, des Tchouktches et de tous les autres nomades de Sibérie. Sur la neige, nul besoin de roues.

Le chameau devient la monture des peuples des déserts d'Asie centrale. Moins révolutionnaire que le cheval parce que moins maniable, moins utile que le renne parce qu'on ne peut l'atteler à un chariot, c'est à la fois un animal de trait et de combat. Il permet de lancer d'interminables caravanes commerciales et guerrières dans la boucle du fleuve Jaune, à travers les déserts de l'Ordos, de Tarim et de Gobi, le relais étant pris ensuite par le cheval dans les plaines d'Asie centrale, puis, au Proche-Orient, par le dromadaire qui peut traverser l'Afrique jusqu'à la Méditerranée.

Rennes, chevaux, chameaux et dromadaires rendent ainsi possible l'organisation d'une chaîne – on dirait aujourd'hui un « réseau » – culturelle, humaine, guerrière et commerciale qui bientôt bouleversera l'histoire et la géographie du monde.

1.2. L'épée et le bouclier

Il y a environ 5 000 ans, des potiers, ces artisans qui accompagnent depuis longtemps les tribus d'Asie Mineure, inventent le bronze par la fusion de minerais de cuivre et d'étain. C'est une révolution considérable dans la façon de penser le monde, de s'y adapter et de s'en protéger. Ils fabriquent d'abord des vases rituels destinés aux offrandes et aux funérailles, puis des épées, puis des pointes de lance et des boucliers par martelage de feuilles de métal, enfin des mors, des étriers et, très accessoirement, divers outils et ustensiles.

L'alliance du cheval, de la roue et de la métallurgie permet aux nomades d'Asie centrale d'atteler les chevaux, puis de les monter et de disposer d'armes qu'aucun soldat cloué au sol ne peut contrer. Ils deviennent la force en marche, la puissance dominante, capable de renverser les remparts et de conquérir les richesses accumulées dans les premières villes.

1.3. Premières villes, premiers empires

La peur des nomades vient désormais à ceux qui ne le sont plus : le soir venu, les paysans d'Asie Mineure quittent leurs champs pour grimper sur les hauteurs et s'enfermer dans leurs villages ceints de remparts de bois et de pierre suffisamment éloignés des maisons pour les mettre hors de portée des flèches enflammées des cavaliers et suffisamment labyrinthiques pour retarder leur

avancée. Les portes des murailles ne s'ouvrent qu'aux
caravanes apportant les produits de lointaines oasis. Dans
le village ont lieu les échanges, toujours selon des rituels
plus ou moins silencieux. Les marchands codifient
bientôt la valeur des choses en unités de compte plus
abstraites : d'abord des coquillages (chez les nomades),
puis des céréales (chez les sédentaires)[18].

Celles de ces « villes primitives »[70] qui savent le mieux
dégager du surplus et organiser la division du travail
deviennent des « centres organisateurs »[89] autour desquels tourne la vie des campagnes environnantes.

En Mésopotamie, terre bénie des cieux par son climat,
son hydrographie et sa fertilité, se constituent ainsi plusieurs cités-États dont la population dépasse parfois les
dix mille habitants. Y dominent encore, comme chez les
nomades, une « mère des dieux » représentée par des
statuettes aux bras tendus vers le ciel, et un « dieu de la
force », le taureau Marduk, qui a « créé l'incantation afin
que les dieux s'apaisent »[84]. Leurs paysans inventent
l'araire, lointain ancêtre de la charrue, et l'irrigation tout
en utilisant le chariot et le bronze des nomades. Vers
3200 avant notre ère, ils font progresser l'écriture, surtout
utile à leurs rites. Leurs marchands envoient les premières caravanes dans la vallée de l'Indus et des voiliers
jusqu'à Oman.

Certaines de ces villes accumulent assez de richesses
pour mettre en place des administrations, lever des
impôts, financer des armées professionnelles et agrandir
leurs domaines en jouant des dissensions entre les
nomades alentour, en installant des alliés à leurs frontières, en flattant des vassaux par des mariages et en
organisant des coalitions contre les irréductibles.

Au moment du dernier déluge, vers – 2370, trois cités-États dominent ainsi l'Eurasie : Akkad, Ur et Babylone.

• *Akkad*, fondée en basse Mésopotamie par des nomades caucasiens dits sémites, les Akkadiens, dirigés par un nommé Sargon, atteint son apogée vers – 2340, jusqu'à son élimination par des nomades kassites venus du Zagros, au sud de l'Iran.

• *Ur* est fondée vers – 2600 par un autre peuple caucasien, les Sumériens, qui composent l'épopée de Gilgamesh, récit de leur voyage vers la sédentarité. Chez eux, trois dieux (Anu, le Ciel ; Enlil, l'Air ; Enki, la Terre) remplacent la femme à côté du taureau Marduk qui continue de représenter la force. Ils inventent l'écriture cunéiforme, permettant le passage du pictogramme au phonogramme, mieux adapté aux traductions ; ils mettent au point un système numérique fondé sur le nombre 60 – d'où découlent la division du cercle en 360 degrés, le calendrier de douze mois de trente jours, l'heure et la minute ; ils conçoivent le cadran solaire et mettent au point des méthodes de calcul des racines carrées. Ils résistent aux assauts de deux groupes nomades venus de l'Anatolie orientale, qui donneront bientôt naissance, on le verra, aux deux principaux groupes nomades d'Asie : les Mongols et les Turcs. Vers l'an – 2000, la troisième dynastie d'Ur tombe justement sous les coups de deux peuples turcs, les Amorrites et les Élamites.

• *Babylone* est fondée en – 2825 sous le nom de Bab-Ili ou « Porte du dieu » ; elle devient la capitale d'un empire que dirige, à son apogée, vers – 1750,

Hammourabi dont le code marque l'apparition du droit. En – 1530, l'Empire babylonien se désagrège sous la pression de cavaliers venus d'Asie Mineure, le troisième groupe principal, à côté des Mongols et des Turcs, qu'on nommera bientôt Indo-Européens : les Mitanniens et les Hourrites, qui prennent le pouvoir à Babylone et y réveillent l'agriculture, le commerce et les arts.

Au même moment, deux autres peuples de cavaliers nomades venus d'Anatolie convoitent aussi la région :

• Les *Hittites*, nés de la fusion d'un peuple d'Anatolie et d'une aristocratie iranienne, prennent Babylone aux Kassites et y fondent un nouvel empire qui dure plus de mille ans. Leur religion est réformée huit siècles avant notre ère par un certain Zarathoustra qui se dresse contre les « hommes de proie » et bouscule les représentations cycliques d'origine agricole, ouvrant la voie à une idée du Bien et du Mal autour d'un dieu unique, Ahura Mazda. Ils sont eux-mêmes bousculés, un siècle plus tard, par les *Assyriens*, alors vassaux de Sumer et installés à côté, à Ninive, depuis le quinzième siècle avant notre ère.

• En – 626, avec l'aide des Mèdes, peuple nomade indo-européen originaire du sud-ouest du Turkestan, ces Assyriens bousculent en effet les Hittites, fondent l'Empire néobabylonien et s'emparent de Babylone dont ils refont le centre de la région. En 587 avant notre ère, ils prennent Jérusalem et le royaume de Juda, achèvent la tour du Temple, dite tour de Babel, avant de tomber à leur tour, en – 539, sous les coups des cavaliers perses de Cyrus II. Leur chute marque la fin des grands empires de Mésopotamie.

Pendant ce temps, en Afrique orientale, le réchauffement climatique entraîne l'assèchement du Sahara[257]. Les Peuls ont migré jusqu'au Sénégal et au Cameroun. Des communautés de pasteurs sont parties dans l'autre direction et se sont rapprochées du Nil où elles se sont sédentarisées, constituant des villages puis des agglomérations de plus en plus structurées, avec à leur tête un chef de tribu[112]. Par nomades interposés, elles commercent avec les empires de l'Asie Mineure dont elles assimilent les technologies. Par exemple, dès 3500 avant notre ère, elles apprennent d'artisans venus de Mésopotamie à fabriquer du bronze en mêlant des couches de minerai et des couches de charbon de bois dans des foyers de potiers. Les villages situés en aval produisent blé, orge, chèvres et moutons dont ils font commerce avec le reste de la Méditerranée, dont l'Asie Mineure. Ceux de l'amont domestiquent bœufs, chèvres et moutons qu'ils échangent en mer Rouge et jusqu'en Inde. Deux royaumes se forment ainsi : le royaume du Sud ou de la Haute-Égypte, dédié à Seth, et celui du Nord ou de la Basse-Égypte, dédié à Horus. Tous deux sont aux mains de prêtres-princes, garants de l'ordre cosmique, qui rivalisent pour le contrôle du pays entier. Tous deux utilisent les services des nomades environnants. Trente-deux siècles avant notre ère y apparaît une écriture hiéroglyphique, et une même dynastie unifie les deux parties de l'Égypte autour des premières villes (Nagada, Hiérakonpolis, Nekheb, Abydos, Bouto) et des premières grandes nécropoles (Abydos et Saqqara).

Mille trois cents ans plus tard, en Égypte comme ailleurs, la civilisation du cheval bouscule les pouvoirs en place. Dix-neuf siècles avant notre ère, un peuple de cavaliers déboule d'Asie : les Hyksos ; ils prennent le pouvoir dans toute l'Égypte, y introduisant la métallurgie, la roue et les chars de combat. Apparaît le papyrus qui permet d'écrire sur des objets légers, donc de transporter des messages : le nomade peut désormais devenir *courrier*.

Pendant ce temps, bien d'autres peuples voyageurs tenus en lisière de ces empires et vivant à leurs crochets tentent de se faire une place auprès d'eux, voire de les détruire. Pour se faire accepter, ils déclarent leurs dieux vassaux de ceux de leurs hôtes, et leur offrent des sacrifices. Pour les vaincre, ils déclenchent des guerres saintes, dieux contre dieux.

Parmi eux, en bordure de la Méditerranée, quelques tribus indo-européennes – Ioniens, Doriens, Achéens, Mycéniens, Phéniciens – inventent un nouveau type de nomadisme : solitaire.

1.4. Les voyageurs savants : de Tyr à Athènes

Depuis au moins trente mille ans, la richesse principale des hommes est au bord de l'eau. Aussi, quand les premiers empires du Moyen-Orient doivent assurer les routes de leur commerce, installent-ils certains de leurs marchands, sous bonne garde, dans des comptoirs disséminés le long des côtes, de la Syrie à l'Inde. Un de ces peuples, nommé « phénicien » par les Grecs (*phoi-*

nikeos signifie : d'un rouge pourpre, basané), tient les ports syriens pour le compte des grands empires d'Anatolie et de Mésopotamie. Ses marchands achètent en Égypte et en Anatolie du lin, du cuivre et de l'étain qu'ils vont revendre à bord de frêles voiliers jusqu'en Inde à l'est et en Cornouailles à l'ouest. Au IIIe millénaire avant notre ère, leur port principal est Byblos, puis Sidon, puis Tyr.

Pour commercer, ces marins marchands doivent comprendre, parler et écrire d'autres langues. Pour mieux les traduire, ils créent en 1500 avant notre ère un nouveau système d'écriture, l'*alphabet*, qui se substitue aux innombrables signes utilisés jusque-là. Là encore, une innovation majeure découle de besoins nomades.

Quand les empires d'Asie Mineure s'affaiblissent, le commerce se déplace vers l'ouest de la Méditerranée. D'autres peuples de cavaliers venus du Nord et des Balkans par l'Épire et la Thessalie, puis devenus marins – les Ioniens, les Hellènes, les Achéens, les Crétois, puis les Éoliens et les Doriens –, fondent des villes sur les îles et en bordure du continent : Mycènes, Lesbos, Sparte, Corinthe, Mégare, Athènes, enfin, fondée par des Doriens et des Ioniens.

Un mythe grec raconte comment la Grèce naquit ainsi de nomades venus de Tyr : Cadmos, fils d'un roi de Tyr, Agénor, lui-même fils de Poséidon, fonde Thèbes tandis que sa sœur Europe, après avoir épousé Zeus déguisé en taureau, donne naissance à Minos, lequel devient roi de Crète. Ils assurent ainsi le passage du pouvoir politique et économique de l'Asie Mineure à la Grèce et soulignent l'ascendance asiatique du peuplement du nouveau continent.

Pour concurrencer les Phéniciens, les Hellènes créent des comptoirs tout autour de la Méditerranée. Athènes prend ainsi le contrôle des voies d'accès à la mer Noire où elle installe ses réserves agricoles. Ses marins se révèlent capables de tenir bon face aux Phéniciens et aux armées perses, infiniment supérieures en nombre, lors des terribles guerres médiques.

Dans ces petites cités, à la fois ports de commerce et tours de guet, naît la figure d'un nouveau type de voyageur, à la fois marin, soldat, marchand et philosophe, dont le modèle est « Ulysse le rusé »[187]. Voyageur solitaire, nomade provisoire, il revendique à la fois la mobilité des caravanes et la force des empires, la liberté de choisir sa société et les moyens de la défendre.

Ces nouveaux nomades mettent au point de formidables moyens de communication : améliorant l'alphabet phénicien, ils inventent la notation alphabétique des voyelles, qui facilite encore la traduction. Ils inventent l'usage du parchemin qui leur permet de s'affranchir du monopole égyptien sur le papyrus. Ils dressent les premières cartes du monde habité et celles du ciel. Enfin, vers le VIIe siècle avant notre ère, ils introduisent encore deux novations capitales : la démocratie et la monnaie.

D'une part, refusant de laisser le monopole du pouvoir aux tribus ioniennes devenues propriétaires de terres, les marins-marchands mettent au point un mode de désignation du pouvoir qui leur permet d'y être associés et qu'ils nomment « démocratie ».

D'autre part, ils substituent la monnaie au troc, ce qui simplifie les échanges ; ils unifient les poids et mesures, construisent des clepsydres pour évaluer le temps et

établissent un système d'équivalences monétaires internationales.

Démocratie et marché, inventions de nomades, deviennent les ressorts de l'expansion des échanges :
commence ici un dialogue, une dialectique et une dualité
qui durent encore.

Poussés par les nécessités du commerce, hantés par la
peur des coups d'État et celle des invasions, les dirigeants
de ces villes envoient une fraction de leur jeunesse dans
les îles et sur les côtes fonder au loin des relais de
commerce, telle Phocée, en Ionie, qui créera elle-même
plus tard Aléria, en Corse, et Massalia (Marseille) en
Gaule. Parfois, ces jeunes sont des bannis, ce qui est le
pire des châtiments ; parfois aussi, leurs départs sont
volontaires.

En contrepartie, les cités grecques accueillent les marchands étrangers, qu'ils nomment « métèques », selon
des procédures d'hospitalité très précises : si un berger
aperçoit un voyageur, il le guide vers l'entrée de la
maison du maître où, après avoir demandé à être reçu,
l'étranger est invité à une fête. Lorsque cet étranger est
un Grec, en provenance d'une autre ville du Péloponnèse,
la fête doit commencer par une cérémonie particulière,
une *théoxénie*, laquelle s'accompagne d'un sacrifice, parfois humain – une « épidémie » – en offrande aux dieux
du visiteur. Lorsque l'étranger ne vient pas commercer,
il est dit « nomade » (le vocable *nomos* désigne le partage
des pâturages), ou, pis, « barbare » (le vocable *barbaros*
désigne les peuples qui ne parlent pas le grec). On s'en
méfie alors et les règles de l'hospitalité ne s'appliquent
pas à eux.

Ces barbares, les Grecs les connaissent bien : ils les

croisent en allant commercer sur les routes des empires
de l'Est. Ils leur empruntent leurs techniques militaires,
tels le bronze, l'armure et surtout le cheval, si important
chez leurs pires ennemis, les Perses ; le cheval dont ils
font la figure centrale d'un de leurs plus fameux mythes
à propos d'une ruse de guerre, sous la forme d'un faux
cheval destiné à pénétrer dans une ville d'Asie Mineure,
Troie : stratagème de marins et de cavaliers qui ne saurait
tromper que des sédentaires. Au IVe siècle avant notre
ère, le Grec Xénophon rédige un premier traité d'équitation.

Le plus grand historien grec, Hérodote, exprime, dans
une histoire générale du monde, l'admiration qu'il
éprouve pour les Barbares : « Malgré le mur élevé entre
les nomades et les sédentaires par des siècles de méfiance
et d'appréhension réciproques, les nomades n'ont jamais
vécu en vase clos et ont souvent su se tailler un nom et
une place jusque dans l'histoire des plus grands
empires[183]. » Il en sait même assez sur ces nations lointaines pour mentionner l'existence de peuples vivant très
au nord et dormant, pense-t-il, pendant six mois de
l'année : le récit a dû lui parvenir par des marchands
venus de Thulé ou par des cavaliers descendus vers
l'Oural, qui l'ont ensuite fait connaître à des pasteurs
eux-mêmes au contact des Grecs.

De fait, les Barbares peuplent tout l'imaginaire des
Grecs qui les croient dirigés par des femmes-soldats, les
Amazones, et vivant près « des confins du monde, autour
du Méotis stagnant », dit Eschyle, c'est-à-dire près de la
mer d'Azov[316]. On verra plus loin que ces femmes de
légende sont en fait une image déformée d'un peuple
très important, bien réel et connu des Grecs, les Scythes.

Nées d'Arès, dieu de la Guerre, et d'Harmonie, nymphe des forêts, ces Amazones sont, disent les légendes grecques[316], des anthropophages (comme le sont d'ailleurs certains Scythes) combattant à cheval et se coupant le sein droit pour manier l'arc plus facilement. Si Achille s'éprend de leur reine, tous les autres héros grecs (Héraclès, Thésée, Hippolyte, Antiope) les combattent[316]. Pour les Grecs, les nomades sont ainsi une espèce entre hommes et dieux.

Mais, plus encore que les premiers nomades, ce peuple de marins admire et craint tout à la fois ceux qui voyagent seuls. Le nomade, aux yeux des Grecs, est d'abord un héros solitaire, non un peuple en marche. Aristote écrira d'ailleurs à propos de ce type nouveau de voyageurs ces lignes magnifiques : « Celui qui est sans cité est, par nature et non par hasard, un être ou dégradé ou supérieur à l'homme [...]. L'homme qui ne peut pas vivre en communauté ou qui n'en a nul besoin, parce qu'il se suffit à lui-même, ne fait point partie de la cité : dès lors, c'est un monstre ou un dieu[12]. »

Mais puisque ces voyageurs sont des quasi-dieux, il y a nécessairement des voyageurs parmi les dieux : Dionysos et Artémis.

Selon la légende, Dionysos vient soit de Thrace[156], soit d'Asie, soit encore, écrit Hérodote[183], d'Égypte. Il gagne le Péloponnèse après l'invasion dorienne et ne rejoint que tardivement l'Olympe. Dieu de l'Hospitalité, il n'est chez lui nulle part[192]. À la différence des autres dieux de l'Olympe, aucune cité ne porte son nom. Mi-homme mi-dieu, déchiré, tentateur et exalté, « deux fois né », il est le « dieu qui vient »[123], celui de la joie, de la souffrance, du voyage, de l'enthousiasme, de la tragédie, du masque, de la frénésie, de la transe, de la sauvagerie, de l'ambiguïté[123].

Artémis, déesse nomade, fille de Zeus et de Léto, sœur jumelle d'Apollon[161], dont le nom signifie « pureté », est elle aussi d'origine barbare. Dans son *Hymne à Artémis*, le poète Callimaque raconte comment elle réclame à Zeus, son père, « toutes les montagnes du monde et la cité qu'il te plaira de choisir pour moi ; une seule me suffit, car j'ai l'intention de vivre dans les montagnes la plupart du temps »[79]. Et Zeus de répondre : « Tu seras gardienne des routes, gardienne des ports[79]. » Il l'envoie d'abord vers le mont Leucos, en Crète, puis dans l'Océan où elle choisit ses nymphes, puis sur l'île de Lipara où les Cyclopes lui fabriquent un arc et un carquois d'argent pour chasser les cerfs. Puis elle débarque en Arcadie où Pan lui offre trois chiens ; elle remonte enfin en Thrace avant de s'en revenir en Grèce[208]. À chacune de ces étapes, Artémis exige en guise d'« épidémie » le sacrifice du plus beau couple de la ville[192].

À côté de ces dieux nomades, la plupart des héros grecs sont eux aussi condamnés à l'errance, partagés entre la nostalgie de la mère patrie et la curiosité des découvertes, à la fois maudits et vénérés. Ainsi de Dédale fuyant ses ennemis et ses crimes d'île en île, aidé de ses ailes et de ses ruses. Ainsi d'Œdipe, né de Jocaste, élevé par Polybe et Péribée, qui, après avoir répondu à l'énigme du Sphinx (portant justement sur la marche de la vie), apprend l'atroce vérité sur sa mère dont il a fait sa femme, se crève les yeux et erre des années durant avant d'être massacré par les Érinyes. Ainsi d'Orphée, chassé des Enfers et à qui tout retour en arrière est interdit. Ainsi de Thésée, fuyant la vengeance de

Minos pour venir à Délos inventer la danse, premier art nomade.

Enfin, ainsi d'Ulysse, « observateur d'intelligences »[187], comme le décrit Homère le Ionien ; Ulysse, « l'homme aux mille tours », dont le nom remonte à l'akkadien *udû-ussu* (« voir », « connaître », « être intelligent »), ou, selon une autre écriture *(oulixeús)*, à l'akkadien *âlik-su* (le « voyageur », l'« errant », le « nomade »). Poursuivi, comme Thésée, par Poséidon qui cherche à le noyer, il descend chez Hadès, juge des Enfers, et en sort grandi. Il voyage pour se dépasser, non parce qu'il est perdu. Homère écrit d'ailleurs : « Depuis longtemps, Ulysse ici [à Ithaque] serait rentré, mais son cœur lui dit qu'il était plus profitable d'accumuler de grandes fortunes en tournant le monde en long et en large[187]. » Résistant aux tentations sédentaires de Calypso, Circé et Nausicaa, Ulysse est nomade par entêtement et ne se précipite pas vers Pénélope, fille d'Icarios, incarnation de la sédentarité.

Le temps du sédentaire est celui de l'attente ; le temps du nomade est celui du récit. Ainsi de la Bible, récit de la recherche de la Terre promise.

2. MONOTHÉISMES ET TERRES PROMISES

2.1. Le but du voyage

Au moment charnière où l'agriculture invente le pastoralisme, il n'est pas surprenant qu'un des peuples de pasteurs de la région, à la fois mésopotamien et méditerranéen, enracine sa croyance religieuse dans un voyage à destination d'une terre promise. Ce sera le peuple hébreu.

De fait, il y a maints points communs entre le voyage des Grecs et celui des Hébreux, entre l'*Odyssée* et la Bible. Comme celle d'Ulysse, l'errance du peuple juif cherche à le ramener sur une terre d'où il a été chassé à cause de ses fautes. Comme le marin grec, l'exilé juif rêve d'un port d'attache. Comme les stoïciens et les cyniques, dont la pensée est alors en vogue en Grèce, le peuple juif voyage sans bagages.

Mais, à la différence d'Ulysse, l'Hébreu est un nomade solidaire et non pas un voyageur solitaire. Il ne se bat pas pour assurer la victoire de ses dieux sur ceux des peuples des contrées traversées, mais pour circuler sans encombrer, sans déranger ni dominer. Pour y parvenir, il trouve la solution la plus simple, la plus élégante, la plus parfaitement nomade : afin que ses dieux n'offensent pas ceux des peuples qu'il traverse, il décrète qu'il n'en a qu'un, lequel est aussi, explique-t-il, au service de tous leurs hôtes, le dieu de tous les hommes. Aussi ce dieu n'exige-t-il de ses hôtes aucune offrande, aucun sacrifice, aucune « épidémie ». Le peuple hébreu espère ainsi obtenir la bienveillance de ceux qu'il croise. En réalité, en mettant son Dieu à la disposition des autres hommes, il se rend tout au contraire insupportable à leurs yeux bien avant de le redevenir tout autrement trois mille ans plus tard, en mettant de l'argent à leur disposition.

Il y a quatre mille ans, un certain Abraham naît près d'Ur, alors capitale de Sumer, sur la terre la plus riche de son temps. Il est, selon les récits bibliques, l'un de ces nomades qui rôdent dans la région : hittite, araméen, hourrite ou hyksos, nul ne le sait vraiment. Sa langue,

en tout cas, est celle des Araméens installés en Mésopotamie. Un dieu, son dieu, lui demande de quitter la
Babylonie pour se rendre dans une région qu'il lui
attribue un peu plus au sud-ouest : Canaan. Avec serviteurs et troupeaux, il abandonne son clan, fait étape à
Charan, au nord de la Syrie, puis s'installe pacifiquement
sur la terre de Canaan où il élève des moutons et des
chèvres. À sa mort, certains de ses fils repartent vers
Sumer. D'autres restent en Canaan jusqu'à ce que – deux
siècles après, sans doute – une famine les contraigne à
émigrer vers l'Égypte où les Hyksos, autre peuple
nomade, viennent de prendre le pouvoir grâce à leur
maîtrise de la cavalerie, du bronze et des chars de
combat.

Le peuple hébreu semble alors se mêler à d'autres
tribus venues elles aussi se fondre dans le creuset égyptien pour former un peuple nouveau auquel les Hyksos
donnent le nom de Haribous ou Apirus, qui devient
« Hébreux ». En – 1567, quand la dynastie hyksos est
chassée d'Égypte, les nouveaux pharaons entendent
anéantir ce peuple trop proche de la dynastie précédente ;
ils l'asservissent et tuent ses enfants. Vers – 1250, soit
un siècle après le règne monothéiste d'Aménophis IV,
dit Akhenaton, les Hébreux, disent les textes, s'échappent d'Égypte vers Canaan sous la direction d'un guide,
Moïse, lui-même peut-être prince égyptien en révolte.
Renonçant à les poursuivre, le pharaon d'alors,
Ramsès II, est convaincu que ce retour au nomadisme
les condamne à mort : « Le désert s'est refermé sur
eux. » De fait, à peine sortis d'Égypte, les Hébreux se
rebellent contre leur guide, refusent les Lois reçues de
Dieu, lui préférant, dans une nostalgie sédentaire, une

sorte de dieu-Taureau, le Veau d'or, que Moïse détruit tout comme Thésée, pour les Grecs, a détruit le Minotaure. En punition de leur acte idolâtre s'accomplit la prophétie du pharaon : aucun des fugitifs ne sera admis en Terre promise. Nul parmi les adultes entrés dans le Sinaï – pas même Moïse – n'en sortira vivant : le désert doit faire naître un peuple du pays des morts. Telle est la nouvelle fonction du nomadisme : purification salvatrice, nouvelle chance donnée à un peuple corrompu par la sédentarité.

Beaucoup plus tard, en Inde, un autre prince se fera lui aussi nomade pour trouver la voie de la pureté ; il deviendra Bouddha.

De fait, le peuple juif, sitôt sorti du Sinaï, va se perdre encore une fois dans la sédentarité. Du temps des Juges à celui de David puis de Salomon, dont l'existence historique est établie, une génération neuve construit le royaume d'Israël. Ses héritiers se disputent et se séparent. Balayés en – 721 par les Assyriens, ils se dispersent à nouveau sans se fondre parmi les peuples qui les accueillent.

Nomades de l'échange, ils commencent à rédiger un Livre dans lequel ils racontent leur voyage vers Dieu.

Le peuple hébreu est ainsi l'un des premiers groupes humains à écrire son histoire. Son Livre, l'un des premiers objets nomades à caractère religieux, est avant tout une méditation profonde sur la difficile coexistence entre nomadisme et sédentarité.

Racontant, comme tant d'autres cosmogonies avant lui, le voyage de l'humanité depuis sa création, il ne parle que de voyages, d'épreuves, d'initiations. Il rappelle que, contrairement à ce que pensent les sédentaires de l'époque, le Bien est nomade, et le Mal sédentaire. Il montre que les vrais barbares sont les paysans jaloux de leurs terres et que les pasteurs de passage sont seuls porteurs de civilisation.

Dans ce récit, la première relation entre deux humains oppose justement un nomade et un sédentaire, Abel et Caïn, les deux premiers fils du premier couple. Il est dit qu'« Abel faisait paître les moutons, Caïn cultivait le sol ». Abel est pasteur, Caïn agriculteur. Dieu accepte l'offrande du premier et refuse celle de l'autre. Le texte ne dit pas pourquoi, si ce n'est que Caïn parle sans cesse, qu'Abel se tait, et qu'une phrase de Caïn provoque le massacre : « Or Caïn parla vers Abel, son frère, et il advint, comme ils étaient aux champs, que Caïn se leva contre son frère et le massacra. » On ne sait pas ce que Caïn a dit. Ni si Abel a répondu, si ce n'est que « Caïn en fut très irrité, et son visage fut abattu » (Gen., 4, 5). Dieu essaie d'éviter que la dispute ne dégénère : « Pourquoi t'irrites-tu ? » dit-il à Caïn qui, en guise de réponse, tue son frère. Dieu cherche alors à obtenir l'aveu de Caïn : « Où est ton frère Abel ? » (Gen., 4, 9). Caïn ment : « Je ne sais pas. » Dieu lui demande des comptes : « Qu'as-tu fait ? » Et puis : « La voix du sang de ton frère crie du sol vers moi » (Gen., 4, 10). Il condamne à l'exil le meurtrier, qui se repent et veut mourir : « Ma faute est trop lourde à porter [...] ; quiconque me trouvera, me tuera. » Mais Dieu s'y oppose : « Et si l'on tue Caïn, il sera vengé sept fois. » Puis il met un signe sur le coupable pour que personne, en le rencontrant, ne le frappe (Gen., 4, 14-15).

Dieu interrompt ainsi la propagation de la violence,

en refusant l'« épidémie » et la loi du talion alors en vigueur chez tous les peuples voisins.

De Caïn il ne reste plus aucune trace dans la Bible, tandis qu'Abel revient en Seth, autre fils d'Adam et d'Ève, et père de toute l'histoire humaine.

Ce prologue tragique, l'Histoire humaine l'oubliera. Écrite par des sédentaires, elle s'attachera à dénigrer les nomades, en particulier le petit peuple découvreur de Dieu, martyrisé pour son errance. Et d'abord un de ses fils, nomade de lumière, rabbi Jehoshua.

2.2. L'Au-delà comme Terre promise

Au milieu des troubles provoqués par l'occupation romaine et les espérances politico-religieuses qui en découlent, Jehoshua naît comme un nomade involontaire dans une étable où il ne reçoit que l'hommage de seigneurs nomades, les Rois mages.

Le peu qu'on sait de sa vie avant qu'il vienne délivrer un enseignement indique qu'il voyage dans les déserts d'Égypte. De retour chez ses frères hébreux, il expose ses idées, d'abord sans intention de former des disciples. Quand il en accepte, il leur demande de tout abandonner pour le suivre, de se faire nomades. « Qui cherchera à conserver sa vie la perdra, et qui la perdra la sauvegardera » (Luc, 17, 33). Être son disciple, c'est renoncer aux biens terrestres, à la famille même, pour préparer le seul voyage qui compte, celui qui mène au Royaume de Dieu. Quand quelqu'un lui dit : « Je te suivrai partout où tu iras », Jésus répond : « Les renards ont des tanières et les oiseaux du ciel ont des nids ; le Fils de l'homme n'a

pas d'endroit où reposer la tête. » Quand l'autre répond :
« Permets-moi d'aller d'abord enterrer mon père », Jésus
réplique : « Laisse les morts enterrer leurs morts ; toi, va
annoncer le Royaume de Dieu. »

Pour lui, il n'y a plus de peuple choisi par Dieu pour
apporter la bonne nouvelle aux autres ; tout homme peut
l'être. L'Au-delà est le seul but du voyage. La Terre
promise n'est plus de ce monde, ni celle d'un seul
peuple ; elle est résurrection et paradis. Pour l'atteindre,
il faut traverser le monde en nomade non violent et hospitalier, sans s'embarrasser de richesses. Et si, pour les
autres Juifs, le scandale est la pauvreté, pour lui, c'est
la richesse qui est intolérable. De ce fait, le nomadisme
est le seul mode de vie qui puisse avec certitude donner
accès à l'éternité.

Après lui les apôtres partent, pasteurs de paix, porter
cette Bonne Parole, objet nomade, jusqu'au cœur de
l'empire alors dominant : Rome.

2.3. Naissance des nomades urbains

Comme tous les empires avant lui, celui de Rome est
fondé par des nomades. Selon la légende, en 753 avant
notre ère, deux jumeaux – d'origine troyenne, princes
d'Albe, descendants d'Énée, fils de Mars –, Remus et
Romulus, sont élevés par une louve dans le Latium.
Devenu adulte, Romulus trace un sillon et dit : « Là
seront les murs de la ville ! » Remus, par défi ou dérision,
saute par-dessus le sillon. Romulus le tue. Mais, à la
différence de Caïn dans la Bible, le meurtrier n'est pas
chassé ; il prend le pouvoir, fait venir d'autres aventuriers

et organise le rapt de femmes des peuples voisins tels les Sabins.

Par-delà le mythe, Rome est en réalité fondée, vers cette époque, comme toutes les autres cités de la région, par des peuples venus d'Asie soumettant d'autres peuples installés là antérieurement. Ainsi écartent-ils les peuples italiques, tels les Samnites – des Sabins qui contrôlent alors le Samnium. Puis ils affrontent les Lucaniens, établis dans les Apennins après avoir battu les Grecs du littoral. Ils repoussent ensuite les Bruttiens, eux aussi peuple italique, qui ont pris le contrôle de la Calabre. Enfin les Étrusques de Toscane, peuple énigmatique peut-être venu de Lydie au VIIIᵉ siècle avant notre ère, apportant avec eux l'alphabet grec et dont les Romains se débarrassent en − 509. Deux siècles plus tard, Rome contrôle l'ensemble de la péninsule et attire nombre de migrants.

Une nouvelle forme de nomadisme y devient dangereuse : l'errance inorganisée des pauvres. En 133 avant notre ère, pour mater leurs velléités de révolte, le tribun Tiberius Gracchus propose une réforme agraire. Mais une révolte des propriétaires fait échouer son projet. La peur des pauvres continuera d'obséder Rome pendant les siècles suivants : il faudra les contenir, les nourrir, les distraire, les enfermer, les expulser.

Pour faire coexister tous ces peuples et pour occuper ces pauvres, Rome a alors recours à la force et à la distraction, au cirque et au carnaval, à l'armée et à l'agriculture. Dans d'immenses arènes capables de regrouper toute la population d'une cité, le cirque offre aux Romains et aux habitants des principales cités de l'Empire le spectacle des luttes entre gladiateurs, le plus souvent des prisonniers de guerre, souvent issus de peuples nomades. Dans le même temps, le carnaval permet à chacun de se choisir une identité temporaire, de voyager hors de soi, d'échapper fugacement à la pauvreté, d'être riche un bref moment. L'armée offre aussi des aventures à une jeunesse turbulente, éloigne les indigents des villes, récupère et intègre les élites nomades. La distribution de terres aux vétérans stabilise les frontières tout en éloignant les meilleurs officiers des complots romains.

Comme les cités grecques, Rome envoie enfin ses jeunes hommes affronter directement les cavaliers du vent : qu'ils soient carthaginois, parthes, germains, celtes ou turcs. À ces derniers ils empruntent leur technique militaire et leur cuirasse couverte de lames de métal.

À plusieurs reprises, Rome manque de disparaître sous les coups des pauvres ou de ces cavaliers, tantôt des nomades de l'intérieur, tantôt de ceux de l'extérieur. Ainsi, en 88 avant notre ère, l'armée de Mithridate, forte de 300 000 hommes et de 440 bateaux, chasse les Romains de la mer Noire et leur reprend Athènes. Elle massacre 80 000 colons d'Asie – on verse de l'or fondu dans la gorge du représentant de Rome –, avant d'être écrasée en – 66 par Pompée. Dans les siècles suivants, l'Empire s'épuisera ensuite à s'étendre pour contrôler des peuples de plus en plus turbulents, presque tous nomades.

L'Empire romain atteint sa plus grande extension au début du IIe siècle, sous le règne de Trajan. Il crée en Dacie une nouvelle province pour se défendre contre les Sarmates, lointains nomades venus de Russie dont nous aurons à reparler. Trajan les bouscule, puis s'allie au roi

d'Arménie, repousse les Parthes, annexe la Mésopotamie, descend le Tigre, s'empare de Ctésiphon, capitale
des Parthes, et atteint le golfe Persique. L'Empire s'étend
alors de l'Angleterre à l'Asie centrale, de la Germanie à
l'Afrique.

Jusqu'à ce que Rome se fasse bousculer à son tour
par les nomades qui l'encerclent, tous venus de l'est.

3. Les Sibériens d'Asie

Plus à l'est, dans les steppes et les déserts qui s'étendent entre la Chine du Nord et la Hongrie, aux carrefours
commerciaux entre l'Asie et l'Europe, se pressent des
peuples cavaliers dont l'histoire doit être connue, malgré
sa complexité, si l'on veut comprendre le monde
d'aujourd'hui.

Les premiers sédentaires ne connaissent ces peuples
que par leurs raids. Même leurs observateurs les plus
attentifs se gardent bien d'aller voir comment ils vivent.
Au Ve siècle avant notre ère, Hérodote, qui rapporte tout
ce qu'on sait de son temps sur le monde, écrit à leur
propos : « Personne ne sait avec certitude ce qu'il y a
au-delà [de la mer Noire]. Du moins n'ai-je entendu
personne dire l'avoir vu de ses propres yeux[183]. »

Trois mille ans avant notre ère, là comme ailleurs, ces
guerriers commencent à se différencier en peuples, langues et cultures dont les appellations changent sans cesse
au gré de ceux qui les nomment et des mouvements qui
les agitent. Les mêmes sont simultanément ou successivement nommés Cimmériens, Kuchans, Çaka, Saces,
Scythes, puis Sarmates et Alains ; d'autres Tatars,

Kazakhs, Kitay, Oïrats, Mandchous et Mongols. D'autres encore Xiongnu, Yuezhi, Xianbei, Tujue, Qidan, Nüzhen, Huns et Turcs. Ils forment des civilisations mobiles, fusionnelles, fondées sur la maîtrise du cheval et l'adoration du Dieu-Ciel[316]. Ils vivent dans des camps, des chariots ou sous des tentes, obéissent à des hiérarchies complexes et gèrent des logistiques considérables grâce à des systèmes de communication très étendus. Ils sont pasteurs, éleveurs, artisans, chasseurs. Ils constituent aussi le premier réseau commercial entre l'Atlantique et le Pacifique, l'Europe et l'Asie. Ils sont enfin guerriers, pour maintenir ouverts leurs réseaux commerciaux ou fournir de nouveaux pâturages à leurs troupeaux. Ils maîtrisent la métallurgie et l'orfèvrerie, fabriquent des objets d'une grande sophistication qu'ils déposent dans les tombes de leurs chefs avec leurs chevaux pour les accompagner dans leur dernier voyage et les protéger des fouisseurs[316] : brides, mors, arçons, courroies, parures, boucles de ceintures, médaillons, vaisselles, armes en bois, cuir, corne, puis en bronze, en argent et en or, etc.

Parmi eux, à partir de 1500 avant notre ère, on peut distinguer deux familles principales de par leurs langues et leurs lieux d'émergence ou d'aboutissement : les peuples altaïques, du nom des montagnes sibériennes d'où ils proviennent ; et les Indo-Européens, terme moderne pour désigner leur aire géographique, qu'on a déjà rencontrés en Mésopotamie, en Grèce et en Égypte.

Les peuples altaïques sont d'abord mongols sous les noms d'Avars, Tatars, Ruanruan, Kara Kitay, Oïrats et Mandchous ; puis d'autres constituent la souche des Turcs sous les noms de Xiongnu, Tujue, Toungouzes,

T'ou-kiue, Oghouz ; puis, beaucoup plus tard, Huns, Tatars, Ouzbeks, Khazars, Alains, Bulgares, Kirghiz, Gokturk, Seldjouks, entre autres, et Turcs bien après.

Les peuples de cultures et de langues indo-européennes sont les Sumériens, Hittites, Assyriens, Doriens, Illiens, Phéniciens, Grecs ; puis les Italiques, Aryens, Ouïgours, Bharatas, Scythes ; puis encore les Sarmates, Germains, Alains, Celtes, Gaulois, Goths, Burgondes, Teutons, Saxons, Slaves entre autres.

3.1. Les Mongols

Il y a au moins cinq mille ans, dans l'actuelle Mongolie-Intérieure, des chasseurs devenus un temps agriculteurs, puis redevenus nomades après avoir domestiqué le cheval, constituent des civilisations très avancées. Les Mongols vivent dans de vastes camps mobiles, obéissent à des règles d'hospitalité rigoureuses puis assurent le commerce à longue distance entre la Chine, en voie de formation, et la Mésopotamie, alors à son apogée.

Vers le XIIᵉ siècle avant notre ère, ils inventent de nouveaux moyens de vivre le voyage[3]. D'abord, une nouvelle sorte d'abri, la *yourte*, tente ronde, légère, constituée de plusieurs couches de feutre, blanche à l'extérieur, colorée à l'intérieur, qui assure un exceptionnel confort et une grande protection contre les intempéries, son tapis de sol, le *shanyrak*, est une propriété majeure de chaque famille ; puis le pantalon, mieux adapté à l'équitation que la tunique ; enfin, la selle rigide et les étriers. Par ailleurs, ils miniaturisent l'arc pour le rendre plus léger et plus facile à utiliser à cheval[3].

L'ensemble de ces progrès favorise la croissance de leurs troupeaux et les pousse à rechercher de nouveaux pâturages, de meilleurs terrains de chasse et de nouveaux partenaires commerciaux. Leurs chefs – khans – les entraînent alors vers l'est, en Chine où ils prennent le pouvoir et fondent plusieurs dynasties – une dizaine – avant de se heurter, au IIIe siècle, à ceux d'entre eux qui sont devenus turcophones, les Tujue et les Xiongnu, qu'ils craignent tant qu'ils les assimilent à des loups.

De là, au début de notre ère, certains d'entre eux partent vers l'actuel Turkménistan où l'agriculture est presque aussi ancienne qu'en Mésopotamie ; ils en chassent des Indo-Européens sédentarisés, les Ouïgours (ou Hui en chinois), qui y ont établi quelques-unes des premières cités fortifiées – Khiva, Marakanda (future Samarkand), Khokand, Kachgar – où ils cultivent le coton. Au IIe siècle de notre ère, certains Mongols s'y sédentarisent et se livrent au commerce de la soie avec leurs voisins. D'autres Mongols – ils se nomment eux-mêmes les Avars, mais les Chinois les appellent les Ruanruan ou « insectes grouillants » – s'en reviennent au nord de la Chine et y créent, en 220, un nouvel empire sino-mongol qui s'étend de la Mandchourie jusqu'au lac Baïkal. Cette dynastie, celle des Wei, est renversée en 552 par d'autres nomades, turcophones cette fois, les Tujue. Certains Avars partent alors vers l'Europe.

En 686, d'autres Avars – ils se nomment entre eux les Kara Kitay ou K'i-tan – repartent vers la Chine du Nord jusqu'à y être écrasés en 697 par les Tang, autre dynastie mongole, et par les Tujue. Ils se fondent alors parmi les peuples qui les ont soumis, jusqu'à resurgir, trois siècles plus tard, pour tirer parti de la chute des Tang, prendre la Mongolie aux Kirghiz, eux-mêmes turcs, et créer en 936, sous le nom dynastique de Liao, un nouvel empire sino-mongol, l'empire des Kara Kitay dont le nom, *Cathay*, sera donné par les Européens à la Chine pendant un millénaire.

3.2. Les Indo-Européens

Un second groupe de ces ensembles de chasseurs, venu de l'Altaï et qu'on nomme, faute de mieux, les « Indo-Européens », se forme à la même époque que les Mongols, il y a au moins six mille ans, dans les bassins de la Vistule et du Dniepr, au sud-est de l'actuelle Russie, autour d'un idiome qui évoluera plus tard et se ramifiera, donnant le sanskrit et la plupart des langues de Perse, d'Arménie, d'Inde et d'Europe (sauf, on le verra, quelques exceptions dont le basque, l'étrusque et le finno-ougrien). Ils partagent un mode de vie, une mythologie, des institutions ; ils vénèrent trois dieux principaux : ceux de la guerre, de la magie, de la fécondité.

Éleveurs de bétail et de chevaux, regroupés en familles, en clans et en tribus, commandés par des guerriers, souvent en conflit les uns avec les autres, ces peuples se répartissent à la fin du IVe millénaire en quatre groupes principaux selon la direction qu'empruntent leurs migrations.

Un premier groupe, connu sous le nom de la céramique qu'il invente (la céramique dite « cordée », parce que marquée de traces de cordes), chassé des rives de la Vistule par une invasion mongole, se replie dans des villages fortifiés des vallées du Don et de la Volga. Là, il découvre l'équitation et attaque ses voisins pour se procurer des femmes et d'autres objets de convoitise (en sanskrit le mot *vivâha*, « mariage », dérive de *vivah*, « enlever »). Comme les autres peuples altaïques, il enterre ses chefs avec chevaux et bijoux sous de petits tumulus circulaires (*kourgane*, en russe), la tête tournée vers le sud. Deux mille ans avant notre ère, il connaît le cheval, la roue, le chariot, le bateau, le bronze. Avant même les Mongols, il utilise des chars de combat. Armé de haches (d'où, aussi, son appellation de « guerriers à la hache »), il repart vers l'Ukraine, la Moldavie, les Balkans, la Grèce, la vallée du Danube, les plaines de Pologne et d'Allemagne. Vers – 1600, le voici sur les bords du Rhin. Il occupe la Gaule et l'Europe du Sud, à l'exception de la Navarre qui conserve sa langue anté-rieure, le basque. Il se subdivise un peu plus tard en Celtes, Slaves et Germains. Presque tous les premiers peuples d'Europe occidentale sont, au moins en partie, issus de ce groupe.

Pendant ce temps, un deuxième groupe d'Indo-Européens part vers l'est, vers la Sibérie, et revient jusqu'au massif de l'Altaï, au cœur du pays mongol. Une partie d'entre eux deviendront les Ouïgours. Une autre va en Inde et devient les Dravidas. Une autre revient un millénaire plus tard, comme on le verra, sous les noms de Cimmériens, puis de Scythes, puis de Sarmates, superbes civilisations nomades qui s'opposeront à l'Empire romain et occuperont la Perse et la Crimée avant de disparaître dans le nord de l'Inde.

Entre – 2300 et – 2000, un troisième groupe descend vers le sud et pénètre en Anatolie où il fonde, comme on l'a vu plus haut, les États sumérien, hittite et babylonien avant de partir vers la Phénicie et la Méditerranée et de se mêler en Grèce à d'autres Indo-Européens du premier groupe.

Vers – 1900, un quatrième groupe indo-européen, qu'on identifiera plus tard sous le nom d'Aryas ou Aryens (du nom d'un de leurs dieux, Arya-man, dieu de l'Hospitalité[171]), quitte lui aussi la Volga, contourne la mer Caspienne et se subdivise en deux branches.

L'une se dirige vers l'ouest de l'actuel Iran (dont le nom dérive justement d'Arya) et bouscule des Mongols. Certains deviendront ensuite phéniciens et grecs ; d'autres ont pu se mêler, on le verra, aux Sarmates.

L'autre branche traverse l'Afghanistan vers – 1700, introduit le sanskrit en Inde[311] et détruit une civilisation d'origine indo-européenne aussi, venue d'Iran mille ans auparavant et installée dans la vallée de l'Indus, les Dravidas, obligeant les vaincus à adopter ses dieux, en particulier Indra, dieu de la Guerre, capable de renverser les murs des villes fortifiées[324]. Aux environs de l'an – 1000, ces Aryas atteignent la plaine du Gange. Vers – 650, ils énoncent la théorie de la réincarnation ; bientôt, l'hindouisme, le bouddhisme et le jaïnisme remplacent l'ancien culte védique. Le nomadisme des âmes se substitue à celui des hommes, devenus sédentaires.

Enfin, arrivent en Inde, venus d'Asie centrale, d'autres Indo-Européens du deuxième groupe, les Sakas, qu'on retrouvera plus tard sous le nom de Scythes, dont une branche fonde en 321 avant notre ère l'empire des Maurya qui se déploie jusqu'à l'actuel Pakistan et à l'Afghanistan[324]. Les Sakas sont attaqués par d'autres Indo-Européens des premier et troisième groupes, venus de Grèce sous la conduite d'Alexandre le Grand ; ceux-ci prennent alors le contrôle d'une partie de l'actuel Ouzbékistan, à l'époque Bactriane ; ils s'emparent de Kaboul et du Pendjab en − 184, puis devenus bouddhistes sous le nom de Kushâna, dominent le nord de l'Inde, le Pakistan, l'Afghanistan et l'actuel Ouzbékistan jusqu'au IIIe siècle.

3.3. Les Turcs, issus des Mongols

Le troisième ensemble nomade d'Asie surgit bien après les deux premiers, au Xe siècle avant notre ère, lui aussi en Sibérie, autour du bassin du fleuve Ienisseï[311]. Issu des mêmes régions que les Mongols, autour du massif de l'Altaï, il s'en sépare par l'évolution de la langue, qui adopte un alphabet et devient le turc. Ces peuples prennent alors diverses appellations selon les directions de leurs mouvements : Xiongnu, Tujue, T'oukiue, Toungouzes, Oghouz, puis, plus tard, Huns, Tatars, Ouzbeks, Khazars, Alains et Bulgares, Kirghiz, Gokturk, Seldjouks et enfin, très récemment, Turcs. Ils prétendent descendre des loups et en prennent parfois la tête pour emblème. Leurs religions, comme celles des autres Mongols, sont dominées par le culte du Tängri, le Ciel bleu[309], avec lequel leurs prêtres, les chamanes, entrent en communication.

Moins commerçants que les autres Mongols, ils se pensent investis d'une mission de domination universelle, terrorisent les peuples qu'ils visitent, s'installent

sur leurs terres sans les en chasser et en deviennent l'aristocratie. Comme les autres Mongols, ils enterrent leurs
chefs sous des tumulus avec leurs chevaux et maints
objets précieux : des tables avec repas, des bijoux, des
sculptures, des statues de bronze, d'argent et d'or en
forme de loup, d'élan, de tigre ailé dévorant un élan, de
tête de mouflon dans la gueule d'un loup, de tête de cerf
dans le bec d'un aigle, etc.[316].

Au cours du Ier millénaire avant notre ère, ces peuples,
devenus de grands techniciens de l'équitation et du tir
à l'arc, envahissent à la fois l'est, le sud et l'ouest
de l'Eurasie. Comme les Mongols, ils sont intéressés
par la Chine. Comme les Indo-Européens, ils convoitent
l'Inde.

Au IVe siècle, certaines de ces tribus, les Xiongnu (qui
deviendront probablement les Huns sept siècles plus
tard), émigrent vers le nord de la mer d'Aral, traversent
le désert de Gobi et parviennent jusque dans les steppes
du nord de la Chine. Vers la fin du IIIe siècle, ils sont si
redoutés que les dirigeants mongols de l'époque, les Qin,
édifient face à eux les premiers éléments de ce qui
deviendra la Grande Muraille. L'écrivain chinois Li Po
écrit dans son *Chant du cavalier de Yéou-Tchéou* :
« L'étranger de Yéou-Tchéou monte un cheval xiongnu.
Ses yeux verts luisent sous son bonnet en peau de tigre.
Il se rit des flèches ennemies, car sur dix mille hommes
aucun ne peut se mesurer à lui[230]. » Un autre écrivain
chinois, Sima Qian, décrit les envahisseurs comme « un
peuple d'éleveurs vivant à cheval et en chariot, ne cultivant pas la terre et ne résidant pas dans des villes
murées »[327]. Et encore : « Ils ont un visage humain, mais
un cœur de bête[327]. »

Ces Xiongnu resteront puissants dans la région pendant six siècles encore. Au Ier siècle de notre ère, une partie d'entre eux revient vers l'ouest, retraverse l'Asie centrale, passe le Don, le Dniepr et la Volga en direction de l'Europe centrale. À la fois commerçants et pillards, ils s'installent en basse Volga avant de resurgir, semblet-il, au IVe siècle de notre ère sous le nom de Huns et de se tourner contre Rome.

Un second groupe de ces turcophones prend le pouvoir au Ve siècle avant notre ère dans les principales cités d'Asie centrale (Samarkand et Khiva), peuplées alors, on l'a vu, de Ouïgours, Indo-Européens sédentarisés. Ils y dirigent la construction de canalisations, de digues, de citernes pour les besoins de la culture du coton et du riz. Ils se subdivisent en Khazars, Alains et Bulgares.

Au début de notre ère, un troisième groupe turcophone, les Tabghatchs, sont les premiers à être nommés « Gokturk » – probablement par les Arabes, ces autres nomades sémites. Ils s'installent au Turkestan occidental, s'infiltrent en Sogdiane (dans l'actuel Ouzbékistan) et s'attachent pour la première fois à constituer un pays « turc » et non plus à simplement contrôler d'autres peuples.

En 552, un quatrième groupe turcophone, les Tujue, bouscule, on l'a vu, l'empire des Mongols « ruanruan ». Leur chef, Bumin, « khan des Turcs bleus », prend le contrôle des steppes du Nord, de la Mandchourie à la mer d'Aral. Cet empire sino-turc dure pendant plus d'un siècle, jusqu'à ce qu'en 651 ses tribus soient dispersées par une nouvelle dynastie mongole, celle des Tang.

Les guerres entre turcophones mongols et indoeuropéens continuent d'être nombreuses : au IVe siècle,

Bulgares et Alains se disputent ; au VIIe siècle, les Ouïgours se rebellent contre les Tujue avant d'être renversés,
en 840, par d'autres Turcs, les Kirghiz, eux-mêmes
défaits ensuite par les Mongols khitans.

En 999, les derniers restes de l'Empire sassanide,
ultime puissance perse avant l'arrivée de l'islam, sont
répartis entre des khans turcophones de Kachgarie (qui
occupent la Transoxiane dans l'Ouzbékistan actuel) et
des sultans turcophones d'Afghanistan (qui prennent le
Khorassan, au sud de l'Amou-Daria). En 1071, ceux-ci
sont remplacés par un groupe d'Oghouz, les Seldjouks,
qui envahissent la Perse, l'Irak, l'Anatolie, et y fondent
enfin ce qui deviendra la Turquie moderne.

4. NATIONS D'ASIE

Ces peuples nomades ne se contentent pas toujours
d'être des marchands en lisière de la superpuissance du
moment, de vivre à ses dépens ou d'être ses alliés ou
vassaux. Ils occupent de vastes territoires et viennent
– en particulier en Chine et en Inde – commercer avec
les marchands locaux. Si les dynasties en place, faites
elles aussi de nomades sédentarisés, leur refusent le passage, des guerres commencent. Et même si un proverbe
chinois dit qu'« on peut conquérir un empire à cheval,
mais qu'on ne peut le gouverner à cheval », certains
nomades prennent le pouvoir et constituent de nouvelles
dynasties ; jusqu'à s'engourdir à leur tour et se faire
bousculer par d'autres groupements nomades, eux aussi
mongols, turcs ou indo-européens.

4.1. Peuplements nomades de la Chine

Il y a sept mille ans, les premiers Mongols viennent fournir aux premiers sédentaires établis sur les rivages de la mer de Chine du bétail, puis des chevaux, en échange de produits agricoles, puis de textiles qu'ils revendent au monde persan[40].

Au XIe siècle avant notre ère, une première tribu mongole, les Zhou, s'installe dans la vallée de la Wei, équipée de chars attelés à quatre chevaux de front, prend le contrôle de la Chine du Nord, installe sa capitale à Hao (aujourd'hui Xi'an), y crée une véritable administration et y fonde sa dynastie. Dans ce premier royaume dit des « Zhou occidentaux », les écuries impériales abritent des milliers de chevaux ; nombre d'entre eux sont sacrifiés pour accompagner les princes défunts dans leurs tombeaux. On y améliore le mors, les sangles de poitrail, les croupières.

En 771 avant notre ère, d'autres Mongols repoussent ces Zhou vers Luoyang. Commence l'époque dite des « Printemps et Automnes ». Pendant deux siècles et demi, de multiples royaumes mongols, dits « royaumes combattants », se disputent les zones littorales de Chine. Trop précieux pour être sacrifiés, les chevaux sont désormais remplacés dans les tombes par des chevaux sculptés dans l'argile ou le bois, armées figées gardant l'éternité des princes.

En – 481, la Chine est divisée en sept « royaumes combattants », tous d'origine mongole : Qin, Zhou, Yan, Qi, Zhao, Han et Wei. Celui des Qin, au nord, invente

l'arbalète et entame la construction des premiers tron-
çons d'une muraille dressée contre les autres Mongols[43].
Le stratège Sun Tseu écrit à leur intention *L'Art de la
guerre*. Y figurent des préceptes résumant, mieux que
cela ne le fut jamais, l'art nomade de la guerre ; ainsi :
« Après un premier avantage, n'allez pas vous endormir
ou vouloir donner à vos troupes un repos hors de saison.
Poussez votre pointe avec la même rapidité qu'un torrent
qui se précipiterait de mille toises de haut. Que votre
ennemi n'ait pas le temps de se reconnaître, et ne pensez
à recueillir les fruits de votre victoire que lorsque sa
défaite entière vous aura mis en état de le faire sûrement,
avec loisir et tranquillité. » Et encore : « Ne laissez
échapper aucune occasion d'incommoder l'[ennemi],
faites-le périr en détail, trouvez le moyen de l'irriter pour
le faire tomber dans quelque piège, provoquez des diver-
sions pour lui faire diminuer ses forces en les dispersant,
en lui massacrant quelques partis de temps à autre, en
lui enlevant ses convois, ses équipages et tout ce qui
pourrait vous être de quelque utilité[341]. »

En 221, le roi Cheng du pays de Qin attaque le Sud
et devient le premier *huangdi* (empereur) de toute la
Chine, sous le nom de Shi Huangdi. Il unifie la monnaie,
les unités de mesure, la voirie, l'écriture, et impose
l'usage du papier qui permet à la Chine de s'affranchir
des papyrus d'Égypte[43].

En 207, Xi'an, sa capitale, qui compte environ 250 000
habitants, tombe aux mains d'une armée d'insurgés mongols venus d'un des royaumes du Sud, dont le chef, Liu
Bang, fonde la dynastie des Han. Ces nouveaux maîtres
de la Chine ramènent de l'ouest les meilleures races de
chevaux, les « chevaux divins » du Ferghana, l'akhal-

téké et le caspien ; ils améliorent le tapis de selle, la selle rigide en cuir, le pommeau et le troussequin. Le commerce de la soie prend son essor. Les Han en sont les maîtres : ils refusent à des nomades turcs venus de Mandchourie, les Xiongnu, le droit d'en faire le négoce. Ceux-ci les attaquent – en vain. À la fin du IIe siècle avant notre ère, les Han conquièrent le sud de la Mandchourie et une grande partie de la Corée. Leur puissance est alors considérable[38]. Ils étendent la Muraille vers le nord-ouest, patrouillent en mer, commercent jusques avec Rome par le truchement de leurs ennemis réconciliés, les Xiongnu.

Un siècle avant notre ère, un empereur Han enlève aux Xiongnu le contrôle des oasis du bassin du Tarim pour diriger seul le commerce de la soie avec l'Occident[40]. Son successeur, l'empereur Zha, encore enfant, fait organiser à Xi'an une célébrissime joute oratoire entre soixante sages, la *Dispute sur le fer et le sel*, portant sur la répartition de la richesse, la justice fiscale, la lutte contre la pauvreté, les affaires vertueuses (relevant de l'agriculture) et celles qui sont amorales (relevant du commerce). Certains des sages défendent la nécessité du profit, les autres dénoncent son effet corrupteur.

Au commencement de notre ère, la Chine compte peut-être 60 millions d'habitants, soit seulement le double ou le triple de la Gaule, pays alors le plus peuplé d'Occident, et presque le tiers de la population mondiale. Beaucoup plus puissants et riches que ne le sont les empereurs romains de l'autre côté du monde, les Han conservent encore le pouvoir pendant deux siècles.

En 220, les Han sont, on l'a vu, renversés par d'autres Mongols, les Ruanruan, qui, comme leurs prédécesseurs, se fondent dans l'univers chinois, adoptent le bouddhisme et créent la dynastie Wei dont l'empire s'étend de la Mandchourie jusqu'au lac Baïkal. En 552, au moment où achève de se défaire l'Empire romain, les Wei laissent la place à des Turcs, les Tujue, eux-mêmes remplacés en 618 par d'autres Mongols, les Tang. À cette époque, Xi'an est encore la plus grande ville du monde ; la Chine est plus que jamais le plus puissant des empires et sa bureaucratie décide de tout : de la nature des vases que chacun a le droit d'emporter dans sa tombe jusqu'aux couleurs de la soie dont chacun est autorisé à se vêtir.

En 686, d'autres tribus mongoles, les Kara Kitay, établies près du fleuve Liao, en Mandchourie, attaquent les Tang qui les repoussent en 697 avec le concours de leurs anciens ennemis, les Tujue[137]. Mais les Tang, affaiblis par ces multiples escarmouches avec les nomades, s'effacent quelque peu. S'ouvre une période chaotique dite des « Cinq Dynasties et des Dix Royaumes ». En 751, les Tang sont expulsés d'Asie centrale par des Mongols, les Kirghiz. Aidés des Ouïgours, ils reprennent Luoyang en 757, repoussent les Kirghiz jusqu'à la mer Caspienne et règnent deux siècles de plus.

En 917, les Kirghiz reviennent renverser définitivement les Tang, s'emparent de Ji, qui deviendra Pékin, et y créent la dynastie des Liao dont l'empire s'étend jusqu'à la Mandchourie, où vivent alors d'autres tribus mongoles dites Djurtchets.

En 960, d'autres Mongols, les Song, prennent le pouvoir, établissent leur capitale à Kaifeng, ne laissent plus aux Liao que la Mandchourie et une partie de la Mongolie. Au début du XIIᵉ siècle, les Liao sont attaqués par les Djurtchets qui chassent en 1115 les Song de Kaifeng et fondent la dynastie Jin.

De dynastie en dynastie, Mongols, Turcs et Chinois se mêlent ainsi, par le jeu des mariages, des combats et du commerce. Deux siècles plus tard, alliés de Gengis Khan, ils se souviendront de cette généalogie et convaincront le nouveau maître mongol de la Chine de renoncer au pillage des provinces du Nord.

4.2. Les peuplements indiens

Le peuplement de l'Inde est lui aussi formé de ces mêmes voyageurs, mongols, indo-européens et turcs. À partir de 1500 avant notre ère, des Aryens s'installent dans l'Inde du Nord d'où ils repoussent d'autres nomades indo-européens, les Dravidas, venus mille ans avant d'Iran[324]. Les Aryens instaurent le système des castes et rédigent les Veda, leurs textes religieux. Aux environs de l'an mille avant notre ère, ces Aryens, on l'a vu, prennent le pouvoir dans la plaine du Gange. Ils y forment une confédération de tribus dont la plus puissante est Bharata, qui donne son nom moderne à l'Inde *(Bharat)* en hindi, langue issue du sanskrit. Puis affluent d'Asie centrale d'autres Indo-Européens, les Sakas, qu'on retrouvera plus tard sous le nom de Scythes ; une de leurs branches fonde, en 321 avant notre ère, l'empire des Maurya, dont l'empereur se convertit au bouddhisme en 262. Cet empire est ensuite attaqué par des envahisseurs grecs qui contrôlent à l'époque une partie de l'actuel Ouzbékistan sous le nom de Bactriane. Les Grecs prennent Kaboul et le Pendjab en 184 avant d'être écrasés par des Sakas et des Mongols venus de la Chine du Nord-Ouest. Une dernière dynastie indo-européenne bouddhiste, les Kushâna, domine encore le nord de l'Inde jusqu'au troisième siècle de notre ère[324]. Puis les Mongols ruanruan, qui viennent de prendre le pouvoir en Chine, occupent le nord de l'Hindu Kuch, jusqu'à l'arrivée des Sassanides de Perse au début du IVe siècle. Vers 320 est fondée dans la vallée du Gange la dynastie Goupta qui, en 400, écarte les Perses et les Scythes avant de repousser les Huns qui ont progressé jusqu'à Bamiyan, en Afghanistan. Ellora, Sanchi, Sarnath sont ses principales villes[324].

À la même époque, plus au sud du sous-continent, un peuple nomade énigmatique, peut-être dravidien, les Tamouls, occupe Ceylan et se disperse pour fonder trois empires : le Pandya, le Chola et le Kerala.

D'innombrables communautés nomades peuplent, et pour très longtemps encore, les forêts indiennes. La plupart parlent le munda et le telougou. Ce sont des Dravidiens : les Kannaras, les Telougous, les Mapilas, les Malayâlams, les Cholagas, les Todas[324].

5. L'ISOLEMENT DE L'AFRIQUE
ET DE L'AMÉRIQUE

L'Amérique est alors aussi le théâtre d'un affrontement entre empires nomades et empires sédentaires[215]. Son évolution est d'abord à peu près synchronisée avec celle de l'Eurasie. Elle est nourrie par les arrivées successives, de Sibérie, de nomades porteurs d'idées et de techniques nouvelles.

Vers 7000, là comme ailleurs, le réchauffement climatique planétaire a modifié les conditions de vie et provoqué l'apparition des premières pratiques agricoles, sans faire disparaître pour autant le mode de vie des chasseurs-cueilleurs nomades.

Au nord s'installent des nomades pêcheurs venus de Sibérie[215] qui deviendront bien plus tard Tlingits, Tsimshians, Haïdas, Kwakiutls, Nootkas, Chinooks, Salishs, Makahs et Tillamooks. Les Aléoutes débarquent sur leurs îles 6 000 ans avant notre ère. Ceux qui deviendront les Inuit (« Personnes », appelés aussi « Esquimaux » c'est-à-dire « Mangeurs de viande crue ») occupent la baie d'Hudson et le Grand Nord du Québec ; ils apportent d'Asie outils, armes, techniques, et des rites tels que l'échange silencieux, qui prend ici la forme et le nom de *potlatch*[250].

Quand la banquise se rompt, vers – 3000, le « passage du Grand Nord » se ferme et les évolutions divergent[215]. L'Amérique se retrouve coupée du formidable mouvement de l'Asie où les nomades domestiquent le cheval, inventent la métallurgie et la roue. Les Amérindiens n'en connaîtront rien et resteront pour l'essentiel et sédentaires et piétons.

Là, dans ce qui sera le Canada, sur la côte nord-ouest du Pacifique, apparaissent en – 3000 de grands villages faits de vastes huttes en bois où les nomades vivent pendant l'hiver. Vers – 2000, les Inuit sillonnent l'Arctique où ils vivent de la pêche et de la chasse au renne, à l'élan et au caribou.

À l'ouest du continent se forme le groupe linguistique athabascan dont font partie Chipewyans, Castors, Kutchins, Ingaliks, Kaskas et Tananas. À l'est apparaissent les Algonquins dont font partie plus tard les Crees, Ojibwas, Montagnais et Naskapis[401]. Les Algonquins pêchent et chassent ; les femmes cueillent les racines et les graines[404]. Ils vivent dans des *wigwams*, tentes faites de perches recouvertes de peaux de bêtes ; l'été, ils utilisent pour se déplacer le canot ; l'hiver, les raquettes. Ils échangent des amulettes faites d'os ou de coquillages des mers tropicales, découpés et troués, pouvant aussi servir à la confection de ceintures de perles[215].

Dans les forêts apparaissent ceux qu'on nommera plus tard les Iroquois (ou « Irinakhoiw »), les Lenapes, les Delawares, les Micmacs, les Narragansetts, les Shawnees, les Potawatomis, les Menominees et les Illinois[404].

Les Amérindiens de Californie chassent le daim et pêchent lions de mer et dauphins. Plus au centre, sur les plateaux, s'installent ceux qu'on nommera plus tard les Nez-Percés, les Wallawallas, les Yakimas et les Umatillas, du groupe linguistique sahaptian, les Têtes-Plates, les Spokanes et les Okanagans, du groupe linguistique salish[401]. Ils vivent l'hiver dans des huttes rondes construites en contrebas, et campent l'été en altitude dans des cases faites de nattes tressées. Ils font sécher le saumon qu'ils pêchent dans les eaux des fleuves Columbia et Snake[404]. Sur la rive du Columbia, les tribus Wishram et Wasco bâtissent une cité marchande[215].

À partir de 1200 avant notre ère, les habitants des Plaines du sud-ouest des États-Unis actuels cultivent le tournesol. Ils sont pratiquement tous sédentaires. Puis les Hohokams, apparus en 300 avant notre ère, produi-

sent maïs et courges. On trouve ceux qui deviendront les
Païutes, les Utes et les Shoshones, les Klamaths, les
Pomos, les Maidus, les Patwins et les Wintuns[215]. À
l'ouest de cette région vivent des peuples appartenant au
groupe linguistique yuman, dont les Mojaves. Dans le
Midwest apparaissent les Hopewells qui édifient de hauts
tumulus funéraires pour leurs chefs et disparaissent énig-
matiquement vers l'an 400 de notre ère[401]. En 750
s'installe une civilisation dite du « Mississippi »[404], repo-
sant sur la culture extensive du maïs, qui construit une
ville de 50 000 habitants, Cahokia, sur le site actuel de
Saint Louis.

En Amérique centrale, vers 1800 avant notre ère, des
sociétés de chasseurs-cueilleurs se convertissent à l'agriculture et cultivent haricots, potirons et maïs, puis
l'amarante, l'avocat, les piments[215]. Leurs dieux principaux sont l'Aigle, dieu du Ciel, le Jaguar, dieu de la
Terre, le Serpent à sonnette, dieu de la Sagesse et de la
Paix. Vers – 1400, sur le littoral atlantique du Mexique,
une civilisation dite olmèque commence à bâtir des
villes[215]. Après de très nombreuses autres, vers l'an 400
de notre ère, la civilisation agricole de Teotihuacán
domine l'Amérique centrale avec celle de Monte Albán,
celle des Zapotèques et celle des Mayas installés sur le
golfe du Mexique.

En Amazonie coexistent pendant des millénaires plusieurs peuples nomades : Makiritares, Yanomanis,
Tupinambas, Shipibos et Cayapos. Les Tupis-Guaranis
maîtrisent alors l'agriculture itinérante du manioc et se
déplacent des forêts amazoniennes au littoral atlantique.

Plus au sud encore, sur la côte nord du Pérou, les
sédentaires l'emportent comme ailleurs. Apparaît la

civilisation de Nazca, connue pour ses dessins géants, ses systèmes d'irrigation, ses temples, qui organise tout au long de la côte pacifique un commerce d'outils et de céramiques dont la technique a été par eux réinventée[401]. Puis s'installe dans la région une civilisation dite de Chavín de Huantar, dotée d'une religion fondée sur l'Aigle, le Jaguar, le Serpent et le Caïman (symbole de l'Eau et de la Fertilité)[404]. En 600 de notre ère, deux nouveaux empires émergent au Pérou : les Huaris, dans les Andes centrales, et les Tiahuanacos, plus au sud, autour du lac Titicaca. À la pointe sud de l'Amérique, des chasseurs, les Tehuelches, vivent près du détroit de Magellan avec les Ona, les Yahgan et les Alakalufs, pêcheurs et chasseurs de phoques et de lions de mer[401].

L'isolement de l'Afrique subsaharienne est tout aussi grand que celui de l'Amérique. Les Bochimans y dominent, quelque 8 000 ans avant notre ère. Xan est le nom que leur donneront beaucoup plus tard les Hottentots, eux-mêmes apparus vers l'an mille avant notre ère. Les Xan s'appellent eux-mêmes Khoi-Khoi (« les hommes d'entre les hommes ») et d'eux descendent les Twas du Rwanda. Plus au nord, à la lisière du Sahara, s'installent les peuples bantous (« hommes ») parmi lesquels les Hutus. D'autres peuples viennent de Nubie, fuyant la désertification du Sahara, tels les Tutsis qui arrivent dans la région des Grands Lacs il y a 3 500 ans. On sait peu de chose de leurs évolutions[257]. Jusqu'à ce que se développent, à partir du VIᵉ siècle, les premières cités-États, d'origine nomade : le royaume berbère d'Aoudaghost, l'actuelle Mauritanie ; le royaume toucouleur du Tekrour, sur le Sénégal ; le royaume des Mandingues au

Niger ; le royaume songhai près de Gao et le royaume
mossi entre Sénégal et Niger. Puis celui de Ouaga-
dougou, devenu empire du Ghana, renversé en 1077 par
les Almoravides, des Berbères nomades.

Faute de techniques propres, Afrique et Amérique se
cantonnent ainsi dans une sédentarité agricole très inven-
tive ou dans un nomadisme primitif. Pendant mille cinq
cents ans encore, tout se jouera donc de l'autre côté du
Pacifique et de l'Atlantique, et autour de la Méditerranée.

CHAPITRE IV

Du cavalier au chevalier

« Le nomadisme est une vigueur qui produit une force combative et impulsive à même de faire naître l'État. Mais lorsque commence, dans le groupe initialement nomade, l'emprise de la jouissance provoquée par l'urbanité et l'usage de la luxure, cet État, et par la suite toute la nation, perd ses moyens de défense. »

IBN KHALDUN (1332-1406), *L'Histoire des Berbères.*

Le premier millénaire de notre ère est en général présenté par les historiens d'Occident comme le théâtre d'une lente revanche de la « civilisation » sur la « barbarie » victorieuse de la grandeur romaine. Encore aujourd'hui, les peuples qui ont bousculé le monde gréco-romain sont regardés comme des ignares et des brutes n'ayant eu d'autre objectif que d'investir la grande civilisation gréco-romaine et judéo-chrétienne, pour s'y fondre en renonçant à un passé de sauvages. La France, en particulier, se veut d'abord culturellement romaine et grecque, accessoirement celte, marginalement franque, oubliant qu'elle est aussi faite de Vandales, de Wisigoths, de Vikings, de Magyars, de Burgondes, de Huns, de Juifs et d'Arabes, sans compter les Slaves, Turcs et autres Mongols.

Pourtant on ne peut rien comprendre à l'Histoire sans réhabiliter ces peuples et leurs civilisations qui ont tant contribué à construire les langues, le droit, les cultures, les croyances et les frontières mêmes de l'Eurasie.

1. LES SIBÉRIENS D'EUROPE

Dans le même temps qu'ils s'emparent de la Chine et de l'Inde, certains nomades de l'Altaï et de l'Asie centrale se tournent vers les paysans de l'Ouest pour leur vendre soies et épices chinoises en échange de fourrures et d'esclaves d'Europe du Nord, d'huiles et de vins d'Europe du Sud.

Ces marchands parlent les mêmes langues et obéissent aux mêmes rites que ceux de Chine et d'Inde. Ils portent seulement d'autres noms, donnés par ceux qu'ils envahissent : ce sont les Scythes, Parthes, Sarmates, puis les Germains, Celtes, Slaves, Huns.

Excellents cavaliers, comme leurs frères restés en Orient, manœuvrant avec une discipline rigide, capables de commerce et de ruse, sophistiqués et raffinés, ces nomades venus de Sibérie tiennent, par leurs armes et leur commerce, l'intégralité de l'axe reliant la mer de Chine à la Méditerranée, et constituent les soubassements des nations d'Europe.

1.1. Indo-Européens d'Europe centrale :
les Scythes et les Parthes

À la fin du IIIe millénaire avant notre ère, un groupe d'Indo-Européens de la Volga (le second parmi ceux dont il a été question au chapitre précédent, dit peuple « cordé ») quitte leurs terres à bord de leurs chariots pour remonter en Sibérie jusqu'à l'Ienisseï. Une fraction d'entre eux se divisent en multiples tribus – Saces, Massagètes, Wusun, Yuezhi – qui descendent en contournant la Caspienne par le nord et l'est, jusqu'en Iran pour y prendre le nom de Cimmériens, puis de Sakas, enfin de Scythes[316] au VIIᵉ siècle avant notre ère.

Leurs coutumes sont alors encore proches de celles des autres nomades d'Asie centrale. Femmes et enfants vivent en général dans des chariots à quatre roues, attelés à des bœufs et couverts de peaux, parfois aussi dans des huttes de bois démontables transportées sur ces mêmes chariots. Les hommes vivent à cheval dès que l'équitation est connue, ils dorment à même le sol et ne se séparent jamais de leur arc ; ils inventent la selle de cuir garnie de crin, les étriers. Leurs divinités principales sont Papaios, le dieu du Ciel, Hestia, déesse de la Terre, Oitosyros, dieu du Soleil, Argimpasa, déesse de la Lune et Thagimasadas, dieu de la Mer[316]. Au printemps et en été, ils se dispersent avec leurs troupeaux ; en hiver, ils se regroupent au bord des rivières. Leurs montures, marquées de signes héraldiques, leur fournissent le lait qu'ils font fermenter, le crin, le cuir et l'os avec lesquels ils fabriquent outils, armes, coussins, tapis, vêtements[316]. Certains vont encore jusqu'en Chine où ils commercent avec les Mongols et les Turcs ; d'autres le font avec les Assyriens, les Phéniciens, les Perses, les Grecs et les Romains. Règne sur eux une de leurs tribus, dite des « Scythes royaux », composée d'un groupe de chevaliers reconnaissables au luxe de leurs cuirasses, qui transmet ses ordres, grâce à un corps de messagers, aux autres tribus dirigées par des délégués soigneusement choisis.

Au Vᵉ siècle avant notre ère, ces « Scythes royaux » s'installent dans des villages situés entre le Bug et le

Don, en particulier dans une ville fortifiée de Crimée, aujourd'hui Elisavetovskoïé, qui devient leur capitale. Ils n'y résident que brièvement entre deux voyages ou deux campagnes militaires, et enterrent leurs morts les plus illustres dans la nécropole dite des « Cinq-Frères », à la périphérie de cette capitale. Comme chez les autres nomades d'Asie, les corps inhumés sont orientés vers le sud et accompagnés de chevaux harnachés et d'objets précieux, souvent plus raffinés que ceux de leurs voisins d'Asie, tels des épées et des carquois en or, des haches, des poignards, des têtes de massue, des mors, des harnais[316], des courroies de selle décorées d'une tête de tigre, des ornements de joug en forme de biche[317], des plateaux ornés de cerfs, des vases aux anses en forme de panthères, des chopes ornées de mouflons, des colliers d'or et de turquoise, des bracelets aux figures de daims, des boucles de ceinture figurant le combat d'un tigre et d'un sanglier, enfin des hérissons cousus sur les vêtements pour protéger les morts des déterreurs de cadavres, qui restent la grande hantise des peuples des steppes[316].

L'existence de ces Scythes est mentionnée pour la première fois (sous le nom de Sakas) dans un texte assyrien du VIIe siècle avant notre ère, où sont décrits leurs échanges commerciaux avec des Grecs installés sur la côte septentrionale de la mer Noire[316]. C'est peu après qu'ils font preuve de leurs qualités militaires : quand les Perses, pour rompre les lignes du commerce grec, construisent huit grands forts à la lisière du désert, les cavaliers scythes les contournent et mettent en déroute leur armée. Un siècle plus tard, les Scythes défont une autre armée perse dirigée cette fois par Darius, puis ils repoussent des Ouïgours, autres Indo-Européens dont on a parlé plus haut, avant d'écarter, vers 500 avant notre ère, d'autres Scythes que les Grecs nomment Cimmériens et qui disparaissent en Ukraine. Ils contrôlent alors pratiquement toute l'Europe centrale jusqu'à la Crimée.

Hérodote distingue à ce moment entre les Scythes « laboureurs », « cultivateurs », « nomades » et « royaux »[183] :

Les « Scythes laboureurs » sont des nomades qui confient à des esclaves les travaux d'élevage. Ils « ôtent la vue à tous leurs esclaves pour les employer à traire le lait, leur boisson habituelle. Voici ce qu'ils font : ils prennent des tubes en os fort semblables à des flûtes, ils les introduisent dans les parties sexuelles des juments, puis ils soufflent dans ces tubes, et, dans le même temps, d'autres traient les bêtes [...] ; car ils ne sont pas cultivateurs, mais nomades[183]. »

Les « Scythes cultivateurs »[183] sont devenus paysans eux-mêmes ; ils occupent un immense espace : « Leur pays s'étend sur trois jours de marche du côté de l'orient, jusqu'au fleuve qu'on appelle le Panticapès [rivière de Crimée], et, en direction du vent du nord, sur onze jours de navigation en remontant le Borysthène [nom grec du Dniepr][183]. »

Les « Scythes nomades », « qui ne sèment ni ne labourent [...], occupent un territoire [qui] s'étend sur quatorze journées de marche jusqu'au fleuve Gerrhos [le Don d'aujourd'hui][183]. » Ceux-là sont marchands et guerriers.

Tous sont dirigés par les « Scythes royaux » qui considèrent les autres Scythes comme leurs esclaves et ne sont que guerriers et prêtres. Ils sacrifient des bœufs (en les étranglant avec un lacet, « sans prémices et sans libations »[183]), et tuent un prisonnier sur cent : « Ils font des libations de vin sur la tête de leur victime et l'égorgent au-dessus d'un bassin. Le sang est répandu ensuite sur le glaive. Enfin, à la victime ils coupent le bras droit avec l'épaule, et le jettent en l'air. La cérémonie terminée, ils s'en vont, laissant bras et corps là où ils sont[183]. » Hérodote note encore que certains de ces Scythes royaux (les « Androphages ») consomment de la chair humaine ; que d'autres, les Boudines, sont « le seul peuple à manger ses poux » ; que d'autres, enfin, les Thyssagètes, utilisent des chiens pour la chasse : « Le chasseur guette sa proie du haut d'un arbre (car leur pays est vraiment boisé) ; son cheval, dressé à se coucher le ventre au sol pour être moins visible, l'attend, ainsi que son chien. Lorsqu'il aperçoit la bête du haut de son arbre, il lui décoche une flèche, puis saute à cheval pour la poursuivre tandis que son chien s'accroche à elle[183]. »

Les uns après les autres, la plupart des Scythes se sédentarisent. Ce sera leur perte : en – 262, les « Scythes royaux » eux-mêmes sont vaincus par quelques-uns d'entre eux restés nomades, les Sarmates[318], qui vivent dans le delta du Don et détruisent leur capitale (Elisavetovskoïé).

Pendant quelque temps, certains « Scythes royaux » conservent encore une certaine autonomie en Crimée, jusqu'à en être chassés par un autre peuple de cavaliers indo-européens, les Parthes (*parthaya* signifie en iranien « combattant », « cavalier »), établis entre la Caspienne et la mer d'Aral, dans une province de l'Empire séleucide qu'ils nomment la Parthiène, et où ils fondent un État ayant pour capitale Taxila, avant de tomber sous les coups d'une révolte sassanide, dernier empire d'Iran avant l'islam.

Dans un ultime effort militaire, certains « Scythes royaux » partent alors vers le nord-ouest de l'Inde et y arrêtent les successeurs séleucides d'Alexandre le Grand. Au milieu du Iᵉʳ siècle, les derniers Scythes chassés de Crimée, du nord-ouest de l'Inde et du bassin du Gange migrent vers le Rajasthan, y prennent le pouvoir, puis y disparaissent à jamais.

1.2. Les Scythes après les Scythes : les Sarmates

Il arrive qu'une fraction d'un peuple s'éloigne assez de ses bases pour oublier ses origines et être désignée d'un autre nom par lui-même ou par d'autres. C'est le cas de Scythes qui, à la fois guerriers et commerçants, sont installés dès la fin du VIᵉ siècle avant notre ère dans le delta du Don et sur le littoral de la mer d'Azov. Hérodote, qui en fait des enfants de Scythes et d'Amazones, les appelle « Sauromataïs » (« porteurs de fourrures noires »)[183]. Au IVᵉ siècle, leur nom grec devient « Syrmate », puis « Sarmate ». Ils vivent d'abord dans des huttes de roseaux et d'argile, puis dans des maisons de pierre. Ils rencontrent sur place des marins grecs et commercent avec toute la région.

Ils ne font pas partie du système hiérarchisé dirigé par les « Scythes royaux », mais sont disséminés en tribus plus ou moins autonomes. Certaines regroupent des pasteurs, d'autres des chasseurs, des bergers, des guerriers, des commerçants. Elles portent des noms variés : Alains, Hamaxobites, Roxolans, Iazyges, Aorses, Siraques, voire Arii et « Arya lumineux » (parce qu'ils rejoignent en Iran les Aryens, ces autres Indo-Européens dont on a parlé plus haut)[318]. Ce voisinage avec les Aryens incitera certains, deux mille cinq cents ans plus tard, à défendre l'idée d'une présence aryenne en Occident avant notre ère.

Parmi eux les Roxolans, par exemple, passent l'hiver près de la mer d'Azov et l'été plus au nord, dans la steppe, avec leurs troupeaux. Comme certaines des plus grandes routes commerciales de l'Antiquité – l'axe du Dniepr en Ukraine, les routes de la soie – traversent leurs territoires, les Sarmates jouent le rôle de « protecteurs du commerce », c'est-à-dire qu'ils sont tout à la fois marchands, gendarmes et... pirates des routes[218].

Leur mode de vie est quelque peu différent de celui des autres Scythes : leurs sépultures sont toutes orientées vers l'est et non plus vers le sud. Ils renoncent au petit arc scythe et en reviennent à de plus grands arcs, cette fois renforcés d'os et de corne, qu'ils réussissent à manier tout en montant à cheval[318]. Ils mettent au point des selles à hauts arçons, des lames droites, des sabres courbes, des armures à lamelles, toutes innovations que vont copier les armées romaines. On trouve dans leurs tombes des objets encore plus précieux que dans celles des autres Scythes : ceintures et caparaçons cousus d'or, fourreaux sertis de cornaline et de turquoise, ornements de joug en forme de biches, surmontements en forme de gazelles, boucles de ceinture représentant l'attaque d'un chameau par des rapaces, bijoux en forme d'Amazones qui inspireront la mythologie des Grecs croisés sur le Don[218].

On ne sait rien de leurs élites dirigeantes, si ce n'est qu'elles s'installent parfois dans des villes conquises pour en faire des centres de commandement, et que, comme ailleurs, des femmes semblent y jouer un rôle prépondérant, tant militaire que religieux : un cinquième des tombes de femmes sarmates sont emplies d'armes et l'on y trouve la plupart des brûle-parfum, des bâtons de cérémonie, des clochettes et autres objets de culte. Ce n'est ni la première ni la dernière civilisation nomade dans laquelle les femmes jouent un tel rôle.

En – 262, les Sarmates sont assez puissants pour en finir avec les autres Scythes dont ils incendient la principale ville – Elisavetovskoïé –, organisant, écrit Diodore de Sicile, « l'extermination des Scythes jusqu'au dernier »[218]. Au début du IIᵉ siècle avant notre ère, ils envahissent les plaines ukrainiennes, négligent ceux des Scythes qui sont devenus paysans, pour pousser jusqu'aux Carpates et au Don. Un siècle après, ils avancent assez vers l'ouest pour rencontrer les Romains sur le Danube, et forment alors « l'avant-garde occidentale du monde nomade »[318].

L'affrontement avec Rome est à la fois brutal et incertain. Chacun surveille l'autre. Un siècle plus tard, au moment où Strabon rédige sa *Géographie*, les Sarmates sont à leur apogée et contrôlent tout l'espace compris entre le Danube et l'Oural. Strabon les décrit comme « des nomades qui ont des chariots pour maisons, vivent là de leurs troupeaux, de lait et de fromage fait avec du lait de jument. Ils ne savent ni mettre de l'argent de côté, ni faire du commerce, sauf le troc »[337]. Les relations avec les Romains tendent à s'apaiser et à se développer. Ovide, exilé en Dacie (la Roumanie) en l'an 8 pour avoir écrit *L'Art d'aimer*, raconte, dans *Les Tristes*, qu'il apprend durant son exil la langue sarmate. Beaucoup plus tard, l'historien romain Ammien Marcellin décrit des

Romains négociant avec des commerçants sarmates par le truchement de deux interprètes[8].

Les rencontres entre Romains et Sarmates deviennent si nombreuses et Rome devient si puissante que certains guerriers scythes s'engagent comme mercenaires dans l'armée romaine. Ils y font connaître leurs récits de guerre[218] jusqu'en Angleterre, au IIe siècle de notre ère, et l'on en retrouvera des échos un peu plus tard dans la *Légende du roi Arthur* que tout un chacun, aujourd'hui encore, croit d'origine celte...

Quatre siècles après avoir vaincu les Scythes et avoir établi leur empire sur toute l'Europe centrale, c'est au tour des Sarmates de laisser la place : ils sont battus en 271 en Dacie par des Wisigoths, c'est-à-dire des Germains, eux aussi indo-européens. Au milieu du IVe siècle de notre ère, les derniers Sarmates, sous le nom d'Alains, sont balayés autour de la mer Caspienne par d'autres nomades, des turcophones d'Asie eux-mêmes descendants des Xiongnu, anciens maîtres de la Chine : les Huns.

Tous vont bientôt se ruer à l'intérieur de l'Empire romain.

Même disparus, les Sarmates resteront dans le souvenir de l'Europe comme l'élite des nomades indo-européens. Au XVIIe siècle, la noblesse polonaise revendiquera encore une hypothétique origine sarmate[318]. Au XXe siècle, des Allemands prétendront descendre des Sarmates parce que, on l'a vu, on peut leur attribuer une incertaine ascendance aryenne.

1.3. Les Huns, nomades turcs d'Europe centrale

Au IVᵉ siècle, les Xiongnu, qui avaient disparu d'Asie centrale après avoir régné en Chine, réapparaissent sous le nom de Huns, nom qui leur est donné en latin. Commerçants, pêcheurs, cultivateurs, guerriers d'élite, ils se détournent de la Chine où dominent alors d'autres turcophones, les Tujue, pour se diriger vers l'ouest et prendre le contrôle des routes commerciales entre l'Oural, les Carpates et l'Inde du Nord. D'après un témoin de l'époque, ils sont encore extraordinairement peu évolués, à la différence de leurs frères d'Asie[165] : « Ils ont le corps trapu, les membres robustes, la nuque épaisse. Leur carrure les rend effrayants. Les Huns ne se nourrissent que de racines sauvages et de la chair crue du premier animal venu. Ils n'ont pas d'abri ; ils se couvrent de toiles ou de peaux de rats cousues ensemble. On les dirait cloués sur leurs chevaux... Ils ne mettent pied à terre ni pour manger, ni pour boire. Ils dorment inclinés sur le maigre cou de leurs montures... » L'écrivain romain Ammien Marcellin, leur contemporain, écrit encore : « Les Huns dépassent en férocité et en barbarie tout ce qu'on peut imaginer [...]. Ils vivent d'ailleurs comme des animaux. Éternellement nomades, ils sont rompus dès l'enfance au froid, à la faim, à la soif [...]. C'est à cheval qu'ils passent leur vie, tantôt à califourchon, tantôt assis de côté, à la manière des femmes [...]. Dans les batailles, ils fondent sur l'ennemi en poussant des cris affreux. Trouvent-ils de la résistance, ils se dispersent, mais pour revenir avec la même rapidité, enfonçant et renversant. » Il ajoute : « Rien n'égale l'adresse avec laquelle ils lancent, à des distances prodigieuses, leurs flèches armées d'os pointus, aussi durs et meurtriers que le fer[8]. »

Vers l'an 370 de notre ère, ces redoutables guerriers mettent fin à plus de mille ans de règne des Scythes, puis des Sarmates sur l'Asie centrale. Ils détruisent ensuite, on vient de le voir, l'empire des Alains, dernier avatar des Scythes sur la mer Caspienne. Ils rassemblent ceux qu'ils viennent de vaincre avec d'autres tribus turcophones de la steppe et conquièrent le Bosphore sans y anéantir l'aristocratie locale, à la fois grecque et sarmate, puis s'installent vers 440 dans les plaines de Hongrie et de Russie. Là, sous la direction de leurs deux nouveaux chefs, les frères Attila et Bleda, ils défient les Romains.

2. LES NOMADES INDO-EUROPÉENS D'EUROPE OCCIDENTALE

Au IIIe millénaire avant notre ère, certaines tribus indo-européennes d'Asie centrale se sont dirigées, on l'a vu, vers l'Europe de l'Ouest où elles se sont séparées en deux groupes caractérisés par deux types de peuples et de langues : les Germaniques, qui se subdivisent eux-mêmes en Germains et Celtes, et les Balto-Slaves, qui se scindent en Baltes et Slaves. Autour de ces pôles linguistiques se constituent deux groupes de peuples : en Europe de l'Ouest et du Nord-Ouest, les Germains et les Celtes ; en Europe du Nord-Est et du Centre, les Baltes et les Slaves.

2.1. Les Germains

« Germain » désigne, dans la langue des Celtes – autres Indo-Européens dont on parlera plus loin et qui vivent plus à l'ouest –, le « voisin » : *gair* signifie « voisin », et *maon* « homme ». De fait, Celtes et Germains sont des peuples imbriqués aux confins de l'empire des Romains qui reprennent ce nom et les nomment aussi « *Germani* ».

Comme les autres Indo-Européens, les Germains vénèrent trois dieux principaux : celui du Ciel et de la Guerre (Donner), celui de la Magie (Wotan), et la déesse de la Fécondité (Freia). En outre, vivant en forêt et non dans la steppe, ils respectent les rivières, les arbres, les bois. Ils pratiquent une forme d'écriture, les runes, et travaillent le fer ; leurs épées sont si solides qu'on les retrouvera vantées dans les légendes de Siegfried et d'Arthur. Guerriers, éleveurs, commerçants, ils vivent eux aussi dans des chariots et à cheval. Ils voyagent en groupes d'une taille encore inégalée chez les nomades : jusqu'à plusieurs dizaines de milliers de combattants escortés de deux fois plus de civils.

Ils se répartissent en d'innombrables tribus portant des noms divers selon les régions où ils circulent.

Dans la péninsule scandinave, ils sont Suèves et Danois. Dans l'arrière-pays de la *Germania libera*, la partie non romaine de la Germanie, ils sont Saxons, Angles, Jutes, Thuringiens, Vandales, Burgondes, Lombards, Ruges et Warnes. Le long du Rhin et du Danube, ils se nomment Francs, Alamans, Juthunges, Quades,

Marcomans, Wisigoths, Ostrogoths, Hérules, Taifales et Skires. Leurs meilleurs guerriers sont les Alamans et les Francs à l'ouest, les Wisigoths à l'est, les Ostrogoths au nord de la mer Noire.

Ils se mêlent parfois entre eux pour former de nouveaux ensembles. Ainsi les Francs, qui se fixent sur le cours inférieur du Rhin vers le milieu du IIIe siècle de notre ère, sont des Germains issus de la fusion de plusieurs peuples antérieurs : les Chamaves, les Ampsivarii, les Bructères, les Chattuarii, les Sicambres, les Bataves, etc. Leur nom de « Francs » vient de *wrang* (« errant ») ou de *frak* (« brave » dans leur langue). Ils se subdivisent eux-mêmes en deux groupes principaux : les Francs Saliens, dans le nord de la Gaule (Belgique actuelle), les Francs Ripuaires sur les rives du Rhin.

Parfois, ils font la guerre à d'autres peuples avant de fusionner avec eux. Ainsi, sur le cours inférieur du Danube et au nord de la mer Noire, les Goths forment une fédération de peuples multiples, au nombre desquels des Germains – Hérules, Taifales et Skires – mêlés à d'autres Indo-Européens – Thraces, Iraniens et Balto-Slaves.

Pour ajouter à l'extrême imbrication de ces peuples, on rencontre encore des Germains en plusieurs régions d'Europe sous le nom de Vénètes, qu'on retrouvera aussi porté par des Slaves et par des Celtes !

Toutes ces tribus encerclent l'Empire romain ; certaines s'allient à lui, guettant le moindre signe de faiblesse du géant pour l'envahir.

En – 250, des Germains de l'Ouest (Alamans) et de l'Est (Goths et Burgondes) délogent ceux de la région située entre Rhin et Weser, puis repoussent ceux du centre, les Cimbres et les Teutons. Ils se heurtent alors à la puissance romaine. S'alliant à l'Empire, ils obtiennent le droit de s'installer à ses frontières en échange de la promesse de le défendre. Un peu plus tard, des Goths franchissent la Baltique et s'installent en Prusse. En 150, au moment où l'Empire romain est à son apogée, certains de ces Goths s'établissent sur la rive gauche du Danube et les côtes septentrionales de la mer Noire, se scindant en Wisigoths (ou Tervinges) à l'ouest, en Moldavie, et en Ostrogoths (ou Grothinges) à l'est, autour de l'actuelle Odessa. Les Ostrogoths se déplacent alors vers le Dniestr et la Pannonie (à peu près l'actuelle Hongrie). Les Wisigoths partent vers l'actuelle Ukraine, puis, en 230, reviennent soumettre certaines cités grecques au nord du Bosphore, prennent en 271 la Dacie aux Romains, et y vassalisent des Sarmates. Convertis au christianisme vers 300, repoussés à l'ouest en 360 par les Huns, ces Wisigoths se réfugient vers 370 dans l'actuelle Roumanie où ils établissent un petit empire de pasteurs et de guerriers nomades – menaçant Rome aux côtés des Bulgares, Turcs récemment christianisés.

2.2. Les Celtes

Une deuxième branche de ces Indo-Européens d'Europe, connus sous le nom de Celtes par les Grecs, de Gaulois par les Romains, de Welches ailleurs, se constitue entre 2000 et 1200 avant notre ère, toujours en Asie centrale. De – 1300 à – 800, ils parviennent en Europe du Nord sous l'appellation de « civilisation des champs d'urnes » parce qu'ils incinèrent leurs morts.

Leurs prêtres, les druides, sont, comme les autres chamanes altaïques, à la fois sacrificateurs, officiants et
guérisseurs. Les femmes y jouent aussi un rôle dirigeant.
Excellents artisans, ils développent des techniques
sophistiquées en métallurgie et en armurerie. Avec eux
voyagent des forgerons, des marchands, des bergers, des
cultivateurs itinérants, des cavaliers en armes. Vers 800
avant notre ère, leur aristocratie utilise des épées de fer
et des chars à deux roues. Ils enterrent leurs morts avec
des chars tout équipés, des objets précieux – on a
retrouvé dans une tombe un cratère grec en bronze –,
peut-être aussi en procédant à des sacrifices humains,
comme le laisse penser une construction faite d'ossements découverte à Ribemont-sur-Ancre (Somme).

En – 700, ils descendent dans l'Autriche actuelle sous
le nom de « civilisation de Hallstatt », et s'installent près
d'une mine de sel gemme où ils rangent deux mille urnes
funéraires avec des joyaux et un mobilier raffiné. Ce n'est
qu'au VIIe siècle avant notre ère qu'ils atteignent l'Atlantique, s'installent en Armorique où ils introduisent le fer
et les chevaux, et s'initient à la navigation. Au VIe siècle
avant notre ère, certaines de leurs tribus – les Goidels,
les Brittons et les Pictes – s'établissent sur les rives de
la mer du Nord ; certains passent en Écosse – les Scots –,
d'autres – les Welches – en Grande-Bretagne et en
Irlande ; d'autres encore descendent jusqu'en Ibérie ;
certains enfin rencontrent des Grecs sur le Danube. Vers
– 500, on trouve aussi des Celtes en Hongrie et en Suisse,
près de Neuchâtel, avec une civilisation dite « de la
Tène », puis dans la vallée du Rhône, dans le Massif
central, le Languedoc et l'Italie du Nord. Peu de temps
après, Hérodote et Tite-Live mentionnent encore leur

présence en Grèce, et un historien grec, Hécatée de Milet, décrit les mœurs en Asie Mineure de ceux qu'il appelle les « Keltoï ».

Au IVe siècle avant notre ère, sous des noms divers, on les rencontre donc dans les Balkans, en Anatolie, en Italie, en Gaule et dans la future Grande-Bretagne. Certains sont restés des cavaliers nomades. Certains se sédentarisent dans les grandes plaines de ce qui s'appellera plus tard l'Île-de-France ; ils y deviennent d'excellents paysans et mettent au point la faucille, la faux, la moissonneuse à roue. Grâce à eux, la Gaule, pays alors le plus peuplé d'Eurasie, devient le premier producteur de céréales de la région.

Vers 390 avant notre ère, ils sont si nombreux et puissants qu'ils se permettent un raid sur Rome dont ils repartent, pillage perpétré, avant de conclure en – 335 une paix de trente ans avec ses dirigeants.

Des Celtes lancent encore des raids vers la mer Adriatique, la mer Noire, l'Anatolie et la Grèce. En – 279, ils détruisent Delphes. Certaines de leurs tribus franchissent le Bosphore, y retrouvent des Germains et fondent un éphémère royaume celte en Asie Mineure.

Ils marquent ainsi de leur empreinte culturelle la plus grande partie de l'Europe, de la péninsule Ibérique aux rives de l'Elbe, des îles Britanniques à l'Italie du Nord.

2.3. Les Slaves

Bien après les autres, trois siècles seulement avant notre ère, se forme une deuxième branche de la famille indo-européenne d'Europe à partir des mêmes Indo-

Européens venus d'Asie. Elle se scinde en deux sous-ensembles : les Slaves et les Baltes.

Les premiers Slaves mentionnés par des sources grecques au IIIe siècle avant notre ère sont les Vénèdes ou Vénètes, signalés entre Oder et Vistule ; puis les Antes, implantés en Ukraine, et les Sklavènes. Les Antes sont d'abord bergers dans les zones de marais et de forêts. Les Sklavènes partent vers la région de Moscou et la Pannonie, qu'ils quittent juste avant l'arrivée de Celtes, migrant alors vers le Latium où ils deviennent les Sabins.

Ailleurs, ils deviennent les Serbes, les Slaves, les Suèves et les Sennons, qu'on va retrouver un peu plus tard en Gaule.

Après leur apogée, au Ier siècle de notre ère, Antes et Vénèdes sont repoussés par des Germains vers l'Europe centrale d'où ils repoussent eux-mêmes plus au nord des Finno-Ougriens, tels les Arctoï, et des Baltes, tels les Aestii.

À l'ouest, les Slaves rencontrent des populations germaniques et celtiques qu'ils traversent pour parvenir jusqu'aux mers Adriatique et Égée. Là, ils rejoignent les Illyriens (ancêtres probables des Albanais), les Serbes, les Croates et de nombreux autres peuples dits plus tard yougoslaves, littéralement slaves du Sud.

Eux aussi sont maintenant confrontés à l'Empire romain et aux Huns, ces tribus turques qui ont régné sur la Chine.

3. Pour en finir avec l'Empire romain

Quand Rome donne des signes d'affaiblissement, les peuples qui l'entourent ne se contentent plus de vivre à ses crochets ni d'être les vassaux de l'Empire ; ils veulent s'y tailler une place, et certains le détruire. Cette histoire, comme toutes les autres, est contée différemment selon qu'on retient le point de vue des vainqueurs ou celui des vaincus.

Il y a peu, les historiens britanniques et allemands prenaient encore le parti des Germains et parlaient de « migrations des peuples » (*migrations* ou *Völkerwande-rungen*) vers des espaces libres, tandis que les historiens italiens et français parlaient d'« invasions barbares » déferlant pour écraser une civilisation sous leur nombre. *Barbarus* désigne d'ailleurs en grec, puis en latin, celui qui ne parle pas les langues de la civilisation gréco-romaine. Comme si quiconque ne parlant pas le grec ni le latin ne pouvait être qu'un sauvage.

Au début du IIe siècle de notre ère, face à cette énorme pression externe, la Rome d'Hadrien se résigne à adopter une stratégie défensive. Cette politique se révèle effi-cace : grâce à elle, Rome retarde sa chute de quelque trois siècles.

Dès la mort de Trajan, Hadrien bâtit des lignes forti-fiées un peu partout. En 117, il renforce le *limes* le long du Rhin ; en 122, il fait construire dans l'actuelle Angle-terre le « mur d'Hadrien », de l'embouchure de la Tyne au golfe de Solway ; ces murailles sont entourées de fossés, jalonnées de fortins et de casernes, irriguées de routes et équipées d'une logistique d'approvisionne-ment des garnisons. Là où les frontières sont maritimes, leur défense est assurée par des flottilles et les batailles navales sont rudes ; ainsi, en Bretagne, les voiliers vénètes sont tenus à distance par des galères romaines plus manœuvrantes.

Manquant d'hommes pour tenir ses interminables frontières, Rome se résigne à abandonner certaines provinces et à accorder à certains peuples le statut de « fédérés » qui leur donne le droit de s'établir près des frontières de l'Empire en contrepartie de l'obligation de le défendre contre tout nouvel envahisseur.

Malgré ces subterfuges, au début du IV⁰ siècle, l'Empire, occupé par ses affaires d'Orient et la poussée de la Perse, traversé par une crise morale qui aboutira à la victoire du christianisme, écrasé par les impôts, rongé par le cynisme des riches et les révoltes des pauvres, affaibli par un déclin démographique sans précédent, n'a plus les moyens de défendre ses frontières.

Alors Rome, comme tous les empires avant et après, s'affaiblit de l'intérieur avant de s'effondrer sous les coups de l'extérieur.

En 284, l'empereur Dioclétien partage le pouvoir avec Maximien. C'est la première scission de l'empire. Dioclétien décide d'augmenter d'un tiers les effectifs de son armée, mais ne peut trouver assez de recrues parmi les citoyens romains, même en abaissant la taille minimale requise de sept à cinq pieds ; il doit se résigner à les chercher dans les peuples fédérés, et d'abord chez les Francs. En 330, son successeur, Constantin, consent à faire accéder certains de ces barbares à des grades d'officiers supérieurs, avant d'imposer la religion chrétienne à tout l'Empire et de déplacer sa capitale dans un lieu plus sûr, en Orient, à Byzance qu'il rebaptise de son nom : Constantinople.

En 350, le général romain Julien, neveu de Constantin, préfet des Gaules, autorise d'autres Francs et des Alamans à s'installer à l'intérieur des frontières de l'Empire.

En 363, devenu empereur, il renonce à la religion chrétienne (d'où son nom de Julien l'Apostat) et dégarnit les garnisons frontalières de l'Ouest et du Nord pour constituer une armée ; mais il réunit des troupes si disparates qu'il est écrasé par les Perses. L'Empire est alors partagé entre Valens, à l'est, et Valentinien, à l'ouest. Ce dernier, pour redonner une identité romaine à l'Empire et freiner l'entrée d'officiers généraux étrangers dans les plus hautes familles, tente – en vain – d'interdire le mariage entre Barbares et citoyennes de Rome.

En 375, l'arrivée des Huns sur les rives de la mer Noire donne le signal d'une nouvelle désagrégation de l'Empire. Elle va durer exactement un siècle.

Cette année-là, 20 000 guerriers huns, suivis de 100 000 femmes, enfants, artisans, esclaves, bousculent les Wisigoths des plaines de Roumanie et repoussent ces tribus sur la rive droite du Danube, à l'intérieur de l'Empire romain. Comme Rome prétend leur refuser le droit d'y rester, ces Goths anéantissent en 378 l'armée de l'empereur Valens à Andrinople. Première véritable victoire de « Barbares » sur Rome. Après ce désastre, Théodose réunit les empires d'Orient et d'Occident et fait la paix avec les Wisigoths qui s'établissent en Macédoine, à l'intérieur de l'Empire.

À la mort de Théodose, en 395, cet empire se scinde à nouveau en deux parties dirigées par ses deux fils : l'Orient par Arcadius, l'Occident par Honorius, installé à Ravenne. En Occident, le vrai pouvoir est détenu par un général d'origine vandale, c'est-à-dire germanique, Stilicon, qui concentre ses forces pour défendre la Gaule, l'Italie et les provinces danubiennes, et abandonne l'Espagne, l'Afrique du Nord et la Grande-Bretagne. Sur le mur d'Hadrien, les dernières sentinelles désertent leur poste et s'installent dans les environs comme paysans.

Toujours poussés par les Huns, les Goths ne se contentent pas de la paix obtenue avec Rome. En 402, conduits par leur roi Alaric Ier, ils quittent la Macédoine et pénètrent en Italie. Pour s'opposer à eux, Stilicon rappelle en 405 les garnisons postées sur le *limes*. Rien n'empêche plus les peuples massés de l'autre côté – Alamans, Burgondes, Vandales et autres Germains –, poussés eux aussi par les Huns, d'imiter les Goths et de pénétrer dans l'Empire.

Le 31 décembre 406 (selon le calendrier d'aujourd'hui), les ultimes garnisons romaines postées sur le Rhin aux environs de Mayence voient surgir, sur un front immense, des Alains, des Suèves, des Vandales, guerriers, femmes, enfants et bétail mêlés, qui traversent le fleuve pris par les glaces.

Accaparé par la guerre contre les Wisigoths, le pouvoir de Ravenne ne dépêche aucun secours. Des légions romaines de Grande-Bretagne, dirigées par un certain Constantinus, débarquent alors en Gaule pour contenir les Vandales avec l'aide des Francs, peuple fédéré resté du côté des Romains. Constantinus se proclame empereur, s'installe à Lyon et reprend Arles. De leur côté, les armées romaines d'Espagne proclament empereur un certain Maximus. Stilicon, toujours au pouvoir en Italie, tente pour sa part de recruter des Wisigoths, ses ennemis, pour reconquérir l'Espagne avant d'être renversé en 408.

Les Vandales bousculent toutes les armées romaines, y compris en Afrique du Nord, et progressent en 409 jusqu'au sud de l'Espagne (ils donnent leur nom à l'Andalousie) et au nord de l'Afrique ; les Suèves traversent eux aussi la Gaule pour fonder un autre royaume, en Galice. Le chaos est total.

Les troupes romaines désertent leurs campements ; les administrations romaines se dissolvent ; les villas, grands domaines ruraux, sont abandonnées. En Armorique et dans les Alpes, des paysans quittent leurs terres et se réfugient dans les forêts ; sous le nom de « bagaudes » (mot gaulois signifiant « rassemblements »), ils forment un nouveau type de tribu nomade, sans lien ethnique entre ses membres. La pauvreté commence à apparaître comme la menace principale et va devenir la hantise de tous les pouvoirs à venir. La charge de ces nouveaux nomades va désormais incomber à l'Église avant d'échoir, quelques siècles plus tard, aux pouvoirs laïques puis à l'État-providence.

Les Francs du Rhin, jusque-là alliés des Romains, changent de camp et attaquent Trèves pendant que les Wisigoths pillent Rome avant de quitter l'Italie, de traverser le sud de la France et, en 412, de passer en Espagne d'où ils chassent les Vandales et les Suèves à peine installés là. Cinq ans plus tard, des Burgondes – autre peuple germanique originaire du sud de la Baltique – franchissent eux aussi le Rhin pour descendre en Aquitaine, puis en Espagne.

Dans l'espoir de résister, Rome accorde à certains de ces envahisseurs le statut de « fédérés » qu'elle leur refusait jusqu'alors. Mais il est trop tard, les peuples fédérés n'exerçant plus le pouvoir par délégation impériale, mais pour leur propre compte.

Malheur supplémentaire : la peste vient frapper l'Empire du bassin méditerranéen jusqu'aux rivages de la mer d'Irlande, affaiblissant davantage encore ses capacités de résistance, alors que la partie septentrionale du continent n'est pas touchée. L'épidémie est l'alliée des Barbares.

À la mort de l'usurpateur Constantinus en 421, les ultimes lambeaux de l'Empire se scindent de nouveau : Valentinien III règne à l'est, à Constantinople ; Théodose II à l'ouest, avec Ravenne pour capitale.

En 425, le remarquable général romain Aetius tient ce qu'il reste de l'empire d'Occident cependant que Vandales, Suèves et Wisigoths rivalisent sur les territoires qu'ils viennent de conquérir. En Afrique du Nord, les Vandales prennent possession des territoires romains les uns après les autres. En 431 tombe Hippone, la ville où saint Augustin est mort un an avant, convaincu de l'effondrement de son univers, léguant à la postérité la *Cité de Dieu*, « celle qui échappe aux Barbares, au temps, et à la mort même ». En Gaule, en dix ans, Aetius, exceptionnel fédérateur de peuples, réussit même à façonner une armée efficace faite de quelques Romains et de beaucoup de Goths, de Francs, de Saxons, d'Angles, de Jutes, de Lombards, de Burgondes et d'Alamans. Il repousse les Vandales dans la vallée du Rhône, mais voici qu'il se trouve alors confronté aux plus terribles guerriers du moment, les Huns, parmi les seuls Barbares non christianisés.

Sous la direction de leurs deux nouveaux chefs, les frères Attila et Bleda, les Huns, on l'a vu, sont désormais résolus à pénétrer à leur tour dans les deux parties de l'Empire. L'aîné, Attila, est subtil et habile négociateur ; il parle latin et grec, comprend l'inefficacité du saccage et du massacre. Il est, écrit Ammien Marcellin, d'« une stature au-dessous de la moyenne quand il est à pied, grande quand il est à cheval... Le port altier du roi des Huns exprimait la conscience qu'il avait de sa supériorité sur le reste de l'humanité ; il avait l'habitude de rouler des yeux féroces, comme s'il voulait jouir de la terreur qu'il inspirait [8]. »

Les deux frères anéantissent d'abord un royaume burgonde établi sur le Rhin, repoussant entre Saône et Loire certaines de ses populations qui donnent leur nom à la Bourgogne, tandis que quelque 80 000 autres se dirigent vers la Savoie.

En 449, Attila, après avoir fait assassiner son frère, pénètre en Grèce et fait la paix avec l'empereur d'Orient, prenant même des fonctionnaires de l'Empire à son service. Cette année-là, un historien romain qui visite la place forte où se trouve alors Attila, en Valachie, au sud de la Roumanie actuelle, le décrit encore comme un « nain hideux » et évoque « son goût pour les mets simples qu'il se faisait servir sur un plat en bois ».

Attila se tourne alors contre l'empire d'Occident. Il revient par l'Helvétie vers la Gaule où il entre en 451 avec des alliés ostrogoths et burgondes. Le général Aetius tente de lui barrer la route avec ses auxiliaires wisigoths, francs, celtes, burgondes et alains. L'affrontement a lieu aux champs Catalauniques, dans la région de Troyes. C'est la plus gigantesque bataille terrestre connue jusque-là : elle mobilise 50 000 guerriers dans chaque camp (l'équivalent serait aujourd'hui peut-être de plusieurs millions de soldats sur le champ de bataille). Aetius l'emporte, mais ne peut empêcher les Huns de descendre vers le sud, de pénétrer en Italie et de parvenir jusqu'aux portes de Rome, assiégeant la cour de l'empereur Valentinien III qui a quitté Ravenne pour s'y réfu-

gier. Attila ne se retire qu'après le paiement, à la fin de
la même année, par Léon – l'évêque de Rome, qu'on
n'appelle pas encore le pape – d'une énorme rançon,
juste avant de mourir, selon la légende, au cours de son
mariage trop copieusement arrosé.

À sa manière Voltaire raconte ainsi cette histoire :
« Lorsque Attila eut détruit la ville d'Aquilée, Léon,
évêque de Rome, vint mettre à ses pieds tout l'or qu'il
avait pu recueillir des Romains pour racheter du pillage
les environs de cette ville dans laquelle l'empereur Valentinien III était caché. L'accord étant conclu, les moines ne
manquèrent pas d'écrire que le pape Léon avait fait trem-
bler Attila ; qu'il était venu à ce Hun avec un air et un ton
de maître ; qu'il était accompagné de saint Pierre et de
saint Paul, armés tous deux d'épées flamboyantes, qui
étaient visiblement les deux glaives de l'Église de Rome.
Cette manière d'écrire l'histoire a duré, chez les chrétiens,
jusqu'au seizième siècle, sans interruption[367]. »

Au même moment, Aetius rappelle des troupes angles,
jutes et saxonnes des îles Britanniques, et repousse les
Celtes sur la rive gauche du Rhin. Il semble sur le point
de réussir l'impossible : repousser les Barbares et sauver
l'Empire, quand, en 454, il est assassiné par l'empereur
d'Occident Valentinien III, jaloux de ses succès. L'année
suivante, après trente ans de règne, Valentinien est lui-
même assassiné par un mari jaloux, Pétrone Maxime,
cependant qu'un roi vandale, Genséric, qui contrôle
l'Afrique du Nord, vient piller Rome et assassine en 456
le mari jaloux devenu à son tour empereur...

L'anarchie est telle qu'une loi – inappliquée – tente
d'interdire à la population de la ville de démolir les
bâtiments publics pour en récupérer les matériaux.

Après Maxime, les empereurs se succèdent à grande vitesse : d'abord un certain Sevinus, puis Majorien, puis, en 461, Libius Sévère, puis, entre 461 et 476, six autres empereurs manipulés par des mercenaires wisigoths. Le dernier d'entre eux, Romulus Augustule, est déposé en septembre 476 – vingt-cinq ans seulement après la victoire d'Aetius sur les Huns – par un mercenaire d'une tribu hérule, Odoacre, qui se proclame roi d'Italie.

L'empereur d'Orient Zénon confie à Théodoric le Grand, roi des Ostrogoths, devenu allié de Rome et lui aussi chrétien, le soin de chasser Odoacre. En 493, Théodoric devient le maître de toute l'Italie et fait de Ravenne sa capitale ; il y fait réaliser le fabuleux *Codex Argenteus*, bible en or et argent, et fait couvrir les murs de Saint-Apollinaire et Saint-Vital de Ravenne de magnifiques mosaïques qui marquent les débuts de l'art byzantin. Il enlève la Provence, et aux Burgondes la région comprise entre la Durance et la Drôme. L'empire pourrait renaître.

À sa mort, néanmoins, son royaume disparaît. L'Empire romain d'Occident n'est plus. Cependant, presque tout va en être sauvé : à l'exception des Huns, tous les Barbares sont devenus chrétiens.

4. Généalogie des nations d'Europe

Disparu, l'empire d'Occident est remplacé par une mosaïque de royaumes nés des fusions d'anciens peuples venus d'Asie, mêlant progressivement leurs langues, leurs cultures, leurs modes de vie. Des frontières se dessinent ; les conflits changent de nature : aux invasions succèdent des querelles dynastiques.

De ce formidable brassage, deux nations se dégageront plusieurs siècles plus tard : la France et la Russie, dominées l'une par des Francs, l'autre par des Vikings, à côté de principautés dominées par les Wisigoths en Espagne, les Saxons en Allemagne, les Longobars en Italie, les Celtes en Bretagne.

La terre l'emporte désormais sur le cheval.

4.1. Deux nations : la France et la Russie

Les premiers passages d'*Homo sapiens sapiens* sur le sol de ce qui deviendra la France remontent, on l'a vu, à plus d'un million d'années. Jusqu'à 10 000 avant notre ère, seule la région située entre Loire et Garonne – surtout le Périgord – est occupée de façon constante. Ce territoire devient ensuite le point de rencontre de deux mouvements nomades, l'un venu de la Méditerranée, l'autre d'Europe centrale. L'un introduit le commerce, l'autre l'agriculture et l'élevage. Des groupes s'y sédentarisent, venus de ces deux sources indo-européennes. Ils sont rejoints mille ans avant notre ère par un peuple que les Grecs nomment celte, et les Romains gaulois, qui colonise la vallée du Rhône, le Massif central, l'Armorique, la Provence et le Languedoc. En 600 avant notre ère, des Grecs de Phocée, cité d'Asie Mineure, viennent fonder Massalia, au fond de la rade de l'actuel Vieux-Port de Marseille, puis s'avancent, au IIIᵉ siècle avant notre ère, en Provence et dans le Languedoc.

Au total, une soixantaine de petits peuples – germaniques, celtes et autres, pas tous de culture indo-européenne – sont alors disséminés dans ce que nous désignerons comme l'Hexagone.

En 118 avant notre ère, les Romains occupent le sud-est de la Gaule et y fondent la première *Provincia Romana*, qui deviendra la Provence. En – 109, deux peuples, les Teutons et les Helvètes, franchissent le Rhin et repoussent les Romains jusqu'à Orange. Les Tigurins et les Volques, Celtes venus de Franconie, battent les Romains en – 107 au nord de l'actuelle Toulouse. Vers – 58, un général romain, Jules César, entre en Gaule ; il attaque les Vénètes en Armorique et poursuit les Celtes jusque dans le bassin de la Tamise. Vainqueur, il convoque en – 57 une assemblée de ce qu'il appelle les « deux cents nations » de toute la Gaule – parmi les principales : Éduens, Suèves, Helvètes, Cimbres, Vénètes, Carnutes, Arvernes, Bituriges, Teutons, Bellovaques, Carduques, Burgondes, Goths, Vascons, Pictes, Alamans, Francs, Belges, Aquitains, Séquanes, Volsques. Les Juifs, déjà présents en Gaule depuis plus de deux siècles, n'y sont pas conviés. En – 55, César mate les Belges et les Germains. Après une nouvelle assemblée des chefs gaulois réunie à Amiens en – 53, l'un d'eux, Vercingétorix, un Arverne, rassemble quelques tribus contre l'envahisseur romain. Au début de l'an – 52, il prend Avaricum (aujourd'hui Bourges), immédiatement reprise par les Romains ; au printemps de la même année, assiégé dans Gergovie, il s'échappe et s'enferme dans Alésia avant d'être contraint de se rendre, en août de la même année, à César qui décide de rentrer à Rome, franchit le Rubicon, et fait étrangler Vercingétorix en – 46 dans un cachot de la capitale romaine.

Trois ans plus tard, Jules César ayant été assassiné après seulement sept ans de pouvoir, son successeur Auguste divise la Gaule en quatre provinces : Narbonnaise, Belgique, Aquitaine et Lyonnaise. En – 22, la Narbonnaise est rattachée directement à Rome. Les légions romaines tiennent bien la Gaule : en – 21, les Trévires et les Éduens, qui se sont soulevés contre l'augmentation des impôts, sont écrasés.

La Gaule est alors le pays le plus peuplé et le plus riche d'Occident, et tous les peuples alentour aspirent à venir s'y installer. Entre 233 et 244, des Alamans tentent d'y pénétrer, mais sont arrêtés à Strasbourg par les troupes romaines. C'est le tour des Francs en 256.

Un Gaulois rallié aux Romains, Postumus, jusque-là gouverneur de Basse-Germanie, se proclame empereur des Gaules avant d'être assassiné par ses soldats auxquels il a refusé la permission de piller Mayence. Ce prétendu « empire » n'est bientôt plus qu'une fiction, et Rome entend en recouvrer le contrôle. Nommé en 270 à sa tête, Tetricus, préfet d'Aquitaine, simule une révolte contre l'empereur Aurélien et se fait battre volontairement, en 273 (ou 274), prétexte pour justifier le rattachement direct de l'« empire des Gaules » à Rome.

Les peuples n'en continuent pas moins de se presser à ses portes. Si l'empereur Aurélien autorise les Francs à s'y installer, son successeur Probus les en écarte en 275. Après son assassinat en 282, les Francs, les Alamans et les Saxons y tentent de nouvelles incursions.

Le christianisme y unit de plus en plus les peuples en se greffant sur les religions précédentes. Quand, en 313, est publié dans l'Empire romain un édit qui le tolère, l'Église gallo-romaine compte déjà 17 métropolitains et 50 évêques.

En 356, par décret de Julien, devenu césar de la Gaule et apostat, de nouveaux peuples « fédérés » s'installent, pour les repeupler, sur des terres abandonnées à l'est et au nord de la Gaule. Des Francs, les Saliens, s'implantent ainsi en Flandre et se dotent d'un roi. Les autres peuples en font autant, oubliant l'existence même de l'Empire romain qui, en Gaule, n'est plus qu'une fiction. Des Burgondes affluent autour du lac Léman, des Wisigoths en Aquitaine. En 357, Julien l'Apostat repousse encore les Alamans à Strasbourg.

Dans ce pays en plein chaos, les paysans quittent les terres et rejoignent des soldats désarmés, nouveaux nomades de misère que ni l'Église ni Rome n'ont les moyens de secourir. Des hospices sont fondés pour les héberger à Autun, à Reims ; ils accueillent les indigents sans distinction d'origine pourvu qu'ils soient chrétiens.

À la fin de 406, comme on l'a vu, Vandales, Suèves, Alains et autres pénètrent en Gaule. L'armée de Bretagne les refoule vers l'Aquitaine, cependant qu'en 443 des Burgondes, des Alains et des Sarmates s'installent dans ce qui deviendra la Bourgogne, le Dauphiné et la Savoie.

En 463, quelques années après la bataille des champs Catalauniques, Childéric, roi des Francs, qui réside à Tournai, bat les Wisigoths et les Alamans à Orléans, étendant ainsi son royaume jusqu'au Languedoc. Sa sœur épouse un roi des Burgondes, Sigismer. En 477, les Wisigoths lui reprennent Marseille, Arles et une partie de la Provence, et se convertissent au christianisme l'année même où disparaît l'Empire romain d'Occident[152].

La Gaule est alors découpée en plusieurs royaumes de fait : à l'extrême nord, les Francs Saliens règnent sur une partie de l'actuelle Belgique autour de Tournai d'où gouverne Childéric. Un autre Franc, Chlodion, règne sur la région de Cambrai. L'Alsace est contrôlée par les Alamans. Des Celtes dominent la Bretagne. Au sud-ouest, de l'Aquitaine à Marseille, s'étendent les Wisigoths qui contrôlent aussi la Catalogne. Un général romain, Egidius, qui occupe encore la région de Soissons, se rallie aux Vandales.

En 481, cinq ans après la fin de l'Empire romain, Childéric Ier meurt à Tournai ; dans son tombeau, on place des bijoux francs et des insignes romains. Son fils Clovis Ier (de *clod weg*, « célèbre pour ses combats »), dont la cruauté et la traîtrise auraient mérité d'être retenues par l'Histoire, conquiert la Gaule du Nord cependant que les Burgondes prennent possession de l'est de la Gaule. À Soissons, le fils d'Egidius, Syagrius, se retourne contre Clovis qui le bat à Soissons, mettant fin à la dernière présence romaine en Gaule[152].

En 496, Clovis, après avoir prié le dieu de son épouse Clotilde de lui donner la victoire, bat les Alamans à Tolbiac. Il se convertit au catholicisme et se fait baptiser à Reims, alors grande cité commerciale des Gaules. En 507, il bat les Wisigoths à Vouillé et les cantonne en Septimanie, c'est-à-dire dans le Languedoc et le Roussillon alors gouvernés depuis Barcelone.

Convertis, les Francs imposent le catholicisme à leurs voisins, annexent d'autres royaumes germaniques et celtes, n'accordant la vie sauve à leurs prisonniers qu'en échange de leur engagement dans l'armée ou de leur installation dans les zones désertées en Amiénois, en Beauvaisis, en Cambrésis et dans la vallée de la Meuse.

La transition entre l'Empire de Rome et le royaume des Francs est peu visible dans la vie quotidienne. Dans tous ces royaumes se met progressivement en place une législation mêlant celle des nouveaux arrivants et celle de Rome, dont on retrouvera des traces jusqu'à la Révolution française[152]. Il faudra pourtant encore plus de quatre siècles pour que la France naisse pour de bon de ce creuset des peuples.

Après la mort de Clovis en 511, une longue succession de conflits et de meurtres familiaux aboutit à ce qu'un de ses héritiers, Clotaire Ier, partage à sa mort en 561, comme le veut la loi franque[152], le pouvoir entre ses quatre fils : Charibert devient roi de Paris, Gontran roi de Bourgogne, Sigebert Ier roi d'Austrasie, Chilpéric Ier roi de Soissons. En 534, le royaume burgonde a été annexé par les rois francs.

Le désordre social est général. Les mendiants sont de plus en plus les nouveaux nomades. En 567, le second concile de Tours ordonne à chaque commune de les nourrir, ce que répète en 658 le concile de Nantes qui astreint les communautés religieuses à réserver aux pauvres le quart des dîmes et des offrandes qu'elles ont perçues.

En 613, après une nouvelle vague de meurtres familiaux, le roi de Soissons, Clotaire II, roi depuis 584, devient seul souverain de ce qu'on appelle le *Regnum Francorum*, dont les monarques successifs se déplacent entre Laon, Soissons, Reims et Paris, laissant l'exercice du pouvoir à des maires du palais. En 687, l'un d'eux, maire du palais de l'Austrasie, Pépin de Herstal, prend le pouvoir en Bourgogne et en Neustrie, ce qui lui permet de reconstituer l'unité du *Regnum Francorum*[152]. En 732, son fils Charles Martel écrase les tribus arabes à Poitiers. Le fils de Charles, Pépin le Bref, dépose et élimine le dernier roi mérovingien, Childéric III, et se fait couronner « roi des Francs » en 751, fondant la dynastie des Carolingiens. En 796, son fils Charles le Grand, dit Charlemagne, soumet les Saxons, les convertit au christianisme, détruit un royaume mongol d'Avars. Il est également couronné roi des Lombards à Milan.

Perdure la même peur des pauvres : à la fin du VIIIe siècle, l'évêque Landry finance la construction d'un hôtel-Dieu à Paris et Charlemagne interdit le vagabondage[16]. En 816, un concile réuni à Aix-la-Chapelle réaffirme que « les évêques doivent établir un hôpital pour recevoir les pauvres et lui assigner un revenu suffisant aux dépens de l'Église »[63]. En vain.

Le 9 août 870, deux des petits-fils de Charlemagne, Louis le Germanique et Charles le Chauve, se partagent l'Empire. À la mort de son frère, Charles le Chauve tente d'en refaire l'unité et se fait couronner empereur à Rome à la Noël 875. L'année suivante, il est battu à Andernach par les fils de Louis le Germanique. Le 16 juin 877, à la veille d'une nouvelle bataille devant Quierzy, il assure à ses compagnons que s'ils viennent à mourir au combat, leurs terres, conquises par les armes, seront transmises à leurs fils aînés : ce sont les débuts de la noblesse héréditaire[152].

Charles le Chauve est de nouveau vaincu ; les deux parties principales de l'Empire carolingien sont définitivement dissociées. Le 29 février 888, Eudes, comte de Paris, renverse le Carolingien Charles le Gros, et se fait élire roi de ce qui est alors nommé « Francie occiden-

tale ». Après le retour au pouvoir de plusieurs Carolingiens, dont le dernier est Louis V, et des meurtres sans
nombre, le 3 juillet 987, les seigneurs de Francie occidentale portent le petit-neveu d'Eudes, Hugues Capet, à
la tête du royaume. La France est née. Bien plus tard, la
noblesse française se dira d'origine germanique, et ainsi
habilitée à régner sur le peuple gaulois au nom du droit
du plus fort.

Comme la France, la Russie tire son nom d'un groupe
venu d'ailleurs, capable de structurer ses institutions
politiques. Tout commence quand, vers 450 de notre ère,
des bandes de Huns repoussent en Ukraine méridionale
deux unions tribales slaves, les Antes et les Sklavènes[82].
Ces derniers partent vers la région de Moscou, les
seconds vers l'Ukraine centrale. Deux siècles plus tard,
des tribus slaves installées autour de Novgorod, attaquées
par les Khazars, nomades turcophones, appellent à l'aide
des Vikings qu'ils nomment en russe « Varègues » et qui
se nomment eux-mêmes en finnois « Ruotsi » ou
« Rous » (ce qui signifie « Suédois »). Ces Vikings,
peuple germanique dont on reparlera plus loin, sillonnent
depuis longtemps cet espace par où passent les routes
commerciales reliant la Baltique à Constantinople.

Une *Chronique des temps passés* rédigée deux siècles
plus tard par le moine Nestor rapporte ainsi cette histoire : « Ils [des Slaves de l'Est originaires de la région
de Kiev] traversèrent la mer [la Baltique] pour aller voir
les Varègues. Ces Varègues s'appelaient Rous, comme
d'autres s'appellent Suédois, d'autres Normands et

Angles, et d'autres encore Goths. Les Tchoudes, les Slaves, les Krivitchi, et tous dirent aux Rous : "Notre terre est grande et riche, mais il n'y a pas d'ordre. Venez régner et nous gouverner." Et l'on choisit trois frères avec leurs familles, et ils prirent avec eux tous les Rous, et vinrent. L'aîné, Riourik, s'installa à Novgorod, le second, Sinéous, à Beloozero, et le troisième, Trouvor, à Isborsk. Et c'est à ces Varègues que le pays russe doit son nom. Les gens de Novgorod descendent des Varègues, mais avant, c'étaient des Slaves[269]. »

Vers 850, le chef varègue Riourik est ainsi reconnu comme prince par les Slaves et donne son nom à la dynastie des Riourikovitch qui gouvernera la Russie – avec quelques éclipses – jusqu'au XVIᵉ siècle. Il s'installe à Novgorod vers 850 et se donne pour mission la libération des Slaves du joug turc[61]. Son successeur, Oleg, règne de 882 à 912 et transfère la capitale à Kiev. Il est remplacé en 913 par le fils de Riourik, Igor, qui règne jusqu'en 945 et étend son autorité jusqu'en Asie centrale, face aux Mongols. À sa mort règne sa veuve Olga, puis son fils Sviatoslav, tué en 972 en combattant des nomades turcs, non plus des Khazars mais des Petchenègues venus du nord de la mer Noire. En 980, le plus jeune de ses trois fils, Vladimir, s'impose, se convertit au christianisme en 987 et épouse la sœur de l'empereur byzantin qui assure ainsi la paix sur sa frontière septentrionale. Long et puissant règne, comme celui de son fils Iaroslav « le Sage »[61].

À la mort de Iaroslav, en 1054, la Russie kiévienne est, en théorie, devenue le plus vaste espace politique en Europe[61]. Son territoire s'étend en principe de la Baltique à la mer Noire, du cours de la Volga aux Carpates. En outre, les quatre filles du souverain ont épousé l'une Henri Ier, roi de France, les trois autres les rois de Norvège, d'Angleterre et de Hongrie.

4.2. Des peuples juxtaposés

D'autres nations se forment beaucoup plus lentement, sans qu'un État parvienne encore à réunir les peuples qui les constituent en une seule entité, leur seule véritable unité résidant dans une certaine proximité linguistique :

• En Allemagne vivent des Celtes, des Slaves, des Avars, des Francs, des Alamans, des Bavarois, des Suèves, des Saxons, des Teutons et des Huns. Teutons (*Teutsch* en allemand) et Saxons, tribus germaniques établies au IIe siècle avant notre ère au sud de la péninsule du Jutland, se séparent quand les premiers partent pour la Bavière et la Gaule, avant d'être exterminés en 102 près d'Aix par Marius. Les Saxons, mentionnés pour la première fois par Ptolémée au IIe siècle de notre ère, pratiquent la piraterie en mer du Nord et sur l'Atlantique, et le pillage terrestre jusque dans la région de la Weser. Les Alamans, autre peuple germanique, franchissent le *limes* en 259 et sont stoppés en 262 par Gallien au nord à Milan, là où se fixe la frontière sud de la diffusion de la langue allemande. En août 357, Julien, futur empereur, les bat dans la région de Strasbourg, là où se fixe la frontière occidentale de diffusion de cette même langue. Les Hérules, autre peuple germanique arrivé de Scandinavie au IIIe siècle, s'installent à l'embouchure du Rhin et s'y mêlent aux Francs. Les Suèves, venus des rives de l'Elbe, s'installent dans ce qui devient la Souabe. Les Boii-Varii, mélange de deux peuples, celte et germanique, occupent au VIᵉ siècle de notre ère la rive droite du Danube abandonnée en 487 par les Romains en déroute. Un autre peuple germanique, les Angles, occupe la région d'Angeln, dans l'actuel Schleswig-Holstein. Parmi tous ces peuples, *aucun* ne peut revendiquer une origine aryenne ni donc descendre de ces Indo-Européens partis de l'Iran vers l'Inde et qui deviendront plus tard, dans la propagande des national-socialistes, le peuple souche de la nation allemande.

C'est de leur mélange que naissent les principautés d'Allemagne qui portent en français le nom des Alamans, en anglais celui des Germains, en allemand celui des Teutons – trois noms d'occupants.

• La péninsule Ibérique tire son nom soit de l'Èbre, soit de sa première population, les Berbères venus d'Afrique du Nord et qui s'y sont installés entre – 4000 et – 3500. À la fin du IIᵉ millénaire, les Berbères y créent un empire dit de Tartessos qui occupe l'ouest de l'Andalousie et commerce avec le pourtour méditerranéen. Au XIᵉ siècle, les Phéniciens y établissent des colonies, dont Gadir ou Gadès, qui deviendra Cadix.

L'affaiblissement de Tartessos favorise ensuite l'invasion carthaginoise, puis celle de Rome où part son élite : ainsi de Sénèque, Trajan et Hadrien. Les soldats romains y introduisent le culte de Mithra, dont le taurobole est, selon certains, à l'origine de la tauromachie.

La péninsule Ibérique attire alors les convoitises de tous les peuples du Nord. Au IIIᵉ siècle, des Francs et des Alamans s'y installent. En 409, des Vandales abandonnent la Silésie et la rive droite de l'Oder et s'implantent dans le sud de la péninsule ; ils y répandent la civilisation celte et le christianisme.

Au même moment, les Suèves fondent un royaume en Galice. En 412, des Wisigoths s'installent en Catalogne avec Barcelone pour capitale. En 417, des Burgondes venus du sud de la Baltique arrivent à leur tour en Galice. En 711, un chef arabe, Tariq, débarque aux abords de ce qu'il nomme le *djebel tariq* (Gibraltar) ; le sud de l'Espagne, alors royaume wisigothique, passe sous domination arabe.

Les Arabes réveillent Cadix et Cordoue, villes fondées par les Carthaginois, et Malaga, Tolède, Lisbonne, Saragosse, fondées par les Romains. Abd el-Rahman installe à Cordoue la première autorité omeyyade. Des populations berbères, arabes, vandales, suèves, gothes, juives s'y mêlent.

En 801, Charlemagne prend Barcelone aux Arabes après avoir échoué devant Saragosse, comme le raconte la *Chanson de Roland*. Bousculé par les chrétiens venus du nord, l'islam andalou se reprend grâce à deux dynasties nomades : d'abord les Almoravides en 1086, puis les Almohades en 1172.

• Sous l'Empire romain, l'Italie (dont le nom désigne l'ensemble des peuples de la péninsule, hormis les Étrusques) est le lieu d'un formidable brassage d'ethnies venues de toute l'Eurasie et d'Afrique, esclaves ou « associées » de l'Empire. Une fois Rome affaiblie, débarquent dans la péninsule des Vandales, des Wisigoths, des Ostrogoths et des Huns. Tous ces peuples s'y maintiennent après la chute de l'Empire, bientôt rejoints

par les Longobars ou Lombards, peuple germanique
établi depuis le Ier siècle sur l'Elbe, qui franchissent les
Alpes du Frioul en 568 et fondent un royaume à Pavie.
Peu après, des Avars, tribus mongoles qui ont soumis la
Chine sous le nom de Ruanruan, envahissent à leur tour
la plaine du Pô et menacent les Lombards. Ceux-ci se
convertissent au christianisme, adoptent la langue latine,
repoussent l'empereur d'Orient et se posent en protecteurs du pape contre les barbares. Un peu plus tard
encore, des Vandales venus d'Espagne s'emparent de la
Sardaigne, de la Corse et des Baléares. En 902, la Sicile
est occupée par des Arabes. Au XIe siècle, des Normands
(des Vikings fixés en Gaule) y installent un royaume où
on parle à la fois le latin, la langue germanique et l'arabe.

• Au début de notre ère, les îles Britanniques sont occupées par des Celtes nommés Welches, Brittons, Scots et
Danois ; puis par des Saxons, des Jutes et des Angles (qui
vont donner leur nom au pays : *Engleland*, pays des
Angles) venus d'Angeln en Allemagne. Tous ces peuples
se fondent dans les royaumes de Northumbrie, au nord,
d'East Anglia, à l'est, et de Mercie au centre. Au IXe siècle,
y arrivent de Scandinavie les Vikings.

5. TROIS NOMADISMES NOUVEAUX :
VIKING, ARABE, JUIF

Pendant toute cette période, trois autres peuples
nomades jouent un rôle essentiel dans le maintien des
flux commerciaux sur tout l'espace compris entre la mer

du Nord et la Chine. Leurs bateaux, leurs chevaux, leurs chameaux ou leurs dromadaires réussissent à circuler à travers les lignes de front et à se faufiler entre les combattants. Deux d'entre eux – les Vikings et les Arabes – ont des velléités conquérantes ; le troisième – le peuple juif – n'a d'autre aspiration que de préserver son identité.

5.1. Les Vikings, Normands et Rous

Les Vikings sont essentiellement des Germains alliés à quelques Lapons, peuple de langue finno-ougrienne venu de l'Altaï, puis de l'Oural il y a 3 500 ans, qui se qualifie lui-même de Same ou Saami mais que Tacite, quant à lui, appelle *Fenni*, et dont le nom signifie en celte « guerrier des mers » ou « aller à l'aventure »[243]. Ils surgissent en Norvège et en Suède sous le règne de Charlemagne. Excellents marins, capables de construire et d'armer des vaisseaux – les drakkars – pouvant contenir jusqu'à soixante-dix hommes, ils sont avant tout commerçants et prennent leurs décisions après de longues disputes. Guerriers, ils se livrent à des incursions le long des fleuves, pénètrent dans les villages où ils s'emparent des chevaux pour poursuivre leurs pillages à l'intérieur des terres. Leurs premières expéditions ne visent que le butin, puis ils conquièrent des terres et y font enfin venir leurs familles.

Certains d'entre eux, on l'a vu, s'installent vers 837 à Novgorod sous le nom de « Varègues » ou de « Rous »[243]. En 843, d'autres, moins bienvenus, atteignent l'embouchure de la Seine. Face à eux, les seigneurs francs construisent des ponts fortifiés et des forteresses.

D'autres encore s'installent vers 860 en Islande avec leurs familles et des esclaves celtes, et y créent comme le premier parlement du monde : l'*Althing*[243]. D'autres débarquent en Angleterre en 865, conquièrent le sud du Northumberland, attaquent le Kent et le Wessex où résiste Alfred le Grand. D'autres encore partent vers 870 vers l'Arctique, sur la terre de Baffin et le long des côtes américaines où ils s'opposent en des combats très violents aux Dorset, peuple algonquin nomade installé dans le Grand Nord avant les Inuit. Les Vikings n'insistent pas et se replient vers l'Europe ou le Groenland.

D'autres assiègent Paris en 886 et ne se retirent que contre une rançon payée par Charles le Gros, lequel les laisse piller la Bourgogne, puis l'Aquitaine et une partie de la Neustrie. En 911, leur chef, Rollon, par le traité de Saint-Clair-sur-Epte, obtient de Charles III le Simple le duché de « Normandie » (de *Northmen*, hommes du Nord)[243]. Ses successeurs en font le pays le mieux administré et le plus prospère d'Occident, gouverné à partir de 930 avec l'aide d'une assemblée d'hommes libres réunie une fois l'an.

D'autres Vikings encore s'engagent comme mercenaires chez les Lombards, alors en guerre contre les Byzantins. Au XIe siècle, d'autres encore fondent le royaume de Sicile, puis prennent part aux croisades à l'occasion desquelles ils affrontent les Arabes et s'installent en Terre sainte.

Ainsi des Danois, des Suédois, des Normands, des Islandais, des Anglais, des Russes, des Siciliens, des Américains et des Palestiniens ont une origine commune...

Pendant ce temps, l'Amérique, où ne font que passer les Vikings, semble paralysée par la clôture qui la sépare de l'Eurasie[215]. Ni la roue ni le cheval ne s'y trouvent. Aucun des progrès réalisés ailleurs n'est disponible. Dans les plaines du Nord descendent les Pieds-Noirs qui chassent les bisons à pied, à côté de deux peuples de paysans, les Mandans et les Hidatsas, installés le long du Missouri[401]. En Amérique centrale, de 450 à 600, l'empire de Teotihuacán domine le centre du Mexique et établit des relations commerciales avec Monte Albán, centre des Zapotèques, et de divers royaumes des Mayas dirigés depuis Chichénitzá Uxmal et Palenque, dans le Yucatán. Vers l'an mille, dans le centre du Mexique apparaît une nouvelle civilisation sédentaire, celle des Toltèques, qui étend son empire à l'intérieur même du territoire maya avant d'être battue en 1168 par les Shoshones, guerriers nomades venus à pied du nord-ouest pour fonder l'empire aztèque[215].

De nouvelles civilisations émergent aussi en Amérique du Sud : ainsi, vers 600 de notre ère, les Huaris s'installent dans le centre des Andes ; après l'an mille, les Sinus s'imposent en Colombie. L'ensemble du Pérou est alors colonisé par les Quechuas que la tribu des Incas va bientôt diriger.

5.2. Les Arabes

Depuis le IXᵉ siècle av. J.-C., la péninsule Arabique est un lieu de passage de caravanes qui acheminent l'encens et les épices en provenance d'Inde et de Chine jusqu'aux ports phéniciens. Elles y croisent des éleveurs de dromadaires, dits *bedoui* (« habitants du désert »), qui commercent entre le Yémen et la Méditerranée[320] tout en imposant leur langue, l'arabe, qui fait partie du rameau sémitique. Ils sont polythéistes et rayonnent à partir d'oasis qui leur tiennent lieu de bases logistiques. Enrichis par le commerce caravanier, ils organisent des États comme Petra ou Palmyre, que les Romains annexent l'un en 106, l'autre en 273.

La Mecque est alors une de leurs oasis, à la fois lieu de rencontre commercial de diverses tribus et sanctuaire, autour d'une mystérieuse « pierre noire » que viennent vénérer aussi bien polythéistes que juifs, chrétiens et mazdéens[229]. Au moment où les routes du Nord sont barrées par les guerres entre Romains et Perses, les Quraychites, tribu gardienne du sanctuaire, en font un centre commercial important, point de passage obligé des caravanes venues de Chine et d'Inde via le Yémen et l'Éthiopie et poursuivant sur le pourtour de la Méditerranée[229].

À partir de 384, quand Rome et la Perse sont à nouveau en paix, les routes du commerce se détournent de La Mecque. Les empires byzantin et sassanide peuplent leurs frontières de tribus arabes pour se protéger des razzias d'autres groupes nomades. Les oasis se vident, l'Arabie s'isole et se morcelle, c'est l'« âge de l'ignorance », dira l'islam.

Au VIᵉ siècle, le commerce reprend entre le sud et le nord de la péninsule. En 610, Mahomet, un Quraychite, entend, selon la tradition, les révélations de Dieu. Il unifie les tribus arabes et émigre en 622 à Yathrib (ancien nom de Médine), d'où il chasse des tribus juives, les Banu Qaynuqa et les Banu Nadir. En 630, il revient à

La Mecque, en fait un centre consacré à sa nouvelle religion, unifie les tribus du Nord et part convertir l'Arabie et en chasser les infidèles, c'est-à-dire ceux qui refusent l'islam.

Son message comme sa vie sont ceux d'un nomade, à l'instar de la religion qu'il fonde, faite de réflexion personnelle, de solidarité avec l'*umma* (la communauté des croyants) et de pèlerinage. Elle est la religion idéale du voyageur prosélyte[146]. En même temps qu'une religion de conquête, au fil de l'épée. Selon l'historien arabe Al-Waqidi (mort en 823), Mahomet fut personnellement impliqué dans 19 batailles et le Coran, comme la Bible, fourmille de versets bellicistes : « Tuez ces faiseurs de dieux, où que vous les trouviez ; capturez-les, et assiégez-les » (sourate 9, 5).

Après Mahomet, le calife Abou Bakr lance des armées de chameliers à la conquête du monde. En 636, les Arabes battent la Perse à Kadisiyad et gagnent le Khorassan, entraînant la conversion de tribus mongoles et turques. La même année, ils occupent la Syrie et s'emparent de Jérusalem en 637. En 651, les envoyés du calife abbasside Osman ibn Affan rencontrent l'empereur de Chine Gaozong, de la dynastie Tang.

En Afrique du Nord, les Arabes côtoient des tribus nomades – Chleuhs, Rifains, Kabyles, Chaouïas, Aurès et Touareg – que les Romains nomment en vrac « Barbares » ou « Berbères » et dont certaines (Garamantes du Sahara, Maures, Sanhadjas, Numides, Gétules, Nasamons et Psylles) ont adopté le latin et le christianisme. Certains de ces guerriers, d'abord dirigés par le chef des Aurès, Koçaila, puis par une femme, la Kahina, opposent une longue résistance aux envahisseurs arabes. Pour les chrétiens, ils sont l'annonce de la venue d'un antéchrist, du châtiment des péchés et de la fin du monde[350]. À leur victoire, ils s'exilent ou se convertissent. Les Juifs y restent des « protégés », humiliés mais tolérés.

En 708, les Arabes arrivent à Tanger et pénètrent en Espagne. Là, on les nomme les « Orientaux », autrement dit *al-Charaqi'* en arabe, qui devient *Sarracinus* en latin[350]. Devant eux le royaume wisigoth s'effondre, ils pénètrent en Gaule, et, en 719, font de Narbonne la capitale d'une de leurs provinces, jusqu'à leur défaite à Poitiers, en 732, face à Charles Martel, dont le fils, Pépin le Bref, leur reprend Narbonne en 759 et dont le petit-fils, Charlemagne, leur reprend la Catalogne en 801.

En 827, l'autorité de Constantinople sur la Sicile se relâchant, des Sarrasins venus de Tunisie entreprennent la conquête de l'île.

Dans le même temps, les Arabes sont aussi en Chine. En 755, quatre mille familles arabes vivent à Xi'an, capitale des Tang, à côté d'un grand nombre de familles juives. Interrompus par le massacre de plus de cent mille Arabes et Juifs à Canton en 878, les échanges reprennent à partir de 960 sous la dynastie Song. Commence alors l'islamisation des Turcs, d'une partie des Mongols et des Ouïgours, qui se convertissent à l'islam en 965.

Par ailleurs, l'islam joue un rôle essentiel dans le retour de la philosophie grecque vers l'Europe. Sitôt installé en maître à Bagdad, moins d'un siècle après la révélation de Mahomet, le calife Al-Mamoun crée en 830 une « Maison de la sagesse » où travaillent des générations de traducteurs. Ils font paraître en arabe des textes majeurs de la philosophie et de la science grecques, de la littérature persane et de l'astronomie indienne. L'Islam est alors le centre de la puissance et de la civilisation. Entre les premières universités qui s'y créent alors – bien avant de voir le jour en Europe – circulent des professeurs, intellectuels nomades, qui enseignent les sciences religieuses, l'astronomie, la philosophie, les mathématiques et la médecine. Parmi eux Al-Farabi, à Bagdad et Avicenne, à Boukhara (né en 980 d'une mère juive, dit-on, et d'un père chi'ite).

Avec leurs meilleurs alliés du moment, les Juifs, leurs « protégés », ils font connaître la pensée perse en Égypte, la pensée grecque en Espagne, et l'une et l'autre en Chine.

5.3. Les Juifs

À la différence des autres nomades, les communautés juives dispersées après la chute des royaumes d'Israël ne cherchent à aucun moment à se regrouper sous la forme d'un peuple en mouvement, ni à prendre le pouvoir au sein d'une nation, ni à conquérir des territoires[23]. Pas même à reconquérir la Terre promise. Ils ne cherchent plus qu'à sauvegarder leur foi et leur culture et à survivre en communautés. Ils ne se déplacent que pour commercer ou échanger, ou pour fuir lorsqu'ils sont expulsés.

Chassés du Moyen-Orient au Ier siècle par les Romains, ils parviennent en Espagne, en Italie, en Gaule, le long du Rhin et en Afrique du Nord où ils rejoignent des communautés installées là depuis des siècles[23]. Néanmoins, l'essentiel du peuple juif se trouve encore en Mésopotamie, où les rabbis rédigent les commentaires du Talmud et règnent sur des tribunaux rabbiniques à compétence universelle. Instances d'appel, ces tribunaux tranchent de toutes les questions, théologiques ou économiques, dont, de l'Espagne à l'Inde, les communautés du monde débattent. Ils préservent l'unité de la doctrine tout en favorisant son adaptation aux diverses sociétés dans lesquelles doivent vivre leurs communautés[23]. N'ayant plus en commun qu'un Livre, une langue de prière et des devoirs moraux, les Juifs élaborent une véritable technologie du nomadisme, unique en son genre, leur permettant de durer alors que la plupart des autres peuples en exil s'assimilent et disparaissent au sein des nations nouvelles.

6. Cavalier, chevalier et mendiant

En Europe, les chevaux qui ont assuré la victoire des Hyksos en Égypte et celle des Mongols en Chine sont encore, deux mille cinq cents ans plus tard, le signe premier de la puissance. De plus en plus forts et massifs pour être aptes à porter des combattants en armure, de plus en plus coûteux à entretenir, ils restent l'apanage des classes supérieures, parmi lesquelles apparaît un nouvel idéal individualiste fait de liberté élitaire, où chaque brave espère atteindre à l'immortalité par la gloire du nom.

Dans le même temps, les paysans quittent leur terre pour les villages, les errants se multiplient. Quelques ordres religieux tentent encore d'entretenir des hôpitaux, financés par les seigneurs de villages ou par les dons des paroissiens, sans pouvoir enrayer pour autant la marche

de ces nouvelles hordes nomades, devenues plus dange-
reuses que les peuples en mouvement. Le nomadisme
menace désormais de l'intérieur des frontières des
nations.

La mémoire de ce millénaire de luttes entre les divers
peuples d'Europe trouve son écho dans toutes les
légendes. Ainsi celle d'Allwyn, chef viking blessé lors
d'une expédition à Dunkerque, sur le point d'être achevé
par les habitants de la ville quand l'évêque saint Éloi le
sauve et le convertit. Allwyn devient alors le protecteur
de la cité. Il l'est encore aujourd'hui, géant bienfaisant,
seigneur du carnaval. Allwyn donnera *Halloween*...

Parce que tout finit en carnaval, nomadisme rêvé,
voyage fictif du pauvre vers le riche, au moment même
où la marginalité et le mouvement annoncent une fragi-
lisation des sociétés sédentaires.

CHAPITRE V

Marginaux et découvreurs

« On écrit l'Histoire, mais on l'a toujours écrite du point de vue des sédentaires et au nom d'un appareil d'État. Jamais l'Histoire n'a compris le nomadisme. »

Gilles DELEUZE et Félix GUATTARI,
Mille plateaux.

Après avoir, au Ier millénaire, bousculé les empires en Orient et installé la féodalité en Occident, l'énergie nomade ne faiblit pas. Les masses asiatiques continuent d'être agitées par des cavaliers venant constituer de magnifiques empires, émerveillant les premiers voyageurs européens, nouveaux nomades individuels, marchands et géographes.

L'Europe, elle, n'est pas uniformément ouverte à ce nomadisme du commerce. La France et la Moscovie s'enlisent dans des rêves de grandeur féodale et se crispent sur le contrôle de leurs nomades de l'intérieur : les pauvres, les marginaux, les précaires. Au lieu de leur donner une chance de travailler librement, en leur ouvrant leurs ports et leurs villes, les grands États européens les surveillent, les bannissent, les enferment et écartent les marchands.

Dans le même temps, quelques ports d'Italie et de Flandre accueillent ces nomades individuels ; ils renouent avec la culture grecque du voyageur savant et du marchand. Ils ne sont plus seulement les points d'arrivée des caravanes venues des oasis d'Asie ; ils deviennent les centres arrogants des routes du commerce et des prix des épices, les principaux lieux de contrôle et d'accumulation des profits tirés des marchandises du monde.

Comme les peuples d'Asie centrale et de Chine n'en finissent pas de s'entre-déchirer et se ferment aux voyages, le pouvoir de dire la valeur passe des nomades de l'Est à ceux de l'Ouest. Ils vont développer un nouvel avatar du nomadisme, le nomadisme marchand : le capitalisme.

Ils imposent une conception inédite du monde fondée sur l'apologie d'une valeur unique : la liberté indivi-duelle – et de son corollaire : la liberté de circulation. Ils sont d'abord pèlerins, moines prêcheurs, compa-gnons, artisans, troubadours, jongleurs, puis peintres, musiciens, architectes, médecins, philosophes et ban-quiers. Puis autres encore : découvreurs, inventeurs, explorateurs, entrepreneurs. Et toujours, bien sûr, des marchands.

Ainsi se différencient les catégories du voyage : il ne s'agit plus de groupes unis par une langue et une culture, mais d'individus solitaires, voyageant pour transmettre une foi, pour exercer un métier, par nécessité, par intérêt, par curiosité, par volonté d'être libres. Certains sont des nomades volontaires ; d'autres, contraints. Marchands et riches oisifs sont accueillis partout avec faveur ; margi-naux, mendiants, pirates et voleurs sont redoutés et pourchassés. Artistes, pèlerins et découvreurs sont, selon les circonstances, mal vus ou bien reçus. Tous, *volens nolens*, partagent l'éthique des anciens peuples nomades : le voyage est l'essence de leur vie.

1. LA TENAILLE RUSSO-CHINOISE

1.1. Mongols, Turcs et Chinois

Dans les steppes d'Asie centrale restent encore quelques peuples indo-européens – les Ossètes, dernière incarnation des Scythes, des Sarmates et des Alains – venus de Crimée en contournant la Caspienne pour se replier au nord du Caucase, le long du dernier passage encore ouvert entre Ciscaucasie et Transcaucasie. Le reste de la région est occupé par des tribus indo-européennes, Ouïgours Dravidas, turques (Kirghiz, Keraïts, Ghaznévides, Ghurides, Tatars, puis Ouzbeks et Kazakhs) et mongoles (Si-hia, Kara Kitay, Oïrats, Naima, Merkits, Öngüt, Djurtchets), qui se disputent encore le contrôle des deux sous-continents : l'Inde et la Chine. Plus précisément, les Turcs se disputent d'abord le contrôle de l'Inde, avant de revenir disputer la Chine et l'Asie centrale aux Mongols[310].

À partir de l'an mille, plusieurs groupes turcs se partagent l'Asie orientale[311]. Les khans karakhanides de Kachgarie (descendants des Tujue et convertis à l'islam) prennent la Transoxiane dont Samarkand est la capitale. Autour de 1040, d'autres tribus turques du nord de la mer d'Aral, les Seldjoukides, envahissent la Perse, l'Irak et l'Anatolie, et y installent un État qui deviendra la Turquie. D'autres encore, les Ghaznévides, s'emparent de l'Afghanistan, puis du Pakistan et de l'Inde du Nord, écrasent l'infanterie et les éléphants des radjahs, et bousculent au XIIIᵉ siècle le dernier bastion du bouddhisme

indien, le royaume des Pala[324]. En 1151, ces Turcs ghaznévides sont pris à revers par des Iraniens turcophones,
les Ghurides, qui les supplantent en Inde septentrionale,
s'emparent de Lahore, puis de Delhi en 1192, et détruisent en 1199 le grand centre bouddhique de Nalanda, à
l'est du bassin du Gange[324]. Installés à Delhi, contrôlant
tout le nord du sous-continent, leur sultanat restera longtemps dirigé par des musulmans alors même que la
population y demeurera très majoritairement hindoue. Et
qu'au sud d'anciens nomades indo-européens, les Dravidas, contrôlent d'immenses espaces[324].

De leur côté, plusieurs dynasties de cavaliers mongols
se disputent le contrôle des royaumes de Chine[216]. Le
Sud reste gouverné à partir de Hangzhou ; d'abord par
la dynastie des Song, puis par d'autres Mongols qui les
remplacent à l'issue d'une longue guerre, la première
dans laquelle les armes à feu jouent un rôle important.
Au milieu de la Chine, le corridor du Kan-sou est encore
tenu par un groupe de nomades tibétains, les Si-hia ; les
oasis du Tarim, nœud stratégique des routes de la soie,
sont encore occupées par des Ouïgours, devenus en partie
bouddhistes, en partie nestoriens[137].

En 929, une tribu mongole qui a déjà connu une heure
de gloire trois siècles plus tôt, les Kara Kitay, resurgit
de Mongolie, chasse les tribus kirghiz jusqu'à la mer
Caspienne et prend le contrôle de tout le nord de la
Chine, de Pékin à la Mandchourie[348]. En 1125 apparaissent encore d'autres Mongols, les Djurtchets, nommés
Ruzhen par les Chinois. Ils sont les descendants des
Ruanruan qui ont dirigé la Chine au IIIe siècle, et les
ancêtres des Mandchous qui la dirigeront encore du XVIIIe
au XXe siècle. Ils chassent les Kara Kitay pour fonder

une nouvelle dynastie, celle des Jin. Dirigés alors par un certain Togroul, les Kara Kitay conservent des territoires à l'ouest, jusqu'au Syr-Daria, et dans le bassin du Tarim après en avoir évincé les Karakhanides[137]. D'autres Mongols nomadisent à l'ouest dans le bassin du Kerulen ; près du lac Baïkal sont les Merkits ; les Mongols Naïman sont dans l'Altaï et les Öngüt nomadisent au nord de la Grande Muraille ; des Ouïgours turcophones contrôlent le Xinjiang. On trouve enfin d'autres Mongols jusqu'en Crimée : ces Tatars, turcophones, deviendront bientôt arabophones[311].

Au sein de cette mosaïque de peuples surgit au début du XIIIᵉ siècle un chef capable de les rassembler. Il se nomme Temudjin et est le fils d'un chef kara kitay mis à mort par des Tatars. Après avoir épousé à vingt ans la fille du chef des Kara Kitay, Togroul, il en devient le principal vassal[348]. Avec lui, en 1198, il défait une avant-garde de Tatars. En 1203, il renverse son beau-père ; en 1206, il se fait proclamer *Tchingis Qaghan* (ou « guerrier précieux », ou « Khan Suprême de Tous Ceux Qui Habitent des Tentes de Feutre », ou « Empereur océanique ») par une assemblée de toutes les tribus mongoles réunies sur les rives du fleuve Onon. Transcrit en chinois : *Chêng-Sze Khan*, ce titre deviendra en Occident « Gengis Khan »[310]. Comme d'autres empereurs avant lui, il se croit investi d'une mission divine et se rêve souverain de toute la Terre, en tout cas de l'Eurasie qui est le seul monde dont il imagine l'existence[310]. Honnête et désintéressé, ce n'est pas, contrairement à la légende, un destructeur ; il favorise un exceptionnel essor culturel et scientifique des peuples qu'il dirige[310]. Il installe une capitale à Karakorum, en Mongolie, et y fait construire

un palais où il réside peu. Il dispose d'une impression-
nante logistique appuyée sur un réseau d'espionnage et
de propagande[310]. Il conduit des armées regroupant
jusqu'à deux cent mille cavaliers, techniciens éprouvés
de la guerre nomade, équipés des meilleurs chevaux du
monde, portant pantalon, caftan, bottes et fourrures. Souvent, la peur qu'ils suscitent et la propagande suffisent
à assurer leur victoire[78].

En 1209, Gengis Khan s'allie aux Ouïgours, qui
contrôlent alors le Xinjiang. Il adopte leur écriture et
intègre leurs cadres dans son administration[311]. Il soumet
les Si-hia, ces Tibétains qui tiennent encore le corridor
de Kan-sou, prend la future Pékin aux Jin et les repousse
jusqu'à Kaifeng en 1215. Quand ses généraux lui proposent de massacrer les dix millions d'habitants de la
Chine du Nord restés fidèles aux Jin, il refuse, préférant
leur faire payer un tribut. Il installe dans toute l'Asie la
pax mongolica, ce qui incite des Occidentaux à venir
jusqu'en Chine en traversant les territoires des Slaves,
toujours terrifiés, eux, par la menace mongole.

En 1220, Gengis Khan s'empare lui-même de Samarkand qu'il détruit après y avoir pillé tout ce qui peut
renforcer sa cavalerie[348]. En 1221, il ravage également
Konya-Ourgentch, la capitale du Khorassan, l'actuelle
Meshed, à l'est de l'Iran d'aujourd'hui, l'une des villes
les plus peuplées et les plus resplendissantes de la région,
en la noyant sous les eaux du fleuve Amou-Daria
détourné pour la circonstance de la mer d'Aral vers la
Caspienne : « On y voit encore une couche de cendres
noires de dix à vingt centimètres d'épaisseur, truffée de
crânes et d'ossements[78]... » En 1222, il atteint l'Indus,
mais ne cherche pas à envahir l'Inde qu'il trouve

« chaude comme l'enfer »[348]. Il repart vers le nord pour mater une révolte des Si-hia dans le corridor de Kan-sou où il meurt en 1227, probablement d'une chute de cheval.

Son empire s'étend alors de la Chine du Nord à l'Asie centrale. Sa réputation est planétaire. Un demi-siècle plus tard, Marco Polo dira de lui : « Il mourut, ce qui fut grand dommage, car il était prud'homme et sage »[286] ; Joinville écrit : « Il tint le peuple en paix[310]. » Sa réputation est faite d'un mélange d'admiration et de terreur ; encore aujourd'hui, les peuples d'Asie centrale craignent les chiens, qui leur rappellent que les troupes de Gengis Khan étaient supposées être précédées et suivies de meutes dévorant les cadavres[78].

Son empire ne disparaît pas après lui, car ses quatre premiers successeurs sont de grande qualité et font plus que doubler ses conquêtes. D'abord son fils Ogoday règne pendant vingt ans, puis ce seront deux généraux, Güyük et Möngke, pendant treize ans, enfin son petit-fils Koubilay qui ne régnera pas moins d'un demi-siècle, en particulier comme empereur de Chine en fondant la dynastie des Yuan. À la mort de Koubilay, la Chine et le reste de l'Empire mongol se dissocieront[137].

En 1230, Ogoday expédie vers l'ouest une armée de 40 000 hommes dirigée par deux généraux, Djébé et Sübötei, qui contournent la Caspienne, bousculent Iraniens, Géorgiens et Russes, et prennent le Turkestan, l'Afghanistan et l'Iran[310]. Leurs troupes s'enflent des vaincus ralliés ; à l'automne 1236, avec 150 000 hommes, Sübötei rafle les principautés russes du Nord, d'abord Novgorod, puis Kiev en 1240. Il brûle Cracovie, bouscule une armée de cavaliers polonais et renverse le roi magyar, Béla IV. Beaucoup, en Occident, pensent que leur venue annonce celle de l'Antéchrist. Le pape envoie des ambassadeurs à leur rencontre pour les amadouer. Sübötei s'apprête à pénétrer dans Vienne quand il apprend la mort de son maître Ogoday. Comme l'héritier du trône est très jeune, Sübötei reflue avec ses armées vers Karakorum, espérant obtenir la régence. L'Occident est sauf. Mais c'est un autre régent qui est choisi, Güyük. Il préfère se tourner vers l'Orient et tente de débarquer au Japon en 1243[310] : en vain. Son successeur, Möngke, prend l'Irak en 1258, pille Bagdad et assassine le calife abbasside. Les Mongols subissent ensuite une première défaite face aux Mameluks[310].

En 1260, Koubilay, petit-fils de Gengis Khan, met fin à la régence. Devenu empereur de Chine, il reçoit en grande pompe Marco Polo ; en 1271, il transfère sa capitale de Karakorum, en Mongolie, à Khan Baliq (« la Ville du Khan »), qui deviendra Ji puis Beijing (Pékin). Il tient alors le plus important empire jamais constitué, qui s'étend du Pacifique jusqu'à la mer Noire, de l'Indus à Moscou, du lac Baïkal au Vietnam[137]. Ses bateaux, équipés de gouvernails et de boussoles, contrôlent les mers d'Orient. Les caravanes de ses commerçants maîtrisent le mouvement des épices à destination des principales villes d'Europe.

À sa mort en 1294, son empire est scindé en deux. Son fils aîné devient empereur de Chine où il ouvre la lignée des Yuan, première dynastie à diriger l'ensemble du pays. Son second fils, Djaghataï, reçoit le reste du territoire de l'empire, qui se trouve peu à peu rogné par les contre-attaques russes et turques[310]. À la mort de Djaghataï, ce royaume d'Asie centrale est lui aussi divisé entre un empire nomade, le Mogholistan, situé entre le

Syr-Daria et la Chine et qui restera indépendant jusqu'en 1920 – et la Transoxiane (Ouzbékistan), qui se convertit à l'islam et se sédentarise jusqu'à passer en 1360 sous la direction d'un vassal turc de Djaghataï, de la tribu des Barlas : Tamerlan.

Ce dernier aspire alors à reconstituer l'unité de l'empire de Koubilay[65]. Il s'empare du Mogholistan et, comme Gengis Khan l'avait fait en 1221, envahit le Khorassan, à l'est de l'Iran. Il y détruit tous les systèmes de canalisation et, en 1365, ravage une fois de plus la capitale, l'actuelle Meshed, en ouvrant les digues de l'Amou-Daria. À sa mort en 1407, son empire s'étend de la vallée de Ferghana à la mer Noire.

Pendant ce temps, la Chine, que Tamerlan n'a pu conquérir, est restée dirigée par les Yuan, descendants directs de Gengis et des Kara Kitay. Les musulmans y trouvent leur place – grâce à l'adhésion à l'islam des neveux de Gengis Khan –, et se font médecins, architectes, mathématiciens et astronomes. Les Mongols leur confient d'ailleurs volontiers le gouvernement du pays ainsi qu'à d'autres étrangers. Leur règne n'est pas un succès : en moins d'un siècle, la population de l'empire, qui reste unifié, chute de 40 % pour tomber à 60 millions.

En 1368, un paysan, Hung Wu, à la tête d'une révolte rurale, renverse les derniers descendants de Gengis Khan et fonde la dynastie Ming qui va modifier du tout au tout la nature du pays. Empereur sédentaire, peu ouvert aux marchands, il annexe de vastes territoires pris aux seigneurs féodaux, développe la petite agriculture, interdit l'esclavage privé et chasse les négociants étrangers. Au Yunnan, les musulmans, restés les derniers fidèles des

Mongols, sont donc les derniers à se soumettre aux Ming ; beaucoup sont châtrés et envoyés comme esclaves à la cour de Pékin. Pour la première fois, des Chinois musulmans font le pèlerinage de La Mecque.

Le progrès est considérable : l'urbanisation progresse, la population croît, l'économie se développe. Apparaît une industrie du papier, de la soie, du coton et de la porcelaine. Quelques livres sont imprimés grâce à des caractères mobiles. Une armée d'un million d'hommes est aux frontières.

En revanche, le commerce de la Chine avec l'Occident devient plus difficile. Les routes des steppes sont sillonnées de pillards mongols, turcs et slaves. Trop lourds, mal défendus, les bateaux chinois ne contrôlent plus ni les ports d'Asie ni les routes de la mer de Chine et de l'océan Indien, infestées de pirates. La marine chinoise se replie sur l'Asie. En 1445, l'empereur Ming interdit même à ses sujets de construire des navires de haute mer et de quitter les eaux du pays. La première dynastie d'origine sédentaire met ainsi fin à deux mille cinq cents ans de présence chinoise en Eurasie.

Les descendants mongols et turcs de Gengis Khan et de Tamerlan maintiennent leur emprise sur le Mogholistan jusqu'à ce que d'autres Mongols, les Oïrats (ou « fédérés », appelés encore Kalmouks par les Turcs[309]), les chassent du pouvoir en 1430. Ils instaurent un État oïrat entre la Russie et la Chine, et attaquent cette dernière, retenant même prisonnier un moment, en 1449, l'empereur Ming, sans toutefois occuper son pays[311]. Cet État oïrat est ensuite disloqué, et la Mongolie se décompose en trois principautés rivales : La « Grande Horde », qui s'installe entre les monts Tian Shan et le lac Baïkal ;

la « Petite Horde », qui voyage entre le fleuve Oural et la mer d'Aral ; la « Moyenne Horde », au nord des deux autres[310].

D'autres peuples turcophones se forment. Vers 1450, une tribu turque devenue musulmane, dirigée par un petit-fils de Tamerlan, Oulough Beg, occupe le sud-est des montagnes de l'Oural ; elle prend le nom d'« Ouzbek » en mémoire d'un khan des Kiptchaks, Özbeg, qui s'est converti à l'islam avec la majeure partie de sa horde un siècle plus tôt. Les Ouzbeks s'installent à Samarkand dont Oulough Beg fait sa capitale. Il y fait édifier une tour de porcelaine qui devient la principale attraction de la ville[310]. Les Ouzbeks occupent peu à peu les principautés qui longent la route de la soie, jusqu'à l'Iran – dont la superbe Khiva ; ils commercent dans les steppes, au sud-est de l'Oural, avec les caravanes mongoles et avec les sédentaires du Khorassan et du Syr-Daria. En 1510, le fils d'Oulough Beg fait assassiner son père, détruit la « tour de porcelaine » et les œuvres d'art qui y avaient été rassemblées. Après lui, les États ouzbeks – Khiva et Samarkand – entrent en décadence[310].

Plus au nord, des tribus mongoles et turques métissées se scindent, prennent plusieurs noms nouveaux, tentent encore de maintenir une entité autonome entre la Russie et la Chine. Ainsi commence ce qu'on a pu appeler « le dernier sursaut du monde nomade »[78]. Il durera en fait jusqu'au début du XXe siècle.

En 1520, les Mongols de l'Est se réorganisent en une aile occidentale (Ordots et Tumèts) et orientale (Khalkhas et Tchahars, théoriques détenteurs de l'autorité suprême). Des Tumèts reprennent l'offensive contre les Ming et menacent même Pékin en 1550.

Ceux du Sud, plus proches des Turcs, créent une nouvelle tribu, les « Kazakhs » (en turc : « hommes libres » ou « aventuriers révoltés » ou « fugitifs »[310]), qui s'installe dans le nord du Mogholistan. Vers 1560, certaines de ces tribus s'installent dans la région de l'Issyk-Kul et deviennent les Kara-Kirghiz, ancêtres des Kirghiz d'aujourd'hui.

Vers 1604, des Russes affluent dans la région et forment avec la Chine les deux mâchoires d'une tenaille, faites d'empires agraires, qui se referment sur les pasteurs nomades.

Ultimes sursauts mongols : vers 1625, un prince tchahar, Ligdan Khan, se proclame la réincarnation de Koubilay Khan et tente en vain, une fois encore, de restaurer le Grand Khanat.

À l'est, les Mandchous, tribu issue, comme on l'a vu, des Djurtchets du XIIᵉ siècle, aidés par d'autres tribus de Mongolie orientale, écrasent les Tchahars. Leur chef prend le titre de *« Grand Khan des Mongols »*. Les Mandchous soumettent les Khalkhas, puis les Djoungars ; ils occupent le nord de la Chine et fondent, en 1644, la dynastie Qing, nouvelle dynastie mongole après celle des Jin, trois siècles plus tôt. Cette dynastie va demeurer au pouvoir à Pékin pendant deux cent soixante-huit ans[137].

En 1680, la « Grande Horde » des Oïrats fonde en Mongolie l'empire de Djoungarie, dernier avatar de l'empire de Gengis Khan ; elle soumet l'ouest de la Mongolie, l'est du Kazakhstan, le Tian Shan et la Kachgarie, tenant ainsi l'essentiel des territoires compris entre la

Chine et la Russie. Un des fils de leur khan, Zanabazar, séjourne au Tibet et reçoit du dalaï-lama – qui voit cette fois en lui la réincarnation de Gengis Khan et celle d'un érudit tibétain – le titre de « Bouddha vivant »[137].

Au XVIIIe siècle, la dynastie mandchoue des Qing renforce son pouvoir et l'étend à l'ensemble de la Chine sous le règne de trois grands empereurs : Kangxi jusqu'en 1722, Yongzheng jusqu'en 1736, Qianlong jusqu'en 1796. La population chinoise passe alors de 180 à 400 millions d'habitants[137]. En 1760, les Mandchous annexent ce qu'il reste de l'empire de Djoungarie, qui n'est plus qu'une minuscule oasis parmi celles du Tarim. Cela les place au contact direct des Russes qui viennent d'annexer les territoires kazakhs et d'y installer des colons.

La jonction est faite avec les anciens nomades : il n'y a plus rien entre la Chine dirigée par des Mongols et la Russie gouvernée par des Vikings.

1.2. Russes et Cosaques

Après la mort de Vladimir et l'éclatement de l'empire de Kiev en multiples principautés, le territoire russe, on l'a vu, a été conquis par les Mongols conduits par les généraux des successeurs de Gengis Khan. Ils restent là près de deux siècles avant d'en être chassés en 1400 par des Lituaniens, cependant que des descendants des Vikings gardent Moscou. En 1448, l'Église russe se sépare de celle de l'Empire byzantin, précipitant la chute, cinq ans plus tard, du dernier avatar de l'Empire romain, pour laisser la place à l'Empire ottoman, nouvelle puissance musulmane[61].

En 1462, le grand-prince Ivan III entreprend d'unifier le pays autour de Moscou. Son petit-fils Ivan IV, dit « le Terrible », se fait proclamer « tsar » – de César –, restreint les libertés des paysans, dont celle de circulation, jusqu'à en faire des serfs, et entreprend la reconquête des terres mongoles. Ses successeurs prennent Kazan en 1552 et Astrakhan en 1556, ouvrant la voie à la colonisation de la Sibérie par des paysans russes.

Pour mener à bien ces reconquêtes, les tsars s'appuient sur des nomades d'un genre nouveau, les « Cosaques »[61]. Ce ne sont plus des tribus ethniquement fermées, mais un rassemblement hétéroclite de marginaux – prisonniers de guerre évadés, serfs fugitifs, déserteurs, cadets de famille, criminels, etc. – auxquels s'ajoutent des Tatars, turcophones de Crimée. Leurs seuls points communs sont d'être de religion orthodoxe et de langue russe, à l'exception de quelques Zaporogues de langue ukrainienne et de Tatars musulmans et arabophones. Malgré leur nom, les Cosaques n'ont rien à voir avec les Kazakhs. Ces troupes de supplétifs nomades, excellents cavaliers, maniant parfaitement le fusil, disposent au début d'une organisation politique autonome composée d'un conseil des anciens (*sartchina*), d'un chef élu (*hetman* ou *ataman*), et d'une sorte de capitale, la *setch*, près de Zaporojie, en Russie. Ils se concentrent d'abord en bordure du Dniepr, du Don et de la Volga[310].

À la fin du XVIIᵉ siècle, Pierre le Grand, craignant leurs velléités d'indépendance, les fait admettre dans les cadres de l'armée russe, fait désigner leur ataman par le gouverneur russe d'Astrakhan et les envoie monter la garde aux frontières de l'Oural et de l'Altaï, avec des soldats russes, pour en finir avec les derniers nomades mongols et turcs qui continuent à s'agiter dans le Caucase[61]. Ils matent ainsi successivement les Circassiens, les Tcherkesses, les Abkhazes, installés entre Caucase et mer Noire, et d'autres encore : Géorgiens, Kabardes, Abazas et Ossètes, dernier peuple d'origine scythe[312].

La Russie de Pierre le Grand et la Chine mandchoue écrasent ainsi les ultimes royaumes qui les séparent l'un de l'autre, et ferment leurs portes aux migrations.

1.3. Magyars et Thulé

Sur la frontière ouest et nord de la Russie se forment deux autres peuples aux origines nomades et étrangement proches : les Magyars et les Finnois. Sans réelle unité ethnique, profondément brassées et divisées au fil de l'Histoire sous les poussées successives des Indo-Européens, des Mongols et des Turcs, ces tribus venues de l'Oural se subdivisent en une trentaine de peuples, d'abord nomades, qui s'expriment en une quinzaine de langues finno-ougriennes et presque autant de langues samoyèdes.

Les Finno-Ougriens sont pour la plupart localisés entre la Norvège et la Sibérie occidentale ; parmi eux, les Magyars et les Finnois. Les Samoyèdes se répartissent en Lapons ou Samits, en Estoniens et en d'autres peuples de la Volga tels que les Komis, les Tchérémisses et les Votiaks.

Attaqués par des Turcs petchenègues, nomades qui occupent alors, on l'a vu, un vaste empire entre Don et

Danube, les Magyars quittent l'Oural vers 800. Ce sont d'ailleurs ces mêmes Turcs qui nomment les Magyars *ogur* (« la flèche » en turc), qui donnera « hongrois », en hommage à leurs talents d'archers : encore un peuple auquel son nom a été donné par ses envahisseurs[57] !

Excellents cavaliers, guerriers surtout par nécessité, les Magyars s'établissent bientôt entre Dniestr et Danube, dans la plaine de Pannonie, soumettent les populations slaves locales, puis poussent jusqu'en Lombardie, en Bavière, en Moravie, en Saxe et jusqu'en Franconie pour y enlever des femmes. Dans les églises d'Occident, on prie : « *De sagittis Hungarorum libera nos, Domine !* » (« Des flèches des Hongrois, délivrez-nous, Seigneur »). En 955, Othon Ier les écrase à la bataille du Lech, près d'Augsbourg, avant de fonder en 962 le Saint Empire romain germanique. En l'an mille, Othon III, qui rêve avec le pape Sylvestre II de constituer autour de lui une confédération d'États chrétiens, donne la couronne de Hongrie à un Magyar converti, Étienne ; les Magyars se sédentarisent alors et ouvrent leurs routes aux croisés, nomades de dévotion.

Les Magyars sont alors attaqués par un autre peuple nomade aux origines turque, indo-européenne et mongole mêlées[57] : les Coumans, ou Kiptchaks, tribus de cavaliers repoussées par les généraux mongols de Gengis Khan et qui déboulent de la steppe eurasienne. Culturellement très proches des cavaliers mongols, ils portent le même costume militaire (pantalon, caftan et bottes), utilisent les mêmes méthodes de combat et se font enterrer dans les mêmes tombes orientées vers l'est avec leurs chevaux harnachés[57]. Appelés Kiptchaks par les Turcs et les Arabes, Polovtsy par les Russes, les Coumans se dispersent en Hongrie, en Valachie, en Transylvanie et dans les Balkans. En 1095, l'un d'eux est même élu roi de Croatie et de Dalmatie ; le statut de ces monarques, précisé par les *pacta conventa* de 1102, restera en vigueur jusqu'en 1918[57].

Ceux des Coumans qui sont installés en Hongrie se convertissent en 1239, mais continuent de vivre comme des Mongols. En 1241, lorsque les armées des généraux des successeurs de Gengis Khan parviennent en Pannonie, les Magyars accusent les Coumans d'être complices des envahisseurs. Le chef des Coumans et sa famille sont massacrés, – « leurs têtes coupées sont jetées à la foule en liesse », écrit un témoin[57] –, les Coumans fuient alors la Hongrie. Mais ils y sont rappelés quatre ans plus tard par les rois magyars, qui ont compris que nul mieux qu'eux ne saurait repousser les Mongols. Les Coumans forment alors des unités d'archers à cheval, autorisés à porter leur costume traditionnel. Ils accompagnent le reflux mongol de 1242, évoqué plus haut, et sont admis dans la société hongroise tout en conservant leurs vastes territoires d'itinérance et leurs rites. Quand, en 1270, Élisabeth, fille d'un chef couman, épouse l'héritier du trône, le prince Étienne, la messe chrétienne est ainsi suivie d'un rituel couman au cours duquel dix seigneurs jurent de défendre la terre magyare sur la dépouille d'un chien coupé en deux d'un coup d'épée[57]. Même si, en 1279, le légat pontifical cherche à imposer aux Coumans de cesser d'observer leurs coutumes, les chefs de clans continuent de se faire enterrer avec leurs chevaux[57].

Puis les deux peuples se mêlent : à la fin du XIIIᵉ siècle, certains Magyars et Coumans commencent à nier leurs

origines nomades et à s'éloigner de leur culture mongole.
En 1301, la dynastie magyare s'éteint et le pape désigne
Charles Ier d'Anjou pour monter sur le trône de Hongrie.
Deux peuples nomades n'existent plus comme tels ;
l'exceptionnelle diversité du nomadisme ouralien
commence à se réduire, parlant des langues voisines
même si certains peuples survivent, plus au nord.

La Scandinavie est en effet alors peuplée de nombreux
groupes nomades d'origine ouralienne, plus spéciale-
ment finno-ougrienne. Ils sont nommés *Fenni* par Tacite
dans sa *Germanie*. En 555, l'historien byzantin Procope,
décrivant une guerre entre Romains et Goths, désigne
la Scandinavie sous le nom de *Thulé*, et la dit peuplée
de *Skridfinn* ou chasseurs de rennes, nom qui donnera
Finlande. En 750, Paul Diacre mentionne aussi ces
Skridfinn, appelés ensuite Lapons ou Samits (mot qui
est sans doute à l'origine de l'autre nom de la Finlande :
Suomi).

Les Samits, qu'on a vus liés aux Vikings, sont chasseurs et piégeurs, et vivent en petites communautés. On
a peu de traces d'eux, si ce n'est que les archives
anglaises mentionnent à la fin du IXe siècle un certain
Ottar, venu de Malangen, en Norvège, pour servir un
temps à la cour d'Alfred le Grand, roi saxon ; il se
vante de posséder chez lui, en Norvège, huit cents rennes
domestiques et de gagner sa vie comme collecteur
d'impôts chez les Samits. On sait aussi qu'au XIIIe siècle
des marchands russes viennent acheter des fourrures à
des marchands samits. Un peu plus tard, Suédois, Nor-
végiens et Russes se disputent le contrôle de ces espaces
et de ces peuples, jusqu'à la conclusion d'un accord
paraphé en 1751 entre la Suède et le Danemark, ratifié

plus tard par la Russie, qui les rattache pour l'essentiel à la Suède, puis à la Finlande. Les Samits sont christianisés par des pasteurs luthériens scandinaves qui traduisent la Bible dans leur langue.

2. RÊVEURS EN MARCHE

2.1. Marchands et pèlerins d'Occident

Pendant le premier millénaire de notre ère, et bien que les routes soient encore loin d'être sûres, des caravanes de Juifs, de Grecs, d'Arabes, de Chinois, de Mongols et de Turcs circulent à travers les lignes pour échanger les épices d'Asie contre les céréales d'Europe. Ils changent de routes – et de montures – selon les conflits, passant par les oasis du Tarim, par la Caspienne, par la mer Noire, par l'Arabie, par l'Oural ou même par le Grand Nord.

Au tournant du millénaire, les routes du Sud deviennent plus sûres ; les convois de marchands passent désormais par l'Asie centrale, le Moyen-Orient, l'Arabie. Juifs, Grecs, Arabes, Turcs, Mongols et d'autres encore resserrent un ample réseau de circulation de marchandises et d'idées qui se déploie des rives de l'Atlantique à celles de la mer de Chine. Il ne s'agit plus de peuples voyageant avec armes et bagages, de nomades héréditaires, mais d'adultes se faisant nomades, abandonnant tout pour partir à l'aventure, en général par petits groupes, en caravanes de hasard, à la conquête de l'horizon. Certains transportent des marchandises, d'autres des idées, des doctrines, des œuvres d'art, leur savoir, leur foi.

Commence en particulier un mouvement de population, cette fois dirigé d'ouest en est, engendré par les
origines nomades du christianisme. À l'instar de son
fondateur, la nouvelle religion des Européens, comme
d'autres avant elle, considère en effet le voyage comme
une méthode de purification. Il ne s'agit pas ici d'un
voyage sans retour, mais bel et bien d'un nomadisme,
puisque ces voyageurs abandonnent tous biens matériels
– ou presque – à l'Église avant de partir vers un lieu
saint.

Ces « pèlerinages » commencent en fait dès la mort
du Christ avec les voyages des apôtres, voyageurs de
l'esprit chargés de reprendre la diffusion de la Bonne
Parole. Après la redécouverte en 340 de la grotte du
Saint Sépulcre et de la colline du Calvaire par Hélène,
la mère de Constantin, les chrétiens d'Orient y viennent
prier. Surgissent des ordres de moines prêcheurs dont
le nomadisme est la règle de vie. Parfois, ce voyage
est explicitement une réminiscence nomade : ainsi, au
VIᵉ siècle, en Irlande, les premiers recueils de textes écrits
à l'intention des pénitents, les *pénitentiels* – tel celui de
saint Colomban[293] –, décrivent ce type de voyages
comme des rituels à accomplir en mémoire de Caïn,
contraint de fuir après le meurtre de son frère. Selon un
autre pénitentiel, celui du mont Cassin, le pèlerin voyage
pour affronter le dénuement, il ne doit jamais passer plus
de trois jours dans un même lieu, et il doit se trouver à
Bethléem pour la Noël, à Jérusalem à Pâques, sur le
mont des Oliviers à la Pentecôte[293] ; il doit aussi porter
des signes distinctifs très précis (barbe, chevelure longue,
bâton et besace) qui lui interdisent l'exercice de tout
métier et lui assurent en principe protection de la part

de tous les chrétiens rencontrés[64]. À partir du VIIIe siècle, le mot « pèlerin » (*peregrinus*, dérivé de *peragere*, voyager à l'étranger) désigne à la fois un « marcheur de Dieu » et un « étranger à l'ordre social »[293]. En principe, le voyage du pèlerin ne doit pas avoir d'autre but que la purification morale – ni exploration, ni conquête, ni commerce.

En dépit de ces injonctions, les pèlerinages sont souvent prétextes à des mouvements de commerçants et d'armées pour les financer ou les protéger, et parfois aussi pour conquérir des terres au terme du voyage.

Ainsi les premiers pèlerinages à Saint-Jacques-de-Compostelle sur le tombeau de l'apôtre Jacques le Majeur visent-ils, à partir du IXe siècle, à consolider et faire avancer la ligne de front chrétienne face à l'islam, puis à coloniser les régions reprises. Au rythme de la Reconquista (Tolède en 1085, Saragosse en 1118, Cordoue en 1236, Séville en 1248), les nouveaux maîtres de l'Espagne édictent des *Acta ad populandum* promettant mille avantages aux chrétiens qui voudront bien venir cultiver les terres dont sont chassés les musulmans[20]. Trente mille colons affluent ainsi d'Italie, de France, d'Allemagne et d'Angleterre ; mais de vastes propriétés restent en jachère en Castille, de nombreuses maisons ne trouvent pas preneurs à Valence, et l'arrière-pays castillan reste musulman[20].

Au cours de cette période, certains chrétiens et musulmans vivent d'ailleurs heureux les uns chez les autres, de même que des juifs sont à peu près tolérés chez les uns comme chez les autres. Il se trouve même des monarques chrétiens (Alphonse VI en Castille, Jaime Ier en

Aragon) pour se proclamer « empereurs » de deux ou trois religions[20].

Au même moment, les premières forces de l'Europe chrétienne, à peine constituées, se donnent pour mission de reprendre le tombeau du Christ, tombé au XIe siècle aux mains des Turcs seldjoukides, devenus musulmans.

L'idée de reconquête est au demeurant partout à l'œuvre en Europe ; comme si ce nomadisme inversé visait surtout maintenant à fournir aux Européens l'occasion d'une revanche sur le millénaire précédent, fait d'invasions venues de l'est. Une revanche d'ordre marchand aussi bien que militaire.

Sur les bateaux ou à pied, soldats et pèlerins rencontrent des marchands qui se moquent des buts de guerre et s'entendent fort bien avec les musulmans. Ainsi, au XIe siècle, certains pèlerins partent-ils des ports de la Sicile normande – Bari, Tarente, Brindisi – vers la Terre sainte à bord de navires de commerce affrétés par des armateurs arabes et musulmans.

Quand, vers l'an mille, l'Islam semble menacer les routes maritimes, la conversion au christianisme du roi Étienne de Hongrie ouvre une nouvelle voie vers l'Orient par le Danube. Selon le moine clunisien Raoul Glaber, des convois de plus en plus importants rassemblent alors des gens du peuple, des évêques, des chevaliers, des comtes et des rois[293]. La chronique de Humbert de Flavigny mentionne ainsi le convoi de l'abbé Richard de Saint-Vanne qui emmène avec lui, à pied, en chariot, à cheval, sept cents hommes en armes, en 1026, dont le comte d'Angoulême, Guillaume II Taillefer, et Eudes de Bourges, sire de Déols[293].

Les voyages des pèlerins s'accompagnent aussi de pillages : en particulier, ceux qu'on n'appelle pas encore les « croisés »[64] dépouillent toutes les communautés juives qu'ils rencontrent sur leur passage, en particulier le long du Rhin, ne leur laissant rien, sinon – rarement – la vie[23].

Pour héberger ces pèlerins, une infrastructure se met en place. Tout au long de l'itinéraire, des fondations créées au temps de Constantin et de Charlemagne pour héberger pauvres et voyageurs les reçoivent à chaque étape. Après le succès de la première croisade et la fondation du royaume de Jérusalem, l'hôpital Saint-Jean, fondé à Acre à l'instar d'innombrables autres refuges, abrite les pèlerins pendant leur séjour en Terre sainte[64]. En cours de route, beaucoup s'arrêtent à Constantinople, alors très affaiblie et qui les reçoit parfois très mal.

Des Turcs dits petchenègues harcèlent en effet la ville et en exigent rançon. Sous le règne d'Alexis Ier, ils envahissent la Thrace, parvenant même, en 1087, à moins de cent kilomètres de la capitale de l'ex-empire d'Orient. En 1091, ils campent sous les murs de la ville et sont même sur le point de la faire tomber avec d'autres Turcs, les Seldjoukides, qui tiennent Jérusalem[240]. Alexis fait alors appel à des cosaques, qui, en 1122, massacrent les Turcs petchenègues, les rayant pour toujours des pages de l'Histoire. L'Empire byzantin leur survivra encore trois siècles.

À la fin du XIIe siècle, la voie maritime vers Saint-Jean-d'Acre – à partir de Gênes, Venise, Marseille ou Aigues-Mortes – devient moins dangereuse. Des pèlerins voyagent désormais ouvertement avec marchands et soldats. Certains sont d'ailleurs à la fois pèlerins *et* mar-

chands, pèlerins *et* soldats. Les richesses d'Occident
fournissent aux croisés de quoi acheter en Terre sainte
des marchandises qu'ils ramèneront en Occident sur les
bateaux de l'empire d'Orient. Les meilleures places à
bord des vaisseaux sont d'ailleurs maintenant réservées
aux marchands ; cependant que les pèlerins pauvres
s'entassent dans les cales, ne disposant, selon les statuts
du port de Marseille, que d'un espace de 0,59 m de large
sur 1,57 m de long pour la somme de quarante-cinq sous
tournois[293].

À la fin du XIIIe siècle, la chute des derniers bastions
francs, en particulier de Saint-Jean-d'Acre, tarit le flux
des pèlerins. Le voyage de ces nouveaux nomades se
réduit alors pour l'essentiel à celui des marchandises et
des idées profanes.

2.2. Passeurs d'Orient : Averroès et Maimonide

La réaction du monde musulman à cette reconquête
des terres et des mers par la Chrétienté est longue à venir.
Les divers princes qui le gouvernent sont par trop divisés
pour résister de façon cohérente aux forces en marche.

Des guerriers nomades de Maurétanie, les Almoravides, maîtres des routes caravanières du Sahara occidental, dénoncent la décadence de l'Islam marocain et
espagnol, retrouvent l'esprit de conquête de l'islam et
s'approprient des terres fertiles au nord. Leur progression
est rapide : ils prennent d'abord Sijilmassa, cœur du
commerce caravanier et transsaharien, puis Taroudant et
Fès. Marrakech devient la capitale de cet empire. Leur
chef, Abou Bakr, parvient aussi au sud jusqu'aux rives

du Sénégal, ramenant au Maghreb dans ses caravanes l'ivoire et l'or d'Afrique noire. Là encore, tout est guerre et commerce à la fois.

Dans la partie de l'Espagne restée musulmane, où les menaces chrétiennes se font plus pressantes, les émirs andalous font appel aux nouveaux maîtres du Maroc. La dynastie des Almoravides traverse alors le détroit, prend Valence en 1102, puis Séville et Cordoue. Elle gère bientôt pour son propre compte un vaste empire ibéro-marocain et ouvre l'Europe aux produits d'Afrique profonde. Car le commerce, comme les idées, continue de franchir allègrement les frontières, et l'islam conquiert les marchés avec les esprits. Les marchands sont d'ailleurs parfois aussi des religieux érudits qui colportent des idées et des livres en même temps que des balles de coton, sous la protection de soldats[23].

Au début du XIIe siècle, alors que l'Europe se mobilise pour les croisades, la dynastie almoravide, qui s'est assagie, se désagrège à son tour sous les coups d'un nouveau mouvement intégriste, né lui aussi parmi les nomades du Haut Atlas : les Almohades. En 1121, Ibn Tumart, un lettré qui a passé dix ans en Orient, se présentant comme investi d'une « mission divine », prêche la pureté, le rigorisme et l'unicité de Dieu (d'où le nom d'Almohades : *Al Mouhidoun* = les Unitaires), se fait reconnaître comme *mahdî* (« guide ») et attaque Marrakech[54]. En 1147, son successeur, Abd al-Mumin, tout aussi fondamentaliste, prend le pouvoir au Maroc et se proclame *calife* (« lieutenant », substitut du *mahdî*).

À partir de 1146, l'Andalousie, gouvernée jusqu'alors par les tolérants Almoravides, est conquise par les Almohades qui ne laissent d'autres choix aux juifs et aux chrétiens que la conversion ou l'exil. Bouleversement considérable, après quatre siècles de cohabitation à peu près supportable où les autres monothéistes vivaient en « protégés » de l'islam. Cette année-là constitue une date presque aussi désastreuse pour les Juifs d'Andalousie musulmane que le sera 1492 dans l'Andalousie chrétienne. Dans toutes les communautés juives, le peuple pose aux rabbins la principale question du nomadisme juif : comment rester soi-même et survivre ? Faut-il se résigner à se convertir ? mourir ? partir ? Partir quand c'est possible, répondent les rabbins. Beaucoup fuient ainsi vers les terres chrétiennes encore entrouvertes et surtout vers l'Égypte, plus accueillante aux « protégés » de l'islam.

Vivent alors les deux plus grands nomades intellectuels de ce temps : Averroès et Maimonide. Tous deux vont être confrontés à ce nouvel intégrisme et inventer, chacun à sa façon, une nouvelle figure de nomade, plus ou moins forcé, l'intellectuel, qui vit sa liberté en contrebande :

• Averroès, peut-être le plus grand des penseurs du Moyen Âge, à coup sûr l'un des plus grands penseurs musulmans de tous les temps, est l'archétype du nomade intellectuel.

Ibn Rushd, qu'on connaîtra sous le nom occidentalisé d'Averroès, naît en 1126 à Cordoue, alors assiégée par Alphonse VII de Castille, battu par les musulmans grâce au soutien almohade[179]. Il part pour Marrakech, à la cour almohade, en 1153, puis est nommé secrétaire du gouverneur de Ceuta et Tanger, y fait la connaissance d'Ibn Tufayl, médecin et conseiller du prince héritier, Abou

Yacoub Youssouf, qui le charge d'exposer la pensée d'Aristote en arabe[179]. Ce qu'il va faire, de façon souvent cryptée, pour ne pas offusquer les princes intégristes[359]. En 1169, Averroès devient juge à Séville, capitale de l'Empire, puis s'en revient à Cordoue. Vers 1190, il remplace Ibn Tufayl comme médecin du sultan à Marrakech. En 1197, critiqué pour son admiration d'Aristote, il est banni à Lucena, près de Cordoue, avant d'être rappelé à Marrakech où il meurt trois mois plus tard. Sa dépouille est alors transportée à Cordoue. Ibn Arabî témoigne que « l'on chargea le cadavre sur une bête de somme, l'autre côté du bât étant équilibré par ses écrits »[54]. Belle image pour un nomade savant !

• Moïse Maimonide, connu en arabe comme Musa ibn Maymun et en hébreu comme Rabbi Moshé ben Maimon, ou Rambam, naît à Cordoue en 1135, neuf ans après Averroès[170]. Lui aussi va devoir vivre en exil, tantôt physique, tantôt intellectuel, tantôt les deux à la fois. En 1155, il rédige une lettre à la communauté juive persécutée, dite *Épître de la consolation*, où il explique que si un Juif est sommé de se convertir et ne peut fuir, il lui est licite de se convertir à l'islam, car il lui suffit alors de prier en secret et d'être charitable pour rester juif. Après tout, dit Maimonide, l'islam est un monothéisme et les mosquées, à la différence des églises, ne renferment pas d'idoles, « ces objets de pierre et de bois ». L'islam est même pour lui « le plus pur des monothéismes » parce qu'il n'y a pas de Trinité[170]. Maimonide ajoute néanmoins qu'il faut dès qu'on le peut partir des terres d'Islam non tolérantes. Et lui-même quitte Cordoue au plus vite, passant d'une ville à l'autre, en Andalousie puis peut-être en Provence. Plus tard, il dira : « Je suis un des plus humbles érudits d'Espagne, dont le prestige a décru en exil[170]. » En 1160, il quitte l'Europe pour Fès, capitale des Almohades, d'où il est chassé l'année suivante par le déclenchement d'une terrible persécution. Il passe à Tanger où vit alors Averroès, puis part pour le royaume latin de Jérusalem où la situation des Juifs est misérable. Il s'installe alors en Égypte où prospère une forte communauté juive ; il devient le médecin du prince musulman local et reçoit des visiteurs venus du monde entier pour entendre son interprétation des textes. Il est alors presque libre de penser à sa guise, même s'il masque encore ses idées les plus audacieuses à ses propres coreligionnaires[170]. Il meurt en 1204.

Ces deux vies de penseurs, à l'influence immense, sont révélatrices des destins de très nombreux nomades intellectuels de l'époque, vivant libres en contrebande, dans les interstices des tyrannies. Beaucoup sont traducteurs, comme Judah ibn Tibbon qui fonde à Narbonne la dynastie des Tibbonides ; maniant l'arabe aussi bien que l'hébreu et le latin, ils traduisent des textes d'Aristote, d'Al-Farabi, d'Averroès et de Maimonide. D'autres sont découvreurs, musiciens ou philosophes.

2.3. Découvreurs, compagnons, étudiants, jongleurs

Au XIIIe siècle, la « paix mongole » unifie un immense territoire qui s'étend de la mer de Chine à l'Europe orientale et à la Mésopotamie. Religieux et marchands d'Occident s'y précipitent : les Mongols n'effraient plus que les Slaves qui sont en contact direct avec eux. En 1246, fabuleux exploit, un franciscain originaire de Pérouse, Jean du Plan Carpin, envoyé par le pape Innocent IV, traverse en trois mois les cinq mille kilomètres de l'Eurasie, en utilisant les relais routiers mongols, pour assister à Karakorum, capitale des Mongols, au couronnement du nouveau khan. Celui-ci refuse les offres d'alliance de Rome et demande même au souverain pontife de payer un tribut s'il veut éviter d'être envahi, comme vient de l'être toute l'Europe centrale. Envoyé par le roi de France Louis IX, qui veut convertir les Mongols et s'en faire des alliés contre les musulmans, Guillaume de Rubrouck part à son tour en 1253, et essuie évidemment, lui aussi, un refus.

En 1260, la famille de Marco Polo entre en relations d'affaires avec la Chine, et lui-même y séjourne à deux reprises entre 1271 et 1295. Dans son *Livre des merveilles du monde*[286], il raconte ses voyages dans ce pays qu'il nomme, comme tout le monde à l'époque, « Cathay », du nom des Kara Kitay pourtant depuis longtemps chassés du pouvoir. Il y évoque une grande île du Pacifique, Cipango, qu'il imagine remplie d'or. Elle attirera plus tard Christophe Colomb vers l'Ouest.

D'autres récits de voyageurs connaissent alors un grand succès, comme ceux de Jehan de Mandeville[372], de Buscarello, d'Isol le Pisan et d'Ibn Battuta, qui voyage pendant presque trente ans, couvrant près de cent vingt mille kilomètres[311] ! Ces récits font découvrir aux Européens les manufactures de soie, la porcelaine, la poudre à canon, la culture du riz et la boussole.

Le voyage est toujours sujet d'émerveillement et confère du prestige : ceux qui reviennent des croisades ou de Chine sont admirés et respectés. Les découvreurs se mutiplient. Au début du XVe siècle, Niccolo dei Conti, puis, à la fin du même siècle, Pêro da Covilhã reconnaissent les itinéraires qui mènent à l'Inde en passant par la mer Rouge et par l'Afrique orientale. En 1447, le voyageur génois Antonio Malfante atteint l'oasis saharienne de Touat, où les Européens ne retourneront que quatre cent vingt-sept ans plus tard : l'Afrique ne présente pas, à leurs yeux, le même intérêt commercial que l'Asie.

D'autres voyagent à l'intérieur de l'Europe. Ces nouveaux nomades, qui emportent encore avec eux l'essentiel de leurs biens, sont marchands ambulants, colporteurs, compagnons passant d'un chantier à l'autre pour la construction des cathédrales[181], peintres courtisés par des mécènes, médecins appelés d'une cour à l'autre, ou encore traducteurs juifs ou arabes apportant de Provence le savoir grec[181] venu d'Espagne aux marchands de Bruges, de Venise et de Florence. Tous voyagent avec leurs secrets ou leurs œuvres, au gré des caprices des princes et des aléas de la guerre, sous l'étroite surveillance des bureaucraties naissantes.

Parmi eux, des musiciens nomades[22], pourchassés par l'Église parce qu'ils chantent de « *diaboliques chansons d'amour* » : les « jongleurs » (de *joculari* : divertir), qu'on retrouve en Allemagne comme *Minnesänger*, aux Pays-Bas comme *Rederijkers*, comme *joculatores* ailleurs. Ils sont musiciens et acrobates, mais souvent plus proches du vagabond ou du tire-laine. Le jongleur n'a pas de domicile fixe[142]. Il joue une nuit pour une noce villageoise, le lendemain dans un château où il mange et couche avec les domestiques[360]. Il chante des airs populaires dans les cours, des mélodies composées par des princes dans les villages[22]. Il se fait parfois propagandiste politique. Ainsi Richard Cœur de Lion en emploie certains pour chanter de village en village des chansons à sa propre gloire[22].

Des ordres religieux, mendiants ou prêcheurs, se lancent sur les routes, nomades de la foi. Les franciscains cherchent le martyre chez l'infidèle pour empêcher toute coexistence. Le dominicain cherche à convaincre l'infidèle en lui montrant la stupidité de sa foi.

Circulent aussi des écoliers et des étudiants entre les universités qui voient le jour à Paris, Montpellier, Oxford, Bologne et Coimbra. Parmi eux, le plus grand des nomades universitaires chrétiens, Thomas d'Aquin, de même stature qu'Averroès ou Maimonide. Il naît en 1225 près de Naples, dans l'une des plus importantes familles d'Italie, qui entend faire de lui un militaire et l'envoie étudier chez les bénédictins du monastère du mont Cassin, puis à Naples en 1240. En 1243, contre l'avis des siens, il devient novice de l'ordre des Dominicains, puis va à Paris poursuivre ses études. Il y rencontre un maître en philosophie, Albert le Grand, qu'il suit à Cologne en 1248. Ordonné prêtre vers 1250, Thomas enseigne à l'université de Paris en 1252, puis part pour Rome où le pape Alexandre IV lui confie, en 1259, la direction du centre d'études pontificales. En 1269, il revient à la Sorbonne pour combattre l'enseignement d'Averroès – ou plutôt certaines doctrines prêtées au maître musulman. En 1272, il quitte Paris pour diriger à Naples une nouvelle école dominicaine. Puis il voyage encore, toujours à cheval, et meurt en 1274, en cours de route, en se rendant au concile de Lyon.

Ceux de ces intellectuels qui ne peuvent se déplacer
– en particulier les femmes, souvent interdites de voyage
mais pas de croisade – le font virtuellement par la lecture
(ou l'audition pour les illettrés) des récits de voyageurs,
voire des premiers « romans », par essence récits de
voyages et d'amours idéalisées. Le premier de ces quasi-
romans, qui raconte l'histoire des *Chevaliers de la Table
ronde*, est exemplaire par sa généalogie même : composé
au XIIe siècle, en français, à partir de récits celtes des
siècles précédents, eux-mêmes inspirés par des légendes
sarmates du Ve siècle avant notre ère véhiculées au
IIe siècle après J.-C. jusqu'en Bretagne par des mercenaires engagés dans l'armée romaine, il raconte les
amours et le voyage d'un chevalier vers la cour du roi
Arthur, mythique souverain celte du VIe siècle. Puis viennent d'autres récits de voyages imaginaires, tels que le
Tristan et Yseult de Béroul, entre autres, suivi d'autres
dont les auteurs sont mieux identifiés, tels la *Divine
Comédie* de Dante Alighieri, les *Contes de Canterbury*
de Geoffrey Chaucer et *Le Décaméron* de Giovanni Boc-
caccio dit Boccace.

Quelques seigneurs ou riches bourgeois commencent
à voyager par simple curiosité sur des routes pourtant
peu sûres ; Montaigne en parlera dans ses *Essais* à la fin
du XVIe siècle : « Parmi les conditions humaines, celle-ci
est assez commune : de nous plaire plus des choses étrangères que des nôtres et d'aimer le remuement et le
changement... Cette humeur avide des choses nouvelles
et inconnues aide à bien nourrir en moi le désir de
voyages... Le voyager me semble un exercice profitable.
L'âme y a une continuelle exercitation à remarquer des
choses incogneuës et nouvelles. Et je ne sçache point

meilleure escole, comme j'ay dict souvent, à façonner la vie, que de luy proposer incessamment la diversité de tant d'autres vies, fantasies et usances[260]. »

Un peu plus tard, en 1603, paraît l'archétype du roman universel : le *Don Quichotte* de Miguel de Cervantès – lui-même aventurier nomade – dans lequel il n'est question que de voyages, de (Terre) promise, œuvre critique de l'idéal chevaleresque bousculé par l'essor marchand en même temps que louange adressée à tous ceux qui marchent, entêtés, vers leur idéal de grandeur et de liberté.

2.4. De Bruges à Venise : les nouveaux nomades urbains

À partir du XIIe siècle, d'autres nomades marchands se libèrent des contraintes féodales et prennent le pouvoir en Occident[70]. Dans l'arrière-pays des ports d'Europe du Nord et d'Italie, où le travail non salarié n'est plus assez important pour constituer encore l'essentiel des heures ouvrées, apparaissent des technologies économisant la main-d'œuvre rurale : assolement triennal, collier d'épaule, moulin à eau, mécanisation du foulage. La productivité agricole s'élève. Par ailleurs, avec les armes à feu, la cavalerie perd de son importance ; l'élevage s'oriente vers le marché des animaux de trait. Le prix du blé baisse ; plus de bouches peuvent le consommer ; moins de bras sont nécessaires pour le produire.

Alors que les bureaucraties de France, d'Espagne et de Russie se méfient de ces paysans chassés des terres par le progrès technique, des serfs en rupture de ban et des marchands ambulants, tous ces nouveaux nomades sont accueillis par quelques ports qui leur offrent du travail.

De fait, la ville est depuis toujours le lieu où se rassemblent ceux qui fuient la servitude : « L'air de la ville rend libre », dit-on alors[282]. Et le port, plus encore.

Dès le XIIᵉ siècle, certains d'entre eux, tels que Bruges et Anvers, se développent autour du drap des Flandres, et financent des voyages vers les ports méditerranéens, soit par mer, soit en transitant par des villes de foire (Nuremberg, Augsbourg, Troyes, Provins, Bar-sur-Aube, etc.), relais terrestres vers Venise et l'Adriatique[70].

L'invention, en Europe du Nord, du gouvernail d'étambot[70], qui permet aux navires de remonter le vent, fait basculer le pouvoir maritime du côté des armateurs européens et donne le contrôle des échanges mondiaux aux marchands de ces provinces.

Dans leurs ports, des savants identifient les positions de Mercure, tracent des cartes, estiment les temps de navigation. La diagonale qui va de la Flandre à la Chine en passant par Nuremberg et Venise constitue ainsi un nouveau réseau reliant l'Occident à l'Orient. La mer, lieu privilégié du nomadisme depuis près de cinquante mille ans, passe sous le contrôle des Européens qui réinventent le nomadisme portuaire déjà pratiqué par les Phéniciens puis les Grecs : la Renaissance viendra de là[20].

Ces ports instaurent une cohérence pragmatique entre marché, voyage et liberté. Disposant d'une main-d'œuvre mobile, d'une élite marchande, d'un arrière-pays capable de produire à bas prix ce qu'ils doivent exporter, ils deviennent des repaires de nomades, les uns prêts à vendre leur travail contre un salaire, les autres à engager leurs capitaux contre un profit.

Au XIIᵉ siècle, le mieux placé est d'abord Bruges, sur la mer du Nord. Dotée d'un arrière-pays qui fabrique les meilleurs tissus d'Occident, d'une élite industrieuse et d'un excellent port naturel, Bruges devient le premier centre du capitalisme[70] et commerce avec l'Écosse, l'Angleterre, l'Allemagne, la Pologne, la France, l'Espagne, l'Italie. Ses marchands fixent les prix du blé, du vin, de la laine, des draps, de l'acier et des armes qu'ils partent échanger au loin contre des fourrures, des bijoux, des épices et autres objets précieux. Après 1227, les barcasses génoises y accostent. Après 1314 s'y arriment les galères vénitiennes[70]. Les meilleurs marchands italiens y installent des succursales. Des quartiers génois et vénitiens s'y créent. Bruges devient ainsi, comme tous les autres ports avant et après elle, un lieu de nomadisme virtuel où l'on trouve tous les produits du voyage.

Les pauvres y affluent, parfois trop nombreux pour qu'on puisse leur fournir assez de travail : en 1302, ils se soulèvent contre les bourgeois de la ville. Il faut alors en limiter le nombre et, pour cela, financer des forces de police de plus en plus coûteuses.

Centre d'un capitalisme embryonnaire, Bruges reste cependant une modeste cité : en 1340, au faîte de sa puissance, ses habitants ne sont encore que 35 000. À la fin du XIVᵉ siècle, son port s'enlise, les dépenses militaires et policières étouffent ses marchands. Le pouvoir économique passe à Venise[70].

La Sérénissime appartient encore en principe à l'Empire byzantin et rivalise avec Constantinople, dont elle finance d'ailleurs l'affaiblissement en détournant contre elle les armées embarquées pour la IVe croisade[64].

La Sérénissime devient alors la plus grande puissance commerciale d'Occident, avec des comptoirs à Palerme, Kairouan, Alep, Damas, Alexandrie ; elle commerce par ses galères et ses caravanes avec l'Asie centrale, les oasis du Tarim et la Chine.

Plus tard viendra le temps d'Anvers, de Gênes puis d'Amsterdam[70]. Chacun de ces ports attire à son tour les étrangers, y compris les Juifs, dont l'autorisation de séjour, à certaines conditions, devient un signe de l'ouverture au monde, une mesure de la liberté dispensée. Et comme l'annonce d'un retour à la puissance[23].

Ailleurs en Europe, dans les bureaucraties sédentaires, et d'abord en France, la peur des étrangers et des pauvres prend le pas sur le souci du commerce ; la liberté des marchands est limitée par des droits de douane, celle des pauvres par le refus de leur fournir du travail. Tout paraît y être fait pour empêcher le mouvement. Pour le plus grand malheur de tous.

3. LA BUREAUCRATIE CONTRE LES MARGINAUX DE L'INTÉRIEUR

Depuis toujours, en Europe comme ailleurs, l'État, invention de sédentaires, a pour fonction première de lutter contre tous les nomades. Et la bureaucratie monarchique a un ennemi principal : le voyageur de misère, le pauvre.

3.1. L'obsession bureaucratique française : écarter ceux qui bougent sans travailler

Plus que toutes les autres nations et principautés d'Europe, la France tire sa richesse des produits de la terre sans toutefois contrôler les marchés qui les commercialisent. Elle n'est tournée ni vers le voyage terrestre, ni vers la mer. Elle est même la seule puissance maritime dont la capitale n'est pas un port. Pas question alors pour ses élites de devenir marchands ou d'encourager le commerce au loin.

Ceux des nomades urbains qui pourraient lui fournir la main-d'œuvre nécessaire (paysans en surnombre, soldats jetés sur les routes après les guerres, mendiants isolés ou troupes errantes) sont considérés par les pouvoirs civil et religieux comme des parasites et des fauteurs de troubles, non comme des producteurs potentiels. Si les généraux enrôlent volontiers dans leurs troupes les cohortes de maraudeurs qui les suivent, la société civile rejette les pauvres, qu'elle identifie au Christ, mais ne sait ni aider ni mettre au travail. Ainsi deviennent-ils une menace que ni la charité des laïcs ni l'Église ne savent plus contenir. Pour les seigneurs et les bourgeois, l'enfer c'est aussi désormais les pauvres ; ils ne les plaignent plus, ils les craignent, tout comme ils surveillent aussi les étrangers susceptibles de porter atteinte à l'ordre.

En France, en Angleterre, en Espagne, se met peu à peu en place une administration dont la fonction principale est de prendre en charge tous les marginaux, les différents[304]. Et comme toute bureaucratie, celles des villes et celles des monarchies procèdent d'abord à un travail de classification.

En France, l'ordre public est régi à travers les trois catégories de la « sûreté », de la « tranquillité publique » et de la « salubrité ». Les étrangers sont divisés en *peregrini* (« étrangers » de passage) et *advenae* (« étrangers domiciliés »)[6].

Enfin et surtout, les individus en situation précaire, nomades potentiels ou réels, étrangers ou non, sont répartis en trois catégories différemment traitées : les « dévalués », les « exclus » et les « marginaux », selon qu'ils travaillent ou non[221].

• La première catégorie, les *dévalués*, regroupe ceux des sédentaires qui se trouvent en situation si précaire qu'ils risquent de basculer dans l'errance ; il s'agit des sédentaires qui ne travaillent pas, tels les enfants, les vieillards et les femmes, catégories auxquelles la bureaucratie ajoute deux professions stratégiques qu'elle tient à surveiller tout particulièrement : les bouchers et les boulangers. L'Église puis l'État organisent la charité en leur faveur afin d'éviter de les voir verser dans l'une ou l'autre des deux autres catégories, qui regroupent l'une les « sans domicile fixe » travailleurs (les « exclus ») et l'autre les chômeurs (les « marginaux »).

• La deuxième catégorie, celle des *exclus*, regroupe ceux des travailleurs qui n'ont pas de domicile fixe (histrions, conteurs, jongleurs, plus tard poètes goliards, baladins, comédiens, écrivains publics) et ceux qui ne respectent pas les normes posées par la société, ceux qui sont *différents* (sorcières, alchimistes, faux-monnayeurs, usuriers, prostituées, Juifs, Tsiganes, hérétiques, sodomites, lépreux, fous, bannis, exilés, fugitifs et déserteurs)[221]. Les artistes n'échappent à ce statut que s'ils sont protégés par un mécène ; les étrangers n'y sont soumis que s'ils font partie d'une des catégories précitées[53].

Ces exclus, considérés par l'Église comme *ministri Satanae* (serviteurs de Satan)[154], sont placés sous surveillance constante. Dans certains cas, s'ils dérangent, ils sont reconduits hors des murs de la ville ou à la frontière du pays : le bannissement reste la principale sanction.

Parmi ces exclus, deux peuples voyageurs : les Juifs et les Tsiganes.

Les Juifs vivent presque tous en communautés dans les pays où ils sont admis[23]. Ils aspirent à la sédentarité mais pas à l'assimilation, ne voyagent que comme commerçants, travaillent à tous les métiers, y compris ceux de la terre. Après avoir été utilisés pendant toute la période précédant les croisades comme prêteurs aux paysans, banquiers du décollage économique de l'Europe chrétienne, ils en sont chassés au XIIIe siècle, puis sont rappelés, puis de nouveau expulsés au XIVe, au moment où des Lombards – parfois des Juifs convertis – acceptent de les remplacer comme prêteurs.

Les Tsiganes (du grec *athinganos* : « celui qui ne veut pas toucher ni être touché », devenu un vocable roumain pour signifier « esclave »[175]), peuple indo-européen que la légende veut voir venir d'Inde – du Rajasthan ou vivent alors les Gaduliya Lohar et les Rabaris qui leur sont proches –, arrivent dans le dernier quart du

XIIIe siècle en Valachie où ils sont réduits en esclavage aussi bien par les seigneurs que par les paysans[300]. Certains fuient alors dans les montagnes des Carpates, où ils deviennent esclaves de monastères qui les disent chrétiens, petits-enfants de Noé, et les appellent « Égyptiens ». Ils deviennent là des « romanichels » ou Tsiganes. Certains partent pour la Bohême où le roi Sigismond les prend sous sa protection – d'où leur nom de « bohémiens ». D'autres s'installent en Allemagne sous le nom de Sinté, d'autres encore en France du Nord sous le nom de Manouches (terme tsigane qui signifie « homme ») ; un troisième groupe parvient en Espagne à la fin du XVe siècle, sous le nom de Gitans (qui signifie « d'Égypte »), puis dans le sud de la France où ils sont considérés comme des « exclus »[304]. Le seul nom que les Tsiganes acceptent de se donner à eux-mêmes est celui de Rom qui signifie « époux »[274].

Sur instruction des monarques et des conciles, les bureaucraties politiques et religieuses chassent Juifs et Roms d'Angleterre, de France et d'Espagne, avec les musulmans, là où il s'en trouve[20]. Les derniers juifs et musulmans qui refusent de se convertir sont chassés d'Espagne en 1492[20], les derniers Roms le sont du même pays en 1499[26]. Les Juifs se dirigent alors vers le Maghreb, la Pologne et les Balkans, puis vers les ports d'Europe du Nord ; les Roms, eux, partent vers l'Europe de l'Est.

• Troisième catégorie de précaires, les plus surveillés, les « marginaux »[153] regroupent tous ceux qui sont sans domicile fixe et qui ne travaillent pas, c'est-à-dire, selon un texte de la bureaucratie française du XIIIe siècle, « ceux qui ne peuvent attester ni propriété, ni moyen honnête de subsistance, et qui se complaisent dans les tavernes »[6]. Ils sont parfois « *mendiants* » (le mot vient de *mendicare*, demander l'aumône) ou « vagabonds » (le mot vient de *vagor*, errer). Ils s'entassent pour la plupart dans les rues des grandes villes, là où la surveillance policière est moins efficace que dans les bourgs de province[153]. À la campagne, ils s'organisent parfois en armées de mendiants ou deviennent « routiers », « tard-venus », « écorcheurs », se constituent en bandes comme pendant la guerre de Cent Ans[369]. Ainsi, dans la région de Chartres, se regroupent-ils dans des gîtes de fortune ; ils se répartissent des zones de brigandage[257]. Partout ils sont considérés comme de redoutables criminels en puissance[154].

L'administration royale hésite sur la meilleure façon de les traiter : les surveiller comme des exclus ? les assister comme des malades ? les expulser comme des bannis ? les enfermer comme des criminels ? Il ne vient encore à l'idée de personne de les mettre au travail, même forcé.

La surveillance est partout de règle. Les corporations créent peu à peu des polices municipales qu'elles confient à des maires, des officiers royaux ou des seigneurs. Au coucher du soleil, les portes de la ville sont fermées, et le guet en armes parcourt les rues. Chaque ville a son beffroi qui donne le signal en cas d'arrivée de bandes de mendiants.

Même si les ordonnances contre la mendicité interdisent d'accueillir à l'hôpital pour plus d'une seule nuit les pauvres valides, ils y trouvent parfois un gîte permanent. Au XIIIe siècle, des hôpitaux reçoivent ainsi par

milliers pèlerins et marginaux mêlés : 16 000 d'entre eux
passent chaque année par l'hôpital Saint-Jacques à Paris.
Sous Philippe le Bel, l'administration des hôpitaux se
sécularise. Ainsi l'Hôtel-Dieu, créé au VIIIe siècle par
l'évêque de Paris, passe en 1306 sous l'autorité du seul
chapitre cathédral, puis des échevins. En 1331, le pape
Clément V confie la gestion de ses propres hôpitaux à
des commissions au sein desquelles des laïcs entrent
comme représentants des donateurs, puis comme représentants des communes. En 1337, une ordonnance royale
exige de nouveau que les « marginaux » soient « surveillés »[282].

En cas de faute, les bannir reste la règle. Comme à
Rome, le droit coutumier donne pouvoir aux fonctionnaires royaux d'expulser les personnes « de mauvaise
renommée » *(Coutumier de l'Orléanais)*. Reprenant ces
règles, les *Établissements* de Saint Louis décrètent que
« tout fainéant qui, n'ayant rien et ne gagnant rien, fré-
quente les tavernes, doit être arrêté, interrogé sur ses
facilités, banni de la ville s'il est surpris en mensonge,
convaincu de mauvaise vie »[16]. À Paris, un voleur débu-
tant et « homme vacabond [*sic*] » accusé de larcin est
banni d'une zone de dix milles autour de la ville. Un
« juif et homme vacabond » accusé de vol est banni à
vie du royaume (avant que tous les autres ne le soient
un peu plus tard)[23].

Puis prévaut la prison, où les cités enferment leurs
pauvres sans qu'il soit nécessaire qu'ils aient commis
quelque faute. En Angleterre, en février 1350, le pouvoir
royal ordonne que les mendiants valides soient emprisonnés quatre jours, mis au pilori en cas de récidive, et,
la troisième fois, « signés au front d'un fer chaud et

bannis des lieux »[16]. Par cette attitude, les villes et pays concernés se privent de toute une élite d'aventure qui se rue vers les ports de la mer du Nord et d'Italie.

Ceux de France étant délaissés, leurs marins n'ont pas les mêmes compétences, leurs armateurs ne bénéficient pas des mêmes réseaux d'informations. Quand ils accueillent un bateau, c'est souvent parce que les autres ports n'en ont pas voulu – en général pour de bonnes raisons... C'est un port français qui va apporter la pire tragédie du Moyen Âge, la Grande Peste.

3.2. Le mal nomade : la Grande Peste

Depuis très longtemps l'homme se sait menacé de maux qui passent d'un voyageur à l'autre. Au moins depuis la Grèce antique, il a réfléchi à la circulation de la violence par l'épidémie – mot qui désigne justement, en grec, le sacrifice exigé par les dieux étrangers de passage. Il sait que l'épidémie n'est pas seulement celle de la violence des hommes, mais aussi celle de la violence – énigmatique, errante – de la maladie qui vient et s'en va sans raison, et surtout de celle des dieux[16]. La peste, en particulier, s'est manifestée, on l'a vu, au milieu du Ve siècle, du bassin méditerranéen jusqu'aux rivages de la mer d'Irlande, participant à la chute de l'Empire romain. Elle s'est aussi souvent manifestée en Asie, où elle est endémique et provoque parfois des millions de morts[60].

Maîtres de leur destin, mieux informés que ceux des pays sédentaires, très habitués aux mouvements et soucieux de leur hygiène, les ports d'Italie et de Flandre sont particulièrement attentifs à ces risques : les malades les inquiètent beaucoup plus que les pauvres, et ils savent faire la différence entre les uns et les autres. Ils n'ont pourtant pas les moyens d'arrêter la maladie, si ce n'est en mettant leurs pauvres au travail afin qu'ils circulent moins, en surveillant les voyageurs, en enfermant les malades ; et surtout en fermant leurs portes et leurs rades aux voyageurs suspects.

Si se déclenche alors la plus grande épidémie de peste de l'histoire de l'Europe, c'est justement parce qu'un port de France n'aura pas pris ce genre de précautions. Cas exemplaire d'un mal nomade atteignant des sédentaires et justifiant la peur des voyageurs.

En 1345, une épidémie de peste de forme pneumonique (donc contagieuse et mortelle), partie de Chine où elle a fait des millions de morts, traverse les steppes d'Asie centrale avec des caravanes de marchands et atteint les troupes d'un certain Djanibek, khan tatar qui assiège depuis trois ans une colonie génoise installée sur la côte orientale de Crimée, Caffa (aujourd'hui Feodossia)[59]. Avant de lever le siège, touchés par la maladie, les Tatars se débarrassent des cadavres de leurs pestiférés en les catapultant par-dessus les remparts « pour que la puanteur insoutenable achevât les assiégés »[60]. Pourtant, les puces et les poux, vecteurs du bacille *Yersinia pestis*, transportés par les rats, ne viennent pas à bout de la ville, et après avoir vu sans déplaisir les assaillants lever le camp, les assiégés renvoient vers leur port d'attache douze galères génoises bloquées là depuis le début du siège[59].

Mais la rumeur de l'épidémie a déjà atteint les principaux ports d'Europe. Constantinople, Livourne et

Gênes refusent l'accès aux bateaux contaminés. Ignorant la nouvelle, faute de réseaux, Messine pour un court instant et surtout Marseille, le 1ᵉʳ novembre 1347, croient faire une bonne affaire en leur ouvrant leur rade. Quand les autorités de Marseille comprennent que la peste est à bord, il est trop tard : au rythme des allers et retours des rats, le mal gagne la terre ferme ; marginaux et exclus sont les premiers atteints, avec les médecins, les notaires, les prêtres, les fossoyeurs, auxquels s'ajoutent les boulangers et bouchers, farine et viande attirant les rats ; les forgerons sont plutôt épargnés, les rats craignant le bruit...

Avignon est touchée en mars 1348, menaçant le pape Clément VI en personne. Puis c'est le tour de Lyon, à la fin d'avril, de Paris en août, puis de l'Allemagne, de l'Europe centrale et de la Prusse à l'automne 1349. Bordeaux et les terres des Plantagenêts – Calais et l'Angleterre – sont atteints en décembre de cette année-là. En 1350, le pourtour de la Baltique et la Suède sont touchés. Seules sont en définitive épargnées des régions au climat plus froid, telles certaines vallées pyrénéennes, ainsi que quelques ports d'Italie et des Flandres qui ont su prendre à temps des mesures de clôture.

Face au mal, les prêtres dénoncent les péchés et appellent au repentir ; les médecins d'Europe se divisent en trois écoles[60].

Pour les « miasmatiques », il provient de la « corruption de l'air » provoquée par une « mauvaise conjonction des planètes », et se répand par l'inhalation ; ces thérapeutes prescrivent masques, purges, saignées, antidotes préparés à partir de foie de bouc et de peau de serpent[60] ; ils recommandent un renforcement de l'hygiène publique, l'expulsion des malades et des voyageurs venus de villes infectées, et le report des voyages inutiles. Appliquant leur doctrine, Jean II le Bon, alors roi de France, appuyé par Étienne Marcel, prévôt des marchands, impose le nettoyage des rues de Paris.

Pour les « contagionnistes », la peste se répand par le toucher. Ils conseillent donc le port de gants, l'isolement des malades ; eux aussi prônent l'expulsion des voyageurs suspects et le report des voyages. Le médecin du pape, Guy de Chauliac, fait construire près d'Avignon des cabanes de quarantaine. Lors de nouvelles épidémies certaines villes (Bourg-en-Bresse en 1451, Bâle en 1470, Troyes en 1503, Genève en 1526, Nantes en 1530) expulsent aussi leurs malades[60].

Pour d'autres, enfin, le mal se répand par l'eau ; et les Juifs, en particulier, sont accusés d'empoisonner les puits avec le « mal ». À Toulon, le 13 avril 1348, quarante Juifs sont massacrés ; d'autres le sont à Apt, Manosque, Forcalquier, dans le Languedoc et le nord de la France ; puis par milliers à Nuremberg, à Worms, à Barcelone, à Tárrega, à Lérida en mai 1348. Le 11 février 1349, neuf cents Juifs sont brûlés à Strasbourg, et un plus grand nombre encore à Coblence. Au total, plus de trois cents communautés sont ainsi visées le long du Rhin, et des dizaines de milliers de Juifs exterminés avant leur ultime expulsion d'Europe occidentale, sauf dans les États du pape[23].

L'Europe se fige. Plus aucun marchand, aucun artiste, aucun pèlerin, aucun moine prêcheur, aucun troubadour ne voyage[60]. Le pape Clément VI dispense pèlerins anglais et irlandais du jubilé de 1350 en leur accordant les grâces dès le mois d'août 1349. Les rares voyageurs encore sur les routes – marchands et compagnons – ne sont admis dans les villes qu'avec des « billets de santé »[60] certifiant qu'ils ne viennent pas de quelque lieu suspect.

Et puis la peste s'en va, aussi mystérieusement qu'elle est venue, après avoir fait, de 1348 à 1350, 25 millions de victimes en Europe, soit le tiers de la population du continent[59]. Des régions entières ont perdu neuf habitants sur dix. La production agricole s'effondre. Un chroniqueur, Jean de Venette, explique que « l'on ne trouvait presque plus personne pour enseigner aux enfants les rudiments de la grammaire »[60].

La maladie laisse une leçon : il est inefficace de chasser ceux qui bougent s'ils peuvent aller répandre leur mal ailleurs. Il faut donc les enfermer – dans l'hôpital, la prison ou le travail.

3.3. Nouvel esclavage : faire travailler ceux qui circulent (de 1350 à 1650)

La peste provoque un tel manque de main-d'œuvre que le chômage volontaire devient une infraction. Au lieu de pousser au développement des ports et à l'embauche de marins – sur des bateaux de commerce armés par des armateurs privés, comme font les marchands d'Anvers, ou par des armateurs publics, comme font les doges de Venise –, la bureaucratie des grands États décide alors d'enfermer les pauvres dans le travail forcé, en particulier, en mer, sur des galères militaires :

l'État affirme ainsi sa prééminence sur le marchand, le sédentaire sur le nomade, y compris en mer.

Penser le travail comme une punition, un enfermement, est une idée qui vient naturellement à un esprit de l'époque : la discipline manufacturière est déjà celle de l'enfermement ; la journée de travail y dure seize heures ; elle commence par une messe, et des cantiques rythment les cadences ; en cas de faute ou d'insuffisance de rendement, les ouvriers sont punis d'amendes, du carcan ou de la prison[70].

De surcroît, l'oisiveté est considérée comme une maladie contagieuse, intolérable ; les fêtes, les jours chômés sont mal vus, car censés conduire à la déchéance morale et physique. Refuser de travailler devient un acte antireligieux et antisocial, une menace, sauf pendant les jours sanctifiés par l'Église.

L'idée d'imposer aux mendiants un travail en lieu et place de leur expulsion voit d'abord le jour en Angleterre, où le « Statute of laborers » contraint en 1349 les chômeurs au travail[155]. Puis, en France, en février 1351, une ordonnance de Jean le Bon reprend l'idée, d'abord pour Paris et sa région[155] : « Constatant que la ville et de nombreuses bourgades environnantes sont pleines de personnes qui traînent sans travailler, refusent tout emploi, mais fréquentent tavernes et maisons closes », elle leur ordonne de gagner leur vie ou de quitter la région sous trois jours. En novembre 1354, cette obligation de travailler est étendue à l'ensemble du royaume. Comme il n'y a pas de travail libre pour tout le monde, l'obligation de travailler devient du travail forcé.

C'est d'abord sur des bateaux de l'État, des navires de guerre, qu'on envoie les pauvres, alors que Bruges et

Venise les font déjà travailler comme marins depuis deux siècles. En 1400, une ordonnance du roi de France instaure le travail forcé à bord des vaisseaux des « gens de petite valeur »[154]. En 1443, Jacques Cœur, grand argentier de Charles VII, obtient du roi le privilège d'enrôler de force sur ses propres navires – cette fois de commerce – « toutes personnes oyseuses, vacabondes et autres caymans »[393]. Les autres États emboîtent le pas : les Bourguignons embarquent eux aussi vagabonds et criminels sur leurs navires de commerce et de guerre rangés dans leurs ports des Flandres, tels Bruges et Anvers.

Par ailleurs, pour mieux surveiller les voyageurs, y compris ceux qui ont les moyens de trouver un gîte, les villes demandent aux logeurs, aubergistes ou autres, de signaler tout nouveau venu. À Paris, en novembre 1407, les lettres patentes des aubergistes leur imposent de déclarer les voyageurs qu'ils hébergent auprès du prévôt de Paris le jour même de leur arrivée. Quant aux étrangers qui n'ont pas les moyens de se payer un toit, ils sont chassés ou mis au travail. Une ordonnance de 1413 décrète que les déplacements de vagabonds incontrôlés sont une « *effronterie* ». À Orange en 1473, à Angers en 1498, à Troyes en 1508, les voyageurs les plus démunis sont expulsés ou astreints au travail[154].

Bientôt le travail forcé se diversifie. En 1473, un acte du Parlement stipule que les vagabonds doivent être recherchés et arrêtés « pour être employés à des travaux d'utilité publique, tels l'entretien des fossés, le nettoyage des rivières, ou les galères ». Si, en 1496, Charles VIII ordonne encore d'envoyer vagabonds et désœuvrés aux galères, en Angleterre, vers 1536, sous le règne de Henry VIII, villes et provinces sont tenues d'assigner à des mendiants et vagabonds valides des travaux d'intérêt général. Tout mendiant valide refusant un travail est puni du fouet. S'il persiste, on lui coupe l'oreille droite ; la troisième fois, c'est la mort. Le travail forcé est bien une sorte de nouvel esclavage.

En 1536, François Ier institue un corps de police municipale chargé de surveiller les errants, d'abord à Paris, puis sur tout le territoire du royaume[154] : « La nouvelle institution ne s'entremettra point du fait de justice, mais seulement de visiter chaque jour les lieux et places de ladite ville, carrefours, cabarets, maisons, tavernes et autres endroits dissolus où gens mal-vivants, vagabonds et sans aveu ont accoutumé de se retirer. » En 1543, prenant prétexte de l'incroyable désordre qui règne dans les hôpitaux parisiens, le roi confie leur surveillance aux officiers de la police royale. Deux ans plus tard, il étend ces prérogatives de la police à tous les hôpitaux du royaume. La maîtrise des nomades urbains est devenue une chose trop sérieuse pour être confiée aux religieux ou aux paroisses.

Pour inciter à la dénonciation des mendiants, le roi décide en 1547 que tout indigent valide, après trois jours d'oisiveté volontaire, sera condamné à servir gratuitement deux ans durant celui qui l'aura dénoncé[127]. S'il s'enfuit et s'il est repris, il sera marqué au fer rouge et deviendra l'esclave à vie de son délateur. Une seconde évasion sera punie de mort. Tout nomade risque ainsi d'être condamné à l'esclavage privé au profit d'un sédentaire.

C'est à ce moment précis que le mot *nomade* apparaît pour désigner ces vagabonds[13].

Quand la marine royale française se développe enfin, trois siècles après celle des Flandres, l'État permet à ses galères de recruter des rameurs libres. En 1560,

Charles IX autorise ainsi sa marine à embaucher des volontaires non enchaînés. Sur les quarante galères de Louis XIV basées à Toulon, armées pour rivaliser avec les marines de guerre hollandaise et anglaise, on trouve des engagés volontaires, des esclaves turcs achetés sur les marchés de Livourne et de Malte, et, seuls enchaînés sur les mêmes bancs, des condamnés de droit commun, des vagabonds et des contrebandiers, des faux sauniers.

Les villes qui ne peuvent fournir du travail forcé à leurs pauvres continuent de les éloigner. Ainsi, en 1565, Gap expulse tous les mendiants qui habitent la ville depuis moins de dix ans, et tous les étrangers, hormis ceux qui sont propriétaires d'une maison, c'est-à-dire sédentaires[127]. Mais expulser n'est plus une solution dans un royaume de plus en plus intégré politiquement. Signe de la solidarité des villes et de l'extension d'un espace judiciaire commun, elles se communiquent leurs listes de bannis, et les tribunaux prononcent de plus en plus de bannissements hors du royaume[6].

Tout cela ne réduit en rien la pauvreté. Vers 1600, 40 % de la population française et 47 % de la population anglaise sont considérés comme pauvres[154]. Renvoyés par les grands propriétaires, sans terre ni travail ni attaches, ils se répandent de plus en plus dans les villes où ils errent et mendient. Thomas More écrit : « Quand ils ont erré çà et là et mangé jusqu'au dernier liard, que peuvent-ils faire d'autre que de voler et voler, et alors, mon Dieu, d'être pendus dans toutes les formes légales, ou d'aller mendier[263] ? » D'ailleurs, poursuit-il, « on les jette en prison comme des vagabonds parce qu'ils mènent une vie errante et ne travaillent pas, eux auxquels personne au monde ne veut donner du travail »[263].

En 1601, en Angleterre, une « loi sur les pauvres »[16] entend faire obligation à chaque paroisse de fournir du travail aux mendiants valides et un revenu minimal aux « estropiés, aux vieillards, aux impotents, aux aveugles et autres indigents incapables de travailler ». La paroisse doit également payer les frais d'apprentissage des enfants pauvres, et fournir du travail « aux enfants dont les pères et mères les négligent ». À l'évidence, cette loi est encore impossible à appliquer. Aussi, lorsque la menace espagnole s'éloigne de la mer du Nord, le centre de gravité de l'activité économique bascule-t-il du côté de ces ports. La bureaucratie française et espagnole abandonne la première place aux marchands de Londres, qui commencent à rivaliser avec ceux de Venise, Anvers, Gênes et surtout Amsterdam.

Expulsés d'Europe occidentale, les Juifs refont leur vie en Pologne et dans l'Empire ottoman. Certains reviennent néanmoins à Amsterdam et à Londres, et s'associent au nouveau nomadisme en devenant imprimeurs, marchands, ouvriers du tabac ou marins. Ceux qui restent en Pologne y sont pour l'essentiel en situation de travail forcé. Tout comme le sont les Roms, répartis maintenant en *tsigani de ogor* (esclaves des champs), c'est-à-dire laboureurs et forgerons, et *tsigani de casali* (esclaves de maison), c'est-à-dire serviteurs de la noblesse, en particulier dans les écuries et comme musiciens de cour[26]. En Europe occidentale, des Tsiganes se regroupent en grandes compagnies paramilitaires fortement structurées pour mieux résister à leurs persécuteurs. En Angleterre, en 1577, sept hommes et une femme sont pendus pour avoir été reconnus coupables « d'avoir été en relation avec les Égyptiens »[175].

3.4. Première mondialisation : faire circuler ceux qui travaillent (de 1650 à 1790)

À partir du milieu du XVIIᵉ siècle, les marchands ont besoin de plus en plus d'espace pour vendre leurs marchandises, et donc de routes de plus en plus sûres : ce ne sont plus ceux qui circulent qu'il faut faire travailler, mais ceux qui travaillent qu'il faut aider à circuler.

La *première mondialisation* s'annonce ; s'amorce *le premier nomadisme marchand planétaire*. Comme les suivants, il va conduire à faciliter la circulation des marchandises, des marchands et de leurs idées, mais il restera tout aussi hostile au mouvement des pauvres qu'il aura pourtant provoqué.

Les États européens déploient des efforts pour améliorer l'état des routes, les relais de poste, la sécurité des voyages[181]. Il devient possible pour les marchands de circuler sur des chemins moins cahoteux, à bord de diligences de plus en plus commodes et confortables[181], à destination de villes qui ne sont plus fermées par un couvre-feu[181]. Les marchands échangent sur tout le continent grâce à des réseaux de plus en plus sophistiqués : chaque maison de commerce se doit en particulier d'avoir des succursales dans toutes les villes de foires.

À côté des marchands – pour l'essentiel génois, hollandais et anglais –, des intellectuels et des artistes, pour l'essentiel français et italiens, empruntent aussi les routes d'Europe. Ils se spécialisent volontiers par nations : les Napolitains sont chanteurs, les Français précepteurs et maîtres à danser[181]. Goldoni devient professeur d'italien

à Paris. Bach, Haendel, Mozart, Rossini composent et
jouent de la musique pour toutes les cours[181].

Tout comme l'idée de l'unicité de Dieu s'est ancrée
chez les Juifs parce qu'ils voyageaient avec leur divi-
nité[23], ces nomades intellectuels inventent l'idée
d'Europe parce qu'elle est le cadre de tous leurs voyages.
Certains de leurs premiers journaux la prennent même
comme signe de reconnaissance : la *Bibliothèque rai-
sonnée des savants de l'Europe*, l'*Europa letteraria*, le
Giornale letterario di Europa, le *Correo general histó-
rico, literario y económico de la Europa*[181]. Ils forgent
ainsi l'identité culturelle du continent dans l'incessant
voyage entre deux cultures et le doute inhérent au
nomade. Spinoza[392] est le prototype de ce « voyageur
inquiet », comme dit Voltaire[181].

La libre circulation des marchands, le développement
d'un espace continental commun aux intellectuels, cette
première mondialisation des choses et des idées est,
comme le seront les deux suivantes, source d'inégalités
et de misère.

L'administration, qui voit par ailleurs d'un très mauvais
œil cette libéralisation du voyage, resserre sa surveillance
des pauvres. Tout est bon pour ralentir leur mouvement.
Passeports et sauf-conduits sont de plus en plus chiche-
ment distribués[304]. Les « gens sans aveu » (nom donné
désormais par la bureaucratie à ceux qui chôment pendant
plus de six mois et ne justifient pas d'un domicile) sont
maintenant systématiquement chassés du pays[304]. L'enfermement et la mise au travail forcé des pauvres
deviennent l'obsession majeure de la bureaucratie.

En 1656, Louis XIV rassemble toutes les structures
d'enfermement des pauvres dans un Hôpital général de

Paris[16]. Les mendiants, les vagabonds, les femmes et les hommes âgés condamnés s'y entassent. Les mendiants valides doivent, « selon la mesure de leurs forces », y travailler dans des ateliers dirigés par des ouvriers désignés par leurs corporations. L'ordre de Saint-Lazare est chargé de l'« instruction spirituelle » des enfermés. À son ouverture, le 7 mai 1657, la foule tente d'empêcher les archers de l'Hôpital général d'arrêter les mendiants ; la Salpêtrière, Bicêtre et les autres maisons qui en dépendent sont pillées. Cinq mille mendiants y sont alors enfermés.

De 1657 à 1662 – années de terrible famine –, le nombre des pauvres enfermés double ; un arrêt du Parlement du 29 juin 1662 oblige l'Hôpital général à recueillir aussi les indigents de la campagne[155] « jusqu'à ce que la moisson fût ouverte, parce qu'autrement ils seraient en péril de mourir de faim ». Le roi exige ensuite qu'un hôpital soit créé dans chaque ville du royaume « pour y loger, enfermer et nourrir les pauvres mendiants, invalides, natifs des lieux ou qui y auront demeuré pendant un an, comme aussi les enfants, orphelins ou nés de parents mendiants ». Le travail forcé est toujours de règle : une ordonnance du 3 octobre 1670 précise que « les mendiants vicieux ou fieffés doivent être placés en une maison séparée pour y être employés, sous bonne garde, à un travail continuel, afin de les empêcher de troubler la discipline et l'économie de l'hôpital ». Le règlement du 23 mars 1680 aggrave la punition des récidivistes et « ordonne aux directeurs de l'Hôpital général de les enfermer soit à temps, soit pour la vie, dans une prison spéciale ; là, il ne leur est donné que la nourriture strictement nécessaire à leur existence et ils sont employés aux plus rudes travaux que leur force peut supporter ». En 1687, les mendiants valides sont condamnés aux galères à perpétuité, tandis que les mendiantes sont rasées et bannies, ou enfermées à vie.

Novation révélatrice de la mondialisation du nomadisme marchand : à partir de 1719, des mendiants sont envoyés dans les nouvelles colonies d'Amérique – dont il sera question plus loin – « pour y servir comme engagés et travailler à la culture des terres ou autres ouvrages »[304]. L'année suivante, une ordonnance royale réaffirme leur envoi dans les colonies : « Il s'est répandu dans le royaume un grand nombre de vagabonds et de gens sans aveu dont la plupart mendient avec insolence et scandale, plutôt par libertinage que par une véritable nécessité. Un grand nombre d'individus cherchent et trouvent leur subsistance dans une mendicité honteuse. Pour ces motifs, le roi veut et ordonne que les mendiants, vagabonds et gens sans aveu, valides et d'âge convenable, soient conduits aux colonies[304]. » Mais ces textes ne seront pas longtemps appliqués : d'une part, parce que les autorités coloniales ne sont pas enthousiastes devant l'afflux de ces nouveaux venus ; d'autre part, parce que les parlements rechignent à autoriser ces déportations.

La mobilité de ceux qui travaillent est de plus en plus une nécessité économique[304]. Et partout la mondialisation exige de libéraliser les conditions du voyage.

Compagnons et travailleurs saisonniers circulent déjà plus librement, même en France. Des déclarations royales de 1724 et 1750 protègent la mobilité des migrants temporaires, qu'ils soient originaires « de nos pays de Normandie, Limousin, Auvergne, Dauphiné, Bourgogne et autres, et même des pays étrangers »[304].

Le travail forcé disparaît. Le 27 septembre 1748, Louis XV abolit les galères et incorpore les derniers galériens dans la marine royale. Les forçats condamnés pour crimes et non pour errance sont désormais internés dans des prisons ou sur des navires-prisons mouillant en rade de Toulon.

Dans les pays commerçants, on commence à théoriser ce droit au voyage des marchands et des intellectuels. ... Pays-Bas, en 1625, le *De jure belli ac pacis* de ... ...erté de circulation des gens, des idées et des choses est un facteur de progrès. En Angleterre Hobbes, Locke et Smith expliquent, chacun à sa façon, que la liberté de circuler est inséparable de l'appropriation privée des biens, et qu'en particulier les voyages des marchands doivent être encouragés. Et si, en 1651, Hobbes propose de les réserver aux seuls amis du prince[186], Locke soutient en 1690 qu'il convient d'autoriser tous les citoyens propriétaires à voyager[18].

3.5. Première antimondialisation

Cette première mondialisation marchande rencontre des limites qu'on retrouvera ultérieurement pour les autres : l'arrivée trop rapide d'idées, de produits et de gens venus d'ailleurs est ressentie comme une invasion et non comme un apport. Aussi, au début du XVIIIe siècle, les bureaucraties renouent-elles avec leurs vieux penchants et referment-elles les frontières.

Ce repli sur soi commence par une dénonciation des artistes étrangers, supposés être menaçants pour ce que les États commencent à appeler la « culture nationale »[181]. « Un génie de liberté qui rend chaque partie difficile à être subjuguée et soumise à une foi étrangère », écrit Montesquieu[181]. Certains arbitres des élégances veulent entendre des opéras dans leur langue, et non plus en italien. Ils ralentissent les traductions. Dans le *Grand Dictionnaire historique* de Louis Moreri[181], l'article « Europe » ne compte plus, comme dans les dictionnaires antérieurs, une description de l'identité continentale mais une liste des caractères propres à chaque nations[181]. Même si la plupart de celles-ci n'existent pas encore en tant qu'entités politiques unifiées, le texte esquisse le caractère de chacune[181] : « On dit que les Français sont polis, adroits, généreux mais prompts et inconstants ; les Allemands, sincères, laborieux, mais pesants et trop adonnés au vin ; les Italiens, agréables, fins, doux en leur langage, mais jaloux et traîtres ; les Espagnols, secrets, prudents, mais rodomonts et trop formalistes ; les Anglais, courageux jusqu'à la témérité, mais orgueilleux, méprisants et fiers jusqu'à la férocité... » Et le *Dictionnaire de Trévoux*, en 1743, définit les bohémiens comme des « gueux errants, vagabonds et libertins, qui vivent de larcins, d'adresse et de filouterie ». Le mouvement des Lumières, qui fait circuler les philosophes français à travers l'Europe, masque ce retour au nationalisme qui va emporter l'Europe et annonce le retour de la guerre.

À la peur des voyageurs et des idées venus d'ailleurs, les bureaucraties ajoutent celle des produits étrangers. Si les droits d'octroi baissent d'une ville à l'autre d'un même pays, les droits de douane entre nations d'Europe augmentent, pour protéger leurs industries naissantes. L'autosuffisance tourne à l'obsession. Les puissances

Les premiers hominidés.

Peinture rupestre. Tassili oriental, Libye.

© G. Dagli Orti.

Le mur d'Hadrien, construit entre Angleterre
et Écosse, vers 120.

© G. Dagli Orti.

Soldat gaulois imaginé par un artiste du XIXᵉ siècle.
Bibliothèque des Arts décoratifs, Paris.

© Bridgeman / Giraudon.

Raphaël. Vision chrétienne de la « reddition » d'Attila à Léon Iᵉʳ,
évêque de Rome. Musée du Vatican.

© G. Dagli Orti.

Sarcophage, v. 190. Bataille entre Romains et barbares.
Musée des Thermes, Rome.

© G. Dagli Orti.

Peigne scythe en or avec scène de combat. IVᵉ siècle av. J.-C.
Musée de l'Ermitage, Saint-Pétersbourg.

L'avancée des Arabes en Espagne :
l'émir de Cordoue et trois de ses vassaux.
Manuscrit français, XIVe siècle.
Bibl. Marciana, Venise.

La flotte des Normands lorsqu'ils envahirent
l'Angleterre. Tapisserie de la reine Mathilde,
XIe siècle. Bayeux.

Maimonide entouré de penseurs juifs. Haggada
de l'École hongroise, XXe siècle. Coll. part.

Benozzo Gozzoli (1420-1491).
Triomphe de saint Thomas d'Aquin.
En haut, allongé : Averroès.
Musée du Louvre, Paris.

Gengis Khan (1167-1227),
peinture yuan, XIIIᵉ siècle.
Musée du Palais, Taipei.

L'empire mongol à la mort de Gengis Khan.

Koubilay Khan (1216-1294),
peinture yuan, XIIIᵉ siècle.

Tamerlan (1336-1405). Manuscrit indien.

Carte illustrée des voyages de Marco Polo, XVIIᵉ siècle.
British Library, Londres.

La peste noire de 1348. Manuscrit du XIVᵉ siècle. Bibl. Marciana, Venise.

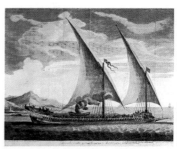

Galère française à voile, XVIIIᵉ siècle.
Bibliothèque des Arts décoratifs, Paris.

Jacques Callot, pendaison de voleurs, *Les Malheurs de la guerre*, milieu du XVIIᵉ siècle.

© G. Dagli Orti.

Les Croisades : bataille d'Ascalon, 1177.
Ch.-Ph. Larivière, XIXᵉ siècle.
Musée de Versailles.

© G. Dagli Orti.

Un moine prêcheur. Manuscrit de Jean Gerson,
XVᵉ siècle. Valenciennes.

© Bridgeman / Giraudon.

1412, Pèlerins quittant Canterbury
pour l'Égypte, *Troy Book
and the Siege of Thebes*, 1422.

© RMN / R. G. Ojeda.

Pèlerins devant la statue de saint Jacques.
Maître François, XVᵉ siècle. Musée Condé, Chantilly.

© RMN / G. Blot - J. Schormans.

Pèlerins se rendant à La Mecque.
Léon Bally, XIXᵉ siècle. Musée d'Orsay, Paris.

1819, le *Savannah*,
premier bateau à vapeur
à traverser l'Atlantique.

Vue du Transcontinental
américain, fin du XIXᵉ siècle.
Bibliothèque
des Arts décoratifs, Paris.

1884, La première automobile
à essence à quatre temps,
de Delamare-Deboutteville
et Malandin.

1911, vol d'Orville Wright
à Kitty Hawk.

Voyage de James Cook à Tahiti, 1784.
Service historique de la Marine, Vincennes.

1868 : Thomas Cook, fondateur des agences de voyage qui
portent son nom, avec un groupe de clients.

COOK'S FIRST EXCURSION-TICKET TO THE CONTINENT.

1850, Billet de la première
excursion Cook en France.
© Rue des Archives / The Granger Collection, NYC.

1873 : Jules Verne,
Le Tour du monde en 80 jours.

Les crimes coloniaux
LA COMMISSION D'ENQUÊTE AU CONGO

Les crimes coloniaux, caricature contre Léopold II, 1905.

XVIIIᵉ siècle, *Camp d'Indiens Piekann*. Georges Catin.

XVIIIᵉ siècle, *La chasse au bison*. Georges Catin.

1880, Indiens des plaines.

Tipis dans le Wyoming.

XIXᵉ siècle : des colons du Connecticut entrent dans les réserves de l'Ouest. Howard Pyle.

1890 : les convois de colons vers l'Ouest.

Hobo, travailleur itinérant, vendant le *Hobo News*, début XXᵉ siècle.

XXᵉ siècle : cow-boys, à Westcliffe, Colorado.

XIXᵉ siècle, Indiens Navajos dans leur réserve de l'Arizona.

29 décembre 1890 : le massacre de Wounded Knee.

Sitting Bull. Photo coloriée de 1885. F. Barry.

1887 : immigrants arrivant à New York.
Gravure coloriée.

1890 : enfants d'immigrants
au centre d'accueil d'Ellis Island. New York.

1900 : immigrants à Ellis Island.

1910 : Anglais quittant leur pays
pour la Nouvelle-Zélande.

1947 : arrivée d'immigrants à Haïfa.

Égypte : camp de Bédouins au Sinaï.

Mali : tente touareg.

Niger, Ténéré : Touareg.

Jeune Targuie.

Kenya : parc d'Amboseli, berger masaï.

Tanzanie, lac Natron : construction d'une hutte masaï.

2002 : Botswana, Boshimans sédentarisés.

Namibie, hutte himba.

Namibie : Boshiman nomade.

République centrafricaine : famille de Pygmées.

Inde du Nord, Rajasthan. Rabaris, peuple de bergers nomades.

Afrique du Sud. Femme ndebele.

Thaïlande : enfant padaung.

Thaïlande. Peuple mlabri,
dans la forêt de Doi Phu Kha :
du feu pour chasser
les moustiques.

Thaïlande : Mlabri portant
des feuilles de bananier
pour construire sa hutte.

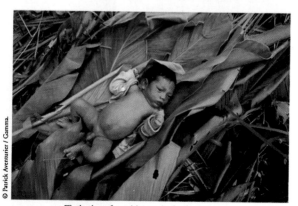

Thaïlande: enfant mlabri sur des feuilles de bananier.

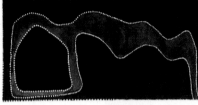

Banana Spring, 1986. Peinture aborigène de Rover Thomas.

Australie : aborigène.

Brésil, Amazonie, Indiens Yanomamis, (du Surucucu).

Finlande : Samits en costume traditionnel.

© Véronique Durruty / Hoa Qui.

Chine, désert de Gobi : jeune Mongole.

© Donnet / Hoa Qui.

Mongolie, Altaï : construction d'une yourte.

© Wojtek Buss / Hoa Qui.

Mongolie : une yourte dans la région de Khudjirt.

© Philippe Bourseiller / Hoa Qui.

Alaska, Inuk à l'affût.

© Georges Bosio / Hoa Qui.

Grand Nord canadien, Inuit.

© Philippe Bourseiller / Hoa Qui.

Alaska : Inuit en motoneige.

Russie. Vladikavkaz, Ossète.

Roumanie, Craiova : Tsiganes.

La cité des chiffonniers au Caire.

1997 : Camp de réfugiés de Sabra
et Chatila, Beyrouth, Liban.

© Jorge Silva / MaxPPP/Reuters.

2001 : Guatemala, Tecum Uman.
Peinture symbolique : à la frontière du Mexique
l'immigré du Honduras trouve un refuge.

© Garrige Ho / MaxPPP/Reuters.

1996 : *boat people* vietnamiens parqués à Hongkong.

© Ansa-Pasne / MaxPPP/Reuters.

1997 : réfugiés kurdes d'Irak
sur un bateau turc abordant en Italie.

© Wolfgang Kaehler / Corbis.

1998 : Khabarovsk, Chinoises sur le marché.

© Nathalie Beyring / MaxPPP/Reuters.

1999 : Chine : à Pékin,
travailleurs migrants sans domicile.

© Anton Meres / MaxPPP/Reuters.

2003: Espagne, Tarifa : immigrants
après la traversée du détroit de Gibraltar.

1961 : Paris, porte de Clignancourt.

2001 : États-Unis.

2001 : Uttar Pradesh, Inde.

2002 : Tamil Nadu,
au sud de Coimbatore, Inde.

1995 : une scène de métro à Bombay.

10 avril 2002, Dennis Tito, premier touriste de l'espace.

© MaxPPP/Reuters - Mikhaïl Gractyev.

© Zefa/Hoa Qui.

construisent des arsenaux et des manufactures d'État. Elles obligent les firmes nationales à n'exporter qu'à bord de vaisseaux battant pavillon national. Le mercantilisme naît ainsi, avec Richelieu, Colbert et Vauban en France. Et partout ailleurs.

On retrouvera ce refus des autres chaque fois que le nomadisme des idées, des marchandises ou des hommes croira imprudemment l'avoir emporté sur les forces sédentaires.

Signe du Ciel : à la fin du XVIII⁰ siècle est inventé un nouvel art nomade, le cirque. En 1780, Philip Astley, officier de cavalerie anglais, dernière incarnation de l̵ chevalerie de jadis, rassemble des saltimbanques et ̵ écuyers pour présenter à d'anciens paysans dev̵ nomades urbains – d'abord dans des arènes en pl̵ puis sous une tente – des exercices équestres et d̵ d'adresse, puis des perroquets, des lions et au̵ tures venus d'au-delà des mers[190].

4. DÉCOUVREURS, PIRATES ET F̵

Pour se débarrasser de leurs pauv̵ routes commerciales, chercher denré̵ cieux, les Européens, comme les G̵ avant eux, installent des coloni̵ commencent les voyages de déc̵ qui vont déboucher encore un̵ formes de nomadisme.

4.1. Les découvreurs

Quand, à la fin du XVe siècle, se ferment les routes terrestres à destination de l'Asie, les Européens n'ont plus accès aux richesses d'Orient. Il leur faut donc contourner l'Afrique, voire, proposent les plus audacieux, faire le tour du monde par l'ouest. Un nouveau bateau, la caravelle, mis au point vraisemblablement en Europe du Nord[70] comme l'étambot rend possible ce voyage hauturier. Il est d'abord utilisé à Gênes, devenu le centre du monde marchand après Venise et Anvers, puis par des marins génois émigrés dans des ports ouvrant directement sur l'Atlantique : Lisbonne et Cadix[20]. Ils forment ainsi une nouvelle catégorie de nomades sortis tout armés des légendes grecques : les voyageurs savants – les découvreurs[20].

Au Portugal, les successeurs d'Henri le Navigateur cherchent à faire le tour de l'Afrique et à atteindre l'Inde à l'est. À Cadix, les Rois Catholiques cherchent à [attei]ndre l'Asie par des mercenaires aventuriers mettant [ca]p sur l'ouest.

[Les] découvreurs portugais atteignent d'abord le cap [et] la baie d'Arguin au milieu du siècle, le cap Lopez [(Gabon)] en 1482, puis le cap de Bonne-Espérance [en 148]8. Ils y rencontrent sur les côtes africaines des [populati]ons qui leur semblent aussi anciennes que celles [de la ter]re sainte ; elles sont sédentarisées pour la plu[part, h]ormis les Xan.

[Se pos]ent alors des questions inquiétantes pour [eux : y] aurait-il eu plusieurs Adams ? et, pis encore,

Bartabas, le cheval et la danse. Festival d'Avignon.

© Marc Enguerand.

À pied, sur la route
de Saint-Jacques-de-Compostelle.

© W. Guyot-Ciric.

Pèlerinage à Hardwar, Inde.

© Robert Nickelsberg / Gamma.

Pèlerinage à La Mecque, Arabie Saoudite.

© Mohamed Lounes/ Gamma.

un Adam noir ? Peut-on concilier l'histoire des peuples rencontrés en Afrique avec le calendrier de la Genèse ?

Le 12 octobre 1492, la confirmation expérimentale de la rotondité de la Terre et la découverte fortuite d'un nouveau continent par un aventurier génois au service de monarques espagnols[20] ouvrent à l'Europe bien plus et mieux que la route des épices : pendant que commence, par l'expulsion, la nomadisation forcée des juifs et des musulmans d'Espagne chassés d'Europe, l'or et l'argent d'Amérique viennent nourrir le commerce et ouvrir un champ d'aventures aux voyageurs européens. Le Portugal, l'Espagne et la France, englués dans leur culture sédentaire, ne savent pas en profiter, malgré le rôle qu'ils jouent dans les découvertes[20] : les ports d'Europe du Nord conserveront le contrôle du nomadisme marchand.

En 1498, sous la conduite de Vasco de Gama, les Portugais débouchent dans l'océan Indien et installent méthodiquement des points d'appui côtiers en Afrique. Ils ne s'avancent pas à l'intérieur du continent, sauf dans l'embouchure du Zaïre où ils font baptiser les souverains du royaume de Kongo. Laissant aux musulmans la domination de l'intérieur de l'Afrique, les Européens ne voient pas que celle-ci est alors le théâtre de deux importantes migrations : celle, allant de l'Afrique occidentale vers l'Afrique australe, de populations nomades parlant des langues bantoues venues du Tchad, et celle, allant du monde arabe vers l'Afrique du Nord, de peuples arabes et de l'islam[257]. Un empire berbère, le Kanem-Bornou, établi au nord-est du lac Tchad, contrôle le commerce saharien. Plus au sud, les Peuls, pasteurs nomades, contrôlent l'Afrique de l'Ouest, ouverte à l'islam. Le Mali est la grande puissance, issue du royaume mandingue. L'empire songhaï est islamisé à partir de 1453. Au sud du 5ᵉ parallèle, les peuples sont tous issus des migrations bantoues venues sans doute du Tchad, qui repoussent les Xan ou les Bochimans, premiers habitants du sud du continent. Le plus grand État bantou est alors le Monomotapa, qui entretient des relations commerciales jusqu'avec la Chine par les Arabes[257].

En 1510, la prise de Goa, en Inde, procure une base aux Portugais pour l'administration d'autres comptoirs dans le sous-continent et pour l'exploration progressive de l'Asie du Sud-Est, sans que ses découvreurs pénètrent pour autant en Inde ou en Chine, l'une est sous le contrôle des Moghols, l'autre vient, on l'a vu, de se fermer aux étrangers.

Commence en 1518 la traite des esclaves à destination des Amériques. Le monopole est d'abord portugais puis hollandais. La traite des peuples nomades des forêts d'Afrique est assurée par des musulmans des côtes. La moitié part vers l'Amérique, l'autre vers le monde arabe.

Sur le continent qui sera nommé un peu plus tard « Amérique » vivent alors une marqueterie de peuples surtout sédentaires. Ils ne connaissent encore ni le cheval ni la roue, et sont restés coupés du monde. Le continent compte plusieurs dizaines de millions d'habitants : peut-être 10 au nord de l'actuel Mexique, le reste par moitié au Mexique et en Amérique du Sud. Ils sont pour l'essentiel sédentaires[401].

L'Amérique centrale, où débarquent en premier lieu les Espagnols, est, elle, la principale région agricole du continent. Les villages cultivent le maïs, le haricot et la courge, et pratiquent l'élevage. Les peuples du Mexique sont dominés par l'Empire aztèque, fondé par un peuple nomade venu du nord, les Shoshones, qui ont chassé les Toltèques en 1168 avant de repousser les Mayas dans le Yucatán. Les Aztèques se sont sédentarisés pour former une civilisation militaire qu'ils dirigent depuis Tenochtitlán, forteresse des marais édifiée en 1325.

En 1519, Hernán Cortés débarque sur la côte atlantique et marche sur Tenochtitlán[62]. Il bouscule sur sa route divers peuples, nomades et sédentaires : les Tarasques, les Zapotèques, les Tlaxcalans, les Otomis, les Totonaques et les derniers Mayas. Des trahisons et une épidémie de variole affaiblissent les Aztèques, et Cortés les soumet facilement en 1521[20]. Les Espagnols matent ensuite les Yaquis, les Huichols et les Tarahumaras dans le Nord, et les Pipils au sud.

Plus au sud, le royaume des Sinus domine en Colombie. À côté vivent des groupes de nomades pêcheurs comme les Miskitos au Nicaragua, les Cunas au Panamá, auteurs de magnifiques labyrinthes[21], et les terribles Taïnos, Arawaks et Caribes dans les îles et sur le littoral du Venezuela.

En 1526, Francisco Pizarro rencontre au Pérou les Chimús, ou Sinus, au nord et les Quechuas au sud. Apparus au XIIIᵉ siècle au cœur des Andes, ces derniers se sont rendus maîtres de la vallée du río Vilcanota-Urubamba et ont fondé l'empire du Soleil, le royaume de Cuzco (« nombril » en quechua)[62]. Ils sont alors dirigés par une tribu particulière, les Incas, qui ont adopté la langue quechua de leurs suzerains avant de dominer une confédération divisée en deux clans : le Hanan, qui exerce le pouvoir religieux, et l'Urin, dont font partie les Incas, qui exerce le pouvoir militaire[62]. Eux aussi étaient nomades avant de se sédentariser. Leur empire s'étend de l'Équateur jusqu'au Chili et en Argentine.

En 1541, des Andes jusqu'à l'Atlantique, Francisco de Orellana descend un immense fleuve auquel il donne le nom de « fleuve des Amazones ». Il rencontre les Conca-payras qui, avec les Chiriguanos dans les Andes et les Araucans au Chili, offrent la plus terrible des résistances. Plus au sud, d'autres groupes nomades et sédentaires tentent d'empêcher les Espagnols de contrôler la Pampa orientale et la Patagonie.

Face à tous ces peuples, les colons espagnols ont une stratégie : massacrer les nomades, s'ils résistent, et mettre au travail les sédentaires, s'ils survivent.

4.2. Les colons

Pendant que la plupart des Juifs d'Espagne partent vers l'est et le sud et que 70 000 Anglais et Écossais colonisent l'Irlande, 250 000 Européens débarquent de 1500 à 1600 dans ce qu'ils nomment le « Nouveau Monde » ; 200 000 autres les y suivent entre 1600 et 1650, imités par 450 000 autres avant la fin du XVIIIe siècle[20].

Comme les colons issus de tous les empires, ces nomades d'Europe débarquent avec tous leurs biens pour y faire (ou y refaire) leur vie et imposer leur culture. Ce sont des nomades volontaires : marchands, aventuriers, médecins, prêtres, artisans, paysans. Ils créent des exploitations agricoles qui approvisionnent en viande et en bêtes de somme les mines d'argent boliviennes et des plantations de canne à sucre du Brésil qui vont approvisionner l'Europe. Les Amérindiens survivants sont assignés comme esclaves aux propriétaires terriens ou aux chefs de mines.

Vers 1600, la population indienne d'Amérique latine ne représente plus qu'un dixième de ce qu'elle était à l'arrivée des premiers Espagnols : la famine, les maladies, le travail forcé les ont éliminés. Leur misère est à son comble : « Dans ces régions de savanes et de steppes vivaient des masses de gens "perdus", comme les appelait, en 1617, le gouverneur de Buenos Aires, qui tiraient leur subsistance de la chasse aux bêtes sauvages et, au besoin, du vol de bétail[155]. »

En Amérique du Nord, après les premiers contacts sans lendemain entre Vikings et Dorsets au IXe siècle, les relations demeurent sporadiques jusqu'à l'arrivée des Espagnols au XVIe siècle, puis des Hollandais, des Anglais et des Français[329].

Comme au sud, les Indiens sont pour la plupart sédentarisés, parce que sans animaux de trait et privés de roue. Les premiers colons espagnols et anglais croisent quelques tribus chichimèques, comanches et apaches sur les côtes orientales et dans les Appalaches. Ces Indiens cultivent du maïs à proximité des cours d'eau et chassent à pied le bison. Vivant par petits groupes de quelques familles sous des tentes en hiver, ils se rassemblent en été pour des cérémonies en l'honneur du Soleil, pour des rituels d'échange ou pour la chasse. Très peu vivent dans les Grandes Plaines où la nourriture est rare.

Au XVIIe siècle, révolution majeure : les Indiens d'Amérique du Nord découvrent le cheval, échappé aux Espagnols et redevenu sauvage[62]. Leur mode de vie est bouleversé par cet animal, dont les ancêtres sont nés en

Amérique et qui en a disparu depuis des millénaires. De nombreuses tribus sédentarisées descendent alors vers les plaines, renoncent à la cueillette et à la culture du maïs pour devenir cavaliers, inventer de nouvelles méthodes de domestication de leurs montures et chasser le bison à cheval[62]. Une fois de plus, comme en Eurasie trois mille ans plus tôt, les chevaux « fabriquent » les nomades. Une fois de plus aussi, le cheval améliore le niveau de vie de ceux qui l'utilisent : les tipis, désormais fabriqués en peaux de bisons, sont maintenant beaucoup plus amples, soutenus par des pylônes en bois de cèdre ou de pin, et exigent trois chevaux pour être déplacés sur des traîneaux.

À l'ouest des États-Unis actuels s'installent les Havasupais et les Mojaves[401]. D'autres Indiens de langue athabascan descendent dans les plaines du Sud-Ouest. Ils y trouvent les Pueblos, les Zuñis et les Hopis, cultivateurs et adorateurs du maïs descendant des Anasazis. Dans les plaines du Centre arrivent les Pieds-Noirs, et les Hidatsas ; puis des Shoshones, les Sioux (dont le nom indien est *Naduesiu*, ou « Petites Couleuvres »[401]), les Cheyennes, les Arapahos, les Comanches (« le Peuple »), réputés être arrivés dans ce monde à partir d'un arbre creux[401], et les Kiowas (« Ceux qui sortent »). Dans ce qui est l'Arizona d'aujourd'hui, les Navajos et les Apaches apprennent l'agriculture des Pueblos et l'élevage des Espagnols. Dans l'actuel Oklahoma affluent les Cherokees, les Choctaws, les Chickasaws, les Crees et les Séminoles, formant les « Cinq Nations » qui joueront un rôle essentiel dans la résistance indienne ultérieure[404]. Plus au nord, ce sont des Pieds-Noirs, des Crees, des Gros-Ventres, des Crows et des Assiniboines[404]. À l'est, les Lakotas (ceux qui « dansent avec les loups »), les Dakotas et les Nakotas.

Ces peuples se bousculent les uns les autres : repoussés vers l'ouest par les Navajos, les Apaches remontent jusqu'au Yukon et au Mackenzie. Les Cheyennes et les Arapahos s'installent dans le futur Dakota du Nord et au Missouri, avec les Lakotas et les Sioux. Des Algonquins et d'autres Sioux s'en vont vers l'ouest ; des Arawaks venus des Antilles occupent la Floride[404].

Plus au nord, sur le territoire du Canada actuel, près de deux millions d'Amérindiens, pour la plupart sédentaires, répartis en une douzaine de familles, parlent cinquante-deux langues différentes[401]. Les plus pratiquées sont le cree chez les Algonquins, et l'inuktitut chez les Indiens du Grand Nord[139].

Plus on s'approche de l'Arctique et plus la mémoire de l'Eurasie – avec laquelle les contacts sont pratiquement coupés depuis quelque quatre mille ans – reste vivace, et, en particulier, plus les peuples gardent souvenir et pratique du nomadisme.

Tlingits, Haïdas et Tsimshians commencent ainsi à se distinguer nettement dans le Nord-Ouest canadien[139] ; pour certains ils sont encore nomades. Les Hurons (ou Wyandot, qui signifie « peuple insulaire ») vivent en semi-nomades à l'extrémité sud-est du lac du même nom, échangeant des produits agricoles contre du gibier avec les Iroquois[329]. Ceux-ci vivent désormais à la fois de l'agriculture et de la chasse ; ils entourent leurs villages provisoires de palissades à l'intérieur desquelles ils plantent maïs, haricots et courges[401]. Ils quittent leurs campements à l'automne pour la chasse et y reviennent au milieu de l'hiver ; au printemps, ils se dispersent et pêchent ; tous les dix ans, lorsque le sol ou le gibier sont épuisés, ils déménagent[329].

Au sud et à l'est du lac Ontario, quelques représentants des Cinq Nations occupent les routes qui les relient à l'Oklahoma où se trouve l'essentiel de ces mêmes peuples. Les Odawas nomadisent dans la vallée du Saint-Laurent[139]. Les Algonquins et les Abénakis (« les peuples du Soleil levant ») sont établis en Nouvelle-Angleterre et dans la vallée du Saint-Laurent. Les Inuit, encore nomades, sont alors les meilleurs chasseurs de baleines du monde ; ils partent parfois pour plus d'un an en campagne de chasse.

Les premières rencontres entre ces Indiens et les Européens ne sont pas belliqueuses. Les colons espagnols, puis hollandais et anglais s'installent d'abord sur la côte est. Au XVIIe siècle, les Français descendent le long du Mississippi, prennent le contrôle d'une vaste étendue qu'ils nomment la « Louisiane » et remontent vers le Québec[139]. Ils échangent des miroirs contre des peaux de bisons. Mille navires français viennent chaque année se livrer à la traite des fourrures dans le golfe du Saint-Laurent ; d'autres y viennent s'initier aux techniques baleinières des Inuit[139] et en profitent pour piller les extraordinaires ressources de l'Océan à cet endroit.

Au nord et en Nouvelle-Angleterre, les Anglais bâtissent des villes. Plus au sud, ils fondent des colonies agricoles ; la première est créée en 1607 à Jamestown, en Virginie[62]. Les chartes d'établissement de ces colonies autorisent leurs responsables à attribuer des terres à des colons sans tenir compte de la présence d'Indiens.

Ceux-ci sont considérés comme des étrangers, sauf s'ils signent un traité de paix qui les cantonne dans des réserves. Des planteurs aménagent ainsi de grands domaines et fournissent la métropole en canne à sucre, café, cacao, coton, riz, tabac, indigo, à des prix strictement contrôlés par Londres qui impose de très lourdes taxes à ce commerce.

Pour réduire les prix de ces produits, un autre nomadisme forcé s'accélère : celui des esclaves importés d'Afrique. En 1642, le commerce en est organisé par Louis XIII puis il est réglementé par le Code noir de Colbert. Les Blancs envoient les Noirs se battre contre les Indiens dans le Sud. En 1676, une révolte de petits fermiers blancs s'attaque aux Indiens, aux Noirs et aux grands propriétaires. En 1691, une loi de Virginie punit de bannissement tout Blanc qui épouse une Noire ou une Indienne. En 1738, une lettre du gouverneur de Caroline du Sud explique que « la politique de son gouvernement à toujours été de créer de l'aversion entre Noirs et Indiens »[62].

Ces derniers, eux, continuent à disparaître. Au début du XVIIIᵉ siècle, les colons, trappeurs et pionniers leur apportent la variole et le choléra, tout en les expulsant de leurs territoires de chasse. Certains des rares survivants se révoltent. Les Natchez, peuple très civilisé du Sud-Est, sont anéantis. Les tribus du Centre – les Arapahos, les Lakotas, les Cheyennes – s'allient aux Comanches et aux Kiowas contre les Anglais. D'autres tribus du Nord préfèrent s'allier aux Anglais ou aux Français contre d'autres Indiens dans l'espoir de mieux se préserver[139]. Ainsi les Cinq Nations, au Canada comme dans l'Oklahoma, s'allient avec les Britanniques ; les Abénakis, les Micmacs, les Malékites et les Algonquins se rangent du côté des Français[329].

La guerre des Anglais contre les Iroquois dure jusqu'en 1701 ; celle des Anglais contre les Français et leurs alliés algonquins et micmacs s'achève en 1757 par la défaite de la France, Louis XV préférant garder ses meilleures troupes pour mener – et perdre – une absurde guerre de Sept Ans contre l'Angleterre et la Prusse. En 1763, le traité de Paris octroie le Canada à l'Angleterre.

Pendant tout ce XVIIIᵉ siècle, le commerce des fourrures tend à reculer, faute de gibier, devant l'industrie du tabac, celle du coton, et l'élevage des bovins qui commencent à envahir les prairies. Pour venir à bout du travail des champs, plus de 6,5 millions d'esclaves sont importés en Amérique, soit un Africain sur cent chaque année, anéantis par le transport transatlantique ou rapidement usés et détruits par le travail. Les survivants adoptent la religion des Blancs, prient le dieu de leurs maîtres, qu'ils voient en vainqueur de leurs propres dieux, afin d'obtenir leur libération.

Pour organiser ce trafic, des navires de toutes les puissances maritimes mouillent le long de la côte de Guinée ; leurs équipages découvrent enfin un peu de l'Afrique intérieure soigneusement évitée jusqu'ici par tous leurs prédécesseurs. Ils y achètent des sédentaires, les esclaves, à des nomades, les Touareg.

Le nom de ce peuple vient de l'arabe *targa* (« le canal », ou « le creux de la vallée »), à moins que ce ne soit de l'arabe *târek* (« abandonnés de Dieu »)[133]. Ils se désignent eux-mêmes dans leur langue comme les *Imûhagh* (« il est libre ; il est franc ; il pille »), nom qui renvoie à celui que se donnent des peuples d'Afrique du

Nord, les Imazighens, que les Romains nommaient « Berbères ». De fait, les Touareg assurent justement le passage à travers le Sahara et organisent pour le compte des Arabes, puis des chrétiens, la collecte et le transport d'esclaves pris dans toute l'Afrique subsaharienne, en particulier au Soudan, et vendus pour moitié au Moyen-Orient, pour moitié en Amérique. Le chef des Touareg, l'*amenokal*, domine une aristocratie de guerriers *(ima-jeghen)*, de religieux *(ineslemen)*, de soldats *(imghad)* et d'artisans *(inadan)*. Les Touareg ont leurs propres esclaves, les *Iklan* (de *klan*, « être noir »), qui gardent les troupeaux, assument les tâches ménagères et le travail du sel[133]. Les premiers maîtres français de ce trafic, issus de la noblesse, ne s'intéressent qu'aux chefs touareg qu'ils voient comme des cavaliers, homologues des chevaliers de l'Europe médiévale.

Sur les mers, ces trafiquants d'esclaves croisent d'autres brigands : des pirates qui tentent de prendre par la force leur part dans ce nomadisme marchand.

4.3. Les pirates

Au XVII⁰ siècle, en Jamaïque, à l'île de la Tortue et autres Antilles, s'installent sous le contrôle d'autorités françaises, anglaises et néerlandaises, des colons qui prospèrent grâce à la culture du tabac et de la canne à sucre[23]. Ils croisent sur les mers alentour des marins voleurs, des flibustiers qui pillent le plus souvent à bord de navires de dimensions modestes. Ils sont pour la plupart français ou britanniques – parfois ce sont des femmes[219] –, ce sont parfois aussi des Juifs chassés du

Brésil par les Portugais en même temps que les Hollandais[23].

À partir de 1715, certains de ces flibustiers osent s'aventurer plus au large pour s'intéresser aux navires qui ramènent l'or du Pérou. Ils quittent Kingston et la Tortue et prennent pour base New Providence (Nassau), aux Bahamas. La plupart sont anglophones ; ce sont d'anciens marins de commerce mutinés ou venus rejoindre les rangs de ceux qui ont capturé leur bateau. À partir de 1720, quelque deux mille pirates sillonnent les Caraïbes. Ils sont bien accueillis dans les ports des colonies d'Amérique du Nord, où ils viennent vendre leurs prises en contrebande beaucoup moins cher que les produits importés d'Angleterre[104]. Ils se lancent bientôt en haute mer, vers les côtes d'Afrique, et attaquent les navires chargés d'ivoire et d'esclaves[20]. Puis ils descendent vers le sud, passent le cap de Bonne-Espérance, pénètrent dans l'océan Indien, pillent les flottes du Grand Moghol en mer Rouge, dans le golfe Persique et jusques en Inde. Leurs principales bases sont alors installées à Madagascar et dans l'île d'Anjouan, dans les Comores[219].

Nomades volontaires, tribus de circonstances, ils sont, comme les Vikings, autres pirates, mais aussi comme certains ordres religieux, certaines corporations et cantons suisses, parmi les premiers depuis Athènes à pratiquer une forme très sommaire de démocratie : leurs capitaines sont élus à la majorité par un vote des équipages et ils peuvent être déchus à tout instant ; les quartiers-maîtres représentent l'équipage face au commandement ; les butins sont répartis entre tous à parts à peu près égales ; la destination et l'itinéraire (souvent erratique) sont en permanence soumis au vote de l'équipage[219].

Ainsi, avant de se faire disperser par les marines royales, ces libres marins anticipent, à leur façon, fort cavalière, les idéaux de la Révolution française.

4.4. Idéalisation du nomadisme : du bon sauvage à la Révolution

Toutes ces rencontres d'explorateurs, de colons et de pirates, révélant de nouvelles façons de vivre la liberté, conduisent les Européens à concevoir l'idée que d'autres sociétés sont possibles et que le nomadisme des peuples premiers peut être plus heureux à vivre que la sédentarité des peuples d'Europe.

En 1721, nourri de récits de voyage, Montesquieu décrit dans la onzième des *Lettres persanes* un peuple de pasteurs troglodytes vivant, après avoir souffert de déluges et de massacres, dans le partage absolu, exempts de toute pauvreté : « Le peuple troglodyte se regardait comme une seule famille : les troupeaux étaient presque toujours confondus ; la seule peine qu'on s'épargnait ordinairement, c'était de les partager[262]. » Inspiré par ces voyages, Rousseau exprime lui aussi, dans *Les Confessions*, sa nostalgie pour un état de nature, un état de nomade où « les fruits sont à tous et la terre n'est à personne ». Il écrit notamment : « J'aime à marcher à mon aise, et m'arrêter quand il me plaît. La vie ambulante est celle qu'il me faut. Faire route à pied par un beau temps, dans un beau pays, sans être pressé, et avoir pour terme de ma course un objet agréable : voilà, de toutes les manières de vivre, celle qui est le plus de mon goût[307]. »

Tout comme l'était le tour des universités d'Europe pour les *escholiers* du Moyen Âge, ou le tour de France pour les Compagnons, le voyage devient une partie essentielle de la formation des gens de qualité. En 1749, l'Anglais Thomas Nugent explique dans *The Great Tour* que les voyages servent à « enrichir l'esprit par le savoir, corriger le jugement, supprimer les préjugés de l'éducation, polir les manières, former un gentleman accompli ».

La découverte de la Polynésie à la fin du XVIIIe siècle confirme les Européens dans l'idée qu'il existe de « bons sauvages » vivant dans des sociétés heureuses et libres que l'Europe doit pouvoir imiter ; pour l'essentiel des sociétés de nomades, sans propriétés, ni territoires, ni armées.

Le voyage à Tahiti de Bougainville en 1768, celui de Cook aux îles de la Société en 1769, enfin celui de La Pérouse entre 1785 et 1788, révèlent à l'Europe stupéfaite l'existence d'un archipel libertaire que Cook compare à une Arcadie utopique. « Je me croyais transporté dans le jardin d'Éden », écrit aussi Bougainville en 1771 dans son *Voyage autour du monde*. Dès l'année suivante, Diderot, dans son *Supplément au voyage de Bougainville*, prend prétexte de cette description pour dénoncer la morale religieuse et la propriété privée[125]. Il inscrit dans l'*Encyclopédie* le mot « nomadisme » qu'il définit comme le « nom générique donné à divers peuples qui n'avaient pas de demeure fixe et qui en changeaient perpétuellement pour chercher de nouveaux pâturages. Ainsi, ce mot ne désigne pas un peuple particulier, mais le genre de vie de ce peuple »[138].

Les philosophes commencent à réfléchir à ce que peut être ce monde idéal où chacun aurait le droit de circuler sans être soumis aux contrôles d'une bureaucratie tatillonne.

Dans ce domaine, il n'y a pas loin des idées aux actes : en 1776, année où Adam Smith fait l'apologie de la liberté de circulation et du libre marché contre le mercantilisme, les colonies anglaises d'Amérique rejettent la mainmise de la puissance coloniale sur leur commerce.

Et c'est donc par la revendication de la liberté de circulation et le refus du monopole britannique sur les importations que débute la Révolution américaine. Les colons entendent y bâtir une société idéale, naturelle, libérée des péchés et carcans européens que leurs parents ont fuis. Ils veulent sortir de l'Histoire et de ses tragédies pour vivre dans un monde où ne compte que le bonheur individuel. Leur Déclaration d'indépendance proclame « le droit à la jouissance de la vie et de la liberté, l'accession au droit à la propriété, la recherche et la jouissance du bonheur et de la sécurité... »[62] Il n'y est pas question explicitement de la liberté de circuler ni pour les gens ni pour les marchandises, tout simplement parce qu'elle est devenue une évidence pour les colons d'origine européenne, et qu'elle reste un non-sens pour les autres, considérés comme des marchandises[62].

En fait, la question de l'esclavage et celle de la liberté de circulation des personnes et des marchandises vont vite se superposer pour constituer la question centrale dans la construction de la nation américaine. À la fin de la guerre d'Indépendance, les Britanniques cèdent aux Américains toutes les terres au sud des Grands Lacs. En

1783, le traité de Paris reconnaît l'existence de la République confédérée des États-Unis.

La discussion constitutionnelle entre les États confédérés achoppe sur la question de la liberté de circulation des personnes et des biens : les États du Sud entendent en effet conserver le droit de faire commerce d'esclaves sans risquer de se le voir interdire par le pouvoir fédéral ; aussi veulent-ils continuer à contrôler la circulation des gens et des marchandises, les esclaves étant pour eux assimilables à celles-ci. Après une discussion difficile, les négociateurs stipulent que la libre circulation des marchandises à l'intérieur et à l'extérieur du pays ne deviendront des sujets de compétence fédérale qu'après une période de transition que la Constitution, proclamée le 17 septembre 1787 à Philadelphie, fixe à dix ans par son article 1.1, alinéa 9 : « L'immigration ou l'importation de telles personnes que l'un quelconque des États actuellement existants jugera convenable d'admettre ne pourra être prohibée par le Congrès avant l'année mille huit cent huit, mais un impôt n'excédant pas 10 dollars par tête pourra être levé sur cette importation. » Cet accord, si ardu à réaliser, ne sera pas respecté, et le Sud conservera la maîtrise de l'importation des esclaves ; un demi-siècle plus tard, son refus entêté d'y renoncer entraînera le déclenchement de la guerre de Sécession qui débouchera sur la généralisation de la liberté de circulation des personnes[62].

Depuis le comte de Boulainville au début du XVIIIe siècle, une partie de la noblesse fonde sa « supériorité » sur celle des conquérants germaniques vis-à-vis du peuple gaulois, au nom du « droit de conquête ». En France, au même moment, la révolte gronde aussi. Le nombre des pauvres augmente. En 1788, année de terrible canicule, Sébastien Mercier écrit dans son *Tableau de Paris* : « Il faut savoir qu'il existe dans le beau royaume de France une armée ennemie de plus de dix mille brigands ou vagabonds qui, chaque année, se recrutent et commettent des délits de toute espèce. La maréchaussée fait perpétuellement la guerre à ces individus malfaisants qui battent les grandes routes[253]. » Et la police du roi continue d'arrêter les vagabonds sur les « grands chemins », dans les cabarets et les villages.

La Révolution française voit s'affronter la peur des nomades et la passion de la liberté, une passion qu'elle tentera d'exporter dans le reste de l'Europe avant de revenir pour enfermer ses pauvres aux méthodes de la bureaucratie antérieure.

L'idéal de la Révolution française est avant tout un idéal sédentaire : la Déclaration des droits de l'homme et du citoyen de 1789 n'évoque pas la liberté de circulation, qui n'apparaît pas comme une urgence par ces temps de guerre civile et de menaces aux frontières. Les errants continuent d'être envoyés au dépôt et le décret des 30 mai et 13 juin 1790 s'inquiète du nombre de mendiants étrangers qui « enlèvent journellement les secours destinés aux pauvres de la capitale ». Ceux qui sont domiciliés à Paris depuis moins d'un an doivent partir après avoir sollicité un passeport mentionnant leur signalement et la route qu'ils devront suivre pour quitter le royaume. L'année suivante, ils seront considérés comme des espions potentiels et arrêtés.

Le 12 août 1790, un « comité pour l'extinction de la mendicité », présidé par le duc de La Rochefoucauld-Liancourt, propose que l'État assume la direction de toute l'assistance aux pauvres[16]. La Constitution du 3 septembre 1791 prévoit la fondation d'un établissement général de secours publics pour « élever les enfants abandonnés, soulager les pauvres infirmes et fournir du travail aux pauvres valides qui n'auraient pas pu s'en procurer ». La Déclaration des droits de l'homme de 1793 répète que les secours publics constituent « une dette sacrée », et qu'il appartient à la loi d'en déterminer l'étendue et l'application. Elle ajoute que le gouvernement est institué pour « garantir à l'homme la jouissance » de ses droits, c'est-à-dire à tout le moins – selon l'étrange expression de Robespierre – une « pauvreté honorable ». La charité privée est désormais proscrite ; le secours devient un devoir d'État.

Le 15 octobre 1793, Barère s'écrie devant le Comité de salut public[16] : « Plus d'aumônes, plus d'hôpitaux ! [...] Le Comité vient vous parler aujourd'hui des indigents : ce nom sacré, mais qui sera bientôt inconnu à la République, il compte sur vos efforts à le faire oublier. Tandis que le canon gronde sur nos frontières, un fléau redoutable, la lèpre des monarchies, la mendicité, fait des progrès effrayants dans l'intérieur de la République. La mendicité est une dénonciation vivante contre le gouvernement ; c'est une accusation ambulante qui s'élève tous les jours au milieu des places publiques, du fond des campagnes et du sein de ces tombeaux de l'espèce humaine, décorés par la monarchie du nom d'hôtels-Dieu et d'hôpitaux ! » Le lendemain, une loi interdit la mendicité à tout individu en état de travailler ; à la première récidive, le mendiant est puni d'un an de détention dans des maisons de répression où il est assujetti au travail, à la seconde, de deux ans ; à la troisième, il est déporté, pour huit ans au moins, dans une colonie pénitentiaire. Un décret du 21 pluviôse an III force les hôpitaux à vendre leurs biens et alloue dix millions d'assignats à la mise en œuvre de cette loi. Mais les produits des ventes sont si dérisoires que la Convention finit par y renoncer : le 9 fructidor an III, elle sursoit à la vente des biens hospitaliers, et le 2 brumaire an IV, deux jours avant de se dissoudre, elle restitue même aux hôpitaux ce qu'il leur reste de leurs biens.

Le nomadisme des pauvres n'est décidément pas du goût des révolutionnaires. Les plus extrémistes, tels François (dit Gracchus) Babeuf ou Jacques Roux, prônent le travail obligatoire, la subsistance garantie à tous, le logement identique pour chacun, l'appropriation collective de tous les biens, l'interdiction du commerce, l'élimination de la monnaie et la fermeture absolue du pays. Autrement dit, l'égalitarisme et une sédentarité généralisés.

Le Directoire renonce à tous ces rêves et cauchemars, et en revient à la surveillance des étrangers, à la liberté de circulation des marchands, à l'obligation faite aux pauvres de travailler.

Au lourd appareil absolutiste de la charité et au fantasmagorique État total prôné brièvement par quelques révolutionnaires, se substitue un système auquel les ports d'Europe du Nord ont depuis longtemps recours : pour eux, l'ennemi à vaincre n'est pas le pauvre, mais la pauvreté. Un autre État s'annonce, encore hostile au nomadisme des pauvres, ouvert à celui des marchands et des plus riches. La Révolution, exportant l'idée de liberté individuelle à travers l'Europe, a abattu les derniers vestiges de féodalité tout en donnant le pouvoir à des nomades fortunés : les marchands, les bourgeois. Une seconde mondialisation s'annonce, plus ample que la précédente, parce que incluant plusieurs États-nations et privant les bureaucraties et les monarques de beaucoup de leurs pouvoirs.

Vision prémonitoire de Louis XV qui, dit-on, touchant les écrouelles des pauvres, ne disait déjà plus : « Le Roi te touche, Dieu te guérit », mais : « Le Roi te touche, que Dieu te guérisse ! »

CHAPITRE VI

Le nomadisme industriel

« Nous [les vagabonds du rail] ne faisons que singer nos supérieurs qui, sur une grande échelle, et sous le respectable déguisement de négociants, de banquiers et de magnats d'industries, emploient les mêmes ruses que les nôtres. »

Jack LONDON,
Les Vagabonds du rail, 1907.

Au début du XIXᵉ siècle, la révolution industrielle est avide de main-d'œuvre, de matières premières et de marchés. Elle retrouve l'urgence du mouvement. Ayant mis en pratique une esquisse de marché et de démocratie, l'Angleterre puis la France, bousculées par les idées de la Révolution, ne vont avoir de cesse d'étendre la liberté marchande au reste de la planète. Napoléon dira de ses propres idées : « Ce qui convient aux Français convient à tous [...], car il y a bien peu de différence entre un peuple et un autre. » La défaite de ses armées en marche marque aussi celle du nomadisme révolutionnaire contre toutes les traditions de l'État bureaucratique et contre les armées moins mobiles mais supérieures en nombre des coalisés.

Le congrès de Vienne signe le retour des frontières, des monarques et des États sédentaires sur les forces françaises un temps en mouvement. La leçon est retenue : la puissance militaire requiert des troupes nombreuses et des frontières naturelles fortifiées. L'Europe semble se barricader. La seule expérience de nomadisme français, militaire, a échoué.

Commence alors une deuxième mondialisation, celle du voyage industriel, sous contrôle anglais. Dans les interstices entre les frontières que tracent d'anachroniques diplomates, surgissent et se faufilent de nouveaux nomades volontaires : découvreurs, explorateurs, marchands, artistes, bientôt rejoints par d'autres migrants et voyageurs de plaisir. Ils sont les moteurs de la révolution industrielle, de l'industrialisation du mouvement. Le nomadisme des peuples premiers y sera la victime d'un massacre colonial beaucoup plus terrible que celui perpétré jadis par les Barbares envahissant l'Empire romain.

Comme la première, cette seconde mondialisation sera interrompue, à la fin du XIXᵉ siècle, par la misère qu'elle produit, par les révoltes qu'elle entraîne, par les totalitarismes qui en découlent, transformant la première moitié du XXᵉ siècle en une réaction barbare de la sédentarité.

1. La frontière américaine

Sitôt proclamée l'indépendance des États-Unis, beaucoup viennent y chercher fortune et oublier l'Europe. En faisant reculer la « frontière », des nomades solitaires et des convois militarisés massacrent les Indiens pour les remplacer par des colons et par deux nouvelles catégories de nomades, les *cow-boys* et les *hobos*, pasteurs et cueilleurs qui vont structurer durablement l'identité du nouvel empire dominant.

1.1. « *Le seul bon Indien est un Indien mort* »

D'abord il s'agit d'en finir avec les Indiens, qui sont encore quelques centaines de milliers dans la partie nord du continent : en 1812, lors de la négociation du traité de Gand qui règle la cessation des hostilités, les Britanniques, sous prétexte de respecter des accords passés avec leurs alliés contre les Français, proposent de créer un État indien entre le Canada et les États-Unis. En fait, les Anglais espèrent surtout ainsi éviter que les colons du Canada ne rejoignent ceux des États-Unis. Les Américains rejettent cette suggestion et le traité de Gand ne fait qu'affirmer que les Indiens « devraient jouir de tous les droits et privilèges dont ils bénéficiaient avant la guerre » – c'est-à-dire aucun, puisqu'ils étaient considérés alors comme des étrangers sur leurs propres terres[62].

Les derniers Indiens continuent de mourir de faim ou au combat. Dans le Grand Nord québécois, les Inuit voient disparaître baleines et morses pillés par les pêcheurs européens. Sur la côte du nord-ouest, en Colombie britannique, phoques et loutres de mer disparaissent pareillement à partir de 1825.

Aux États-Unis, les spoliations reprennent[62] ; l'« Indian Removal Act » de mai 1830 repousse à l'ouest du Mississippi les Indiens de l'Est et du Sud-Est. En 1834, l'Oklahoma devient réserve pour l'ensemble des « Cinq Nations ». À partir de 1850, les bisons se raréfient encore ; les Indiens des Plaines meurent de faim ; les survivants succombent aux épidémies, à l'afflux des chercheurs d'or et à la consommation d'alcool. En 1851, le traité de Fort Laramie enferme les dernières tribus cheyennes (Dakotas, Lakotas et Nakotas) dans des réserves sans cesse réduites, où elles doivent cohabiter avec des tribus traditionnellement ennemies. Toute nouvelle cession au gouvernement américain d'une partie de leurs terres est soumise en principe à la signature des trois quarts des hommes des tribus concernées. En réalité, le traité n'est pas appliqué et les colons s'y installent à leur guise.

En 1867, la Confédération canadienne, qui vient de naître en dépit des espoirs anglais, confirme le regroupement de ses Amérindiens à l'intérieur de réserves.

Les généraux des États-Unis veulent revenir sur le traité de Fort Laramie et en finir une bonne fois avec les ultimes espaces concédés aux Indiens, en particulier avec ceux de l'Oklahoma, très convoités par les colons[62]. En 1868, à la veille d'y attaquer les Kiowas, les Arapahos, les Comanches, les Sioux et les Cheyennes, le général Sheridan définit son objectif : « Le seul bon Indien est un Indien mort. » Les massacres se succèdent. Les Comanches se soumettent les premiers en 1875. Quand de l'or est découvert dans les Black Hills, terres sacrées des Sioux, le gouvernement américain lance un ultimatum : tous les Indiens qui n'auront pas quitté les collines du Dakota le 31 janvier 1876 pour rejoindre les réserves seront considérés comme rebelles et traités en conséquence. La plupart se résignent. En juin 1876, lors du plus grand rassemblement de l'histoire des Indiens d'Amérique du Nord, sur les berges de la Little Big Horn, dans le Montana, les Sioux de Sitting Bull et Crazy Horse, rejoints par les Cheyennes, massacrent le 7e régiment de cavalerie et tuent le plus jeune général de l'armée américaine, George Armstrong Custer. L'année suivante, Crazy Horse est assassiné alors qu'il se rend. Sitting Bull résiste encore.

En 1878, pour affamer les dernières tribus de l'Ouest, l'armée américaine détourne et massacre les ultimes troupeaux de bisons. Se lève alors le vent du désespoir ; commencent les attaques-suicides : les Shoshones (« Gens du Serpent ») s'allient aux Crows et se jettent dans des combats sans issue. En 1881, poussé par la maladie et la famine, Sitting Bull se rend.

En 1884, le général Sheridan, devenu chef d'état-major des armées américaines, accélère le rythme des massacres. En 1887, le « Federal Allotment Act » autorise le président à vendre les territoires des tribus indiennes à des fermiers, indiens ou blancs. Seuls les Blancs en obtiennent. Les derniers survivants des « Gros-Ventres » (le « peuple de l'argile blanche »), apparentés aux Arapahos, décimés par la grippe et la variole, sont contraints de partager en 1888 la réserve de Fort Belknap avec leurs ennemis ancestraux, les Assiniboines (« ceux qui cuisent avec les pierres »).

En 1889, Wovoka, un homme-médecine de la tribu païute du Nevada, lance un mouvement messianique dit de la Danse des esprits, et promet la victoire sur les Blancs. Des Crees des Plaines, tels les Pieds-Noirs (« le Vrai Peuple »), quittent leurs réserves et se lancent dans des combats suicidaires. La même année, en violation de tous les accords antérieurs, l'Oklahoma, un des principaux enjeux de la guerre, réservé depuis un demi-siècle aux Cinq Nations, est ouvert aux colons.

En 1890, le massacre à la mitrailleuse de 300 femmes et enfants lakotas à Wounded Knee, dans le Dakota du

Sud, met fin à la conquête de l'Ouest[62]. La même année, un Amérindien rebaptisé Edward Cunningham devient pasteur.

Tout est alors mis en œuvre pour détruire les identités indiennes, nomades ou non. Leurs cérémonies, leurs langues, leurs danses, leurs peintures sont prohibées. Tout Indien doit désormais obtenir une permission écrite pour vendre ses produits ou acheter du bétail ou de l'équipement. On leur impose à la fois l'anglais et le protestantisme ; l'objectif est de « tuer l'Indien pour sauver l'homme ». En 1894, la loi sur les Indiens leur impose une éducation anglophone, sans pour autant leur accorder le moindre droit civique. Sous la pression des colons, de nombreuses réserves sont encore dissoutes ou réduites.

Des quelque dix millions d'Indiens que comptait l'Amérique du Nord au XVe siècle, il n'en subsiste que trois quand débute le XXe. En définitive, cette colonisation-là aura fait proportionnellement beaucoup plus de morts que l'invasion de l'Empire romain par les prétendus Barbares.

1.2. Cow-boys et *hobos*

Tandis que s'achève l'ethnocide des premiers Américains du Nord commence le plus formidable mouvement migratoire qu'ait connu l'Europe depuis la chute de l'Empire romain.

La révolution industrielle, machine à transformer les masses paysannes d'Europe en nomades urbains, pousse les plus misérables et les plus aventureux d'entre eux vers la nouvelle Terre promise, presque vidée de ses premiers habitants. En un peu plus d'un siècle, 10 millions d'Irlandais quittent un pays peuplé de 5 millions d'habitants ; beaucoup font partie des 34 millions d'Européens qui, de 1821 à 1924, émigrent aux États-Unis d'Amérique[62].

Ceux-ci naissent comme une nation faite de neuf, où l'on circule sans cesse, où l'on déménage vite, où une vague d'immigrants a tôt fait de remplacer la précédente dans les travaux les plus pénibles. La société américaine est d'emblée une société de l'amnésie, du précaire, de l'immédiat, en même temps qu'une nation de pionniers sans cesse insatisfaits de leurs découvertes, à la recherche de nouvelles opportunités, en lutte violente avec les autres et avec les peuples antérieurs. Dès le début du XIXᵉ siècle, Alexis de Tocqueville note avec sa coutumière lucidité la tendance des Américains à abandonner leur maison avant même d'en avoir posé le toit, « à la recherche de la frontière entre la civilisation corrompue et la sauvagerie chaotique »[349].

Pour se rendre vers cette frontière de l'Ouest sans cesse en mouvement, les moyens de transport sont déterminants : il faut au moins six mois en diligence pour traverser le continent – et encore : quand on n'est pas massacré par les Indiens ou par les bandits ! Avant même qu'ait été « résolu » le « problème indien », il faut donc trouver le moyen d'aller plus vite vers la côte occidentale. Aussi les États-Unis deviennent-ils tout naturellement le pays du voyage industriel. Tous les outils du voyage mécanique, inventés en Europe, vont y être maîtrisés. Comme le cheval a donné naguère le pouvoir à l'Eurasie, le cheval-vapeur va le transmettre aux États-Unis.

C'est aux États-Unis qu'est testé en 1790 le premier véhicule à propulsion mécanique – à vapeur – pour le transport fluvial. En 1820, le premier navire – partiellement à vapeur – qui traverse l'Atlantique (en 29 jours) est aussi un bâtiment américain : le *Savannah*. Le premier service régulier de transport transatlantique de passagers par navire à vapeur est inauguré en 1838 par une compagnie américaine ; il est suivi en 1840 par le premier bateau à roue à aubes, et en 1860 par le premier bateau à armature de fer. Même si la locomotive est une invention anglaise et si la première ligne ferroviaire commerciale est ouverte entre Manchester et Liverpool en 1830, c'est aux États-Unis que l'essor du chemin de fer prend tout son sens : l'achèvement en 1869 de la ligne reliant New York à San Francisco réduit la durée de la traversée du continent de quatre mois à une semaine ! Plus tard, le véhicule automobile, inventé aussi en Europe, achèvera de donner la prééminence économique au capitalisme d'outre-Atlantique.

Le nomadisme américain s'incarne en particulier dans deux personnages qui vont devenir essentiels dans la formation de l'identité américaine : le *cow-boy*, qui remplace l'Indien, et le *hobo* qui remplace le cow-boy. L'un organise la mobilité de l'élevage et s'appuie sur le cheval ; l'autre permet celle de l'industrie et des récoltes et s'appuie sur le cheval-vapeur.

Le cow-boy se déplace de ferme en ferme pour orienter les colons vers leurs terres et conduire les troupeaux de vaches – substituts des bisons – vers les pâturages. Il installe dans l'imaginaire collectif un archétype d'homme libre, obéissant à ses propres lois. Ce modèle est transmis par Buck Taylor, par Davy Crockett, le héros de Fort Alamo et par Daniel Boone, le trappeur du Kentucky qui guide les colons et négocie avec les Indiens ; il sera communiqué plus tard au reste du monde par Buffalo Bill Cody et son *Wild West Show*. Un idéal explicitement masculin et solitaire : un nomadisme de célibataire. Selon Fenimore Cooper qui le surnomme « Bas de Cuir »[100], Daniel Boone se vante d'ailleurs d'avoir abandonné[100] « le bonheur domestique... pour errer à travers la sauvagerie, dans sa quête du pays du Kentucky » ; il souligne la dimension masculine de la mystique américaine qui lui fait renoncer au « bonheur domestique » pour la découverte de « terres vierges », tout en gommant pudiquement l'usage qu'il fait de ses armes et le sort qu'il réserve aux Indiens croisant sa route.

Le cow-boy porte dans le même temps des vêtements (blue-jeans, bottes, ceinturon, chapeau) qui seront utilisés bien plus tard par d'autres nomades – et par bien des sédentaires jouant à l'être.

Vers la même époque, d'anciens nomades enfermés – les trois millions d'esclaves noirs descendant de ceux qui furent enlevés en Afrique aux siècles précédents – cherchent à se libérer. Dès l'indépendance américaine, ils tentent d'abord l'évasion vers le Nord. Ils trouvent bientôt de nouveaux moyens d'évasion qui renvoient au moins métaphoriquement au chemin de fer. Entre 1830 et 1860, soixante mille d'entre eux fuient par un réseau d'évasion (*underground railroad*) dont les noms de code font allusion aux « voies » (les circuits), aux « gares » (les relais), aux « chefs de train » (les guides) et aux « chefs de gare » (les organisateurs). Ces évasions, punies de mort, sont rythmées, comme leur vie dans les plantations, par des chants de voyage à double sens qui servent aussi de signaux de départ. Ainsi les *negro spirituals* ne parlent pas des Hébreux quittant l'Égypte, mais des esclaves noirs rêvant de quitter le sud des États-Unis. Dans ces chants, la « maison de mon père » désigne moins le paradis que le Nord.

Avec la fin de la guerre de Sécession en 1865 – et le 13ᵉ amendement à la Constitution abolissant l'esclavage –, les Noirs sont officiellement libérés, avec promesse du Congrès américain de recevoir « 40 acres et une mule », c'est-à-dire d'obtenir les moyens de se sédentariser[62]. Mais les plantations confisquées aux sudistes vont à des Blancs venus du Nord. Les anciens esclaves n'y trouvent que des emplois de métayers ; la plupart rejoignent alors sur les routes les jeunes soldats démobilisés des deux armées, nordiste et sudiste.

Certains Blancs deviennent *carpetbaggers* (c'est-à-dire n'ayant qu'un gros sac comme bagage), bandits ou aventuriers en tous genres. D'autres Blancs inventent avec des Noirs une nouvelle catégorie de nomades plus ou moins volontaires qui va structurer profondément la société américaine : les *hobos*[10]. Le mot apparaît justement en 1864, peu avant la fin de la guerre de Sécession. Il vient soit de *homo bonus* (« homme bon »), soit d'une interjection d'appel : « Ho, boy ! », soit encore, plus vraisemblablement, de cow-boy. Le *hobo* est un travailleur migrant, comme le sera plus tard le *tramp* de Chaplin. Il voyage avec tous ses biens, comme le pirate ou le jongleur. Il n'est ni mendiant ni oisif, ni *a priori* révolté. L'un d'eux écrit : « Le *hobo* ne pense pas que la société lui doive un revenu, mais une chance d'en gagner un[114]. » Il voyage pour travailler, en général clandestinement, sur le chemin de fer transcontinental dont la construction s'achève justement vers 1870 ; les contrôleurs ferment les yeux et ne verrouillent pas les portes des wagons de fret, laissant parfois s'y entasser jusqu'à cinq cents *hobos* allant d'un chantier à l'autre.

Le chemin de fer est pour le *hobo* ce que le cheval est pour le cow-boy. Il va d'un lieu à l'autre, de ferme en ferme, d'une saison l'autre, aider aux récoltes du Middle West, du Texas, du Dakota du Nord, des Grandes Plaines et du Canada, cueillir les fruits des plantations de l'Ouest ; puis, quand s'ouvre la « seconde frontière », il va aider à prospecter l'or et le pétrole. Quand il n'y a pas de travail, il se fait musicien, conteur, poète. Ses points de ralliement sont situés près des chemins de fer et des rivières, mais de préférence loin des shérifs[10], conformément à un code d'éthique qui lui est propre et explicitement nomade. Le grand poète américain Walt Whitman écrit[381] : « Qu'est ce qui satisfait l'âme, selon vous, sinon la liberté de marcher sans maître ? »

Quand se déclenche la crise économique de 1873, trois millions de chômeurs les rejoignent sur les voies ferrées du pays. Leurs camps, les *jungles*, véritables villes ambulantes installées le long des rails de chemin de fer, prolifèrent jusqu'à s'étirer parfois sur un bon mile. En Californie, ces « villes » sont innombrables, surtout le long des voies de la Pacific Northwest[10]. Elles se déplacent avec les emplois et les chantiers.

Chicago, au cœur du réseau ferroviaire américain, constitue le point de ralliement principal des *hobos* entre deux affectations. Ils y ont leur quartier, le *Hobohemia*, autour de Madison Street, où ils trouvent dortoirs et tripots, où s'installent les services sociaux du gouverne-

ment et les missions religieuses[10]. Ceux qui deviennent
hobos après avoir tout quitté d'une vie antérieure pren-
nent des pseudonymes évocateurs : Luther the Jet, Hobo
Joe, Cinder Box Cindy, Oklahoma Slim, Guitar Whitey,
Midwest John, New York Maggie, Pig Train, North Bank
Fred ou encore Senator John McClaughry[10] !

Parmi eux, au moins deux personnalités exception-
nelles : Thomas Edison qui, avant d'inventer le téléphone, le gramophone et la lampe électrique, travaille
comme vendeur ambulant à bord des trains ; et Jack
London qui raconte[233], dans *Les Vagabonds du rail*, en
1907, sa vie de *hobo* à dix-huit ans. C'est par lui qu'on
sait tout de ce nouvel univers nomade : « Tout cela
s'appelait l'aventure. Parfait ! Je tâterais, moi aussi, de
cette vie-là[233]. » Une vie dangereuse (« Le dessus des
compartiments à voyageurs n'est point conçu pour s'y
promener à minuit ») où il faut sans cesse mentir pour
survivre (« Le succès du mendiant dépend de son habileté de conteur »), parfois en s'inventant des petites
sœurs fragiles pour apitoyer et pour obtenir un travail.
(« Quelque part dans l'État du Nevada, il existe une
femme à qui j'ai menti sans vergogne pendant deux
heures d'affilée. Je ne cherche point ici à lui faire mes
excuses, loin de là ! ») Parfois pour une récompense
absurde : des œufs à la coque et quelques morceaux de
pain à y tremper. (« Leurs mouillettes ! Elles disparaissent à vue d'œil. Je n'en faisais guère qu'une bouchée.
Si vous saviez comme il est fastidieux de reprendre continuellement ces menues tranches de pain quand on a une
faim de loup ! ») Les seuls qui les aident vraiment sont
les pauvres. (« L'extrême ressource des vagabonds
affamés. [...] On peut toujours compter sur eux : jamais

ils ne repoussent le mendiant. ») London aime cette vie-là. (« Le plus grand charme de la vie de vagabond est, peut-être, l'absence de monotonie [...]. L'inattendu bondit des buissons à chaque tournant. Le vagabond ne sait jamais ce qui va se produire à l'instant suivant : voilà pourquoi il ne songe qu'au moment présent[233]. »)

Rien de plus exact n'a jamais été écrit sur les nomades de tous les temps.

2. Deuxième mondialisation

2.1. L'identité de papier

Pendant ce temps, dans les grands pays d'Europe, la machine industrielle continue de produire de la pauvreté rurale et de l'attirer vers les villes. Plus de 20 millions d'Européens de l'Est quittent les pays les plus pauvres du continent pour tenter leur chance en France et en Angleterre sans traverser l'Atlantique. Il n'est plus question d'enfermer les pauvres ou de les mettre au travail forcé. L'ennemi n'est plus le pauvre, mais la pauvreté ; il n'est plus l'errant, mais l'errance. La politique vise à aider les pauvres à gagner mieux leur vie et à se sédentariser.

En Angleterre, en 1795, le comté de Speedhamland fixe un salaire minimum indexé sur le prix du pain ; il sera un temps étendu à certains autres comtés avant de disparaître, faute de moyens financiers pour le perpétuer[16].

En France, après la parenthèse révolutionnaire, les fonctionnaires impériaux, continuateurs naturels de la bureaucratie monarchique, s'inquiètent encore de tout ce qui bouge[127] : Fouché, ministre de la Police de l'Empire, sous prétexte de surveiller les « opposants politiques, marginaux divers, ouvriers coalisés, insoumis, déserteurs », soumet tous les mouvements des migrants à un système de passeports intérieurs. C'est le début des papiers d'identité, de l'« identité de papier »[127] qui sert aussi à réguler la vie économique : en 1810, afin de limiter le chômage dans la capitale et les menaces de révolte, Fouché suspend pendant un an la délivrance de ces passeports pour Paris aux ouvriers.

La distinction entre ceux qui travaillent et ceux qui sont au chômage se fait plus floue : le travail industriel est plus précaire, moins enfermé que celui des manufactures d'Ancien Régime. Les travailleurs mobiles – ouvriers agricoles, ouvriers à la tâche, forains, etc. – se multiplient en ville comme à la campagne où les colporteurs apportent pièces de tissus, nourriture, livres et encyclopédies, ustensiles divers à tous les bourgs et à toutes les banlieues. Par ailleurs, vagabonds et ouvriers fréquentent désormais les mêmes « garnis ». Les uns et les autres sont également dits « miséreux », « loqueteux ». Parmi eux, des « chemineaux » (le mot apparaît en 1897 : « celui qui parcourt les chemins »), des « trimardeurs » (1894 : de « trimer » qui veut aussi dire « cheminer » sur un « trimard », une route). Ceux qui travaillent sont donc maintenant reconnus comme potentiellement aussi dangereux que ceux qui chôment. Chacun nourrit la colère de l'autre, et les idées révolutionnaires se répandent : « On sait le terrible nomadisme de ces manœuvres qui, de ville en ville [...], s'en vont cherchant à gagner leur pain. Les bases éternelles de l'homme, famille, patrie, quel sens ont-elles pour eux[109] ? »

Dans ce siècle de la mobilité revendiquée et du chacun pour soi, le héros est pourtant le rentier, alors que le chemineau est un moins que rien.

En 1830 puis 1848, les nouvelles concentrations de paysans devenus nomades urbains explosent en révoltes sans lendemain. Aussitôt après la révolution, en France, afflue encore vers les grandes villes toute une population de migrants à la recherche d'une place[127]. Tous les dispositifs de contrôle se durcissent, avec interdiction à tout logeur de recevoir des vagabonds et des « gens sans aveu ». En France, une loi du 22 juin 1854 renforce l'obligation faite dès 1803 au migrant du livret ouvrier, certificat rempli par l'employeur. Une intense campagne de lutte contre l'alcoolisme permet par ailleurs le contrôle des débits de boissons et des garnis.

Les gouvernements, partagés entre le désir de réprimer la mendicité et celui d'encourager la mobilité de la main-d'œuvre, se lancent dans des programmes d'hygiène publique et de transports urbains. Avec, comme toujours, des expédients pour distraire les pauvres et éviter les révoltes.

Ainsi le cirque, devenu spectacle nomade avec l'invention du chapiteau en 1825, aide à la distraction des ex-paysans entassés dans les villes en leur donnant à voir chevaux, acrobates, jongleurs, et surtout les manèges, représentations des animaux de la ferme, substituts nostalgiques à la vie rurale[190].

Ces cirques sont souvent animés par des Tsiganes, dernier peuple nomade d'Europe, qui ont fui l'Empire ottoman où ils sont encore esclaves. En 1818, le Code pénal de la Valachie, sous domination ottomane quoique autonome, édicte en effet que « les Tsiganes naissent esclaves. Tout enfant né d'une mère esclave est esclave. Tout propriétaire a le droit de vendre ou de donner ses esclaves. Tout Tsigane sans propriétaire est la propriété du Prince »[15]. Le Code pénal moldave précise que « le prix d'un esclave doit être fixé par le tribunal selon son âge, sa condition et sa profession »[15]. Peu nombreux sont, à l'Ouest, ceux qui s'en étonnent ou s'en offusquent. En 1837, un écrivain roumain, Mikhail Kogalniceanu, écrit[26] : « Les Européens organisent des sociétés philan-thropiques pour l'abolition de l'esclavage en Amérique, alors que sur leur propre continent 400 000 Tsiganes sont maintenus en esclavage ! »

Certains d'entre eux, les Netoci, se révoltent et partent se réfugier dans les Carpates. Entre 1844 et 1847, les Églises de Moldavie et de Valachie les libèrent. La révo-lution de 1848, menée contre l'Empire ottoman, abolit le servage des paysans, proclame[26] que « le peuple rou-main rejette la pratique inhumaine et barbare de la possession d'esclaves », et annonce « la libération immé-diate de tous les Tsiganes appartenant à des propriétaires privés ». Mais, comme partout ailleurs en Europe, la révolution tourne court et en 1861, le prince Cuza rétablit le servage pour les paysans et l'esclavage pour les Roms.

Beaucoup d'entre eux fuient alors le pays pour gagner l'Allemagne et la France, où la loi entend les contrôler sans pour autant les nommer afin qu'il ne soit pas dit qu'elle vise à exclure un peuple, une loi « ethnique ». Aussi parle-t-on pudiquement d'eux comme de « nomades » parmi d'autres, catégorie supplémentaire dans un ensemble de plus en plus diversifié.

2.2. Les machines du mouvement

Durant la seconde moitié du XIXᵉ siècle, après l'invention par l'Anglais Stephenson de la locomotive et par un autre Anglais, Bessemer, d'une technique de production industrielle de l'acier, il devient possible de déplacer hommes et marchandises, mais aussi idées et devises de plus en plus vite, à un coût de plus en plus bas. Le nomadisme est désormais associé à l'idée de vitesse, de liberté et de solitude. Une seconde mondialisation est en marche.

D'abord le canal de Suez est inauguré en 1869, au moment même où s'achève la construction de la Transcontinentale américaine.

Puis on passe de l'industrialisation du transport collectif à celle du transport individuel. Le premier moteur à essence à quatre temps est mis au point par Gottlieb Daimler en 1876. En 1891, Panhard et Levassor installent le moteur de Daimler sur une voiture à quatre places. Le nomadisme automobile commence. Il va transférer la toute-puissance industrielle aux États-Unis, transformer les villes, transformer tous les urbains en nomades, bouleverser les règles de la guerre et engendrer le besoin de nouvelles ressources d'énergie : le pétrole, énergie du nomadisme industriel.

Dans le même temps – révolution majeure – apparaissent des technologies permettant d'organiser le voyage de messages sans messagers : télégraphe, téléphone, radio.

Grâce à tous ces nouveaux moyens de transport, les entreprises s'internationalisent. Non pas seulement pour vendre leurs produits, mais pour aussi mettre en place des réseaux de distribution et de production. Elles envoient leurs cadres à l'étranger construire des barrages, installer des usines, organiser des partenariats ; s'amorce ainsi un nouveau nomadisme, parfois provisoire, celui des cadres *expatriés*, souvent nostalgiques de la patrie.

S'envolent les cours de Bourse des compagnies pétrolières et des sociétés de chemins de fer. La Grande-Bretagne, qui dicte encore sa loi sur tous les continents et exporte plus de 80 % des cotonnades vendues dans le monde, ne comprend pas ce basculement vers le voyage industriel, intrinsèquement américain.

Le XXe siècle s'annonce ainsi comme celui d'une nouvelle mondialisation, de la démocratie généralisée et du marché pour tous, autour d'une nouvelle puissance : l'Amérique.

2.3. Découvreurs et explorateurs impériaux

Au lieu de s'intéresser à l'industrialisation du voyage, les Européens restent obnubilés par leur passé de puissances impériales. À peine remis de leurs déboires américains, ils s'intéressent de nouveau à des découvreurs pour en faire, encore une fois, les agents de leurs impérialismes rivaux, cette fois en Afrique, dernier continent à conquérir et à piller.

Entre 1795 et 1806, l'Anglais Mungo Park découvre la vallée du Niger et établit que ce fleuve n'est pas un bras du Nil. En 1807, la Grande-Bretagne abolit l'esclavage et tente de pénétrer dans l'empire ashanti. En 1858, John Hanning Speke baptise le lac Victoria après avoir découvert, avec Richard Burton, le lac Tanganyika. En 1851, le pasteur anglais Livingstone, envoyé par la London Missionary Society en Afrique du Sud pour y évangéliser les populations, identifie le Zambèze. En 1856, il réussit la première traversée complète de l'Afrique centrale, prouvant que le lac Albert est l'une des sources du Nil. Il explore toute la zone d'Afrique orientale située entre la côte du Mozambique, le Zambèze et le lac Malawi. En 1866, il atteint le lac Tanganyika et l'est de l'actuelle République démocratique du Congo, perturbant le trafic des négriers et marchands musulmans qui cherchent, eux aussi, plus au nord, une liaison d'océan à océan. Là, il rencontre Henry Morton Stanley, orphelin du pays de Galles, élevé dans un asile, devenu mousse sur un navire, adopté par un commerçant de La Nouvelle-Orléans avant de prendre part à la guerre de Sécession, d'abord dans le camp des sudistes, puis dans celui du Nord, de devenir journaliste, de partir en Afrique centrale pour le *New York Herald Tribune*, et de devenir célèbre avec un livre intitulé *Comment j'ai retrouvé Livingstone*. Puis Stanley confirme la localisation des sources du Nil et du cours du fleuve Congo.

La découverte laisse alors la place à l'exploration, qui précède et accompagne la mainmise militaire et économique sur les territoires conquis. La colonisation est tout de suite perçue par ceux qui la promeuvent comme une source de puissance des sédentaires, une préparation en vue de futures guerres européennes. L'expérience des guerres napoléoniennes ayant montré que, dans les guerres entre sédentaires, la victoire appartenait au nombre, la colonisation vise à offrir de nouveaux gisements de chair à canon.

En 1864, le futur conquérant du Tonkin, Francis Garnier, écrit ainsi[399] : « 40 millions de Français concentrés sur notre territoire ne sont guère suffisants pour faire équilibre aux 51 millions d'Allemands que la Prusse réunira peut-être sur notre frontière, et à la population croissante de la Russie dans un avenir un peu plus éloigné [...]. Un pays comme la France [...], dont l'opinion régit l'Europe civilisée et dont les idées ont conquis le monde, a reçu de la Providence une plus haute mission, celle de l'émancipation, de l'appel à la lumière et à la liberté des races et des peuples encore esclaves de l'ignorance et du despotisme[65]. » En 1868, Lucien Prévost-Paradol donne dans *La France nouvelle* une justification inédite à cette conquête : « Puisse-t-il venir bientôt, ce jour où nos concitoyens, à l'étroit dans notre France africaine [l'Algérie, occupée en 1830], déborderont sur le Maroc et la Tunisie, et fonderont enfin cet empire méditerranéen qui ne sera pas seulement une satisfaction pour notre orgueil, mais sera certainement, dans l'état futur du monde, la dernière ressource de notre grandeur[289] ! » À partir de 1870, la découverte d'or et de diamants en Afrique du Sud, de cuivre en Rhodésie, exacerbe les passions.

En 1876, le roi des Belges, Léopold II, qui rêve d'une fortune de ce genre, fonde une Association internationale africaine dans le but d'explorer le continent et, en 1879, engage à cette fin Henry Stanley, déçu par la Grande-Bretagne. L'explorateur gagne le Congo à partir de la côte occidentale. Il y installe un État, propriété privée de Léopold, en compétition avec Pierre Savorgnan de Brazza, comte italien entré au service de la France, qui, entre 1875 et 1880, plante le drapeau français dans les interstices non reconnus par Stanley.

Les explorateurs laissent alors la place aux armées qui s'approprient les territoires. Devant ces grondements de guerre, Bismarck propose, en 1884, de réunir une conférence à Berlin pour statuer sur le sort du Congo. Il souhaite à la fois protéger les intérêts des marchands allemands en Afrique et pousser les Français vers le continent noir afin qu'ils se résignent à la perte de l'Alsace-Lorraine. En février 1885, l'acte final de la conférence de Berlin établit l'obligation du libre-échange en Afrique, même en cas de guerre ; il proclame aussi la liberté de navigation sur les grands fleuves africains, le Niger et le Congo, définit les conditions à remplir pour l'occupation effective des côtes, et interdit la colonisation de l'intérieur des terres excepté là où les États européens sont déjà présents sur le littoral. Il reconnaît enfin à Léopold la propriété privée d'un « État indépendant du Congo ».

Léopold met fin à la traite des Noirs par les marchands arabes, qui envoient encore à l'époque plusieurs millions d'esclaves vers le Moyen-Orient. Mais il met les mêmes hommes au travail forcé pour l'exploitation du caoutchouc et la collecte de l'ivoire. Les réfractaires sont exécutés en masse. En 1889, les terres congolaises où vivent des nomades sont déclarées « vacantes » et leurs habitants envoyés aussi au travail forcé ou massacrés. Des peuples entiers se révoltent, tels les Lubas du Katanga ; d'autres sont exterminés. Au même moment, les nomades tutsis prennent le pouvoir sur les paysans hutus de l'actuel Rwanda, alors colonie de l'Est-Africain allemand, créant les conditions de massacres ultérieurs.

...étition engagée entre les nations d'Europe ...découpage de territoires aux frontières artificielles, divisant ethnies et royaumes[257]. Ces annexions se déroulent en parfaite bonne conscience, « pour le bien » des peuples. On parle d'une « supériorité de la race blanche ». Un médecin militaire écossais en Afrique du Sud, Robert Knox, parle du déclin des « races noires ». L'Allemagne affirme sa supériorité de « race » sur la France. En 1893, l'Allemand Albert Tille défend dans *Volksdienst* le « droit de la nation la plus forte d'écraser la plus faible ». En 1895, Joseph Chamberlain, alors ministre anglais des Colonies, écrit : « Seule notre domination peut assurer la paix, la sécurité et la richesse à tant de malheureux qui jamais auparavant ne connurent ces bienfaits... Oui, je crois en cette race, la plus grande des races dirigeantes que le monde ait jamais connues, cette race anglo-saxonne, fière, tenace, confiante en elle-même, et résolue, que nul climat, nul changement ne peuvent abâtardir, et qui, infailliblement, sera la force prédominante de la future histoire et de la civilisation universelle [...], et je crois en l'avenir de cet Empire large comme le monde, dont un Anglais ne peut parler sans un frisson d'enthousiasme[399]... »

Cette course se termine le 18 septembre 1898, quand une armée anglo-égyptienne de 20 000 hommes, conduite par le général Lord Kitchener, rencontre à Fachoda, sur les bords du Nil, au cœur du Soudan, une expédition française arrivée là trois mois plus tôt, sous les ordres du capitaine Jean-Baptiste Marchand. Personne en Europe ne s'intéresse, en principe, au Soudan, « pays de marécages et de fièvres » selon le Premier ministre britannique Salisbury, « pays peuplé par des singes et par des Noirs pires que des singes », selon le ministre français des Affaires étrangères à l'époque, Gabriel Hanotaux. Mais les Britanniques ne peuvent tolérer la présence de leur principal rival aux portes de l'Égypte et du canal de Suez ; et les Français, soucieux de ménager leurs forces dans l'éventualité d'une guerre contre l'Allemagne, cèdent. Le 7 novembre 1898, la colonne Marchand se retire de Fachoda. Le partage de l'Afrique est pour l'essentiel terminé.

En 1901, l'empire ashanti est annexé à la colonie anglaise de la Golden Coast.

En même temps, la conquête russe s'achève en Asie centrale : la Géorgie (1801), l'Azerbaïdjan (1813), l'Arménie (1828) sont pris aux Turcs et aux Perses.

La planète est alors à peu près entièrement explorée par les Occidentaux. Ne restent plus que les pôles. En 1908, Frederick Cook atteint le pôle Nord en traîneau à chiens. Quand, le 17 janvier 1912, l'officier britannique Robert Falcon Scott accède au pôle Sud, il y découvre le drapeau norvégien qu'Amundsen y a planté un mois plus tôt. Scott et tous les membres de son expédition meurent d'épuisement sur le chemin du retour, marquant un point final à l'appropriation occidentale du monde. Dans ces zones arctiques, les Lapons sont encore tenus à distance par les sédentaires. Selon des lois de 1885 en Norvège et 1886 en Finlande, les gardiens de troupeaux doivent prouver qu'ils ne sont pas responsables de tout dégât signalé sur une terre cultivée.

À la conférence internationale de Berne pour la protection de la nature en 1913, le Russe Kozheznitrov propose un texte sur la protection de l'« homme primitif ». Il est refusé par l'Espagne, la Russie, la France, l'Allemagne,

l'Autriche-Hongrie. La Suisse et la Grande-Bretagne
s'abstiennent.

2.4. Les voyages de l'élite : touristes et athlètes

L'exotisme, qui a fourni au XVIIIᵉ siècle des thèmes à
Swift, à Montesquieu et à Voltaire, nourrit au XIXᵉ siècle
l'inspiration de Bernardin de Saint-Pierre, puis celle de
Chateaubriand et de Hugo, qui font l'apologie du voyage
comme moyen d'échapper à l'ennui, au *spleen*. De Lord
Byron à Rimbaud, de Leopardi à Keats, les grands écrivains du siècle voyagent ou écrivent sur le voyage. Gus-
tave Flaubert part en 1858 pour Carthage et l'Orient préparer son roman *Salammbô*. Avant de partir pour Aden,
Rimbaud note dans ses *Illuminations* : « J'ai tendu des
cordes de clocher à clocher, des guirlandes de fenêtre à
fenêtre, des chaînes d'or d'étoile à étoile, et je danse[301]. »

La bourgeoisie elle-même observe avec envie ce que
Nerval nomme le premier la « bohème », mot qui renvoie
explicitement au mode de vie des nomades pour désigner
celui des artistes « qui dînent d'un bon mot étalé sur du
pain ». Jules Verne publie en 1864 *Cinq semaines en
ballon*, son premier livre à la gloire des voyages, puis
fait découvrir les nomades d'Asie centrale dans *Michel
Strogoff* : « Cette portion de la steppe est ordinairement
occupée, pendant la saison chaude, par des Sibériens
pasteurs, et elle suffit à la nourriture de leurs nombreux
troupeaux. Mais, à cette époque, on y eût vainement
cherché un seul de ces nomades habitants. » Le même
auteur anticipera sur les explorations sous-marines, sou-
terraines, et les expéditions spatiales à venir.

L'élite d'argent aspire alors à découvrir le monde. Le mot *tourisme*, apparu en anglais dès le milieu du siècle précédent pour désigner les jeunes gentlemen qui font leur « tour » de France, se retrouve en français en 1803 puis, en 1838, sous la plume de Stendhal dans les *Mémoires d'un touriste*[336]. Le Littré le définit alors comme « le voyageur qui ne parcourt les pays que par curiosité et désœuvrement »[231]. On voyage avec d'énormes bagages, vêtements, draps et vaisselle.

L'écrivain britannique Horace Walpole décrit alors le « Grand Tour » conduisant à Paris, en Suisse, en Allemagne, à Venise, à Rome et à Naples. En 1839, Karl Baedeker, éditeur à Coblence, publie le premier guide touristique : *Voyage sur le Rhin de Mayence à Cologne*.

Deux ans plus tard, le 5 juillet 1841, un ébéniste britannique de Leicester, Thomas Cook, organise le premier voyage de groupe en train pour transporter des militants antialcooliques d'une « Société de l'espoir » à une manifestation de la Ligue pour la tempérance qui se tient à Longborough. Après ce voyage réussi, il a l'idée d'organiser et de vendre des voyages de groupe d'abord pour Brighton, puis pour Calais et pour Glasgow. Cook accompagne lui-même ces déplacements, qui constituent une nouveauté telle qu'à Glasgow les premiers touristes sont accueillis par des salves de canons et des fanfares. Dix ans plus tard, en 1851, Cook crée, toujours à Leicester, la première agence de tourisme ; celle-ci amène des New-Yorkais à l'Exposition universelle qui se tient alors à Londres, étalage de la supériorité mondiale britannique. Trois ans plus tard – en 1854, année où Louis Vuitton crée sa maison d'emballage et de bagagerie, rue Neuve-des-Capucines à Paris, à laquelle il

ajoute plus tard une usine à Asnières –, Cook accueille
son cinq cent millième client. En 1868, il imagine un
programme de voyage individuel sur mesure qu'on peut
payer par des bons, les *Cook's Hotel Coupons*. Au printemps 1869, pour l'inauguration du canal de Suez, il
emmène les premiers touristes en Égypte, puis en Terre
sainte sur des bateaux à vapeur avec gardes, interprètes
et valets, vaisselle, draps, matelas et linge de table : un
vrai nomadisme de luxe.

En 1871, Thomas Cook conduit encore en personne
le premier circuit touristique autour du monde, qui dure
près d'un an. Il se termine juste avant la publication en
1873, par Jules Verne, de son *Tour du monde en quatre-
vingts jours*...

La même année, le premier congé payé est créé, au
Royaume-Uni : c'est le premier lundi d'août. Un jour de
loisir pour les uns, un an pour les autres : symbole parfait
de cette deuxième mondialisation...

Au même moment, le sport – et d'abord l'athlétisme –
devient une autre façon, pour l'élite économique, de se
distinguer du reste de l'humanité nomade par un voyage
ludique. À la fin du XVIIIᵉ siècle, l'athlétisme est apparu
sous la forme de paris sur des courses entre valets
employés par les gentlemen pour ouvrir la route à leurs
chevaux. Ces « valets coureurs », portant des livrées de
couleur, courent alors sur les pistes des hippodromes
qu'on vient d'ouvrir pour les courses de chevaux.
L'athlétisme revient autrement un peu plus tard, d'abord
à Rugby en 1838, puis à Eton et Cambridge, comme un
des signes distinctifs d'une élite « d'argent », un élément
de l'idéologie concurrentielle propre à la superpuissance
du moment, un moyen de faire l'apologie des collèges

où se fabriquent les nouvelles élites nomades que Rudyard Kipling décrit parfaitement : « Des collèges sont sortis les bâtisseurs de ponts, les capitaines courageux, les conquérants de l'impossible qui ont porté sur toutes les mers et sur tous les continents cet esprit de compétition qui demeure la marque distinctive des Britanniques[205]. »

Ces gens-là, naturellement, ne sauraient se mêler aux nomades de misère qui vont à pied et travaillent de leurs mains. Aussi les premières compétitions d'athlétisme sont-elles réservées à des « amateurs » définis par le règlement de 1866 comme : « Tout gentleman qui n'a jamais pris part à un concours public ouvert à tous venants, ou pour de l'argent provenant des admissions sur le terrain ou autrement ; ou qui n'a jamais été, à aucune période de sa vie, professeur ou moniteur d'exercices de ce genre comme moyen d'existence ; qui n'est ni ouvrier, ni artisan, ni journalier. »

La seconde mondialisation confirme ainsi la séparation absolue introduite par la première entre nomades de misère et nomades de luxe. On la retrouvera, plus aiguë encore, dans la troisième.

2.5. La sédentarisation coloniale

Comme à l'époque de la première mondialisation, les puissances occidentales se débarrassent de leurs révoltés en les expédiant, volontaires ou condamnés, dans les colonies, de l'Afrique du Nord à la Guyane, de l'Afrique subsaharienne au Moyen-Orient, de la Sibérie à la Nouvelle-Calédonie et à l'Australie.

La colonisation africaine s'achève. En 1908, Léopold II abandonne la propriété du Congo à son pays, la Belgique. La population de l'Afrique-Équatoriale française, qui est encore de 15 millions d'habitants en 1900, tombe du fait de ces massacres à 5 millions en 1914, puis à 2,8 millions en 1920 du fait aussi de la participation à la Première Guerre mondiale[378]. Au total, les nomades d'Europe auront été notablement plus destructeurs en Afrique que ceux qui vinrent jadis d'Asie vers l'Europe.

En Australie, quelques milliers d'anciens bagnards britanniques s'en viennent massacrer les 750 000 aborigènes qui y vivent de la chasse et de la cueillette, parlant 600 dialectes regroupés en 200 langues distinctes, et rassemblant quelques-unes des plus anciennes cultures encore vivantes à cette époque. Les rares Européens à s'intéresser alors à eux nomment leur cosmogonie « le Temps du rêve », sans pour autant souhaiter la préserver. En 1804, de nouveaux pionniers venus des bas-fonds anglais sont autorisés à tuer les survivants. En 1837, une commission du Parlement britannique dénonce le massacre des Maoris de Nouvelle-Zélande, sans suite. En 1848, des aborigènes enrôlés de force dans la police de la Nouvelle-Galles du Sud sont conduits sous la contrainte au Queensland pour y exterminer d'autres autochtones et dégager des terres à l'intention de nouveaux immigrants.

En Inde les peuples nomades du Rajasthan – les Gaduliya Lohar – et du Sud – les Kilekyatha, les Rabaris –, sont traités comme des criminels par l'administration coloniale britannique, qui les chasse des pâturages et des forêts et leur interdit les routes et les marchés.

Un peu plus tard, au Moyen-Orient, la colonisation britannique hérite des ruines de l'Empire ottoman. Là, elle ne vise pas à exterminer les nomades du désert, les bédouins, mais à les sédentariser pour qu'ils l'aident à s'approprier les ressources énergétiques de la région. Des nomades pour la conquête de l'or noir...

Certains voyageurs anglais, tel Wilfrid Thesiger, auteur du magnifique récit sur *Les Arabes des marais*[347], sont d'exceptionnels observateurs de ces nomades des déserts. Comme les officiers français au Sahara, ils considèrent les Arabes dont ils administrent le territoire comme des seigneurs. D'autres, tels le colonel T. E. Lawrence ou le major John Bagot Glubb, sont avant tout des administrateurs gérant les intérêts britanniques et manipulant les tribus.

En 1916, T. E. Lawrence, *alias* Thomas Edward Chapman, *alias* Shaw, *alias* Lawrence d'Arabie, écrit : « L'activité du Chérif Hossein semble s'exercer à notre avantage. En effet, elle vise nos objectifs immédiats : l'éclatement du bloc islamique, et la défaite et le démembrement de l'Empire ottoman. D'ailleurs, les États que [le Chérif] créerait pour remplacer les Turcs seraient aussi inoffensifs à notre égard que la Turquie l'était elle-même avant de devenir un jouet des Allemands. Les Arabes sont encore plus instables que les Turcs. Si nous savons nous y prendre, ils resteront à l'état de mosaïque politique, un tissu de petites principautés jalouses, incapables de cohésion[261]. »

En Transjordanie, émirat créé en 1921 après la fin de l'Empire ottoman et placé sous mandat britannique, vivent alors près de 200 000 bédouins nomades représentant la moitié de la population du pays. Le major John

Bagot Glubb, surnommé Glubb Pacha, enrôle les meilleurs de leurs guerriers dans la Légion arabe et cherche
à sédentariser les autres pour fixer la frontière entre ce
qui est en train de devenir la Jordanie et le royaume
d'Arabie Saoudite en gestation. Les deux émirs,
Abdallah de Transjordanie et Ibn Saoud, « sultan du
Nadjd et de ses dépendances », tentent d'attirer à eux les
principales tribus, tels les Beni Sakhr et les Beni Khaled.
D'innombrables disputes s'ensuivent à propos de la réalité des parcours traditionnels de ces tribus. En novembre
1925, un accord est signé à Hadda entre Glubb Pacha et
Ibn Saoud, fixant les frontières des pays et les parcours
des tribus. Les Anglais font alors tout pour sédentariser
les tribus assignées à la Transjordanie, notamment en
leur distribuant des terres agricoles. Ainsi, les quatre
clans les plus importants de la tribu des Beni Sakhr
reçoivent des terres à l'est et au sud-est d'Amman et
dans la vallée du Jourdain, à proximité de leurs principaux campements d'été. Mais, en 1926, Ibn Saoud
conteste les termes de l'accord et réclame, pour l'Arabie,
une région attribuée à la Jordanie, qu'il prétend être le
site des campements d'hiver de tribus devenues saou-
diennes, les Huwaytat. Les Britanniques refusent.
S'ensuivent de rudes batailles, puis le calme revient. La
Transjordanie s'organise. En 1928, les bédouins entrent
au parlement jordanien. À partir de 1934, des écoles sont
installées dans leurs villages ; le clan des Jbur, de la tribu
des Beni Sakhr, installé à Nuqaira, à l'est d'Amman, et
celui des Matalqa, se révèlent d'exceptionnels paysans.
    La colonisation française vise elle aussi la sédentari-
sation des nomades au sein de communautés agricoles,
mais le gère avec moins de finesse que ne le fait

l'anglaise. Elle se borne à appliquer le modèle républicain en niant tous les particularismes culturels. L'un des commandants français en charge du Sahel, Gabriel Féral, l'écrit en 1933 avec beaucoup de lucidité : « La conception jacobine et centralisée de l'Administration française est, dans sa version universaliste, la négation même de toute différence. Mêmes lois, mêmes textes pour tous, et le Sahel ne devait bénéficier à cet égard d'aucun privilège particulier... Même si le Sahel était entre autres peuplé de nomades. Et le nomade, vu avec l'optique du bon Français moyen, est un asocial, un individu plus ou moins caractériel, puisqu'il se promène sans arrêt (pourquoi ne reste-t-il pas au même endroit ?)[58]. »

Quelques Européens s'intéressent aux modes de vie de ces peuples. Le mot « nomade » prend peu à peu une acception de plus en plus large. En 1840, J.-B. Richard de Radonvilliers introduit « nomadisation », « nomadisé » et « nomadité » dans son *Dictionnaire* pour désigner les comportements de peuples du Sahara. En 1877, Littré intègre « nomadiser » et « nomadisme » dans un supplément de son *Dictionnaire*, et les qualifie de « néologismes » pour parler de sociétés qu'il dit « archaïques » (Hébreux) ou « exotiques » (Esquimaux)[231]. En 1904, l'anthropologue français Marcel Mauss invente « nomadisation » pour désigner les mouvements saisonniers des sociétés esquimaudes et décrire leurs échanges silencieux. La même année, le géographe Emmanuel de Martonne décrit comme un « nomadisme » le mode de vie de pasteurs des Carpates[244], et il présente la transhumance comme une transition du « nomadisme vers l'état sédentaire ». Le mot s'étend ensuite à d'autres pratiques européennes : en 1920, on parle du « nomadisme du colporteur » de l'Oisans ; puis du nomadisme agricole, artisanal et commercial des « rouliers » du Jura. Dans les années trente, Suzanne Nouvel parle des « nomades de type alpin du Valais, du Jura ou de la Savoie », qu'elle rapproche des « nomades montagnards » du Moyen Atlas[273].

Il faudra attendre le 10 juin 1927 et un discours prononcé à la Chambre des députés par Léon Blum pour que soit évoqué le droit des peuples colonisés à leur indépendance : « Nous n'admettons pas qu'il existe un droit de conquête, un droit du premier occupant au profit des nations européennes sur les peuples qui n'ont pas la chance d'être de race blanche ou de religion chrétienne. Nous n'admettons pas la colonisation par la force [...]. Nous aurons accompli ce que vous appelez notre mission civilisatrice le jour où nous aurons pu rendre les peuples dont nous occupons les territoires à la liberté et à la souveraineté. »

2.6. Sens de l'Histoire, espace vital et voyage en soi

Séisme intellectuel : en 1859, Charles Darwin démontre dans *De l'origine des espèces par voie de sélection naturelle* que l'homme est le produit d'une évolution, que la vie est un voyage, qu'en particulier l'être humain a commencé au stade de singe errant[111]. L'Histoire n'est plus seulement celle de l'humanité ; elle est celle de la Vie.

Ses thèses ont un impact considérable sur tous les penseurs de son temps, qui en viennent à penser l'Histoire en termes de sélection naturelle ; ils discutent en particulier du point de savoir si le nomadisme est une phase initiale, une forme de société primitive à dépasser, comme le dira Marx[245], ou s'il est au contraire une force vitale à préserver, comme le dira Ratzel[297]. L'un et l'autre seront les inspirateurs involontaires des deux grandes barbaries du siècle suivant.

Pour Marx, le nomadisme est une forme primitive de société. Le nomade, pense-t-il, n'a pas connu l'écriture, ni l'épargne, ni l'accumulation, ni les rapports de classes ; ceux-ci n'apparaissent qu'avec l'agriculture et l'esclavage, et ne se développent que dans le capitalisme. L'Histoire a ensuite permis aux hommes d'échapper à ce mode de vie « primitif », puis au féodalisme, pour en venir à l'errance ouvrière et au capitalisme, forme supérieure de l'évolution que seul le socialisme pourra dépasser un jour. Lénine ajoutera que la libération des rapports de force ne saurait se traduire par un retour au nomadisme ; elle ne peut se faire que par la mise en place de la forme de société la plus sédentaire qui soit, où tous les biens de production appartiennent à l'État.

À l'inverse, en 1887, le géographe allemand Friedrich Ratzel, inspiré lui aussi par Darwin, considère le nomadisme comme une forme supérieure d'organisation, la principale force de vie, seule capable de permettre aux peuples de survivre à la sélection naturelle, parce que « les nomades unissent leurs peuples par leur sens de la discipline et se font ainsi vecteurs d'idées, communicateurs »[297]. « Peuples sans sol », les nomades, élites du monde, cherchent à prendre un « territoire sans peuple », un « espace vital » – qui doit donc être vide d'habitants –, parfois en s'associant à des « puissances sans sol » (califat, pontificat catholique romain, théocratie tibétaine)[297]. Les meilleurs de ces nomades sont ceux qui savent rester purs de toute influence sédentaire, et qui disposent d'assez d'espace vital pour occuper l'énergie de leurs peuples sans avoir à les mêler à d'autres. D'où l'importance, pour un peuple, de ne pas occuper des territoires déjà peuplés. Les seuls peuples à avoir réussi cela, aux yeux de Ratzel, sont les peuples marins (les Grecs d'Athènes, les Italiens de Venise, les Allemands de la Hanse), dont l'horizon politique est le plus vaste, car « leur regard porte sur le lointain »[297], la mer vide d'habitants. Cela est resté vrai au moins aussi longtemps qu'ils sont demeurés des peuples marins et qu'ils n'ont pas cherché à agrandir leur espace vital sur la terre ferme. Pour lui, l'élite d'avenir sera donc composée de marins audacieux. Pour Marx comme pour Ratzel, les peuples premiers ne sont donc pas des ensembles précieux, des civilisations légitimant ainsi les massacres coloniaux.

En 1904, l'écrivain nationaliste allemand Albrecht Wirth détourne la pensée de Ratzel pour écrire : « Un peuple a besoin de terre pour son activité, de terre pour son alimentation. Aucun peuple n'en a autant besoin que le peuple allemand qui se multiplie si rapidement et dont le vieil habitat est devenu dangereusement étroit. Si nous n'acquérons pas bientôt de nouveaux territoires, nous irons inévitablement à une effrayante catastrophe. Que ce soit au Brésil, en Sibérie, en Anatolie ou dans le sud de l'Afrique, peu importe, pourvu que nous puissions à nouveau nous mouvoir en toute liberté et fraîche énergie, pourvu que nous puissions à nouveau offrir à nos enfants de la lumière et de l'air d'excellente qualité et en quantité abondante ! »

Autre séisme dans le monde des idées : avec la psychanalyse, Sigmund Freud[149] ouvre au nomadisme en soi, au voyage intérieur. Si les hommes savent depuis toujours que le pays des rêves est un lieu de voyage, la psychanalyse s'en proclame en Occident le guide, expliquant tout voyage intérieur par le parcours spécifique de chaque vie, incitant chacun à revenir en arrière dans sa propre histoire, pour mieux avancer.

3. POUR EN FINIR AVEC LES NOMADES

Quand il écrit *Le Château*[195], juste avant de mourir en 1924, Franz Kafka ne sait probablement pas qu'il développe la plus terrible métaphore des deux décennies à venir : à la demande d'un châtelain nommé West-West, un arpenteur nommé K. quitte sa famille pour mesurer les terres du village. Personne, dans la bureaucratie qui occupe le Château, ne l'a en fait convoqué, et les villageois alentour n'ont nul besoin de ses services. « Vous êtes engagé comme arpenteur, ainsi que vous le dites, mais, malheureusement, nous n'avons pas besoin d'arpenteur. Il n'y aurait pas pour vous le moindre travail ici. Les limites de mes petits domaines sont toutes tracées, tout est cadastré fort régulièrement. Il ne se produit guère de changement de propriétaire ; quant à mes petites disputes au sujet des limites, nous les liquidons en famille. Que ferions-nous, dans ces conditions, d'un arpenteur[195] ? » K. sombre alors dans l'« étrangeté », une forme d'errance. Il n'appartient ni aux gens du Château ni au monde paysan, l'un et l'autre sédentaires. Comme Kafka lui-même, il est un nomade, étranger à tous. Un

nomade à éliminer, qu'un « inexorable voiturier » vient
emmener dans la mort[33].

L'éviction de K., par l'État et ses troupes, annonce le
paroxysme à venir de la haine du nomade. Et d'abord la
fin de la deuxième mondialisation dont il est l'acteur
principal.

3.1. La fin de la deuxième mondialisation

À partir de 1880, le bel ordonnancement de la
deuxième mondialisation se lézarde. Comme la première du genre, elle achoppe sur la peur des voyages,
des cultures, des hommes et des produits venus d'ailleurs.

La « bulle » financière se dégonfle, de nombreuses
entreprises de transport et d'énergie font faillite au milieu
de scandales boursiers, tels ceux de Panamá ou des
chemins de fer américains. Les principales victimes de
ces déboires sont en Europe. L'Empire britannique
commence à laisser la place aux États-Unis d'Amérique,
qui confirment leur essor avec la mise en œuvre du
moteur à explosion et du moteur électrique pour le
transport, horizontal par l'automobile et vertical par l'as-
censeur (d'où le développement du réseau routier et
l'érection de grands immeubles dans les villes).

Le protectionnisme frappe de nouveau les produits
agricoles et industriels européens. Le chômage explose.
Des révolutions s'esquissent mais échouent en France,
en Russie, aux États-Unis et en Allemagne. Des terro-
ristes tels que Billy le Kid, Bonnie et Clyde, la bande à
Bonnot, nouveaux pirates automobiles, s'attaquent aux

centres de pouvoir et de communication, en général sans autres motivations que nihilistes ou suicidaires.

Pour mater révoltes et délinquance, les États n'ont qu'une stratégie, la même depuis les origines : sédentariser ceux qui bougent sans travailler. En leur offrant non seulement du travail, mais aussi un logement, une école et un hôpital, qui deviennent les outils essentiels de la domestication des pauvres. Parmi ceux-ci, les vieux apparaissent comme de nouveaux « économiquement faibles », produits par l'accroissement de l'espérance de vie et la rupture d'avec la vie rurale.

Ainsi apparaissent en Allemagne, en France et en Angleterre les premiers logements sociaux, les systèmes d'assurance maladie et l'école obligatoire, toutes formes de sédentarisation de la classe ouvrière pour la faire sortir d'une précarité jugée dangereuse. En Europe, la scolarisation obligatoire vient ainsi compléter des mesures déjà prises tout au long du siècle. Par exemple en France, bien avant la gratuité instaurée par la loi du 16 juin 1881, les deux tiers des enfants ne paient pas de contribution scolaire. De même, avant la loi du 28 mars 1882 sur l'obligation scolaire de six à treize ans, plus de quatre jeunes Français sur cinq sont scolarisés.

Parmi les travailleurs, ceux qui circulent sont de plus en plus fichés, encadrés, surveillés. On impose une carte de séjour à la main-d'œuvre étrangère, ce qui revient à l'assigner à résidence. Ainsi, en France, à la fin du XIXᵉ siècle, pas un étranger dans une ville ne peut loger dans un garni sans que la police le sache. En 1895 a lieu le premier recensement officiel des Tsiganes. En 1908, une loi sur le vagabondage et la mendicité les inclut *de facto*. Au tournant du siècle, l'enregistrement des populations mobiles se concentre sur les garnis. Une loi de 1912 distingue entre l'« ambulant », tenu de déclarer son identité à la préfecture en justifiant d'un domicile et d'une situation fiscale régulière (tels les commerçants sans boutique), le « forain » (qui doit posséder un carnet d'identité) et le « nomade » (pour ne pas désigner de son nom le Tsigane), qui doit détenir un carnet anthropométrique avec empreintes digitales, ce qui l'assimile à un délinquant de droit commun.

Le pouvoir des sédentaires se manifeste lors de l'effroyable Première Guerre mondiale, guerre de position et de tranchées voulue par des monarchies déclinantes et menée par des stratèges sédentaires. Après ce conflit, la haine des nomades restera intacte, renforcée par la terrible épidémie de grippe espagnole.

Pourtant, les forces de la mondialisation sont encore à l'œuvre, technologiquement, grâce à l'invention en 1903 par les frères Wright de l'aviation, qui devient commerciale en 1920, renforcée par les exploits des pilotes, de Mermoz à Saint-Exupéry ; culturellement, par la radio et le gramophone ; politiquement, par le mouvement pacifiste en Europe et aux États-Unis. L'idée d'une mondialisation pacifique, voulue par le président Wilson, aboutit à l'utopie de la Société des Nations, et au projet d'une Union européenne du Français Aristide Briand, de l'Anglais John Maynard Keynes et de l'Allemand Alfred Stresemann.

À partir de 1931 s'organise le refoulement des étrangers sans domicile fixe, considérés comme des criminels à ficher. En 1939, 50 000 personnes sont ainsi loties d'un carnet anthropométrique et ne disposent ni du droit de circuler ni du droit de se fixer.

Aux États-Unis, la réaction de l'État contre les voyageurs se fait encore plus violente. Ainsi, la Grande Dépression de 1929 marque le terme de la deuxième mondialisation, de l'utopie de Wilson et de celle de Briand. Le protectionnisme arrête le mouvement des marchandises et des marchands. L'économie américaine s'enfonce dans la crise et fait basculer dans le chômage de nombreux vétérans de la Première Guerre mondiale, dans l'attente des indemnités ou « bonus » promis par le gouvernement. Ils rejoignent dans la révolte les milliers de *hobos* rendus inutiles par la mécanisation de la cueillette du coton[346] et qui ne peuvent plus voyager en contrebande depuis la concentration des compagnies de chemin de fer. Ainsi, en Oklahoma, les exploitants des champs de coton qui embauchaient 11 926 *hobos* en 1921[346] n'en engagent plus que 165 en 1932 !

À l'été de cette année-là, des dizaines de milliers de mineurs de Virginie, de sidérurgistes de Géorgie, d'ouvriers de Chicago, tous anciens combattants devenus *hobos* au chômage, se rassemblent dans ce qui sera nommé la « Bonus Army », et convergent sur Washington. Ils s'installent en face du Capitole, dans les marais de l'Anacostia, et réclament le paiement des indemnités qui leur sont dues. Malgré un vote favorable de la Chambre des représentants, le Sénat – qui vient par ailleurs d'accorder la citoyenneté américaine aux derniers survivants amérindiens – rejette leur demande ; le président Hoover ordonne alors à la troupe de les chasser « sans faire de victimes ». Les régiments en charge de cette besogne sont placés sous les ordres du général Douglas McArthur, secondé par le major Dwight Eisenhower, lui-même assisté par le capitaine George Patton.

En 1939, John Steinbeck raconte dans *Les Raisins de la colère* l'histoire de ces fermiers du Sud perdant leurs terres confisquées par les banques, devenant *hobos* et partant travailler dans les plantations d'arbres fruitiers de Californie où ils ne rencontrent que la misère[335]. Le gouverneur de New York rend la lecture de ce livre obligatoire dans les écoles, par ailleurs interdit en Californie, à la demande d'associations de fermiers, et brûlé en public à Saint Louis...

Pendant que se met en place, avec Roosevelt, l'État-providence, paroxysme de la sédentarité démocratique, s'installent avec Mussolini, Hitler et Staline de nouvelles formes de la sédentarité totalitaire.

Cinquante millions d'Européens vont disparaître durant une Seconde Guerre mondiale et sous deux totalitarismes construits l'un au nom de l'idée du « progrès » selon Marx, l'autre au nom de l'« espace vital » selon Ratzel. Deux totalitarismes qui vont déporter, c'est-à-dire transformer en nomades forcés, ceux qu'ils accusent de l'être volontairement.

3.2. Le socialisme en marche

Le projet socialiste se veut un nomadisme dans le temps et non plus dans l'espace ; un voyage vers un paradis sur terre : la société sans classes. Il vise à sédentariser les ouvriers dans des usines, les paysans dans des coopératives, tous dans les cellules du parti unique, et à enfermer les rebelles dans des goulags, en particulier à en finir avec les premiers nomades.

Les ultimes vestiges des pouvoirs mongols disparaissent. Après la chute de la dynastie mandchoue en 1911, la Mongolie est partagée entre une Mongolie-Intérieure chinoise, une Mongolie-Extérieure satellisée, et une Bouriatie soviétique, dernier avatar de l'empire des tout derniers Mongols, les Oïrats. Après la révolution russe de 1917, la Crimée est érigée en république autonome sous le nom de République du Tatarstan. En 1920, l'État soviétique achève la conquête de l'Asie centrale par la prise des protectorats de Boukhara et Khiva, repoussant les pasteurs kazakhs (des Turco-Mongols) pour y installer des paysans russes, des Slaves[312]. En 1924, Moscou divise l'Asie centrale en cinq républiques définies ethniquement pour la première fois dans l'histoire de la région. Chaque nation se voit attribuer un héros national tel Tamerlan en Ouzbékistan, et les velléités autonomistes y sont sévèrement matées.

Les Dolgènes et Ingouches, dits « peuples frères du Nord » et les quelques millions d'autres nomades de l'URSS sont sédentarisés de force dans des kolkhozes, regroupés dans des sovkhozes, répartis en « brigades » d'éleveurs, de chasseurs ou de pêcheurs. Chaque brigade d'éleveurs a en charge un troupeau de bœufs ou de rennes de plusieurs milliers de têtes. Les enfants sont envoyés au loin dans des pensionnats. Certains peuples de Sibérie comme les Nganassans se sédentarisent tandis que beaucoup de Dolganes réussissent à rester libres dans la toundra. Entre 1928 et 1939, près de 40 000 Tatars sont emprisonnés ou déportés en Sibérie avec beaucoup d'autres nomades d'Asie centrale.

En octobre 1941, les Allemands sont accueillis comme des libérateurs par plusieurs de ces peuples alors installés à l'ouest du pays, en particulier chez les Tatars de Crimée, les Karatchaïs, les Kalmouks, les Tchétchènes, les Ingouches, les Balkars. En septembre 1943, Staline ordonne leur transfert vers l'Est. De novembre 1943 à mai 1944, ils sont déportés avec les Meskhes, Géorgiens en partie turquisés qui n'ont jamais eu de contact avec les Allemands. Ils sont installés dans des « zones de peuplement spécial », isolés des autres populations et déchus de leurs droits civiques. Par exemple, 420 000 Tchétchènes et Ingouches sont raflés en une seule journée de février 1944. Le 11 mai 1944, Joseph Staline ordonne le bannissement des Tatars de Crimée en Ouzbékistan, installés ensuite, en partie, autour de Kazan, sur la Volga.

3.3. L'obsession antinomade des nazis

Le nazisme doit d'abord concilier sa glorification des Aryens – dont les Allemands seraient supposés descendre – et sa haine des nomades, dont font partie les Sémites. Hitler écrit dans *Mein Kampf* : « L'Aryen fut vraisemblablement d'abord un nomade et ne devint sédentaire qu'au cours des âges, mais parce qu'il n'était pas un Juif !... Les Juifs n'ont jamais été des nomades, mais toujours des parasites vivant sur le corps des autres peuples [...]. Cela n'a rien à voir avec le nomadisme, car le Juif ne songe pas du tout à quitter la contrée où il se trouve. »

Sa bureaucratie va tout faire pour en finir avec les Juifs et les Tsiganes, intrus dans la nation allemande. La besogne lui est facilitée par l'administration précédente qui, comme en France, les a recensés. Ainsi, en 1933, la Centrale tsigane de l'État dispose de 180 000 dossiers représentant près de 90 % de la population tsigane du pays ; 23 000 d'entre eux mourront à Auschwitz. Dans la nuit du 2 au 3 août 1944, les Tsiganes survivants de Birkenau sont isolés du reste du camp et liquidés. Au total, 500 000 Tsiganes d'Allemagne, d'Autriche et de Pologne sont assassinés sur les 700 000 vivant alors en Europe.

En Roumanie, le principal théoricien fasciste, Ion Facaoaru, écrit qu'il faut éliminer « le péril tsigane d'appauvrissement génétique du peuple roumain ». En 1938, un Commissariat général aux minorités est chargé de purifier la « race roumaine » de l'impureté tsigane. En 1940, la Roumanie, devenue un État « national-légionnaire », interdit aux Roms de « rôder pendant l'hiver » ; elle ordonne leur stérilisation et les déporte en Transnistrie, où meurent 36 000 d'entre eux.

En France, le 6 avril 1940, quelques semaines avant l'attaque allemande, un décret interdit la circulation des « nomades » (toujours pour ne pas nommer les Tsiganes) tout en reprenant les définitions de la loi de 1912 : « Seront considérées comme "nomades" toutes les personnes de nationalité française et étrangère, sans domicile fixe, et vagabondant en région occupée selon l'habitude des bohémiens (nomades, forains), sans tenir compte si elles sont en possession d'un carnet d'identité, carnet anthropométrique ou non. » À l'initiative des seules autorités françaises, 22 départements interdisent alors toute circulation aux forains et nomades, sous peine d'emprisonnement, et les font interner le 4 octobre 1940 dans les camps d'Argelès-sur-Mer, du Barcarès, puis de

Rivesaltes. Le 25 mars 1942, ils sont regroupés à Saliers. Le 15 janvier 1944, 145 Tsiganes français sont déportés en Allemagne. Les autres ne quitteront les camps français qu'en mai 1946, soit plus d'un an après la libération du territoire national...

Le génocide du peuple juif, nomade par excellence, fait six millions de morts[23].

4. Vers un troisième nomadisme marchand

Au début de la deuxième moitié du XXᵉ siècle, une fois la paix revenue, le nomadisme marchand se remet en marche. Il tente, une troisième fois, de mondialiser son champ d'action et de faire circuler un plus grand nombre de marchands et de marchandises sans laisser se déplacer – autant que possible – les pauvres. Il tente ainsi une fois de plus de faciliter le nomadisme provisoire des marchands et touristes du Nord et d'empêcher celui des migrants du Sud.

Tout commence durant la Seconde Guerre mondiale. Dès 1943, États-Unis et Grande-Bretagne pensent à mettre en place des institutions internationales en vue d'organiser cette liberté de circulation des marchandises en leur faveur. Rien n'est prévu pour organiser la libre circulation des personnes.

Dans le même temps, le désir de voyage, de nomadisme provisoire, éclate chez ceux pour qui la guerre fut d'abord une interdiction de circuler. Le *hobo*, voyageur libre, retrouve ses lettres de noblesse sous le nom de

« Beat generation » qu'imposent Jack Kerouac, Allen Ginsberg et William Burroughs dès 1943. Être *beat*, c'est être à bout de souffle, exténué, sur les genoux. L'année suivante, Paris libérée devient le phare de ces nouveaux nomades tout habillés de noir, écoutant du jazz (mot qui désigne ce « qui n'est pas dans le rang, qui est parti en voyage »). L'« existentialisme » devient le socle philosophique de ce refus du monde ancien, cependant que le *Sur la route* de Kerouac, écrit en 1946 et publié huit ans plus tard, en devient le guide pratique, apologie de tous les voyages, y compris par son écriture divagante : « Quand un navire fend l'eau, ne regarde pas la raie des fesses des gens ! Remplis ton verre de bière royale et bois à l'existence du soleil, tout naturellement[201] ! »

En 1947, le Fonds monétaire international est créé pour organiser la libre circulation des monnaies, et les accords du GATT sont signés à La Havane pour organiser celle des marchandises.

En revanche, la libre circulation des personnes ne progresse guère, bien que devenue, en principe, un droit absolu, reconnu en 1948 par la Déclaration universelle des droits de l'homme ; les préconisations du texte, rédigé par le juriste canadien John P. Humphrey à partir des travaux de la SDN, restent lettre morte. Cette déclaration ajoute, en théorie, à la Déclaration de 1789 le droit au travail, aux loisirs, à la sécurité sociale, la liberté de circuler, l'interdiction de la torture, de l'esclavage et du racisme.

Ses articles 13, 14 et 15 stipulent que « toute personne a le droit de circuler librement et de choisir sa résidence à l'intérieur d'un État. Toute personne a le droit de quitter tout pays, y compris le sien, et de revenir dans son pays.

Devant la persécution, toute personne a le droit de chercher asile et de bénéficier de l'asile en d'autres pays. Ce droit ne peut être invoqué dans le cas de poursuites réellement fondées sur un crime de droit commun ou sur des agissements contraires aux buts et aux principes des Nations unies. Tout individu a droit à une nationalité. Nul ne peut être arbitrairement privé de sa nationalité ni du droit de changer de nationalité. »

Texte radical, mais sans force exécutoire, qui sera intégré dans les constitutions d'un grand nombre de pays mais qui ne servira de base qu'à de très timides législations sur l'accueil des migrants et l'exercice du droit d'asile.

Cette année-là seulement, les Indiens d'Arizona et du Nouveau-Mexique obtiennent enfin le droit de vote aux élections locales.

En réalité, à partir du milieu des années cinquante, le nomadisme n'est reconnu, dans les faits, que pour le commerce : et le mouvement de marchandises triple tous les dix ans, de même que le nomadisme provisoire des plus fortunés, commerçants et touristes.

En Occident, l'industrie des moyens de transport donne d'abord accès au nomadisme automobile ; elle renforce la toute-puissance du mode de vie américain et transforme profondément l'organisation des villes. Après la radio, le tourne-disque portable, qui permet de danser hors des bals, lieux sédentaires, c'est-à-dire hors la présence des parents et autres chaperons, ouvre la jeunesse au nomadisme sexuel. L'aviation commerciale commence à rapprocher les continents et annonce une nouvelle mondialisation.

En novembre 1959, le magazine *Life* fait sa couverture sur le mouvement *beat* et crée le mot *beatnik*. La psychanalyse continue de se développer comme apologie du voyage intérieur et thérapeutique par un retour sur soi. La culture beatnik devient sept ans plus tard culture *hippie* (de *hip*, « dans le vent »), où drogue et pacifisme font bon ménage et se mêlent au pèlerinage en Asie centrale, en un improbable retour au pays des premiers nomades d'Afghanistan et du Népal. Le LSD, agent du nomadisme chimique, apparaît en 1965 avec Timothy Leary, qui propose quatre principes de vie essentiellement nomades : *Turn on, Turn in, Drop out, Get well* (« Réveille-toi, Fonce, Dégage, Sois heureux »).

La musique reste à l'avant-garde de ces voyages avec, au premier rang, un grand poète, Jim Morrison. Vouant une haine farouche à son père amiral, il n'écrit pourtant que sur le voyage : *The time you wait substracts from joy ; angels laugh, angels cry, angels dance and angels die*[266]...

Nomadisme et migrations deviennent des sujets auxquels s'intéressent les intellectuels. Les migrants, ces « damnés de la terre », sont maintenant considérés, plus que les classes ouvrières anesthésiées par la consommation, comme les moteurs de l'Histoire. L'écrivain américano-palestinien Edward Said écrit : « La libération n'est plus dans les cultures établies et domestiquées, mais dans les énergies décentrées et exilées qui s'incarnent aujourd'hui dans le migrant[314]. » C'est là, en effet, dans les diasporas, que gît l'essentiel des forces des mouvements qui aboutissent à la décolonisation.

En France, en 1967, dans un texte publié dans la revue *Janus* sous le titre « Le crépuscule des sédentaires »[294], Georges-Hubert de Radkowski s'interroge le premier sur la remise en cause de l'enracinement des individus par les exodes politiques, par l'exode rural et par le tourisme de masse. Dans *Rhizome*, dans *Nomadologie* et dans *Mille plateaux*, Gilles Deleuze et Félix Guattari font l'apologie du nomadisme, du changement ininterrompu, de la métamorphose permanente[117]. En Angleterre, Bruce Chatwin[87] connaît le succès en racontant (dans *Chant's Routes* et *Patagonie*) ses expériences de voyage, notamment en Australie où il s'émerveille devant les significations rituelles du nomadisme aborigène.

Dans le même temps, le cinéma s'installe comme l'art populaire dominant, le principal moyen d'échapper au monde réel, le mode majeur du voyage imaginaire. Alors que les nomades urbains s'entassent dans les villes, l'image en mouvement vient les faire voyager dans des histoires, des aventures que la réalité ne leur offre pas ; d'abord, dès 1903, dans des westerns, qui racontent la vie des cow-boys et des Indiens, puis, dès 1920, dans des comédies musicales qui entraînent les spectateurs dans des royaumes imaginaires, enfin dans des films à peine plus réalistes qui reflètent le *désir de voyage* dans le temps (films historiques) ou dans l'espace (films exotiques).

Trois films cultes à propos de trois moyens de transport : *Le Voleur de bicyclette*, de Vittorio De Sica, produit en Italie en 1948, montre combien les moyens de transport sont aussi des moyens de survie dans la jungle urbaine ; *Easy Rider*, de Dennis Hopper, produit en 1968, élégie du nomadisme à moto – nouveau cheval des nomades, mi-industriel, mi-sauvage –, utilisant l'uniforme des cow-boys et des *hobos* : jeans et bottes de cuir ; enfin *Duel*, de Steven Spielberg, produit en 1971, renvoyant au nomadisme des camionneurs, métaphore de la lutte entre sédentaires de passage sur les routes, et vrais nomades qui entendent conserver le contrôle de leurs territoires.

Aujourd'hui, plus d'un milliard d'automobiles et de camions circulent de par le monde. Plus d'un milliard de personnes voyagent chaque année par avion. Et beaucoup plus par le train. Les vêtements changent pour pouvoir s'entasser dans des bagages de plus petites dimensions. À chaque instant, plus d'un million de personnes sont en l'air, à bord de dizaines de milliers d'avions de plus en plus spacieux, de plus en plus sûrs et confortables, de plus en plus puissants, rapides et sophistiqués. Pour transporter les gens et les choses, des millions d'autres gens travaillent comme nomades plus ou moins volontaires : routiers, pilotes, conducteurs de trains, marins, chauffeurs de cars et de taxis, porteurs, coursiers.

Entre 1950 et 2003, le nombre de touristes est multiplié par 40, atteignant presque le milliard en 2003. La plupart d'entre eux sont en déplacement quasi sédentaire, vers l'immobilité d'une plage ou autre villégiature, non pas voyageurs mais « voyagés »[212]. L'industrie du tourisme représente désormais le dixième de l'emploi et de la production dans le monde.

Les villes sont de plus en plus organisées comme des plates-formes du nomadisme quotidien ; la route y compte plus que l'habitat, la rue que la maison. Aux États-Unis, près du quart de la population change de localité tous les cinq ans, et chacun occupe plus de quinze logements successifs dans sa vie. Un tiers seulement des travailleurs américains occupent un emploi à durée indéterminée. Les autres sont en situation précaire.

En Europe, le rythme est plus lent : seulement le dixième de la population déménage tous les cinq ans, et chacun ne connaît en moyenne dans sa vie que cinq logements différents. Fort peu d'Européens passent durablement d'un pays de l'Union à un autre, malgré les accords de Schengen de 1985 et les traités ultérieurs de Maastricht et d'Amsterdam qui créent une citoyenneté européenne.

Parallèlement, le nomadisme de misère se développe, en dépit de tous les efforts des puissants pour le contenir. Des dizaines de millions de réfugiés sont poussés au voyage dès 1947, par la partition de la péninsule indienne, le conflit du Proche-Orient, les guerres civiles africaines et l'accession d'une centaine de colonies à l'indépendance. D'autres millions se déplacent pour trouver un travail, de quoi survivre eux-mêmes et envoyer un subside à leurs proches restés au pays.

Aujourd'hui, quelque 4 % des habitants de la planète – soit 250 millions d'individus – vivent le reste de leur vie dans un pays où ils ne sont pas nés, soit le triple d'il y a quarante ans[73]. La moitié d'entre eux sont des travailleurs accompagnés de leurs familles ; les autres sont en proportions comparables des clandestins, des personnes déplacées. Le nombre des réfugiés croît très vite : il s'en ajoute 2,5 millions en 1970 à 8 millions en 1980 et 30 millions en 2003. Trente-cinq millions d'Africains vivent hors de leur pays, pour l'essentiel dans un autre pays africain. La moitié des habitants du Gabon et de la Côte-d'Ivoire sont nés ailleurs. En outre, l'éclatement de l'URSS a transformé en étrangers 45 millions de personnes, dont 25 millions de Russes vivant dans les nouveaux pays d'Asie centrale et 20 millions de ressortissants de ces mêmes pays vivant en Russie.

Au moins 25 millions de citoyens des États-Unis sont nés à l'étranger, et autant sont fils ou petits-fils d'immigrés ; 2,5 millions sont venus s'y réfugier dans les années cinquante ; 3,3 dans les années soixante ; 4,5 dans les années soixante-dix ; 5,8 dans les années quatre-vingt et 7 dans la dernière décennie du XXᵉ siècle. Ils viennent désormais de plus en plus du Sud, alors que dans les années cinquante les deux tiers des immigrants venaient encore d'Europe, en 2003, un tiers vient d'Asie, 45 % d'Amérique latine et 15 % seulement d'Europe.

En Europe, les immigrés venus du Sud sont 18 millions en 2003 ; ceux d'entre eux qui travaillent y représentent moins du vingtième de la population active. La plupart sont originaires des anciennes colonies : ceux du sous-continent indien et d'Afrique orientale vont vers le Royaume-Uni ; ceux d'Afrique du Nord et de l'Ouest vers la France ; ceux de l'Indonésie vers les Pays-Bas ; de l'ex-Congo vers la Belgique ; de l'Angola et du Mozambique vers le Portugal.

Au total, en tenant compte de ceux qui déménagent pour quelques années pour raisons professionnelles, plus de cinq cents millions de personnes peuvent être considérées comme des nomades à travers le monde.

Dans le cadre de cette troisième mondialisation, un des premiers désirs de l'homme sur toute la planète devient celui de pouvoir exercer son droit de circuler. Et, de fait, tous les combats contre les dictatures commencent par une lutte pour l'obtention de ce droit : les *refuzniki* et les dissidents cherchent à quitter l'URSS ; les *boat people* tentent de s'évader du Vietnam et du Cambodge ; les *balseros* cubains cherchent à rejoindre les côtes de Floride ; les Allemands détruisant le Mur symbolisent la fin du système soviétique.

Aujourd'hui, les Africains qui se noient dans le détroit de Gibraltar adressent au monde le même message : celui d'un nomadisme désespéré, suicidaire, annonciateur de nouvelles révoltes et d'immenses confrontations.

CHAPITRE VII

Sauver les nomades

« Les nomades ne bougent pas par plaisir. Ils deviennent
nomades parce qu'ils refusent de disparaître. »

Arnold TOYNBEE.

Pendant que s'installe ce troisième nomadisme marchand, les peuples dits premiers, inventeurs de l'essentiel des langues, des techniques, des cosmogonies, des philosophies, des civilisations, s'effacent les uns après les autres. Même si les démocraties sédentaires dénoncent aujourd'hui avec horreur les dictatures qui ont industrialisé ces massacres pendant la première moitié du XXᵉ siècle, elles continuent de laisser ces peuples disparaître, parachevant le travail des camps de concentration et des goulags par des moyens apparemment plus honorables : la sédentarisation, l'industrialisation, l'aménagement de leur cadre d'habitat, l'indifférence.

La grande majorité de ces peuples n'existe plus depuis longtemps : Hittites, Sumériens, Xiongnu, Phéniciens, Éoliens, Avars, Parthes, Scythes, Sarmates, Alains, Khazars, Huns, Germains, Francs, Magyars, Coumans, Goths, Burgondes, Vikings, Saxons, Arya, Celtes, Alamans, Lombards, Petchenègues, Anasazis, Aléoutes, Algonquins et tant d'autres, disparus en donnant naissance à de nouvelles civilisations qui en gardent encore la mémoire.

D'autres sont parvenus à survivre en se sédentarisant plus ou moins volontairement : Mongols, Turcs, Tatars,

Kazakhs, Kirghiz, Ouzbeks, Turkmènes, Imazighens, comme la plupart des peuples premiers, originellement nomades, d'Amérique et d'Afrique. Quelques-uns conservent certains éléments de leur vie antérieure ; sédentaires, ils voyagent encore, comme des nomades, mais en utilisant de modernes moyens de transport : ainsi certains Yörüks de Turquie et Mongols de Bouriatie estivent en camions, et non plus avec des chameaux ; des éleveurs samits et des chasseurs inuit du Canada, de Norvège et d'Alaska suivent leurs rennes en enfourchant une motoneige et non plus en traîneau à chiens. Les Boujara, qui assuraient le transport des troupeaux du Rajasthan à l'Uttar Pradesh vers les abattoirs, le font en camions.

D'autres enfin, derniers peuples encore nomades aujourd'hui, vont disparaître sans héritiers, perte irréparable pour la diversité des cultures humaines et même pour la vie, parce qu'ils sont les gardiens ultimes de régions et de forêts qu'ils sont seuls à habiter, à connaître et à protéger.

Au total, sur les quelque six milliards d'habitants de la planète, environ trois cents millions appartiennent à des peuples premiers sédentarisés identifiables ; quelques dizaines de millions sont encore des nomades, surtout en Inde. Encore ce nombre diminue-t-il à grande vitesse.

À la différence des peuples premiers sédentaires, souvent en pleine expansion démographique, économique et politique, les nomades ne constituent plus, en général, que de minuscules communautés maltraitées et marginalisées dans l'indifférence conjointe des paysans indigènes et des nomades urbains. Pour l'essentiel, ils sont désormais cantonnés dans les lieux les plus ingrats de la planète : les zones arides de l'Afrique saharienne, du Moyen-Orient, de l'Asie centrale et de l'Océanie ; les forêts d'Amazonie, d'Afrique centrale, du sous-continent indien et les zones les plus froides de la planète.

Partout ils sont maltraités. Au Sud, chez les sédentaires pauvres qui ont à se battre pour leur survie, ces nomades sont perçus comme autant d'obstacles à leur propre progrès. Au Nord, ils sont plutôt vus comme de pittoresques ambassadeurs du passé, des preuves vivantes de la supériorité de l'homme blanc, des agents involontaires du colonialisme des esprits. Rares sont ceux qui comprennent, au Nord comme au Sud, que leur destin est à l'avant-garde de celui de l'humanité.

Leur situation est, de fait, de plus en plus misérable : plus des quatre cinquièmes d'entre eux vivent au-dessous du seuil de pauvreté, selon le rapport de Health Unlimited[406] d'août 2003. Plus grave encore, ils sont aujourd'hui dans une situation sans issue : leur mode de vie devient impossible et celui des sédentaires leur est fermé. Ils sont, au sens propre, désespérés. Beaucoup d'entre eux succombent à l'alcool ou à d'autres formes de suicide. Le nombre d'infanticides est plus élevé chez eux que dans toute autre communauté au monde.

Pourtant, quelques-uns d'entre eux continuent à défendre leur identité, à protéger leur art, la nature qu'ils habitent et les espèces qu'ils côtoient, s'évertuant encore à tenter de faire comprendre au reste de l'humanité qu'ils constituent une richesse sans égale, une forme irremplaçable de la condition humaine, et que les nomades urbains seront bientôt menacés du même sort.

1. LA DISPARITION DES NOMADES DU SUD

Dans les pays en développement, les nomades dérangent autant les citadins que les paysans : leurs itinéraires de pâturage perturbent l'agriculture ; leurs territoires de chasse recèlent souvent des matières premières ; leurs forêts doivent être rasées pour laisser passer des routes et élargir des domaines agricoles ; leur entretien mobilise des ressources trop rares. De plus, certains d'entre eux menacent, par leur existence même, leur culture et leur histoire, l'identité, fragile et précaire, des nations où ils résident.

1.1. Persécutions, déforestation, sédentarisation

Depuis la Seconde Guerre mondiale, la destruction des peuples nomades s'est accélérée, que ce soit par la guerre, la déforestation ou la sédentarisation.

Les guerres de libération nationale (dans lesquelles les nomades sont souvent intervenus aux côtés des sédentaires pour se débarrasser du colonisateur) ont en général été suivies du massacre des nomades, les nouveaux maîtres souhaitant se défaire d'alliés encombrants et d'une élite concurrente. L'absence d'un authentique sentiment national dans des pays aux frontières en général artificielles est un facteur aggravant de dissensions et conduit trop souvent à des guerres civiles.

Parmi ces massacres, un des plus spectaculaires a été celui d'un million de Tutsis perpétré entre avril et juillet

1994 au Rwanda par des Hutus : vengeance barbare de paysans humiliés par un siècle de domination de seigneurs nomades[180]. De même, en Ituri, province de la République démocratique du Congo, les Lendu sédentaires ont massacré depuis 1999 des dizaines de milliers de Hema, pasteurs semi-nomades. D'autres massacres de ce genre ont lieu au Nigeria, au Congo, au Brésil et en Équateur, parfois provoqués par des forces extérieures qui poussent à s'entre-tuer les pauvres ; ainsi des Huaoranis de l'Équateur sont massacrés par des paysans manipulés par des compagnies pétrolières cherchant à s'approprier les territoires de chasse de ces nomades.

D'autres tribus nomades disparaissent par l'effet de la déforestation, du développement agricole, du réchauffement climatique, et de l'épuisement des territoires trop étroits dans lesquels ils sont confinés.

Les forêts, poumons du monde, habitat de prédilection des nomades, sont partout en train de disparaître. Elles couvrent 4 milliards d'hectares, 30 % du sol, et contiennent 80 % de la diversité biologique. Près de 350 millions de personnes vivent dans des forêts ou à côté d'elles. Les plantations ne constituent que 5 % des forêts et 35 % du bois consommé. Les forêts tropicales couvrent à elles seules 7 % de la surface de la planète et contiennent la moitié des espèces vivantes. Quinze millions d'hectares plantés d'arbres disparaissent chaque année pour les besoins des paysans et des citadins, pour le fourrage, le bois de chauffe, la construction d'enclos pour le bétail. Plus précisément, sur les trois sortes de forêts existantes (boréales, tempérées, tropicales), les dernières sont les plus menacées, en particulier les deux plus vastes d'entre elles, celles du Congo et de l'Amazonie. En Afrique, 5 millions d'hectares de forêts tropicales disparaissent chaque année. Les pays les plus touchés sont le Soudan (un million d'hectares détruits par an), le Congo, le Nigeria, le Zimbabwe, le Rwanda, le Burundi, la Côte-d'Ivoire et le Niger. Une superficie de l'ordre de celle du continent nord-américain, ou égale à trois fois celle de l'Europe (Russie non comprise), y est menacée de désertification. En Asie du Sud-Est, la forêt tropicale risque de disparaître entièrement, en particulier en raison de l'explosion démographique. Les deux tiers de la production mondiale de bois tropicaux sont illégaux ; les pays du Nord en importent la plus grosse part, sans prendre aucune mesure pour l'interdire. Aux Philippines, un des premiers pays de forêts du monde il y a un siècle, la production de bois décline, faute de forêts. Le Nigeria, lui, est même devenu importateur de bois ! Selon la FAO, seulement 11 % des forêts d'Afrique sont protégées, et encore n'est-ce souvent qu'un leurre : en Ouganda et au Kenya, les paysans continuent à détruire les forêts « protégées » de la réserve d'Imenti et du mont Kenya.

Cette déforestation n'est pas utile aux paysans : elle rend les sols plus durs et compacts, favorise l'écoulement rapide de l'eau de pluie et entraîne une salinisation des terres ; celles-ci ne sont pas longtemps utilisables pour les pâturages ni même pour l'agriculture. La déforestation ne favorise donc même pas, à terme, les cultures qui la provoquent. Au total, disparaissent l'essentiel des zones où vivent les derniers nomades, contraints de ce fait à changer de mode de vie.

En Mauritanie, des tribus entières doivent quitter des régions rendues invivables par la sécheresse pour s'installer près des axes routiers. En Somalie, les deux tiers des pasteurs nomades sont désormais entassés dans des camps. Un peu plus au sud, les bergers peuls, touareg, masaïs, gabbras, turkanas, quittent les forêts pour chercher du travail dans les villes. De même, en Érythrée, les nomades kerus, qui manquent d'eau, d'herbe et de bois, partent vers les villes. Les Pygmées d'Afrique centrale, les Xan d'Afrique australe, les Mangrakotis du Brésil, les Punans d'Indonésie, les Mlabris de Thaïlande voient eux aussi leurs forêts, territoires de chasse et de cueillette, sans cesse réduites par l'extension des zones cultivées et la construction de routes.

La plupart des gouvernements des pays du Sud ne comprennent pas que la protection de la forêt, si essentielle pour eux comme pour le reste de l'humanité, dépend de la survie de ces nomades. Ils les en chassent ou les incitent à en partir, à se sédentariser. Croyant, d'ailleurs de bonne foi, améliorer leur niveau de vie, ils les poussent à vivre dans des fermes collectives, à inscrire leurs enfants dans de lointains pensionnats, à venir s'installer en ville, à oublier leur habitat traditionnel et donc leur identité.

À partir du milieu des années cinquante, les organisations internationales, inspirées en particulier par les travaux de l'anthropologue américain Carleton Coon[97], recommandent aux pays du Sud de se débarrasser du nomadisme. Elles expliquent que celui-ci est un « état primitif », une situation de « repos culturel », d'« hibernation », et qu'il est urgent d'aider les nomades à échapper à cet « obscurantisme »[98], usant des mêmes arguments que les colons et les marxistes. Banque mondiale et Fonds monétaire international appliquent systématiquement cette doctrine, finançant d'innombrables programmes de sédentarisation facilitant la construction de barrages, d'autoroutes et d'usines qui détruisent les habitats traditionnels des nomades. En 1962, l'Organisation internationale du travail va même jusqu'à s'étonner de la résistance des nomades à ces projets de sédentarisation ; elle n'y a vu qu'un problème d'éducation et même, ose-t-elle écrire, de rééducation. « Il est nécessaire de consentir un effort sincère pour rééduquer les nomades afin de leur expliquer les bénéfices et les privilèges inhérents à un mode de vie moins nomade. On peut atteindre cet objectif avec l'aide d'un sociologue qui s'intéresse davantage que le technicien aux aspects sociaux de la sédentarisation. »

Se multiplient alors, grâce à des financements internationaux, les tentatives d'enfermement des enfants nomades dans des pensionnats, et de transfert forcé des adultes dans des collectivités agricoles. Ainsi, en 1973, à la demande des institutions internationales, la Somalie répartit 230 000 bergers nomades, qui ne demandaient rien à personne, entre trois collectivités agricoles et trois villages de pêche. Un an plus tard, elle envoie tous les élèves et enseignants des écoles primaires du pays dans les campagnes pour les alphabétiser. Au début, la propagande officielle présente l'opération comme un succès : sur 1,2 million d'élèves inscrits aux cours, 910 000 sont envoyés sept mois plus tard passer un examen d'alphabétisation que 800 000 ont « réussi »... Puis, en raison de la grande sécheresse, la majorité d'entre eux quitte les fermes collectives et s'en retourne à la vie nomade ; les cours cessent alors. La guerre civile achève ensuite de réduire à néant ces tentatives.

Au même moment, le Kenya regroupe cent familles d'éleveurs masaïs dans quatorze ranchs de la région de Kaputei pour en faire des sédentaires. Mais ces éleveurs, craignant de ne pas avoir suffisamment de pâturages pour leurs bêtes, se sont inscrits dans plusieurs ranchs à la fois, d'où des contestations qui parfois dégénèrent en affrontements armés entre éleveurs ; par ailleurs, quand l'État kenyan tente de scolariser leurs enfants dans des internats construits à leur intention, ces écoles sont prises d'assaut par les paysans qui en écartent les enfants masaïs...

Vers 1960, le gouvernement du Rajasthan tente de sédentariser les Gaduliya Lohar, caste très nombreuse, on l'a vu, de nomades forgerons. Très vite, tous abandonnent leur logement, faute de moyens de subsistance, et retournent vendre leur coutellerie sur les marchés.

En beaucoup d'autres lieux d'Afrique, d'ex-URSS, d'Australie, d'Amérique latine, des États-Unis, du Canada, du Moyen-Orient, de nombreuses tentatives du même genre échouent ou aboutissent à la disparition totale des langues et cultures de peuples intégrés dans un moule national auquel plus rien ne doit résister. Jusqu'à ce que la plupart de ces nomades quittent leurs camps de misère ou leurs fermes obligées, soit pour retrouver leur habitat naturel, soit, plus généralement, pour se perdre dans les bidonvilles des grandes cités et y mourir d'alcool, de chagrin et de faim.

Quelques-uns, trop rares, s'en sortent par le sport, la musique, la peinture, la littérature : destins d'exception qui les conduisent en général à adopter le mode de vie et la culture des vainqueurs.

1.2. Les hommes des chameaux

De l'est de la Turquie jusqu'au Tibet et aux montagnes d'Iran et du Pakistan, du Maroc jusqu'aux oasis du Tarim en Chine, il existe encore quelques groupes nomades allant à dos de chameau, arabophones tels les bédouins, ou turcophones tels les Kashkays et les Yörüks – mais aussi Kurdes, Baloutches, Tibétains – ou Mongols. Certains continuent à pratiquer un pastoralisme de désert ou de montagne, élevant chameaux, ovins, caprins.

Ainsi certains Yörüks dont on a suivi l'histoire depuis plus de mille ans persistent à estiver dans les plaines de Turquie méridionale[308] ; la plupart de leurs tribus ont vendu leurs chameaux ; et alors que les femmes conduisent encore à pied moutons et chèvres vers les lieux d'estivage, les hommes les rejoignent avec les bagages... en autobus !

En Iran vivent toujours près d'un million de Kashkays (dont le nom signifie : « Un cheval ayant une étoile blanche sur le front »). Héritiers, prétendent-ils, des seuls Indo-Européens à avoir battu Tamerlan, parlant le turc, ils subsistent encore grâce à l'élevage du mouton, transhumant du golfe Persique aux monts du Zagros, emportant avec eux, dans leurs chariots tirés par des chevaux, ou bien dans des voitures automobiles, des tentes en poil de chèvre, et s'entretuant parfois pour l'accès à un puits ou à une zone de pâture.

En Afrique du Nord existent encore certaines tribus de nomades dites berbères, ou imazighens, ou aurès, ou kabyles, ou chaouïas, ou touareg selon les lieux et les généalogies. Elles sont réparties entre l'Algérie, le Maroc, la Tunisie, la Libye, puis, au sud du désert, entre le Niger, le Mali, la Mauritanie, le Tchad et le Burkina Faso. Certaines nomadisent même du Sahara occidental à la Corne de l'Afrique. Depuis des millénaires, elles quittent le Sahel au début de la saison sèche pour s'installer près de points d'eau. Certaines vivent de l'accueil de touristes. La plupart sont écartelées entre la modernité et la tradition sans avoir accès au meilleur des deux. Ainsi, par exemple, les Touareg, qui n'ont pas les moyens d'accéder à la médecine moderne, refusent désormais les soins des guérisseurs traditionnels, pourtant parfois efficaces.

Certains de ces « barbares » commencent à revendiquer la reconnaissance de leur identité auprès des gouvernements des pays où ils vivent. Ainsi, en Algérie, la langue tamazirt est devenue nationale sans que cette officialisation ait été réellement suivie d'effets pratiques. Les Kabyles, qui se sont associés aux autres Algériens dans la guerre d'indépendance, sont réprimés de peur que leur revendication identitaire ne se mue en menace sécessionniste. Déjà, pendant cette guerre, leurs tendances autonomistes ont été sévèrement réprimées ; les dirigeants kabyles de la rébellion, tel Abane Ramdane, qui prônait une société algérienne duale, tamazghophone et arabophone, ont même été livrés aux autorités françaises par l'« armée des frontières ». Tout a été fait ensuite pour les diviser et opposer Kabyles, Aurès et Chaouïas. Aujourd'hui, le combat continue, même si la grande majorité des Kabyles est sédentarisée. Quelques-uns d'entre eux continuent de rêver à une reconquête de leur souveraineté sur un territoire qu'ils nomment

« Tamazgha » et qu'ils imaginent s'étendre des îles Canaries à l'Égypte, et de la Méditerranée aux confins du Sahara.

Quelques bédouins restent eux aussi nomades dans le Néguev, en Jordanie, en Irak et au Koweït, en dépit de la législation *(Bedouin Control Law)* qui, depuis Glubb Pacha, on l'a vu, s'efforce de les sédentariser. Ils passent encore parfois les frontières en fraude et vivent toujours de l'élevage des chameaux ; leurs règles de vie restent très proches de celles des plus anciens nomades des déserts d'Asie et d'Afrique. Comme beaucoup de leurs semblables, ils n'obéissent pas seulement aux législations des nations qui les hébergent ou les reçoivent, mais aux leurs propres, et ils ont leurs propres juges spécialisés selon que les litiges portent sur des partages de chameaux, de moutons, de chevaux, de femmes ou bien sur des meurtres. Ils pratiquent encore la polygamie, non pour des raisons religieuses, mais pour « multiplier le nombre d'hommes capables de défendre la tribu ». Encore aujourd'hui, la tribu entière est responsable des étrangers dont elle accepte la compagnie. Les conflits intertribaux obéissent encore à des règles millénaires interdisant par exemple les attaques par surprise et le vol des femmes. Au Koweït, la tribu des Matîr continue d'emmener ses troupeaux paître en hiver dans la montagne, puis revient passer le printemps et l'été près de l'oasis de Jahra ; dans la tribu d'Al-Awâzim, certains font encore commerce de l'encens tiré du boswellia qui pousse sur les hautes terres ; d'autres n'en ont plus qu'un souvenir plus ou moins vivace : « Nous ramassions les grumeaux dans des paniers, puis mon père les vendait. Ma famille brûlait aussi de l'encens dans nos feux de camp, la nuit, dans le désert[342]. »

1.3. Ultimes Pygmées et derniers Xan

Dans l'Afrique subsaharienne, se meurent les tout derniers groupes nomades du continent. Au sud du Soudan, quelques Dinkas conduisent encore des troupeaux, loin des crues saisonnières du Nil, vers des campements provisoires dans la savane ; ils se déplacent dans le Darfour, comme depuis des millénaires, selon des parcours de pâturage de soixante ans, déterminés par les conditions de reconstitution des ressources naturelles. Les Gourmantchés d'Afrique occidentale font de même sur des parcours de dix-sept ans. Certains Gabbras d'Afrique orientale sont encore des pasteurs nomades aux étranges habitations juchées sur chameaux[342]. Des Peuls, des Masaïs, des Somalis et des Nuers vivent encore dans des campements de pasteurs et élèvent de maigres troupeaux de vaches ; dès leur plus jeune âge, leurs filles apprennent à traire et à fabriquer le beurre ; leurs garçons à caresser les bêtes tout en leur retirant leurs tiques. Deux cent mille Masaïs vivent ainsi à la frontière entre le Kenya et la Tanzanie, répartis en tribus : Samburus, Arushas et Kwavis. Certains vivent de l'élevage de chèvres, de moutons ou de bovins ; les guerriers ont la responsabilité des troupeaux et n'ont le droit de manger que leurs bêtes – fruits et légumes leur étant interdits. Les femmes, qui puisent l'eau et construisent les huttes, consomment du maïs et du millet qu'elles obtiennent des sédentaires voisins et assurent le commerce. Plus au sud, des Turkanas au Kenya, quelques Tutsis sur les plateaux d'Afrique centrale, des Zoulous, des Hottentots, des Hereros pratiquent encore l'élevage nomade.

Les familles turkanas se séparent en deux groupes : les adultes emmènent les troupeaux dans le rift ; les autres restent dans la montagne. Les deux parties de la famille se retrouvent après les premières pluies.

Quelques Pygmées – des tribus Aka, Efe, Baswa – nomadisent encore, cueilleurs et chasseurs, dans les forêts équatoriales du Cameroun, de République centrafricaine, du Gabon et du Congo. Les derniers Aka de Centrafrique vivent près du fleuve Lobaye en groupes d'une vingtaine de personnes[342] ; ils se déplacent en moyenne six fois par an en suivant les déplacements de leur gibier, construisant à chaque étape des huttes hémisphériques faites d'arceaux de bois recouverts de feuilles maintenues par des lianes[342]. Les derniers Efe qui nomadisent dans les forêts de l'Ituri de la RDC lèvent aussi le camp environ toutes les six semaines.

Attachés à la forêt et à leurs rites d'initiation, menacés par le défrichage, l'extension des zones cultivées, les bouleversements politiques, les mesures de protection de la nature qui leur interdisent de chasser, nombre de ces Pygmées commencent à s'éloigner de leurs forêts et à tenter d'imiter le mode de vie sédentaire de leurs voisins bantous ; la plupart finissent ouvriers agricoles dans des conditions d'extrême exploitation.

Tout au sud de l'Afrique, les derniers Xan (ou Bushmen, ou Bochimans) sont encore cent mille au Lesotho, dans le désert du Kalahari et dans le Bushmenland, situé au nord-est de la Namibie. Ils vivent là comme depuis leur arrivée il y a deux mille ans, dans des abris de branchages recouverts d'herbe, par groupes d'une vingtaine. Ils se nourrissent de la cueillette de plus de cent plantes différentes, ainsi que de la chasse[342]. Là où leurs plantes disparaissent, la bouillie de maïs devient leur alimentation de base. Partout leurs terrains de chasse sont transformés en ranchs et attribués à des paysans pour qui ils doivent travailler en échange de salaires de misère. Avec eux disparaît une splendide culture : « Chez nous, peuple xan, chacun possède un vent ; chacun a un nuage qui apparaît lorsque nous mourons. Ainsi, quand nous mourons, le vent recouvre de poussière les pistes, les traces de pas que nous avons laissées en marchant au cours de notre vie[342]... »

1.4. Les gens d'Abya Yala

En 1992, à l'occasion du cinquième centenaire du voyage de Christophe Colomb, les Indiens d'Amérique décident de baptiser leur continent du nom d'Abya Yala, ou « terre dans sa pleine maturité », utilisé depuis plus de mille ans par les Cunas, peuple nomade de Panamá, sublimes dessinateurs de labyrinthes sur tissus[21]. Il s'agit, dit Takir Mamani, chef des Aymaras du Pérou, de ne plus « placer de noms étrangers sur nos villes, nos cités et nos continents, car cela équivaut à assujettir notre identité à la volonté de nos envahisseurs et de leurs héritiers »[405].

Lors de l'arrivée des Européens sur ce continent, les Indiens étaient plusieurs dizaines de millions ; 90 même, selon certaines sources[401]. Un siècle et demi plus tard, ils n'étaient plus que 4,5 millions. Ils sont aujourd'hui redevenus 47 millions, dont 44 en Amérique latine

(13,5 au Mexique, 12,7 au Pérou, 7,1 au Guatemala, 5,6 en Bolivie et 5,2 en Équateur). La plupart d'entre eux sont depuis longtemps sédentarisés dans des zones isolées et vivent dans une situation d'extrême pauvreté. Même si plus de la moitié des pays latino-américains reconnaissent leurs droits dans leur constitution, les Amérindiens sont encore traités comme des citoyens de seconde zone, et, parmi eux, les rares nomades (1,5 % de la population indienne totale d'Amérique latine) sont encore beaucoup plus mal traités que les paysans.

Au Mexique, les quarante peuples premiers sont sédentaires, hormis quelques Lacandons dans le Chiapas qui vivent de la culture sur brûlis du maïs dans des villages itinérants. Ils déménagent tous les trois ans. De très nombreux projets d'infrastructures ou d'exploitations pétrolières détruisent leur habitat. Plus au sud, le plan Puebla-Panamá, qui prévoit la construction de routes, de chemins de fer, d'usines, ravage les terres des Cunas ; le barrage de l'Urrá, en Colombie, échancre celles des Embera Katío.

Au Brésil, grâce à l'action d'organisations humanitaires privées, dont l'Instituto Socio-Ambiental, certains nomades sont répertoriés et protégés dans une partie du bassin de l'Amazonie et y vivent de chasse et de pêche ; 358 000 individus appartenant à 215 ethnies et parlant 120 langues sont ainsi répartis dans 588 zones indigènes. Les plus nombreux sont les Yanomanis, encore au nombre de 16 000. Ils souffrent d'une malaria récurrente qu'ils ne peuvent soigner en raison de leur éloignement des dispensaires et qui les anéantit. À côté d'eux, les Yawalapiti développent une culture très complexe au bord de la rivière Kranhanha. Sont en particulier protégés ceux qui vivent dans le parc du Xingu, qui représente près de 12 % du territoire national et qui a été créé en 1961 par le président Quadros à la demande de quatre défenseurs des Indiens, les frères Boas. D'autres, tels les Awa-Guajà, les Nukaks, les Guaranis, les Tupis-Guaranis, les Macros et les Menkragonotis sont en passe de disparaître. Les Guaranis Kaiovás du Mato Grosso do Sul sont confinés dans des espaces dérisoires. Les Awa-Guajà de l'État du Maranhão, qui étaient il y a des siècles agriculteurs dans la partie orientale de l'Amazonie, ont été forcés de revenir au nomadisme pour fuir les Européens avec qui ils n'ont eu leur premier contact qu'en 1973. Leur situation s'est encore détériorée avec la construction en 1985 d'un chemin de fer transportant à travers leur territoire les minerais de fer et de manganèse de la forêt de Carajás, dans l'État du Pará, jusqu'à São Luís. La Banque mondiale et l'Union européenne, qui financent ce projet, n'ont rien fait pour les protéger, bien que leurs financements soient en théorie subordonnés à la protection des Indiens. Les institutions internationales continuent de penser que le nomadisme est une forme de vie arriérée à faire disparaître. Les trois cents derniers Awa-Guajà chassent, pêchent et cueillent des châtaignes ; ils bâtissent des maisons en palmes qu'ils abandonnent en partant. Une centaine d'entre eux sont encore hors du contact des Blancs. Ils racontent leurs souvenirs avec nostalgie : « Tandis que les femmes préparaient les abris et cherchaient des pierres pour fabriquer des fours, les hommes se mettaient en route pour leur expédition de chasse quotidienne... C'était merveilleux pour les enfants... ils pouvaient courir dans la forêt, découvrir toutes sortes de reptiles, d'insectes et d'oiseaux, et essayer leurs arcs et leurs flèches sur autre chose que des pastèques. Les bruits du camp, en résonnant contre les rideaux d'arbres, créaient une ambiance agréable, quelque peu mystérieuse[342]... »

Dans la partie équatorienne de cette forêt, quelques milliers de Huaoranis vivent encore en nomades, chassant, pêchant, cultivant du manioc sauvage, maltraités par les compagnies pétrolières qui les poussent à s'entretuer pour de maigres ressources ; 35 % de leurs enfants de moins de cinq ans souffrent de malnutrition chronique. En revanche, dans les villes et les campagnes de ce pays (comme en plusieurs autres), les Indiens sédentarisés sont en voie de constituer une force politique majeure sous le nom de « Confédération des nations indigènes de l'Équateur ».

Au Pérou, l'essentiel des 70 groupes indiens sont des Quechuas et des Aymaras sédentarisés, producteurs de feuilles de coca, des *cocaleros*. Presque aucun n'est encore nomade. Et, là encore, les Indiens ont acquis une force considérable, puisque l'un des leurs est président du pays.

En Argentine, les Amérindiens ne sont que 300 000, principalement sédentaires (Quechuas, Aymaras, Guaranis, Kollas, Tobas, Araucans, Ranquels, Tehuelches, Mapuches, Onas, Witchis, Chacos). Les plus nombreux sont les Kollas ; les mieux organisés, les Mapuches ; les seuls vraiment nomades sont les derniers Canoeros, qui se déplacent encore dans les cinq mille îles des archipels de Patagonie, depuis Chiloé jusqu'au cap Horn. Ils vivent encore dans des huttes coniques ou en coupole qu'ils quittent tous les quinze jours et qu'ils réoccupent des semaines plus tard en en réutilisant les armatures[140]. Ils

transportent le feu, leur bien le plus précieux, au fond
de leurs canots, sur une couche de terre et de graviers ;
dès l'arrivée sur une nouvelle île, ils l'installent dans la
première hutte bâtie.

1.5. Des forgerons du Rajasthan
aux femmes-girafes de Thaïlande

À la frontière de l'Himalaya, sur le plateau de Chang-
tang, les Ladakhis sont encore trente mille ; bergers, ils
élèvent les chèvres nécessaires à la production de la laine
dite du Cachemire et sont de plus en plus intégrés dans
des structures commerciales qui leur sont étrangères.

En Inde vivent encore dans des conditions extrêmement précaires les plus nombreux nomades du monde.
Ils constitueraient le dixième de la population indienne,
mais ils ne sont pas recensés et n'ont pas le droit de vote.
Ils jouent un rôle très utile pour les paysans : ainsi des
Dravidas dans la jungle de Coimbatore et dans la région
de Mysore ; des Telougous, des Canaras, des Toulous,
des Malayâlams et des Tamouls. Dans le Rajasthan des
nomades innombrables circulent de village en village.
Les Gaduliya Lohar sont une caste de forgerons qui se
déplacent encore en charrette ; les Rabaris restent une
caste de bergers utilisés comme messagers depuis les
Moghols ; ils disent être devenus nomades en 1568,
quand la ville de Chittangegh au Rajasthan fut prise par
les Moghols ; ils circulent encore dans tout le pays, travaillant sur les chantiers.

Dans les îles indiennes du Nord, notamment les îles
Adaman à la frontière de la Birmanie, on trouve des

Négritos, chasseurs et pêcheurs venus d'Asie du Sud-Est, où subsistent d'autres peuples qui leur sont proches, tels les Semangs de Malaisie et les Aëtas des Philippines. Sur une de ces îles se meurent 300 Jarawas, nomades et chasseurs. Sur une autre, une centaine d'autres Négritos, les Sentinelese, sont totalement isolés. Sur une autre encore, 30 000 Nicobarais et 300 Shompens refusent tout contact avec les visiteurs et vivent de la pêche, de la chasse et de l'apiculture.

En Birmanie subsistent 138 groupes originellement nomades et sédentarisés pour la plupart : les Chins, les Kachins, les Lolos, les Rakhines, les Kadus, les Hpons, les Marus, les Nagas, les Lashi, les Lahu, les Môns, les Kayahs (Karens), les Was, les Las, les Padaungs, les Yaos, les Zayeins, les Shans, les Shanskuthas, les Kayins et les Taungthu. La majorité d'entre eux vit isolée dans des montagnes et disparaît à grande vitesse. À la frontière de l'Inde, les Chins – encore environ deux cent mille – vivent de la chasse et de la culture itinérante sur brûlis ; leurs femmes se tatouent le visage pour ne pas être enlevées par les Birmans. Les Môns qui ont, il y a des siècles, établi là les premiers ports, tel Moattama (Martaban) où s'installèrent les premiers visiteurs portugais, sont encore un million et restent les principaux marchands entre la Chine et l'Indochine, véhiculant tant les produits que la culture bouddhique. Les Chans Innthas sont pêcheurs sur les lacs. Les Kachins, devenus paysans, cultivent le riz. Les Tranyets Nagas font de la culture sur brûlis et déménagent tous les deux ans dans la forêt. Les Karens, originaires du désert de Gobi, arrivés en Birmanie au VIIIe siècle par le Yunnan, sont encore près de deux millions, dont la moitié vivent dans un État karen reconnu officiellement par la Constitution birmane de 1948 ; ils sont très maltraités parce que christianisés. Anciennement nomades, beaucoup cultivent aujourd'hui le riz ; d'autres travaillent comme conducteurs d'éléphants pour le transport du bois dans des conditions d'extrême indigence. Beaucoup sont en révolte contre la dictature birmane et se mêlent aux preneurs d'otages et aux trafiquants de pierres précieuses qui abondent dans la région ; c'est un des tout premiers peuples nomades en guerre contre les sédentaires.

Les femmes padaungs, qui sont encore soixante-dix mille, sont célèbres pour leurs ornements en laiton qui font d'elles des « femmes-girafes » – sans doute pour, comme les femmes chins, éloigner les hommes des autres tribus ou, disent-elles, pour « protéger leur âme ». Bien des Padaungs émigrent vers la Thaïlande, plus accueillante, et y vivent du tourisme.

En Thaïlande, d'autres nomades issus de peuples très divers sont en voie de disparition, tels les derniers Mlabris ou Phi Thong Luang (« Peuple des feuilles jaunies »), qui n'ont pas d'autre abri que des feuilles de bananier et sont si désespérés qu'ils multiplient les infanticides pour ne pas laisser leur progéniture survivre en ce monde.

Les Hmongs, nomades forcés, venus de Chine au Laos il y a deux siècles, y ont d'abord produit de l'opium pour le compte de la Régie française des tabacs, puis pour celui de la CIA, avant de se disperser entre le Laos (malgré les massacres organisés par le Pathet Lao), la Chine (où ils sont environ sept millions, au Guizhou), le Vietnam, la Thaïlande, les États-Unis et la Guyane française.

Les Aïnous, premiers habitants d'Hokkaido, l'île la plus septentrionale du Japon (visitée par La Pérouse en

1768), de Sakhaline et des Kouriles, et dont l'origine reste un mystère, sont encore cent mille aujourd'hui ; peuple de pêcheurs, ils protestent contre les mauvais traitements infligés à leurs enfants dans les écoles et contre l'absence totale, dans l'enseignement dispensé, de leur histoire, de leur langue et de leur culture.

Aux Célèbes, les Sama Badjao (« les Hommes des Mers ») nomadisent d'île en île sur de petites embarcations à balancier, surmontées d'une hutte de palme fixée sur une armature de bambou, où ils vivent à cinq ou six. Pour pêcher, ils attachent plusieurs bateaux ensemble et partagent ressources et travaux entre quelques familles.

Les Subanen des Philippines et les Papous de Nouvelle-Guinée ne sont presque plus nomades. Les Naulus de l'île de Ceram, en Indonésie, sont encore deux milliers de cueilleurs nomades dans le sous-district d'Amahai. Dans la forêt de Bornéo, les Punans ou Penans ne sont plus que sept cents cueilleurs, alors qu'ils étaient encore près de dix mille au début des années quatre-vingt ; ils utilisent des macaques à longue queue, apprivoisés pour les aider dans leur cueillette : « Ils sont comme des humains. Ils grimpent dans les arbres et cueillent des fruits pour que nous puissions les manger sans avoir à monter. Si, au cours de notre marche, nous tombons sur un serpent ou autre chose de dangereux, ils le découvrent avant nous [...] ; comme ça, ils nous protègent du danger[342]. » En 1987, des bulldozers travaillant pour le compte de planteurs d'arbres à huile de palme sont venus détruire les forêts où étaient enterrés leurs ancêtres. Non seulement ils perdent leur cadre de vie, mais les emplois dans ces plantations leur sont interdits. Comme d'autres peuples de la région – tels les Kayan et les Kenyah de Sarawak –, les Punans s'opposent sans succès à la déforestation. Un de leurs chefs, Anderson Mutang, invité aux Nations unies en 1992 à l'occasion du cinquième centenaire du voyage de Colomb, y déclara pathétiquement : « La seule évolution que nous constatons consiste en des routes poussiéreuses pour acheminer le bois coupé et en des camps pour les populations déplacées. Pour nous, leur prétendu progrès signifie uniquement famine, dépendance, impuissance, destruction de notre culture et démoralisation de notre peuple. » Un autre Punan, Johnny Lalang, de Long Lunyim, a déclaré en 2003 : « Les forestiers nous parlent comme à des enfants, comme si nous étions stupides. Nous sommes comme des poissons abandonnés hors de l'eau. » Les « forêts spéciales » qui étaient supposées leur être réservées sont en fait attribuées à des planteurs ou à des industriels de la pâte à papier. Le sagou, leur nourriture principale – une farine tirée du palmier – disparaît et ils doivent acheter du riz. Le gouvernement les enjoint de se sédentariser mais ne leur fournit ni formation, ni semences, ni écoles. Les derniers Punans parlent encore avec émerveillement de leur mode de vie : « Nous avons de la chance, comme un oiseau qui a des ailes. Nous pouvons voler partout où nous le voulons. Si l'endroit où nous avons construit nos maisons devient sale, boueux ou glissant, et ne nous convient plus, nous déménageons tout simplement... Lorsque nous sommes en marche et que nous avons envie de nous arrêter, nous pouvons rester dans le même lieu pendant un an, deux ou trois jours [...]. C'est pour cela que nous sommes toujours en mouvement[342]. »

2. Au cœur du Nord,
l'autonomie nomade

Les Européens furent de si grands massacreurs de nomades, que ce soit en Afrique, en Amérique ou en Europe même, qu'il n'en reste presque plus ni dans leurs anciennes colonies ni sur leur propre sol. Quelques-uns tentent malgré tout, çà et là, d'inventer un nouveau droit à l'autonomie sur des territoires si déshérités qu'aucun sédentaire ne les leur dispute.

2.1. Retour des Roms

Les Roms ou Tsiganes sont encore environ six millions en Roumanie, et quatre en Bulgarie, en Allemagne, en France et en Espagne.

En Roumanie où ils représentent encore près du cinquième de la population, ils restent persécutés, quel que soit le régime. Ainsi, au début de la révolution de 1989, des mineurs, amenés en train à Bucarest par le nouveau gouvernement pour le soutenir, massacrent au passage des centaines de Roms dans les campements de la banlieue de la capitale. Une commission d'enquête gouvernementale conclut à l'entière responsabilité des Roms dans ces massacres, affirmant que « les événements n'ont pas de motivation ethnique », que les communautés visées constituent « un danger pour la stabilité ethnique, puisqu'ils ont entre cinq et dix enfants par famille, et qu'ils ne sont pas natifs du lieu [...]. Ils appartiennent à la religion orthodoxe, mais n'observent pas les rites et cérémonies traditionnels de cette religion. Ils perturbent l'ordre par des violences verbales, des discussions obscènes, un langage trivial, volent le bien d'autrui et se rendent parfois coupables de coups et blessures. » (Commission européenne contre le racisme et l'intolérance, rapport du 23 avril 2002.)

Les Roms sont encore aujourd'hui, dans ce pays, un prolétariat marginalisé. Les quatre cinquièmes des quelque 80 000 enfants parqués dans les orphelinats du pays sont des Roms. Les autres sont mal reçus dans les écoles, les hôpitaux, les commissariats, les administrations, les entreprises. Leur niveau de vie et leur espérance de vie sont très inférieurs à la moyenne nationale ; leurs conditions de logement sont déplorables, leur scolarisation rare, leur taux de chômage considérable : 40 % des Roms roumains disent n'avoir pas trouvé à s'employer depuis plus de quinze ans. Ceux qui travaillent sont vanniers, bateliers, forgerons, musiciens ou danseurs. Par exemple, le clan des Kalderash, qui passe l'été dans les montagnes de Transylvanie et l'hiver sur les routes des plaines roumaines, est spécialisé dans le travail du métal : « Les arbres et les rivières sont notre maison, le ciel, le toit qui nous abrite. Nous sommes des gens du voyage, nous aimons nos familles et obéissons à notre loi. Mais ce que nous aimons par-dessus tout, c'est notre liberté[342]... »

D'autres ont disparu dans les massacres yougoslaves, tant par les nazis que par les Serbes et les Croates lors des guerres de Bosnie et du Kosovo.

En France, les Tsiganes sont au nombre de 250 000, dont plus de la moitié, itinérants, n'ont pas de droit de résidence clairement établi. Si la loi du 30 mai 1990 sur

le droit au logement oblige en théorie les communes
françaises de plus de 5 000 habitants à prévoir pour eux
des « aires de stationnement », elle n'impose pas la
construction d'aires d'habitat, contrairement à ce
qu'exige l'article 2 du protocole des droits de l'homme
de 1963, voté à Strasbourg et ratifié par la France en
1974. De surcroît, la plupart des communes qui auraient
dû créer de telles aires de stationnement ne l'ont même
pas fait ; et la moitié des aires installées sont situées dans
des quartiers insalubres ou des terrains vagues. En Île-
de-France, par exemple, où les besoins sont estimés à
6 000 places de caravanes, il n'en existe que 550. Partout
les lois contre la pauvreté, les visant plus ou moins directement, se durcissent : la loi du 28 janvier 2003 stipule
que mendier est un délit puni de 6 mois de prison et
d'une amende de 7 500 euros ; que s'installer sur un
terrain non autorisé est un délit puni de 6 mois d'emprisonnement et de 3 750 euros d'amende ; que stationner
à plusieurs dans une cage d'escalier est un délit puni de
deux mois de prison et de 3 000 euros d'amende. Faute
de lieux de résidence organisés, la plupart des Tsiganes
habitent dans des roulottes, des baraquements, des caravanes immobilisées, des immeubles abandonnés. Ils
continuent d'être ferrailleurs, chaudronniers, maqui-
gnons, vendeurs ambulants. « Le désespoir est partout.
Même si les Morés [les hommes de la tribu] [...] se
souviennent du temps où l'humour et le sacré ne faisaient
qu'un, le monde pour eux n'est qu'une kermesse sans
joie et la scène, très dépeuplée, d'un désespoir collectif.
Un crève-cœur[254]. »

L'Union européenne, terre du mouvement organisé,
de la libre circulation des hommes et des marchandises,

aurait pu inventer un statut destiné à permettre à ses minorités nomades de maintenir leurs différences, tout en participant à la vie commune. Les Roms ou Tsiganes auraient pu être reconnus comme les premiers citoyens européens dégagés de toute obédience nationale. C'est plus au nord qu'ont été édifiés les premiers statuts de liberté nomade.

2.2. Les trois premiers gouvernements nomades : Groenland, Samits et Nunavut

Ceux que les Européens appelaient « Esquimaux » (« ayaskimeur » signifiant « Ceux qui parlent une langue étrangère »), dénommés aujourd'hui Inuit au Canada, Kalaallits au Groenland et Inupiats en Alaska, vivent dans des lieux si inhospitaliers que les pays qui les hébergent n'ont pas trop de mal à leur concéder une certaine autonomie.

Au Nuuk ou Groenland, île de 2 millions de kilomètres carrés (soit l'équivalent de l'Europe occidentale) rattachée au Danemark, vivent 53 000 Inuit, descendants directs du peuple de Thulé dont on a parlé plus haut. Ils constituent 85 % des habitants de l'île. Les premiers Danois y sont arrivés en 1721 ; les derniers Vikings en étaient partis depuis deux siècles pour des raisons restées mystérieuses. Sous l'impulsion des missionnaires, les Inuit ont rapidement appris à lire, écrire et compter ; un premier journal a été publié en inuit vers 1900. Ils vivent encore aujourd'hui de la chasse et de la pêche dans la partie ouest de l'île. Certains chassent l'ours avec des lances pendant que leurs chiens font diversion ; en hiver, ils quittent les tentes pour aller habiter dans des igloos dont ils tapissent le sol de lichens.

En janvier 1979 est créée une Région autonome du Groenland, première entité de nomades du monde moderne. Le pouvoir exécutif y est exercé par un gouvernement de sept membres, le *Landsstyre*, dirigé par un Premier ministre. Le pouvoir législatif est assuré par un parlement composé de 21 membres, le *Landsting*, élu pour quatre ans. Les Groenlandais élisent aussi deux représentants au Parlement danois. Copenhague, qui finance la moitié du budget du Groenland, conserve le contrôle des ressources du sous-sol, de la Défense et des Affaires étrangères. Il va de soi que la bataille pour la souveraineté deviendra plus sévère si des ressources naturelles significatives venaient à être découvertes sur l'île. La majorité inuk pourrait alors revendiquer son émancipation totale, ce qu'un mouvement indépendantiste, le Nammineq, commence d'ailleurs à réclamer.

En Norvège, les Samits sont encore 40 000 sous le Cercle polaire arctique jusqu'aux rives de la mer Blanche. Ils continuent d'être considérés avec méfiance pour leurs pouvoirs magiques supposés. En 1988, la Constitution norvégienne leur a reconnu des droits à la préservation de leur mode de vie et de leur culture. En 1989, ils ont obtenu des droits équivalant à ceux que le Danemark a accordés aux Inuit. Leur parlement, l'Assemblée samit, est responsable des questions économiques et des relations avec le gouvernement norvégien. Le samit est devenu en 1993 une des langues officielles de la Norvège, enseignée dans les écoles ; plus de 20 000 personnes la parlent en Norvège, 10 000 en Suède et 3 000 en Finlande. Quelques dizaines de milliers d'entre eux vivent encore en nomades. Chasseurs, ils emportent avec eux des tentes coniques à arceaux ovales ou à fourches, plus résistantes au vent. Ils s'adonnent à la chasse au renne, dont l'élevage est par ailleurs devenu industriel. Leur culture reste très vivace ; leurs chamanes, les *noiade*, demeurent en contact, disent-ils, avec l'âme des animaux par la danse et les tambours. Leur musique, interdite par l'Église luthérienne au XVIIIe siècle, a retrouvé sa forme originelle, le *Joik*. Une compagnie théâtrale, le Dalvadis Teatter de Karesuando, au nord de la Suède, reprend leurs récits chamaniques. Ils ont leurs stations de radio, leurs universités. Un programme de télévision raconte la vie d'un président de l'État samit qui se prend pour le chef d'une superpuissance... Pourtant, même si les Lapons sont plus heureux que les autres peuples premiers nomades, le taux de suicide reste chez eux très élevé, tout comme l'usage de la drogue.

Dans cette région du globe, le réchauffement climatique entraînera une élévation du niveau de la mer, une érosion des côtes et un bouleversement des conditions de pêche et de chasse, améliorant sensiblement les conditions de vie des habitants mais entraînant sans doute un afflux de nouveaux migrants.

2.3. L'audace canadienne

Une fraction des Amérindiens du Canada sont aussi des Inuit. D'autres appartiennent au groupe linguistique algonquin ; d'autres encore sont iroquois, salishen, athabascans. Au total, ils représentent encore environ 3 % des Canadiens dispersés dans 2 300 réserves et dans le

Grand Nord. Ils ne sont citoyens canadiens que depuis 1960.

Ceux des réserves vivent mal. Quinze mille Kainahs et Siksikas sont confinés dans l'Alberta ; 6 000 Crees (« Ceux qui parlent la même langue ») vivotent dans plusieurs réserves de l'Ouest où on les appelle Stoneys. Dans l'Ontario, leur taux de suicide est cinq fois supérieur à celui des autres Canadiens du même âge ; ce taux atteint parfois plus de 130 suicides pour 1 000 habitants.

Les peuples du Nord obtiennent les uns après les autres de meilleurs statuts. Ceux de la baie James et du Nord québécois ont bénéficié d'une définition de leurs frontières en 1975. À ceux du Nord-Est québécois elle est échue en 1978.

En 1980, les Gitxsans de Colombie britannique se révoltent et l'un de leurs chefs, Mary Johnson, dépose devant un tribunal pour faire valoir les droits de son peuple. Le juge rejette sa demande, exposant que les requérants ne montrent aucun des « signes distinctifs de la civilisation, [...] n'ont pas de langue écrite, ni de chevaux ou de véhicules à roues... »[264].

En 1982, l'article 35 de la Loi fondamentale reconnaît les droits ancestraux des peuples autochtones sur leurs terres[264]. En 1984, un accord est trouvé sur les frontières du territoire des Inuvialuit. En 1985, une modification de la loi sur les Indiens permet aux Amérindiennes mariées à des non-Indiens de garder leur statut et de le transmettre à leurs enfants. La même année, un rapport du juge Coolican définit une procédure destinée à revoir les statuts « des peuples autochtones utilisant et occupant des terres traditionnelles dont le titre n'a fait l'objet d'aucun traité ni texte de loi explicite ». En 1988 est fermé le dernier internat fédéral pour enfants des peuples premiers. En 1990, par décision de la Cour suprême, l'arrêt Sparrow, les tribus manitobaines obtiennent le droit d'administrer leur propre système d'enseignement et de gérer la plus grande partie de leurs programmes de santé, mais l'autonomie des réserves ne va pas plus loin[264]. En 1992, un accord est trouvé sur la revendication territoriale globale des Gwich'in sans qu'une autonomie particulière leur soit accordée.

En 1993, un Indien d'une réserve du nord du Manitoba, Elijah Harper, devient le premier Indien élu au Parlement canadien. Il refuse d'approuver l'accord du lac Meech qui fixe les rapports entre les provinces et accorde l'autonomie au Québec, parce que cet accord ne garantit pas les droits des Indiens. Son refus empêche le Manitoba de l'approuver, ce qui entraîne le rejet de l'ensemble de l'accord.

En 1993, un accord est trouvé entre le gouvernement fédéral et les Inuit sur les frontières du « Nunavut », région qui s'étend dans l'est de l'Arctique canadien sur un cinquième de la superficie du pays, soit environ 2 millions de km^2 ; 29 000 Inuit y représentent 85 % de la population. Beaucoup vivent encore en chasseurs et pêcheurs. Au début du printemps, ils se dispersent en petits groupes et plantent leurs tentes le long des côtes ou au bord des rivières ; en été, un foyer extérieur à la tente sert à fumer les viandes ; en septembre, ils construisent pour l'hiver une maison où se regroupent plusieurs dizaines de personnes. S'ils se déplacent pour chasser, rares sont ceux qui savent encore aujourd'hui construire leur igloo. Certains chassent encore la baleine à bord de kayaks, canoës à une place recouverts de peaux de phoques, ou à bord d'umiaks un peu plus solides, avec des harpons équipés d'une pointe d'ivoire ou d'une défense de morse. Ils restent les meilleurs spécialistes mondiaux de cette chasse et certains travaillent pour les baleiniers industriels qui viennent exterminer les ultimes cétacés de la région.

En 1994, un accord est trouvé pour satisfaire les revendications territoriales globales des métis et des Dénés Sahtu, mais sans que de nouvelles compétences ou une nouvelle marge d'autonomie leur soient reconnues. En 1994, un accord-cadre sur les frontières a aussi été scellé avec les Indiens du Yukon, avec la première nation Gwitchin Vuntut, avec la première nation des Nacho Nyak Dun, les Tlingits de Teslin et les premières nations de Champagne et d'Aishihik[264]. Mais tous ces textes ne définissent encore que des frontières, pas des compétences.

En septembre 1995, dans un rapport intitulé *Le Canada et les peuples autochtones : un nouveau partenariat*, le juge Hamilton a proposé un nouveau train de discussions portant sur la répartition des compétences entre le gouvernement fédéral et les peuples premiers. En conséquence, en 1996, une commission royale a suggéré de conclure en l'espace de vingt ans des traités d'autonomie avec chaque nation[264]. En 1996, un accord frontalier de principe est signé avec les Nisga'as. En revanche, il est refusé aux Denesulinés d'Athabasca qui occupent un territoire situé juste au nord du 60e parallèle, de même qu'aux Dénés et aux Dénés Sayisi, dans le nord de la Saskatchewan et du Manitoba[264].

Le 1er avril 1999, l'accord de principe passé avec les Inuit sur la création du Nunavut devient une réalité. Iqaluit est leur capitale, sur l'île de Baffin. Y siège un vrai gouvernement régional, épaulé par un parlement sur le modèle danois.

2.4. Amérindiens des États-Unis

Les deux millions et demi d'Amérindiens des États-Unis sont loin d'avoir les mêmes droits que ceux du Canada ou d'Europe du Nord.

En Alaska, leur situation est désastreuse et leur seule échappatoire est d'ordre individuel. La situation des Inuit (appelés ici Inupiats) y est beaucoup plus mauvaise qu'au Canada, au Danemark ou en Norvège. Le taux d'alcoolisme y est le plus élevé des États-Unis ; dans une communauté de cinq cent cinquante membres, on a enregistré huit suicides en seize mois. Aucune autonomie ne leur est concédée : leurs territoires de chasse semblent receler de nombreuses matières premières qu'il n'est pas question de leur laisser.

Un tiers des autres Amérindiens vivent encore dans des réserves ; une majorité y est au chômage et beaucoup se suicident. Les réserves des plus nombreux, les Navajos, couvrent une part importante de l'Arizona, du Nouveau-Mexique et de l'Utah ; le taux de chômage y est de l'ordre de 45 %. Celui de mortalité y est l'un des plus élevés d'Amérique. D'autres tribus sédentarisées, comme les Hopis, peuple fondateur des mythologies amérindiennes, vivent à côté, à Hottevilla, de la culture du maïs. Dix mille Kiowas habitent le sud-ouest de l'Oklahoma ; huit mille Comanches sont parqués aux environs de Layton, dans l'Oklahoma, où résident encore les survivants d'une centaine de tribus différentes, toutes sédentarisées[404]. Dans le nord du Montana, dix-huit mille Pikunis vivent sur les réserves pieds-noirs créées en 1888, et quatre mille cinq cents d'entre eux se trouvent dans la réserve de Rocky Boy's, créée en 1916 dans le nord du Montana, avec les Chippewyans, trois mille Gros-Ventres et huit mille Assiniboines[404] ; cinq mille Cheyennes s'entassent en Oklahoma et sept mille autres dans une réserve du Sud-Montana créée en 1884. Trois mille Arapahos se meurent en Oklahoma, tandis que trois mille cinq cents autres partagent la réserve de Wind River, au Wyoming, avec deux mille Shoshones, leurs ennemis traditionnels[401]. Trente mille Dakotas sont dispersés dans neuf réserves entre le Minnesota, le Nebraska, le Montana, le Dakota du Sud et le Dakota du Nord ; soixante-dix mille Lakotas sont parqués dans les réserves de Pine Ridge, de Rosebud, de Standing Rock, de Cheyenne River, de Crow Creek et de Lower Brule, au Dakota[404].

Le comté de Pine Ridge, dans le Dakota du Sud, tout à côté de Wounded Knee et de ses lieux sacrés, où sont parqués nombre des Indiens les plus anciennement nomades des États-Unis, en particulier les derniers Sioux, est le comté le plus pauvre des États-Unis.

Les efforts pour intégrer ces populations se sont révélés désastreux. En 1956, les enfants indiens ont été scolarisés au sein de pensions amérindiennes. Une anthropologue navajo, Shirley Keith, constate : « L'enseignement dispensé aux Indiens est une honte nationale. La méthode consistant à enlever les enfants à leurs parents pour les placer en internat dans des dortoirs, soumis à une discipline quasi militaire, a pour résultat non seulement une aliénation et une désorientation culturelles, mais également un nombre de suicides double de la moyenne pour les mêmes groupes d'âge [...]. Ces suicides se produisent dès l'âge de huit ans [...]. Les enfants indiens qui fréquentent des externats en majorité blancs sont dans une situation à peine plus enviable : ils ont la chance de vivre avec leur famille, mais se trouvent quotidiennement face à des maîtres qui ne respectent pas leurs traditions et à des élèves blancs qui se moquent d'eux parce qu'ils sont indiens. Bien des journées d'école se terminent par un pugilat ou un nez brisé [...]. Une partie pourrait être acceptée au collège, mais elle n'en a pas les moyens. Un pour cent seulement des jeunes Indiens entrent à l'université[199]. »

En fait, les deux tiers des Indiens américains disparaissent dans la jungle des villes, et ceux des réserves tentent de survivre en se livrant à tous les trafics. Ainsi, depuis 1988, profitant d'une loi qui a confirmé l'autonomie de leurs réserves, des Indiens ouvrent des casinos et contrôlent une industrie du jeu de quelque six milliards de dollars. Si les Navajos en refusent l'installation dans leurs réserves, d'autres, comme les Wyandottes d'Oklahoma, en ont ouvert un, en août 2003, au Kansas, et les Senecas, trois dans l'État de New York. Les Oglala-Sioux de Pine Ridge, dans le Sud-Dakota, gèrent le Prairie Winds Casino équipé de 40 machines à sous. La plupart de ces établissements sont situés près de grandes villes, et très peu sont équipés de machines à sous, la plupart n'offrant aux joueurs qu'une sorte de bingo. Moins de 1 % de la population indienne profite de cette activité ; l'essentiel des bénéfices va à des compagnies de gestion non indiennes. Parfois, les Indiens eux-mêmes ne sont que les prête-noms de ces compagnies. La tribu des Nashantucket Pequot, qui ne compte que deux cents membres, est ainsi propriétaire d'un casino équipé de 4 000 machines à sous dans le Connecticut !

D'aucuns s'insurgent contre cette situation. En 1968, à Minneapolis, a surgi l'American Indian Movement qui, en octobre 1969, a occupé l'île d'Alcatraz, présentant le célèbre pénitencier de la baie de San Francisco comme une métaphore de leur propre mode de vie : « [L'île] est isolée de la vie moderne et sans moyens de transport ; il n'y a pas d'eau courante ; il n'y existe aucun établissement sanitaire ; il n'y a ni ressources minières, ni ressources pétrolières ; il n'y a aucune industrie, et le chômage y est général ; il n'y a aucun établissement de soins ; le sol est rocheux et improductif ; il n'y a pas de gibier ; il n'y a aucune école ; la population est trop importante pour la superficie du terrain ; la population y a toujours été maintenue prisonnière et dépendante. » Expulsés par la force en juin 1971, les militants ont occupé Wounded Knee, lieu de l'ultime massacre, en 1973.

La voie de la rébellion violente paraissant sans issue, certaines tribus tentent d'obtenir la restitution de leurs terres par le juge, à l'instar de ce qui se passe au Canada. Ainsi, en 1980, la Cour suprême des États-Unis a fait une avancée en accordant 105 millions de dollars aux Lakotas en guise d'indemnisation pour la perte des Black Hills, mais ceux-ci ont refusé, ne voulant pas, en acceptant une indemnisation, ratifier leur spoliation. Dans l'État de New York, des procédures de restitution du même type sont engagées par des Cayugas, des Senecas, des Mohawks, des Onondagas, des Iroquois et des Oneidas. Pour l'heure, aucune n'a abouti à la rétrocession d'un territoire.

L'étude de la vie indienne se développe dans les universités et l'histoire de la colonisation américaine commence à être réécrite au sein de départements d'études indiennes, dans des journaux, des livres et sur d'innombrables sites Internet. Des écrivains comme Leslie Fiedler[145], des films comme *Un homme nommé Cheval*, *Soldat bleu* ou *Little Big Man*, participent de cette redécouverte de l'Histoire. Les danses du soleil, longtemps interdites, sont de retour, et les *pow-wow*, cérémonies rituelles rassemblant les tribus, réunissent des dizaines de milliers de participants, parfois en présence de Blancs.

Cela n'empêche nullement l'ethnocide des Indiens de continuer sans qu'aucune des autres minorités des États-Unis manifeste une solidarité concrète à leur égard.

2.5. Renouveau en Asie orientale

Les nomades du Grand Nord russe sont encore deux cent mille et n'ont pas obtenu, eux non plus, les mêmes droits que ceux du Grand Nord européen et canadien. Ceux des côtes de la Tchoukotka sont pêcheurs de baleines. Quelques Lapons, Dolganes, Samoyèdes, Toungouzes, Iakoutes, Tchouktches vivent encore très pauvrement du renne. Par exemple, seulement 3 % des Dolganes continuent de vivre en nomades de la pêche, de l'élevage et de la chasse aux rennes, oies, canards, loups et renards polaires[150]. Toute leur vie et leur culture tournent encore autour du renne : le mois de mars se dit en dolgane « le mois du retour du renne sauvage », et octobre, « le mois où les rennes se déplacent »[150]. À la différence des Lapons qui élèvent le renne, Tchouktches et Dolganes ne font que contrôler des troupeaux sauvages. Pour suivre les migrations bisannuelles des rennes, ils se déplacent dans des *baloks*, sortes de cabanes de bois montées sur des patins, recouvertes de peaux et tirées par des rennes. Au printemps, ils remontent du sud vers le nord ; en été, ils se rassemblent autour des lacs ; à l'automne, ils se séparent pour chasser et redescendent du nord vers le sud. Du choix de leurs itinéraires – d'une infinie diversité – dépend leur survie[150]. Leurs habitations sont sophistiquées : la *ïaranga* des Tchouktches est faite en hiver d'une armature en bois recouverte de peaux de morses ou de rennes ; en été, ce sont des tentes faites d'une ossature en bois recouverte de peaux de rennes et d'herbes[150].

En Mongolie, les Touvas, derniers descendants encore nomades des guerriers de Gengis Khan, voyagent avec leurs chameaux, parfois aussi en camion. Le verbe *khorgodakh*, qui signifie en mongol « résider continuellement à la même place », est on ne peut plus péjoratif. Les femmes regrettent pour leur part la disparition des chameaux « qu'elles ornaient de pompons et de cordelettes tressées[342] », alors qu'elles n'ont pas le droit d'approcher des camions. Les hommes aussi se souviennent avec nostalgie du temps où ils voyageaient à dos de chameau : « Lorsque nous avions des chameaux, les femmes travaillaient toujours ensemble... Il fallait au moins deux femmes pour traire une chamelle – une pour entraver l'animal et éloigner les autres chameaux, et l'autre pour recueillir le lait. Non seulement la traite, mais aussi la fabrication du fromage et le tissage des tapis étaient jadis des tâches que les femmes trouvaient agréable d'accomplir ensemble. Et faire et défaire les bagages était toujours divertissant. On ne savait jamais combien de fois les femmes – qui voyageaient toujours à dos de chameau – allaient tomber par terre[342]... » Les rares Touvas à utiliser encore des chameaux font une vingtaine de déplacements annuels à la recherche d'eau et d'herbages en été ; ils se déplacent peu en hiver, mais se réfugient dans des endroits abrités du vent et du *zud*, le gel précoce[342], danger mortel.

En Chine, en Mongolie-Intérieure et dans le Xinjiang, quelque 260 districts sont encore habités par 40 millions de descendants des Mongols, largement sédentarisés. Certains élèvent des yaks et des chèvres. Les Ouïgours, Indo-Européens dont le nom signifie « unité » (*Hui* en chinois), sont près d'un million au Kazakhstan et sept millions au Xinjiang (qu'ils appellent « Turkestan oriental »), et surtout dans les oasis du Tarim et en Djoungarie, au nord d'Urumqi, la capitale. Aujourd'hui, les Ouïgours sont des musulmans sunnites de langue turque et d'écriture arabe. Certains rêvent d'une renaissance de la « République du Turkestan oriental » qui exista entre 1944 et 1949. Mais la région, réserve pétrolière et point d'entrée en Chine du pétrole du Kazakhstan et de la Caspienne, est par trop stratégique pour que la Chine lui accorde la moindre parcelle d'autonomie.

Au Kirghizstan, au Turkménistan et au Kazakhstan, les habitants lakays, ouzbeks et pamiris des kolkhozes, nomades sédentarisés par le système soviétique, ne gardent plus qu'une identité linguistique[313]. Parfois, ces nouveaux sédentaires s'opposent aux anciens paysans qu'ils rencontrent. Ainsi les nomades kirghiz du nord du Tadjikistan, dont l'activité a été longtemps parfaitement compatible avec celle des paysans tadjiks, s'opposent à eux depuis qu'ils ont été sédentarisés[313]. On trouve encore en Yakoutie-Saka, enclavée dans la Sibérie, des Sakas, ultimes descendants des anciens Scythes, devenus turcophones. Au Kazakhstan, en Ouzbékistan, au Turkménistan, en Tchétchénie, en Ossétie, en Arménie, en Azerbaïdjan, quelques derniers nomades éleveurs de moutons ou de vaches vivent dans des yourtes, les familles étant spécialisées les unes dans l'élevage du bétail, d'autres dans la production des objets en cuir, d'autres encore dans les tapis, d'autres enfin dans la commercialisation de ces objets. Là encore, les guerres bousculent, nient et effacent les dernières traces de nomadisme malgré les tentatives turques et kazakhes pour les restaurer, au moins culturellement.

2.6. Le Jour du Chagrin

En Australie, les Aborigènes sont aujourd'hui 400 000, soit 2 % de la population, répartis en 250 tribus pourvues d'autant de langues ou dialectes. Un tiers vit en zone rurale ; un autre tiers dans des villes de plus de 100 000 habitants, pour l'essentiel au nord du pays ; les autres sont dans des réserves en Tasmanie, sur d'autres îles et dans l'archipel du détroit de Torres. Leur situation est éminemment désastreuse.

Ils ont commencé à se faire entendre en 1965, juste après avoir obtenu le droit de vote dans certaines provinces. En 1967, plus de 90 % des Australiens votent en faveur de l'abolition de la discrimination, sans pour autant leur accorder la citoyenneté australienne. En 1971, ils sont pour la première fois comptés comme des êtres humains dans les statistiques démographiques nationales. En 1976, quelques terres sont restituées à 11 000 Aborigènes ; elles leur permettent de retourner vivre sur le sol de leurs ancêtres. Au même moment, à Papunya, quelques artistes membres d'une communauté commencent à reproduire leurs dessins rituels – traditionnellement faits sur du sable – sur des portes, des bouts de carton, puis sur des toiles, créant la *dot painting* qui les rend aujourd'hui mondialement célèbres. En 1983, le monolithe le plus célèbre, Uluru, est loué pour 99 ans à ses propriétaires ancestraux. En 1991, l'Australie décide de célébrer, chaque 26 mai, le National Sorrow Day en souvenir de l'enlèvement des enfants aborigènes à leurs familles, pendant plus d'un siècle et demi, dont les Australiens semblent avoir eu la brusque révélation en 1990. En 1992, la Haute Cour d'Australie renonce à appliquer le principe selon lequel l'Australie n'était à personne – *terra nullius* – à l'arrivée des colons.

En 1993, les Aborigènes deviennent citoyens australiens – donc citoyens de leur propre pays – bien après que tous les autres nomades du monde ont été reconnus comme tels dans leurs pays respectifs. En 1994, le gouvernement fédéral crée un « Fonds indigène pour la terre », censé les aider à acquérir leurs propres territoires, mais sans en avoir les moyens. En 2000, une Aborigène, Kathy Freeman, championne du 400 mètres, symbolise leur apparente réhabilitation aux Jeux olympiques de Sydney.

En fait, leur situation reste épouvantable : leur espérance de vie est encore de vingt ans inférieure à celle des autres Australiens. Un Aborigène sur deux seulement atteint l'âge de cinquante ans. Le suicide reste, avec l'alcoolisme, la première cause de décès chez les jeunes.

3. L'AVANT-GARDE DU MONDE

À partir des expériences du Grand Nord, on peut s'attendre à un développement des revendications indépendantistes des nomades, au moins dans les régions où ils sont majoritaires : souvent des déserts, parfois des zones en passe de devenir des lieux stratégiques.

3.1. La récupération sédentaire

En Europe, aucun pays n'enseigne à ses enfants les cultures des peuples nomades qui les ont façonnés. Dans ceux où un colonisateur européen est venu détruire des civilisations antérieures, l'occultation est encore plus complète : rares sont les nations d'Amérique latine à se penser comme la résultante du choc de deux cultures. Certains y idéalisent cette rencontre ; d'autres disent s'assumer comme nés du viol d'une Indienne par un soldat ibérique.

En Afrique, les conflits sont encore par trop présents pour que l'identité nomade soit revendiquée, sauf là où elle est assumée, comme l'identité targuie au Mali.

Certains commencent par ailleurs à comprendre que les nomades sont les mieux placés, par leur seule présence, pour lutter contre la déforestation. Les populations du Mali savent utiliser des herbes et des plantes locales pour traiter leur bétail mieux qu'à l'aide de médicaments modernes. Les organisations internationales, renversant leur doctrine, commencent à utiliser les nomades pour combattre la désertification dans neuf pays africains dont le Sénégal, la Namibie, le Zimbabwe et le Kenya.

En Asie centrale, les pays issus du démantèlement de l'URSS revendiquent leurs origines nomades sans avoir à craindre que leurs propres nomades, fort peu nombreux, ne deviennent autre chose que de simples figurants dans la représentation de l'Histoire.

Les habitants de la Mongolie et de l'Ouzbékistan se considèrent ainsi comme les descendants des nomades de l'Altaï qui dominèrent l'espace allant de la mer de Chine à la Caspienne. En Mongolie, un courant nationaliste rappelle à la population l'extraordinaire histoire de leurs ancêtres, de Gengis Khan à Koubilay, maîtres de la Chine et de l'essentiel de l'Eurasie. Aussi certains Mongols réclament-ils le retour à la mère patrie de la Mongolie-Intérieure – sous contrôle chinois –, de la Bouriatie – sous contrôle russe – et de bien d'autres districts russes et chinois. Par ailleurs, des monastères se reconstruisent et réaffirment leur communauté religieuse avec les Tibétains.

Le Kazakhstan né, on l'a vu, au XVIe siècle d'un mélange mongol et turc, revendique des origines nomades. Son drapeau représente un aigle, auxiliaire des chasseurs, sous un soleil d'or ; son sceau est un cheval ailé au-dessus d'une yourte avec, au centre de celle-ci, le shanyrak, le tapis de sol de la yourte, que chaque famille doit transmettre d'une génération à l'autre. Au Kirghizstan, le shanyrak figure au centre du drapeau. Chacun de ces pays enseigne son histoire en se plaçant à la croisée de tous les mouvements nomades des derniers millénaires. Leurs dirigeants font connaître les illustres tribus dont ils se disent les descendants.

Le nationalisme turc s'est nourri, dès Atatürk, d'une réflexion sur l'origine nomade de la nation turque, constituée, on l'a vu, autour de l'an mille, par des tribus turcophones vivant en Asie Mineure, en Chine et en Inde depuis quelque deux mille ans. Aujourd'hui, la politique étrangère de la Turquie vise à aider à la reconstruction d'une mémoire turkestanie dans la région, en particulier chez les Kashkays d'Iran, les Ouïgours de Chine, les Kazakhs, les Ouzbeks, les Turkmènes et les Kirghiz. L'éclatement de l'URSS a donné plus de place encore à cet expansionnisme turc, au moins sur le plan culturel.

3.2. Le sabotage de l'identité nomade par les institutions internationales

L'Organisation des Nations unies et les autres institutions internationales, rassemblement de nations, font tout pour refuser aux peuples nomades le droit d'exister. Le vocabulaire des Nations unies désigne d'ailleurs comme peuples « autochtones » les peuples premiers liés à un sol, et comme « minorités » ceux qui ne le sont pas, soit parce que nomades, soit parce qu'exilés. Les peuples nomades ne sont donc jamais considérés comme des peuples premiers, mais seulement, où qu'ils soient, comme des intrus ou des marginaux et rien n'incite à les protéger ou à les promouvoir. Les institutions financières internationales telles que la Banque mondiale et l'Organisation internationale du travail obéissent encore à ces mêmes doctrines : bousculant ou niant les nomades, érigeant des barrages sur leurs terres ou les faisant traverser par des axes de pénétration, et vantant leur sédentarisation comme un facteur de progrès.

Politiquement, l'Organisation des Nations unies joue même un rôle majeur dans leur écrasement en leur refusant tout droit à la parole et en n'écoutant aucune de leurs revendications. En 1970, une sous-commission des Nations unies pour la lutte contre les mesures discriminatoires et pour la protection des minorités note timidement l'existence de persécutions frappant les peuples premiers, mais sans aller plus loin et sans évoquer les nomades. À l'époque, le grand combat est encore celui de la décolonisation, et les peuples premiers – nomades ou sédentaires – sont devenus les ennemis plus ou moins déclarés des nouveaux gouvernements, membres courtisés des institutions internationales.

Il faut attendre 1982 pour que le Conseil économique et social des Nations unies crée une « sous-commission pour la promotion et la protection des droits de l'homme », constituée de 26 experts, chargée de proposer des mesures visant à « la défense des droits et libertés des populations autochtones », sans que rien de spécifique soit dit sur les nomades. Trois ans plus tard, en 1985, ce groupe de travail commence à élaborer une éventuelle déclaration des droits des peuples autochtones. Huit ans plus tard (!), lors de sa onzième session, en juillet 1993, soit un an après les cérémonies du cinquième centenaire du voyage de Christophe Colomb, ledit groupe se met d'accord sur un audacieux projet reconnaissant aux peuples premiers sédentaires le droit à disposer d'eux-mêmes, à s'autoadministrer et à recouvrer leur identité culturelle, leurs droits fonciers, leurs

territoires et leurs ressources naturelles. Ce texte ne
prend cependant en compte que les intérêts des peuples
premiers sédentaires. L'Assemblée générale s'empresse
évidemment de négliger ce texte et proclame une
« décennie internationale des populations autochtones »,
vide de contenu, qui se réduit à quelques expositions
d'artisanat de bon ton. Il faut attendre sept ans de plus,
soit juillet 2000, pour que soit créé par le Conseil économique et social de l'ONU un nouveau comité – ou
« forum », ou encore « instance permanente sur les questions autochtones » – chargé de dispenser au Conseil
économique et social (lui-même organe consultatif) des
conseils (!) sur l'éducation des peuples autochtones, leur
santé, et sur la coordination des actions menées par
l'ensemble des Nations unies sur toutes les questions les
concernant...

On doit encore patienter deux ans – jusqu'en mai 2002
– pour que ce forum se réunisse pour la première fois,
soit trente ans après la création du premier groupe de
travail sur les peuples premiers : le projet de déclaration
est oublié !

L'ONU a ainsi fonctionné comme une machine à
enterrer les revendications des peuples autochtones, sans
avoir même jamais évoqué l'extermination des derniers
nomades, perpétrée chaque jour par la plupart de ses
membres.

3.3. Avant-garde nomade

Certains de ces peuples comprennent alors qu'ils n'ont
rien à attendre des sédentaires et qu'ils n'obtiendront

jamais rien d'eux s'ils ne revendiquent pas, au préalable, la propriété d'une terre pour y créer leur nation. De fait, leurs droits sur le sol pourraient se révéler vertigineux : les Mongols pourraient revendiquer toute l'Asie centrale et une partie de l'Europe orientale. Les différents peuples turcs de l'Altaï, actuellement divisés entre diverses entités administratives russes et kazakhes, pourraient revendiquer le reste de l'Asie Mineure. Les Dolganes, les Inuit de l'île Wrangel, les Aléoutes des îles du Commandeur, actuellement dépendants des régions de Magadan et du Kamtchatka, séparés par la colonisation puis par la guerre froide de leurs frères d'Alaska, pourraient réclamer leur réunion. Les Bantous pourraient à bon droit réclamer une partie de l'Afrique, et les Xan une autre. Les Gaduliya Lohar pourraient revendiquer le Rajasthan. De même les Karens, les Imazighens, les Tupis-Guaranis pourraient bouleverser l'ordre du monde s'ils réexigeaient leurs terres. Tous pourraient aussi faire comprendre aux sédentaires qu'il serait de leur intérêt bien compris de les sauver. Qu'ils ne sont aucunement des parasites, mais bien des acteurs politiques, économiques et culturels majeurs ; qu'eux seuls seraient capables, par leur seule présence, de protéger la forêt, d'entretenir les zones arides, de préserver les espèces en voie de disparition, de maintenir en état un cheptel condamné sans eux à disparaître, d'assurer les difficiles métiers du voyage et de l'échange, de promouvoir des cultures majeures.

Les sédentaires réaliseront alors peut-être que leur situation est tout aussi précaire que celle de ces peuples premiers ; qu'ils sont eux aussi des nomades en puissance, que la mondialisation marchande les transforme, eux aussi, en voyageurs, et que l'ethnocide des nomades guette en fait tous ceux qui se croient protégés définitivement par la modernité.

Ils posent ainsi, de façon particulièrement aiguë, deux problèmes beaucoup plus généraux qui concernent l'humanité entière : est-il possible d'être nomade sans se perdre ? Est-il possible de se trouver en cessant de l'être ?

CHAPITRE VIII

Un sédentaire, trois nomades

« J'ai découvert que tout le malheur de l'homme vient de ce qu'il ne sait pas rester dans sa chambre. »

Blaise PASCAL, *Pensées*.

Même si l'Histoire n'est jamais une leçon pour l'avenir, même si nombre de crimes ont été commis dans des tentatives pour retrouver le passé, il est nécessaire, si l'on veut décrypter les chemins que peut emprunter l'espèce humaine, de connaître ceux qu'elle a déjà suivis. Et la présence lancinante du nomadisme tout au long de cette trajectoire aide à percevoir le rôle majeur qu'il continuera de jouer, sous mille et une formes, à l'avant-garde de l'Histoire et des civilisations.

Dans un premier temps, la mondialisation marchande continuera d'accélérer la migration des hommes, des entreprises et des choses ; elle créera de nouvelles catégories de voyageurs (cadres expatriés, nomades urbains, *road-movers*, *backpackers*, voyageurs électroniques), inventera de nouvelles formes de curiosité (vers de nouveaux sports, de nouveaux jeux) et de nouveaux instruments de voyage (réel ou virtuel).

Dans un deuxième temps, cette mondialisation – et l'empire américain qui la domine – se heurtera, comme les deux précédentes, à ses propres excès : précarité, injustice et solitude. Elle achoppera sur son incapacité à réduire le nomadisme « obscène » des riches et celui, proliférant, des pauvres. Certains nomades fortunés, fatigués, refuseront d'avancer plus loin. Désespérés, des nomades pauvres viendront au contraire bousculer toutes les frontières. On assistera alors à un retour des valeurs d'identité, de nation, de frontières, autour des thèmes de l'antimondialisme et du souverainisme qui feront cause commune.

Dans un troisième temps, des rebelles nomades tenteront de prendre le pouvoir, en tant que nomades, contre l'empire déclinant et ses alliés pour créer un empire hors sol. Certains de ces rebelles voudront mettre en place un empire marchand planétaire, dégagé de ses racines américaines ; d'autres, animés d'une foi religieuse, tenteront de mettre en place un universalisme éthique ou à caractère fondamentaliste ; d'autres, enfin, imagineront une démocratie de dimension planétaire, sans frontières.

Tous recourront à toutes les armes disponibles : l'argent, la conviction, la science.

S'il sait retrouver ses racines nomades, l'empire américain pourra l'emporter un moment sur ces rebelles. Puis, comme aucune autre nation n'est en mesure de lui succéder, l'avenir se jouera entre trois formes de nomadisme hors sol, à vocation universelle : le marché, la foi, la démocratie.

Les grands conflits à venir ne seront donc pas des « chocs de civilisations » – ni la Chine, ni l'Inde, ni l'Europe ne sont des candidats crédibles à la future direction du monde –, ni des luttes des classes – les classes ouvrières de par le monde sont bien trop divisées pour cela –, mais des affrontements entre le dernier empire sédentaire universel possible, l'empire américain, et ses trois principaux concurrents, nomades et planétaires, en compétition avec lui et les uns avec les autres, aspirant à gouverner le monde pour leur propre compte.

1. LE PAROXYSME
DE LA TROISIÈME MONDIALISATION

La poursuite de la troisième mondialisation entraîne la domination progressive du nomadisme marchand sur tous les autres systèmes d'organisation, et celle de la liberté individuelle sur toutes les autres valeurs politiques.

Alors que le nomade des premières sociétés obéissait à un ensemble de règles complexes, expression d'ambitions collectives multiples, le nomade marchand n'obéit, lui, qu'à son propre caprice ; il n'est plus contraint par les exigences d'une tribu, seulement par ses propres ressources financières et par les conséquences de l'exercice de sa propre liberté sur celle des autres. Alors que, dans le nomadisme premier, les voyages des membres d'une tribu s'effectuaient au service des autres, dans le nomadisme marchand chacun devient un obstacle au voyage des autres, ou à tout le moins un concurrent. Il est donc, par nature, entraîné à rendre marchands de nouveaux biens et de nouveaux services ; dans le même temps, il est entraîné vers une plus grande précarité, une amnésie plus accusée, une tyrannie du neuf.

1.1. La tyrannie du neuf

L'exercice de la liberté individuelle, devenue aujourd'hui la principale revendication, se traduit de plus en plus par le droit pour chacun, en toutes circonstances, de changer d'avis. Et donc, en particulier, de quitter un lieu, un emploi, un pays, une famille. Autrement dit, le nomadisme marchand signifie la *réversibilité* de tous les choix et l'abandon des contraintes antérieurement imposées par d'autres valeurs telles que celles de la justice ou de la solidarité, de la dignité ou de la foi.

Il provoque en conséquence l'aggravation de la *précarité* des situations privées aussi bien que professionnelles.

Il débouche sur l'exacerbation de l'*égoïsme*, l'apologie du moi, l'obsession de la réussite personnelle, la glorification du plaisir solitaire, le refus de tout objectif altruiste, la juxtaposition d'autismes, le rejet de l'exercice de toute responsabilité collective.

Les critères de jugement des hommes, des produits, des services, des relations sont de plus en plus immédiats, *éphémères*, à court terme.

Cette domination de la liberté individuelle implique donc un droit à la *déloyauté* ; chacun ne souscrit plus d'engagements – comme employé, employeur, membre d'une famille, etc. – que provisoires, dans la mesure où chacun est libre de changer à tout moment de fournisseur, d'employeur, de lieu de vie, de partenaire, de religion.

Chacun est notamment libre de proposer à un tiers de substituer son offre à celle d'un autre, créant les conditions d'une *concurrence généralisée* dans toutes les relations.

La liberté individuelle devient ainsi, au total, l'autre nom de la réversibilité, de la précarité et de la concurrence.

Pour conserver un emploi, pour garder un client, voire un partenaire sentimental et/ou sexuel, pour que dure une relation – privée ou commerciale –, chacun doit alors être en mesure d'offrir à son partenaire *quelque chose de neuf*.

Cette tyrannie du neuf remet sans cesse en cause ce qui a été investi ; la concurrence ne conduit donc plus nécessairement, comme naguère, à la concentration du capital entre les mains de quelques familles, devenues précaires comme le reste.

1.2. Le marché au service de l'Empire

Cette extension du nomadisme marchand a des conséquences considérables dans le champ de l'économie, où il a fait ses premières armes, et au bénéfice de l'Empire américain qui le dirige.

La durée de vie des marques est de plus en plus brève. Seules les mieux installées, les plus mondialisées résistent à cette noria du neuf. De plus en plus précaires, les produits doivent être de plus en plus présentés – par leur dénomination, par la publicité – comme des moyens de s'évader, d'aller voir ailleurs, en particulier en Amérique, pays de cocagne, lieu idéalisé de la liberté et de la nouveauté : consommer américain, c'est voyager en Amérique. De l'alimentation à la distraction, de l'habillement au transport, les marques américaines l'emportent donc en général sur toutes les autres.

Les cadres aussi bien que les actionnaires de toutes les firmes sont eux-mêmes de plus en plus volatils, capricieux, déloyaux, indifférents aux exigences à long terme des entreprises dans lesquelles ils travaillent ou investissent, soucieux seulement des avantages immédiats qu'ils peuvent en retirer. Là encore, les entreprises américaines, disposant d'une plus vaste et durable capacité d'attraction des élites du marché, sont de plus en plus dominantes.

Les banquiers exigent que les firmes fournissent des comptes de résultats à intervalles de plus en plus rapprochés et selon les normes de la comptabilité américaine. En conséquence, leurs dirigeants sont jugés sur des critères de court terme et ne restent en poste que s'ils répondent à chaque instant à ce qu'attend un marché versatile et déloyal.

L'Organisation mondiale du commerce, qui a remplacé en 1995 le GATT dans la mission d'organiser la libre circulation des marchandises et la libre concurrence des entreprises, s'efforce en théorie d'assurer à toutes les firmes un égal accès à tous les marchés, et par conséquent d'éliminer les privilèges dont telle ou telle pourrait bénéficier dans son pays d'origine. Les firmes sont désormais tenues de vendre leurs produits partout au même prix – y compris les médicaments dans les pays du Sud. Mais les entreprises fragiles du Sud ne peuvent presque plus se protéger par des droits de douane contre les grandes firmes du Nord et en particulier américaines. Les entreprises européennes sont incitées quant à elles à déplacer leurs centres de production et leurs sièges sociaux vers des pays où les coûts de production sont plus bas et les conditions de vie plus sûres. Mais comme ces lieux changent sans cesse, les entreprises doivent être nomades, prêtes à déménager sans relâche, à changer à chaque occasion de fournisseurs et de distributeurs, à renvoyer leurs employés, eux-mêmes prêts à quitter leur employeur sitôt qu'ils reçoivent une meilleure offre, d'où qu'elle émane, puisque eux-mêmes ont renoncé à la sédentarité, à la loyauté et à la durée dans leurs relations personnelles. Là encore, la toute-puissance américaine accorde aux firmes d'outre-Atlantique un avantage, une prime, une préférence qui leur permettent d'attirer à elles les immigrés et les travailleurs locaux les plus qualifiés.

Les services, par nature non exportables et sédentaires parce que rendus en un lieu fixe, deviennent les uns après les autres mobiles et exportables, et doivent eux aussi obéir aux exigences de la concurrence. Déjà, il est possible d'acheter par correspondance dans toutes les boutiques. Les services financiers de toute origine sont désormais disponibles à distance. Il devient même possible, par le jeu des dérivatifs, de séparer les risques de la valeur des créances, de les faire circuler, de les rendre nomades. L'internationalisation des entreprises fait que le contrat l'emportera sur la loi ; là encore essentiellement entre les mains d'institutions financières américaines.

Deviennent aussi mobiles, précaires et concurrentiels, les services publics qui assuraient jusqu'ici aux États une certaine maîtrise des mouvements sur leur sol. D'abord, là où la loi du marché l'emporte, l'éducation et la santé deviennent des services privés comme les autres. Tous les États du Nord comme du Sud sont ainsi tenus de traiter de même façon les chaînes de cliniques étrangères et leurs hôpitaux publics, les filiales d'universités privées américaines et leurs universités nationales. Peu à peu, des sociétés privées d'*intelligence* (c'est-à-dire de renseignement) et de sécurité, principalement américaines, se substituent aux forces de police nationales dans la surveillance des mouvements et des données, pour le compte des entreprises, qui veulent tout savoir de leurs employés comme de leurs clients.

2. L'ÉCONOMIE DE LA PRÉCARITÉ

2.1. Entreprises nomades

Dans les lieux les plus touchés par les effets de la troisième mondialisation, les entreprises deviennent, elles aussi, de plus en plus précaires, mobiles, nomades. Elles appartiennent à l'une ou l'autre des deux catégories d'entités nomades identifiées depuis des siècles : soit elles sont des regroupements provisoires d'individus, soit elles sont des tribus durables. Les premières disparaissent quand leurs membres choisissent de se séparer ; les autres durent au-delà de leurs fondateurs.

Les entreprises de la première catégorie sont organisées sur le modèle des troupes de théâtre ; elles rassemblent des compétences pour remplir une tâche déterminée et se disperser ensuite. Leur durée de vie n'est pas nécessairement déterminée à l'avance, elle dépend des caprices de ceux qui les ont fondées ou financées. La plupart d'entre elles disparaissent au plus tard avec leurs créateurs ; parfois plus tôt si le manque de loyauté de leurs membres les y contraint. Leurs employés sont des intérimaires du spectacle de l'économie, embauchés pour remplir une tâche et partant parfois avant même l'accomplissement de leur mission. Ces troupes jouent dans des théâtres – les marchés qui les accueillent – aussi longtemps qu'elles ont du public – des clients. Elles se dispersent après avoir monté une pièce – un produit – ou plusieurs.

Les entreprises de la seconde catégorie, beaucoup plus rares, sont organisées selon le modèle des cirques, c'est-à-dire autour d'un nom, gage de qualité ; elles rassemblent des troupes de théâtre sans cesse remplacées par d'autres, et donnent leurs représentations en des lieux sans cesse changeants, là où se trouve le marché. Le public est attiré par la renommée du cirque dont il vient consommer les produits sans les connaître à l'avance, alors qu'il doit connaître avec précision ceux des théâtres pour s'y rendre. Ces firmes ne sont plus que des gestionnaires de marques, des assembleurs, des « systémiers » réunissant des modules fabriqués par des sous-traitants spécialisés, eux-mêmes troupes de théâtre.

Les principaux cirques sont américains. C'est en effet outre-Atlantique que se trouvent les entités les mieux capables de réunir les moyens d'un projet mondial durable. Parmi les premières entreprises de ce type, on retrouve déjà des labels de musique, des compagnies cinématographiques, des éditeurs de littérature ; toutes regroupent des artistes dans leurs « catalogues ». Certains de ces cirques durent beaucoup plus longtemps que les empires financiers qui en ont été temporairement les propriétaires, soit par le fait d'une politique familiale entêtée – comme Vuitton ou Chanel –, soit grâce à un

nouvel actionnaire capable de perpétuer cette œuvre
– comme Disney –, soit par le jeu des talents successifs
qui l'animent – comme Universal.

Pour durer, ces « entreprises-cirques » financent
d'énormes dépenses de communication, si possible sur
le marché mondial, afin de constituer une référence dans
un univers particulier : la musique, le cinéma, l'alimentation, l'habillement, la beauté, la jeunesse, la famille, la
santé, la technologie, le commerce, etc. Leur principal
actif est leurs marques, qu'elles protègent et font vivre
pour donner envie de leurs produits futurs. Elles incarnent des valeurs que chaque consommateur doit vouloir
incarner, des lieux où chacun doit souhaiter aller. Aussi
sont-elles essentiellement américaines, ou rattachées à
des valeurs américaines (Disney et Universal dans la
distraction, Nike dans le vêtement, Coca-Cola dans l'alimentation, Microsoft dans l'informatique), plus rarement
européennes (Vuitton dans le voyage, L'Oréal dans la
beauté, Danone et Nestlé dans l'alimentation, Benetton
et Gap dans le vêtement) ou japonaises (Sony pour la
distraction). Pas encore indiennes, brésiliennes ou chinoises, pour l'instant.

Certains « cirques » sont des rassemblements d'entreprises n'ayant pas directement accès au public ; ils ont
donc moins besoin d'une image de marque forte. C'est
le cas, par exemple, du plus ancien et du plus grand
d'entre eux, General Electric, et de certains fonds
d'investissement qui tentent de l'imiter.

Même si les gouvernements des États-Unis et du Japon
savent, mieux que les Européens, conserver le contrôle
des technologies-clés, la plupart de ces « cirques » se
détachent d'une base nationale et deviennent peu à peu

planétaires, affaiblissant les États dont ils sont originaires. Ces firmes voudraient tout savoir de leurs travailleurs et de leurs consommateurs, les suivre jusque dans leur vie privée, arguant de la fluidité et de la mobilité du travail. Elles deviennent les acteurs politiques principaux de la prochaine mondialisation, où le marché s'affranchira du contrôle de tout politique. Pour garder les employés auxquels elles tiennent, elles devront leur offrir, dans les divers lieux où elles sont installées, tout ce qu'un État procure, du cadre de vie à la sécurité.

2.2. Infranomades, sédentaires, hypernomades

L'humanité se répartit désormais en trois catégories : les nomades involontaires ou « *infranomades* », qui se divisent eux-mêmes en nomades par héritage (derniers descendants des peuples premiers) et nomades contraints (sans-abri, travailleurs immigrés, réfugiés politiques, déportés de l'économie, travailleurs mobiles tels les routiers et les représentants de commerce) ; les *sédentaires* (paysans, commerçants, employés d'État et des secteurs publics, ingénieurs, médecins, enseignants, ouvriers attachés à un lieu, artisans, techniciens, retraités, enfants) ; et les *nomades volontaires*, qui se divisent eux-mêmes en « hypernomades » (créateurs, cadres supérieurs, chercheurs, musiciens, interprètes, chorégraphes, comédiens, metteurs en scène, voyageurs sans bagages) et nomades ludiques (touristes, sportifs, amateurs de jeux), catégorie que peuvent rejoindre pour un temps tous les autres.

Dans cette troisième mondialisation marchande comme dans les précédentes, les inégalités se creusent

entre « infranomades » et sédentaires, d'une part, et
« hypernomades », d'autre part.

Les infranomades sont pour la plupart entassés dans
les bidonvilles des villes du Sud ; ce sont d'anciens
sédentaires (paysans, vieux, enfants, employés du secteur
public, commerçants, employés, ouvriers) qui ont perdu
le bénéfice de la solidarité rurale ou qui ont été déclassés
par l'impact de la mondialisation sur le secteur public,
sur les petites entreprises et sur le commerce. On les
trouve principalement en Asie et en Afrique où résidera
en 2050 plus de la moitié de l'humanité. Ils composent
l'essentiel des mouvements migratoires dont on parlera
plus loin et seront les principaux moteurs de l'Histoire.
C'est d'eux, en effet, que dépendront les grands bouil-
lonnements économiques, culturels, politiques et militaires de l'avenir. Leurs situations diffèrent selon leur
environnement culturel et religieux. Certains cherchent
une solution individuelle à leur misère par le marché,
légal ou illégal. D'autres, en rébellion avec le marché,
acceptent un embrigadement collectif de nature religieuse ou sociale pour tenter de s'en sortir en groupe.
Tous habitent pour l'essentiel des villes où, de rage, il
leur arrive, à intervalles réguliers, de tout détruire et de
prendre le pouvoir.

Le mot hypernomade désigne avant tout les créateurs :
designers, musiciens, publicitaires, auteurs de matrices
reproductibles (œuvres d'art ou logiciels) mais aussi
cadres dirigeants de très haut niveau. Ils doivent lutter
en permanence contre les pirates pressés de détourner
leurs œuvres, et défendre la propriété de leurs idées et
de leurs créations, c'est-à-dire leurs brevets, leurs tours
de main, leurs recettes, leurs œuvres d'art, leurs logiciels.

Ils forment une *hyperclasse* regroupant plusieurs dizaines de millions d'individus, femmes autant qu'hommes, pour beaucoup employés d'eux-mêmes, *free-lance*, vaquant de théâtre en cirque, occupant parfois plusieurs emplois à la fois. Maîtres de la mondialisation, ils pensent américain et vivent n'importe où dans le monde en rêvant d'Amérique. Riches de surcroît, ils forgent et répandent des normes éthiques et esthétiques nouvelles, inventent le meilleur comme le pire d'une société volatile, insouciante, égoïste et précaire. Ils se vêtent de plus en plus comme des nomades – tuniques souples, bottes, chemises à col indien, etc. –, affichant par leurs tenues leurs périples plus que leurs identités. Selon le modèle de don Juan, ils sont aussi nomades et collectionneurs sexuels, plus intéressés par la chasse que par les proies, accumulant et exhibant leurs trophées, sans cesse mobiles dans la vie pour s'étourdir et oublier le voyage de la mort. Ils ne sont loyaux qu'à l'égard d'eux-mêmes, s'intéressent davantage à l'avenir de leur cave à vins qu'à celui de leur progéniture, à laquelle ils ne se préoccupent pas de léguer fortune ou pouvoir. Ils n'aspirent plus à diriger les affaires publiques ; la célébrité politique passe à leurs yeux pour une malédiction. Quelques-uns développent une conscience aiguë des enjeux planétaires et deviennent les tenants d'une démocratie planétaire. On les retrouvera plus loin.

Comme toute élite nomade dominante par le passé, cette hyperclasse exerce une influence déterminante sur le mode de vie et le comportement des sédentaires, qui tentent de les imiter dans l'espoir de les rejoindre.

Ceux-ci regroupent les enseignants, médecins, infirmières, fonctionnaires, commerçants, ingénieurs, employés,

ouvriers, techniciens, retraités, enfants, tous ceux qui
se croient bénéficiaires d'un statut stable et protégé.
Certains parmi eux rêvent de rejoindre les rangs
des hypernomades. Des magazines leur proposent d'apprendre à voyager à l'exemple de ceux-ci et d'imiter
leur vie privée ; des associations qui prétendent
regrouper des membres de l'hyperclasse ne réunissent
en fait que leurs émules. Pour eux, le voyage, par le
tourisme ou le travail, est signe d'une progression dans
la hiérarchie des entreprises et d'une approche de
l'hyperclasse : plus un employé sédentaire voyage, plus
il gravit les échelons dans la hiérarchie de sa firme – et
réciproquement.

La plupart de ces sédentaires, comme les hypernomades, n'ont plus de bureau fixe. Leur temps de travail envahit leur temps de transport et leur temps de
repos. Sans cesse joignables, ils doivent en permanence
confirmer par téléphone ou par e-mail leur « employabilité », qui dépend de leur capacité à être en forme (pour
travailler physiquement) et à être informés (pour travailler intellectuellement). Tous vivent dans la terreur de
basculer dans la précarité des infranomades, qui les
menace quand les secteurs publics, les petites entreprises
et les systèmes de retraite sont perturbés par la mondialisation et précarisés par la généralisation de l'éphémère.

L'enfance et la vieillesse, âges de la dépendance,
ultimes refuges de la sédentarité, sont eux aussi précarisés par l'abandon, ou l'indifférence, d'adultes devenus
nomades solitaires.

Solitude et précarité sont ainsi les menaces qui pèsent
sur le mode de vie des sédentaires. Le rythme de leur
vie quotidienne est de plus en plus fragmenté, haché, à

l'instar de celui des nomades. La durée de leurs repas se réduit elle aussi : ils sont faits de produits précuisinés, peu à peu remplacés par un grignotage permanent de nourriture portable. Le repas pris autour d'une table, ultime vestige de la sédentarité, disparaît. Leurs vêtements deviennent à leur tour nomades, à l'image de ceux des élites qu'ils imitent, et mêlent, dans une mondialisation de carnaval, des tuniques, des chaussures de marche, des tenues de jogging, toutes sortes d'habits de voyages, de mieux en mieux adaptés à leur quotidien et dégagés des codes antérieurs.

Leurs loisirs sont eux aussi de plus en plus morcelés, mobiles et changeants. Leurs distractions, elles-mêmes moyens de voyage – cinéma, télévision, musique, journaux, romans – sont des produits à durée de vie de plus en plus brève. Le nomadisme sexuel, propre aux hypernomades, s'étend aux sédentaires ; la durée de vie de leurs couples est de plus en plus brève. Ils vivent en vérité une sorte de caricature d'hypernomadisme.

Certains refusent leur destin et tentent d'échapper au cadre de vie imposé par leur lieu de naissance, leur milieu familial, leur formation ou leur métier ; ils décident de se choisir une autre vie et de tout quitter pour un moment, voire définitivement, de changer de lieu, de nom, de patrie. D'aucuns échappent aussi à leur apparence physique par la fête, la diététique, la teinture, le tatouage, le piercing, les implants et la chirurgie esthétique.

La dernière chose que le sédentaire fait encore immobile, c'est dormir. Et encore : il le fait de plus en plus à la manière du nomade, en voyageant, en allant ou en revenant de son lieu de travail.

2.3. Les instruments du voyage : transport réel et virtuel

Le cheval a donné le pouvoir à l'Asie centrale sur la Mésopotamie ; le gouvernail d'étambot l'a ramené en Europe ; la galère a permis à Venise de l'emporter sur Bruges ; la caravelle a rendu possible la découverte de l'Amérique ; la machine à vapeur a fait triompher Londres ; l'automobile a conféré le pouvoir à Detroit et New York.

Les États-Unis ne conserveront le pouvoir sur le monde des marchandises et des idées qu'aussi longtemps qu'ils garderont la maîtrise du progrès des moyens de transport des biens, des hommes et des informations.

L'automobile – et le camion – resteront, pendant au moins le prochain demi-siècle, le principal moyen de transport des hommes et des choses. Plus d'un milliard de véhicules seront alors en service, contre six cent cinquante millions à la fin du XXe siècle. Ils intégreront des systèmes d'aide à la navigation guidés par satellite, équipés de radars anticollision et de détecteurs d'erreurs pour s'adapter aux facultés propres à chaque conducteur. Des véhicules urbains seront la propriété collective des habitants qui les laisseront à d'autres après usage. Ils seront faits de matériaux légers, économes en énergie et biodégradables. Si l'on parvient à organiser le stockage de l'hydrogène gazeux dans des nanofibres, apparaîtront des véhicules à pile à hydrogène sous haute pression, puis des moteurs hybrides produisant de l'hydrogène en continu par électrolyse à partir du pétrole. Les trains relieront et structureront de grandes conurbations au sein desquelles les citadins nomadiseront. L'avenir des villes dépendra ainsi des réseaux ferrés qui leur permettront d'atteindre une masse critique.

Dans quatre décennies, plus de trois milliards de passagers utiliseront l'avion chaque année. À tout instant, plus de dix millions de personnes seront en l'air à bord de dizaines de milliers d'appareils de plus en plus spacieux, de plus en plus sûrs, de plus en plus confortables et de plus en plus sophistiqués.

Alors que tous ces moyens, conçus et fabriqués sur mesure, sont à la disposition des hypernomades, les sédentaires n'en utilisent que des ersatz encombrés (avions surchargés, autoroutes embouteillées, transports en commun surchargés) ; quant aux infranomades, ils s'entassent dans des moyens de transport archaïques, cercueils flottants, volants ou roulants.

Les États-Unis s'efforcent de garder la maîtrise de l'aéronautique, clé du contrôle du nomadisme marchand. Ils tentent en particulier de conserver la maîtrise des technologies-clés dans les domaines des moteurs, des matériaux, des systèmes de guidage. De même s'évertuent-ils à contrôler les technologies de transport des données et des télécommunications qui permettent de transmettre des informations sans avoir besoin de se déplacer. Ainsi de l'Internet, qui fait circuler non seulement la voix, mais des textes et des images. Il est de ce fait non seulement le moyen d'un *nomadisme virtuel* permettant de se conduire chez soi comme en voyage, mais aussi celui d'une *sédentarité virtuelle* permettant d'agir en voyage comme si l'on était à domicile. Le marché annonce ainsi la convergence de la sédentarité et du nomadisme.

2.4. L'affaiblissement des États

En même temps que s'étend le champ du nomadisme marchand, se restreint celui de son corollaire – la démocratie – et celui des institutions de la sédentarité – l'État et le secteur public.

Les électeurs ne sont plus tenus à une quelconque loyauté. Ils changent d'avis en permanence, refusent toute affiliation à l'égard d'une doctrine ou d'une organisation politiques, comme le font les consommateurs à l'égard des produits, exigeant d'eux des satisfactions immédiates. Aucun homme politique n'a le temps d'être provisoirement impopulaire : il doit en permanence emporter l'adhésion de ses mandants, mesurée par sondages.

La liberté de circulation, si chèrement revendiquée, finit par affaiblir l'exercice de la démocratie. Les infranomades tentent de migrer vers les pays où avantages sociaux et cadre de vie sont les meilleurs. Les hypernomades se sentent désormais libres de quitter la nation où ils sont nés si elle ne leur fournit pas, au meilleur prix et sur mesure, chacun des services publics ; ils finissent par considérer leur séjour dans un pays donné comme un contrat individuel excluant toute histoire, tout héritage et toute solidarité ; ils s'estiment en droit de juger de la qualité des services qu'ils rémunèrent par des impôts. Par conséquent, les hypernomades déménagent s'ils ne peuvent fixer le montant de leurs impôts à leur guise. En particulier, les fortunes européennes quittent ceux des pays du Vieux Continent où les prélèvements sont les plus élevés parce qu'ils y sont trop minoritaires pour espérer y obtenir une réduction de leurs charges.

Privés de l'essentiel de leurs ressources, les États abandonnent au marché le soin de proposer la plupart des services de souveraineté – c'est-à-dire de sédentarité – dont ils ont encore la charge : à commencer par l'éducation, la santé publique et la sécurité.

En dehors de l'Empire américain, qui peut fixer les règles à sa guise, toutes les nations ne sont bientôt plus que des oasis en compétition pour attirer des caravanes de passage ; en fait, elles ne sont plus habitées que par des sédentaires qui ne peuvent partir, parce que trop fragiles, trop jeunes ou trop vieux, et par des infranomades. Le train de vie de ces oasis est limité par les ressources qu'apportent ceux des nomades qui acceptent d'y faire halte assez longtemps pour y produire, y commercer ou s'y distraire.

Cet affaiblissement des États entraîne une précarisation de la situation des plus jeunes et des plus vieux, ainsi que de tous les infranomades, de plus en plus nombreux.

Dans ces pays, les organisations politiques se regroupent peu à peu selon de nouvelles configurations, opposant ceux qui acceptent cette ouverture (libertaires à gauche, libéraux à droite) à ceux qui la refusent (antimondialistes à gauche, tenants du régime sécuritaire à droite). Se retrouvent ainsi alliés d'un côté les tenants de l'hôpital et de la police, principaux leviers de l'ordre sédentaire, héritiers de la tradition d'enfermement, de l'autre les libéraux et les humanitaires, partisans de la liberté de circulation et de l'ouverture des frontières.

Pour résister à ces tendances destructrices, certaines nations tentent de se regrouper sur le modèle européen pour organiser un nomadisme limité à un certain territoire. Ainsi les accords de Schengen et les traités suivants organisent en Europe une liberté de circulation et d'installation et tentent d'uniformiser les conditions d'accès des tiers. Ils favorisent la naissance d'un nomadisme continental qui s'élargit progressivement à une partie de l'Eurasie, y compris la Russie.

L'Empire américain tente lui aussi d'élargir son marché, au moins à tout le Nouveau Monde, sans pour autant déléguer aucun pouvoir à une structure continentale. Il reste une puissance sédentaire, avec un lieu d'exercice du pouvoir identifié – Washington – et des intérêts géographiques universels. La culture nomade qui le fonde reste la source de sa dynamique, sans pour autant remettre en cause le caractère fondamentalement sédentaire de sa puissance : à l'intérieur, l'État américain est d'abord un appareil policier.

3. L'ACCÉLÉRATION DES MIGRATIONS

Après avoir poussé au mouvement des choses et des idées, le nomadisme marchand continue de vouloir maîtriser celui des personnes.

Au rythme actuel, sur les quatre-vingt-dix millions de nouveaux venus à apparaître sur la Terre, dix millions au moins s'exileront chaque année, pour des raisons politiques, économiques ou culturelles.

Avec les autres mouvements liés à l'accélération du nomadisme marchand, tant au Nord qu'au Sud et entre le Nord et le Sud, on peut s'attendre à ce que, dans cinquante ans, plus d'un milliard d'êtres humains vivent ailleurs que dans le pays de leur naissance.

3.1. Au Nord, la ville comme un motel

L'exercice de la liberté pousse d'abord de plus en plus de sédentaires à changer de résidence à l'intérieur de leur propre pays, pour y chercher du travail ou par plaisir. L'attachement à un terroir, à une ville, à une région tend à disparaître. S'accélère, là encore, la précarisation des sédentaires. Aux États-Unis, qui restent à l'avant-garde de ce mouvement, les deux tiers des travailleurs déménageront bientôt tous les cinq ans et presque plus aucun n'aura d'emploi à durée indéterminée. Les Européens – qui se battent encore pour conserver le droit à l'emploi là où ils se sont endettés pour acheter une maison – vivent eux aussi de plus en plus en sédentaires précaires, avant de se résigner à bouger plus souvent, comme les Américains. Ceux qui déménagent ne sont pas seulement des ouvriers, mais de plus en plus souvent des cadres dont l'entreprise s'expatrie ou ferme, et même des fonctionnaires, des commerçants, des étudiants, des retraités. D'ici à une trentaine d'années, l'Europe connaîtra sans doute le rythme américain actuel : plus de la moitié des travailleurs y changeront de résidence tous les cinq ans et plus souvent encore d'employeur.

Les moyens de transport organisent et accélèrent ces mutations. Dans les grandes zones urbaines ils permettent de vivre de plus en plus loin de son lieu de travail. En Europe, le TGV, quoique très largement financé par la France, renforce la zone Londres-Bruxelles-Cologne qui sait mieux organiser le nomadisme industriel et urbain que l'Île-de-France.

De plus en plus d'individus passent d'un pays du Nord à un autre ; ces *expatriés*-là seront bientôt plus de quinze millions d'Européens et autant d'Américains. Ils déterminent largement, comme par le passé, la force de leur nation dont ils sont les agents commerciaux, les ambassadeurs, les représentants culturels. À moins qu'ils ne choisissent de voyager justement pour ne plus avoir à dépendre d'un pays dont ils rejettent la fiscalité, la législation voire la culture.

Partout, les sédentaires apprennent à considérer le voyage comme un aspect nécessaire de leur cursus. Il leur faut montrer des qualités de voyageur pour rester « employables ». Le voyage devient ainsi une part majeure de la formation universitaire et professionnelle.

D'autres sédentaires choisissent de partir de chez eux par rébellion contre l'ordre marchand. Certains le font pour un temps : voyageurs avec retour, nomades provisoires, « rainbow voyagers », adeptes du mobile home, « clochards élégants » dont parle Kerouac, *backpackers* à la recherche d'un épanouissement personnel, d'une découverte de l'étranger, fuyant la sédentarité pavillonnaire et le nomadisme du marché ; certains partent en famille ; d'autres s'arrachent d'autant plus aisément à la vie familiale que celle-ci est devenue elle aussi précaire. D'autres encore choisissent de disparaître totalement, de changer d'identité, de se rendre introuvables, de vivre une autre vie en nomades absolus, d'échapper à la surveillance en cessant d'exister aux yeux de l'État.

La mondialisation marchande réduisant les moyens dont disposent les États pour les assister, nombre de sédentaires, en particulier aux États-Unis, basculent dans l'infranomadisme ; ils deviennent des « nomades du vide »[90], entrant dans un néant professionnel auquel succède un néant social par une succession d'étapes inexorables : chômage, pauvreté, perte du logement, hébergement chez des amis, abri public, asile, mendicité, rue, clochardisation[90].

Déjà, aux États-Unis, 3,5 millions de sédentaires se retrouvent aujourd'hui pendant au moins trois mois par an sans abri ; la moitié sont des Afro-Américains, 1,35 million sont des enfants, presque autant des personnes âgées. À New York, plus de 38 000 personnes sont hébergées chaque nuit dans des abris municipaux, dont 16 800 enfants et presque autant de vieux ; près d'un enfant noir sur dix et un enfant d'origine hispanique sur vingt réside au moins deux mois par an dans ces refuges. Plus d'une personne âgée sur dix en fait autant. Leur nombre est en constante augmentation. Ainsi, depuis 1998, celui des sans-abri logés provisoirement dans des refuges new-yorkais a augmenté de 81 %, celui des familles sans toit de 109 %. En Californie, un enfant sur cinq vit au-dessous du seuil de pauvreté ; ils sont plus de 1,8 million dans la misère, dont la moitié sans abri. En Europe – en France en particulier –, l'évolution est analogue.

Les hypernomades ne s'occupent plus des infranomades que lorsque ceux-ci les dérangent, l'hiver surtout, mêlant comme depuis des siècles répression et intégration. La mendicité est désormais interdite dans tous les lieux publics du Nord. Quelques rares villes comme

San Francisco – par ailleurs pôle d'avant-garde des hypernomades – sont plus accueillantes aux infranomades. Mais d'autres, bien plus nombreuses, se ferment et font tout pour refouler mendiants, sans-abri, Tsiganes, *hobos* ou *backpackers*.

L'accélération des migrations entraîne aussi un bouleversement de l'organisation de la ville. Née comme lieu de sédentarisation, elle devient lieu de transit. Elle croît moins vite au Nord qu'au Sud, où il reste à urbaniser un grand nombre de paysans. En 2025, seules trois villes du Nord (Tokyo, New York et Los Angeles) feront encore partie des douze cités les plus peuplées du monde. Dans les grandes agglomérations des États-Unis, il y a de moins en moins de quartiers spécifiques, comme c'était le cas à Bruges, Venise, ou encore, de nos jours, Los Angeles, Londres ou Paris : les nomades urbains y sont de plus en plus solitaires, individualistes et mobiles.

Les sédentaires précaires vivent de plus en plus loin des centres ; la durée de leur transit quotidien augmente. Un ménage habitant Paris en l'an 2005 habitera dix ans plus tard – si la part de son budget consacrée au logement demeure inchangée – huit kilomètres plus loin ; en 2025, quarante kilomètres plus loin !

Les villes sont donc de plus en plus conçues autour des axes et des moyens de transport, ainsi que des lieux qui leur sont nécessaires : voies réservées, parkings, stations-service, tramways, métros, trains, gares, aéroports, etc. Les gens passent donc de plus en plus de temps dans les transports ; ils y font leurs courses, y travaillent, s'y distraient. Ils y trouvent l'un des derniers lieux de rencontre entre nomades urbains solitaires.

Les villes deviennent finalement des lieux d'habitat provisoire, organisées comme des motels. La durée de vie des immeubles et des pavillons y est même de plus en plus brève. Les appartements sont de plus en plus prêts à être occupés, souvent « meublés », et gérés comme des chambres d'hôte. Les citadins financent de plus en plus leur résidence principale, lorsqu'ils l'achètent, par des crédits hypothécaires aisément transférables.

Va ainsi s'inventer un nouveau droit de propriété, donnant droit à un logement d'une qualité et d'une taille déterminées, mais détaché d'un lieu concret. Dans chaque nouveau lieu de résidence, le sédentaire précaire pourra occuper provisoirement un logement correspondant aux spécifications de son titre de propriété, qu'il laissera en repartant. Ceux qui n'auront pas les moyens d'accéder à ce type de propriété ne seront pas reçus dans ces villes. Là encore, dans cette évolution, les États-Unis sont en avance sur le reste du monde.

3.2. Les voyages des infranomades du Sud

Les infranomades constituent la grande majorité de la population du monde et composent l'essentiel de son mouvement. Moins encombrés de richesses que les sédentaires, ils voyagent plus facilement. À l'intérieur des pays du Sud et entre ceux-ci, les migrations sont encore plus importantes : tous vont des campagnes vers les villes et passent de la misère rurale à la misère urbaine, porteuse d'illusions mais beaucoup plus difficile à vivre et à assumer.

Comme cela s'est passé au Nord, il y a un siècle, le progrès agricole envoie vers les villes du Sud des centaines de millions de paysans, malgré tous les obstacles que les États mettent pour ralentir ces flux. Ainsi, en Chine, les efforts du Parti communiste et des municipalités n'empêchent pas plus de deux cents millions d'individus de passer chaque année d'une ville à l'autre, à la recherche d'un emploi, après avoir abandonné les avantages sociaux et les solidarités familiales liées à la vie rurale.

En conséquence, partout des bidonvilles s'élargissent. Aujourd'hui, seize villes du Sud dépassent dix millions d'habitants, dont São Paulo, Mexico, Bombay, Shanghai, Rio de Janeiro, Calcutta, Delhi, Séoul, Lagos et Le Caire. En 2015, elles seront vingt-quatre à compter plus de dix millions d'habitants. Cinq cent cinquante atteindront plus d'un million d'habitants et regrouperont 45 % de la population mondiale. En 2025, sept agglomérations compteront plus de vingt millions d'habitants. En 2050, au moment où s'amorcera un reflux face à la menace de chaos planétaire, un milliard d'habitants vivront encore dans cinquante villes d'Asie, chacune comptant plus de vingt millions d'habitants, voire, pour certaines, plus de trente millions.

Ces « villes » ne sont pour l'essentiel qu'une juxtaposition de cahutes dépourvues de routes, d'eau potable, de voirie, d'assainissement, de police, d'hôpitaux, cernant quelques quartiers riches transformés en bunkers. Les infranomades y contrôlent d'immenses zones désertées par l'État, comme c'est déjà le cas à Rio, à Lagos, à Kinshasa ou à Manille. Y vivant dans des conditions de misère indescriptibles, certains tentent d'en sortir en mettant en place des syndicats, des coopératives, des institutions de crédit ou de microfinance qui leur permettent de créer leurs propres emplois et de passer, en l'espace de quelques années, du stade d'infranomades à celui de sédentaires précaires. Mais la gangrène des villes se développe beaucoup plus vite que ne se forgent et ne se répandent les moyens de la combattre.

Pour fuir ces enfers, certains infranomades se déplacent vers d'autres pays du Sud, à la recherche de villes plus sûres, de terres plus clémentes, ou plus proches du Nord. Voire de campagnes vierges. Ils vont ainsi, par exemple, de Chine vers la Sibérie russe. Déjà, Vladivostok est largement une ville économiquement, humainement et culturellement chinoise. Plus de la moitié de la population de Khabarovsk, ville de Russie située sur le fleuve Amour, est originaire de l'autre côté du fleuve. Ce flux ne fera bientôt qu'augmenter, comme on le voit avec la multiplication des mariages russo-chinois en Extrême-Orient russe. L'Asie centrale et l'Extrême-Orient russe, points de passage obligés du pétrole à destination de l'Est comme de l'Ouest, sont particulièrement convoités par les infranomades de la péninsule indienne et de la Chine. Les Slaves commencent à revoir poindre avec terreur la menace d'invasions mongoles.

Des infranomades migrent aussi de l'Afrique centrale vers l'Afrique australe ; de l'Indonésie vers la Malaisie ; de la Malaisie vers la Thaïlande ; du Bangladesh vers les pays du Golfe. Pour beaucoup, tous ces déplacements ne sont qu'une façon d'approcher ce qu'ils croient être le paradis : les pays du Nord.

3.3. La désillusion des infranomades
arrivant au Nord

La plupart des infranomades du Sud rêvent d'accéder au mode de vie du Nord, de mieux en mieux connu par les télévisions et le cinéma.

Pour certains, il s'agit de venir chercher du travail et d'expédier une part de ses revenus au pays avant d'y revenir. Pour la plupart, il s'agit de tenter un départ définitif.

Cette invasion ne se fait plus par la guerre, mais par l'usage du droit de circuler librement : ceux à qui on a tant vanté la démocratie, et qui ont tant lutté pour l'obtenir dans leur pays, tentent d'en appliquer les principes.

Les États-Unis continuent d'être le pays le plus recherché ; un nombre croissant de gens du Sud tentent leur chance au « tirage au sort » qui en limite l'accès. L'Europe n'est plus recherchée que par ceux qui n'ont pas accès à l'Amérique. Les pays d'Europe du Sud, après avoir été des terres d'émigration, deviennent des terres d'accueil.

Les principaux points de passage entre le Nord et le Sud sont les frontières russo-polonaise, irako-turque, ibéro-marocaine, italo-tunisienne et mexico-guatémaltèque.

Un exemple essentiel de ces migrations Nord/Sud a pour théâtre la frontière méridionale du Mexique : aujourd'hui, cinquante mille Indiens mams, nomades du Guatemala, circulent au Mexique, comme si la frontière entre les deux pays n'existait pas. Trois cent mille

Guatémaltèques travaillent d'octobre à janvier dans les plantations de café mexicaines situées au sud du Chiapas. À l'inverse, des forestiers mexicains, ayant épuisé les forêts des Lacandons, pillent celles du Guatemala au nord de Huehuetenango et dans la région du Petén, réserves naturelles en théorie protégées. Par ailleurs, environ huit cent mille autres Sud-Américains passent illégalement chaque année la frontière entre le Guatemala et le Mexique en direction des États-Unis.

On mourra de plus en plus dans le détroit de Messine ou dans celui de Gibraltar, sur le fleuve Amour, à la frontière russo-polonaise et sur le fleuve Usumacinta qui sépare le Mexique du Guatemala.

Certains pays du Nord – comme la France – tentent de refuser ces immigrants. D'autres – comme les États-Unis – acceptent en priorité ceux des étrangers qui apportent avec eux des capitaux ou des compétences ; ils envoient même dans les pays du Sud des rabatteurs pour les repérer et les chasser. D'autres encore, en Allemagne et en Italie, en proie à la régression démographique, comprennent qu'un afflux de population plus jeune est la condition de leur développement.

Les structures ethniques continuent de se métisser. Ainsi, aux États-Unis, la population hispanique – qui continue d'arriver presque sans contrainte – est aujourd'hui plus nombreuse que la communauté afroaméricaine, et ces deux minorités représentent ensemble près du tiers de la population américaine. Dans quarante ans, elles seront conjointement majoritaires à moins que – ce qui est plus vraisemblable – les Hispaniques ne choisissent de s'allier aux autres Blancs et de copier leurs modèles de réussite, plutôt que de se mêler aux descendants des esclaves amenés là par leurs ancêtres.

L'évolution est la même dans les autres pays du Nord. En Europe, la population venue d'Afrique et ses descendants représenteront jusqu'à 15 % de la population de l'Union. En l'an 2020, si les tendances actuelles ne sont pas modifiées, 45 % de la population de Bruxelles sera composée de descendants d'immigrés originaires de terres d'islam.

Mais il n'est pas sûr que cette évolution se confirme : en effet, le mouvement des infranomades vers le Nord se ralentit déjà ; nombre d'entreprises se déplacent vers l'Inde, la Chine, le Maroc, le Brésil, pour produire là où la main-d'œuvre est la moins chère. Si le Portugal et l'Italie ont cessé d'être des terres d'émigration, le Mexique, la Thaïlande et la Tunisie attirent déjà des capitaux et exportent leurs produits vers l'Europe et les États-Unis. Le Nord se plaint déjà de ne plus avoir assez de candidats pour occuper les postes qu'il offre dans ses hôpitaux et ses universités.

De plus, les nouvelles technologies rendent de moins en moins nécessaires ces mouvements de population : le virtuel est un substitut au voyage.

4. LA CONVERGENCE ENTRE NOMADISME ET SÉDENTARITÉ

Avec l'extension du marché et les nouvelles technologies du transport des données, les concepts mêmes de nomadisme et de sédentarité perdent peu à peu de leur spécificité.

4.1. La liberté suprême ; nomadisme et sédentarité virtuels : l'hypermonde

Les nouvelles technologies de communication, dont l'Internet, fournissent de nouvelles façons de transporter des informations sans que leurs utilisateurs aient besoin de se déplacer.

L'interactivité (propre au téléphone) et le transport de l'image (propre à la télévision) permettent à chacun d'avoir accès, dans cet espace virtuel – cet *hypermonde* – à des distractions, des magasins, des services, des lieux de travail. Chacun devient un *immigré virtuel*, un élève à distance d'une lointaine université, un visiteur immobile d'un musée, un malade soigné dans tel hôpital d'un autre continent. À l'inverse, chacun devient aussi un *sédentaire virtuel*, capable de faire croire qu'il est chez lui alors même qu'il est en déplacement. Sédentarité et nomadisme en viennent à se rejoindre et se confondre dans l'*hypermonde*. Chacun y vit sans avoir à choisir ni à faire savoir ce qu'il est, ni où il est. Lieu de masques, il permet l'exercice de toutes les libertés sans avoir à rendre compte de ses déplacements, du moins chacun le croit-il.

Comme les autres continents envahis par des nomades, l'hypermonde est d'abord le lieu d'un pillage, puis celui d'un commerce. Des pirates viennent, comme au XVIIIe siècle, parasiter les lignes qui le relient au monde réel. Si une police se met en place sur ces axes, comme ce fut le cas sur les routes de l'or ou des épices, si les droits d'auteur et les brevets sont protégés, l'hypermonde deviendra un élément essentiel de la mondialisation marchande, parce que lieu absolu d'exercice de la liberté. Nouveau lieu sans histoire, nouveau monde, en fait lieu – on le verra – d'une hypersurveillance de tous les actes.

Cet hypermonde est aujourd'hui une colonie américaine, et l'on y parle l'anglais. Puis, comme toutes les colonies, il conquerra son autonomie, deviendra une puissance en soi, et s'alliera, comme on le verra, aux concurrents mêmes de l'Empire américain.

4.2. Les outils du nomadisme et de la sédentarité virtuels : objets nomades et animaux de compagnie

Les nomades transportent depuis toujours des objets susceptibles de les aider à vivre en voyage. Le premier de ces *objets nomades* fut sans doute le feu. Puis vinrent vêtements, outils, armes, bijoux, instruments de musique, esclaves ; puis le cheval, le papyrus, le papier ; puis des moyens permettant de miniaturiser et de rendre portatifs des objets sédentaires : la montre, l'appareil-photo, la radio, l'électrophone, le lecteur de cassettes, l'ordinateur portables. Puis vint le premier objet nomade à porter un nom nomade, le *walkman*, imaginé pour écouter de la musique en jouant au golf par le fondateur de Sony, Akio Morita, sans prévoir que tous voudraient un jour meubler leurs voyages urbains par de la musique[129].

Au même moment, s'est développé chez les sédentaires le goût pour d'autres objets nomades : les *animaux de compagnie*. Ceux-ci offrent aux sédentaires l'occasion de vivre une vie de quasi-pasteurs, de similinomades accompagnés d'un similitroupeau, sans aucun des risques associés au voyage, et d'avoir près de soi une compagnie fidèle et durable dans un océan de précarité et de déloyauté.

Puis sont apparus d'autres objets nomades, substituts au nomadisme : le téléphone portable et l'Internet, qui permettent de continuer d'exercer une activité en tous lieux ; le premier fut largement promu pour les besoins des nomades du Grand Nord scandinave ; le second, par des chercheurs hypernomades ayant un besoin crucial d'échanger. Ces objets nomades sont, pour les sédentaires, des substituts aux voyages, et, pour les nomades, des moyens de rester en relation entre eux et avec les sédentaires. Ils permettent à chacun d'avoir pour la première fois une adresse *non territoriale* : numéro de téléphone mobile ou adresse e-mail. Chacun peut ainsi être joint sans avoir à dire où il est.

Plus tard, d'autres objets nomades permettront, grâce à l'hypermonde, aux sédentaires comme aux nomades, catégories confondues, de bénéficier en tous lieux d'autres services rendus dans des sites sédentaires. Ils permettront en particulier à chacun de vérifier depuis n'importe quel endroit sa conformité à une norme de savoir ou de santé, de contrôler ses équilibres biochimiques et physiques vitaux, de mettre à jour ses connaissances, de vérifier son employabilité, c'est-à-dire sa capacité à rester en forme et informé. Chacun se croira ainsi plus libre alors que, en fait, il ne fera qu'assurer soi-même sa propre surveillance et qu'il sera surveillé dans chacune de ses allées et venues dans l'hypermonde. Ainsi s'installeront les objets de la convergence virtuelle du nomadisme et de la sédentarité.

Viendront – viennent déjà – d'autres objets nomades, tels des robots, substituts justement des animaux de compagnie. Plus tard encore, des organes artificiels permettront de réparer les erreurs détectées par le contrôle de conformité aux normes de santé. Enfin, le clonage conduira à d'autres évolutions débouchant sur la possibilité de créer des copies d'animaux de compagnie. Il deviendra même peut-être possible, un jour, de transférer sa conscience de soi à un clone et de devenir ainsi soi-même un objet nomade, produit ailleurs qu'en soi, et de s'envoyer voyager tout en restant sur place : nomade et sédentaire à la fois, non plus virtuellement, mais biologiquement.

5. L'illusion du nomadisme ludique : du tourisme sur Mars

Les sédentaires précaires continuent de vouloir échapper à leur quotidien par diverses formes de voyage et par des sensations fortes associées au nomadisme : le tourisme et le sport, et davantage encore la distraction, forme essentielle du voyage immobile, du luxe de pacotille et du voyage d'oubli. Les divertissements capables de distraire devront procurer des émotions de plus en plus fortes pour détourner des soucis et satisfaire la tyrannie du neuf.

5.1. Le ralentissement du tourisme

Les citadins voyagent de plus en plus sur des périodes de plus en plus brèves. Ils veulent avoir été entraînés dans tous les circuits, avoir nagé dans tous les océans, visité tous les sites, côtoyé toutes les cultures, parcouru tous les musées. Pour les occuper, les industriels de la distraction inventent de nouvelles façons de satisfaire ou de stimuler leur curiosité : les voyages d'aventure ou d'exploration, le tourisme historique, la visite des peuples premiers, les parcours à risque, les simulacres de joutes et de conflits.

Déjà, le tourisme traditionnel se ralentit. L'encombrement des sites les rend moins plaisants ; les personnes âgées, aux revenus réduits, auront moins les moyens de partir ; les cadres précaires aspirent à l'immobilité et ne trouvent plus grand plaisir à voyager, pour se distraire, dans l'encombrement des transports et des lieux de villégiature. Ils refusent d'être ballottés entre des aéroports de plus en plus éloignés, perdant sur les routes le temps gagné dans les airs. La résidence secondaire tendra à devenir l'habitat principal, le seul point fixe. Le tourisme deviendra quête de silence, de solitude. On verra se multiplier les lieux de retraite, d'isolement, de méditation, de non-agir, religieux ou laïques. On ne recherchera plus des sensations fortes, mais seulement leur simulacre dans le sport ou la distraction, l'un et l'autre immobiles, réels ou virtuels.

5.2. Les simulacres de l'effort :
quatre sports immobiles

Depuis des millénaires, les sédentaires pratiquent certaines formes ludiques du nomadisme telles que l'équitation, la course, la natation, la danse. Demain ce nomadisme de proximité sera encore plus pratiqué et permettra à beaucoup de jouer à voyager sans le faire vraiment. Il restera lié au cheval, à la terre, à l'eau, à l'air, par quatre sports principaux, tous simulacres du mouvement et donnant accès aux sensations du nomadisme : l'équitation, le golf, la voile et la danse. Leur exercice concernera des centaines de millions de personnes, pour la plupart des nomades urbains, dans les limites d'encombrement des espaces nécessaires.

Le plus ancien de ces sports, l'*équitation*, dérivé ludique de l'activité principale des premiers cavaliers nomades, leur servait à faire progresser le niveau de compétence du groupe sans que la rivalité des cavaliers tourne au désastre. Il permet aujourd'hui de se déplacer tout en restant quasi immobile sur une selle, dans un manège ou sur un parcours. Il prend aussi d'autres formes plus actives : polo, randonnée, périple au long cours, et il se dissimule aussi derrière d'autres sports de monte : cyclisme, motocross, rallye, course automobile.

La marche deviendra un autre sport majeur, lui aussi parcours quasi immobile, nomadisme de proximité, et d'abord sous sa forme la plus ludique : le *golf*. Le golfeur joue au voyage sans en courir aucun des risques ; le terrain est le lieu d'un voyage initiatique, labyrinthique ;

le geste en est tout de maîtrise et d'immobilité sereine. Parce que c'est un jeu, les plus forts y reçoivent un handicap. Le golf est ainsi un simulacre de confrontation avec la nature, destiné à des citadins qui n'en connaissent plus ni les bruits, ni les couleurs, ni les odeurs ; une nature domestiquée, bien tenue, au sein d'une forêt ouverte par des trouées, sans danger.

D'autres formes de marche quasi immobile et en labyrinthe se développent par ailleurs : ainsi le *roller* ; et d'autres, plus actives : athlétisme, jogging, varappe, etc.

L'eau est le troisième élément de ce nomadisme ludique, et la *voile* le troisième de ces grands sports immobiles. La mer reste en effet le dernier des terrains d'aventure. Elle aussi permet au citadin d'échapper au bruit, d'affronter ses propres peurs, de se confronter à une nature indocile, de voyager presque immobile. À la différence des deux autres, elle permet aussi à qui le souhaite de larguer les amarres et de partir durablement au loin. En tout cas, d'en cultiver l'illusion. D'autres sports de glisse se développeront : planche à voile, ski, ski nautique.

Une quatrième catégorie de sports quasi immobiles, à base de simulacre, se développent autour du vol, de l'apesanteur et du saut : et d'abord la *danse*. Une des plus anciennes activités humaines, forme rituelle du voyage, elle est devenue, avec le temps, à l'image du reste de la société, une occupation solitaire, un simulacre de mouvement, par lequel des milliers d'individus s'agitent sur place les uns à côté des autres, foule de solitaires rassurés d'être à la fois ensemble et détachés des autres. Pour échapper à la pesanteur et à la raison, elle explore et exploite toutes les formes du vertige immobile : du yoga aux rites des derviches tourneurs. À elle s'ajoutent d'autres sports de l'apesanteur : le parachutisme, le planeur, le surf, et, plus risqués, le deltaplane, le saut à l'élastique, etc.

Ces quatre sports enseignent, dans le simulacre, que le plus rapide chemin d'un point à un autre n'est pas la ligne droite ; que, pour atteindre l'escale suivante, il faut savoir jouer avec les obstacles – l'humeur du cheval, le caprice des vents et des sols, les facultés variables de son corps. Ni le dopage ni la tricherie n'y ont leur place. Il ne s'agit pas là de vitesse, mais de finesse, d'habileté, d'intuition, de grâce. Pour être un bon cavalier, un bon golfeur, un bon marin, un bon danseur, il faut faire preuve de toutes les qualités et aptitudes nécessaires au voyageur (ténacité, courage, lucidité, prudence, sens du partage, équilibre) sans en vivre les fatigues.

Ces simulacres de voyage, donc d'évasion, permettent de rompre avec le monde tout en bénéficiant de sa logistique : nomadisme de sédentaires sur des parcours sûrs, dans des forêts domestiquées, le long de côtes sans pirates, avec des services de secours efficaces, des club-houses, des havres et des refuges accueillants.

Ces sports peuvent se mêler les uns avec les autres dans le cadre d'un spectacle rassemblant toutes les formes du simulacre : ainsi du cheval et de la danse associés dans les spectacles de Bartabas ; ainsi du cirque et des exhibitions de cultures premières, pointes avancées de la distraction à venir.

À côté de ces sports individuels, les sédentaires continueront d'assister, tout aussi immobiles, au spectacle de sports d'équipe, eux aussi simulacres sophistiqués du nomadisme tribal. Ainsi, les joueurs de terrain y sont d'autant plus nomades qu'ils occupent une position d'attaquants et tentent de pénétrer dans la citadelle adverse, elle-même défendue (au football et au handball) par un sédentaire : le goal ; alors qu'au basket, au football américain et au rugby elle ne l'est que par les nomades de terrain eux-mêmes.

L'Empire américain domine ceux de ces sports qu'il a réussi à transformer en distractions de masse. Des jeux vidéo sont les simulacres de toutes les sensations fortes associées à chacun de ces sports. Ils en procurent l'essence intellectuelle sans l'effort physique. Ils permettent d'étendre encore plus l'hypermonde au domaine du leurre.

Là encore, les infranomades ne reçoivent que des miettes de ces spectacles. Simulacre d'une distraction qui n'est elle-même que le simulacre d'une vie.

La mondialisation marchande achève ainsi sa trajectoire en traduisant le nomadisme des premiers hommes en commerce de son simulacre.

5.3. Les nouvelles distractions, voyages virtuels des nomades épuisés : vie privée et *bookcrossing*

Après avoir voyagé, immobile, dans des labyrinthes, après avoir inventé des rites pour accéder au paradis, après avoir tenté tous les voyages réels et immobiles, l'homme cherche à s'y soustraire ou à s'en distraire par le simple spectacle de son simulacre. La distraction est ainsi toujours un simulacre de voyage.

La *musique* reste sa distraction principale. Elle donne le spectacle du voyage, fait circuler dans l'univers des sons, où toutes les sensations du mouvement sont accessibles. Elle accompagne tous les voyages, véritable compensation à la solitude.

Le *cinéma*, auquel chacun veut avoir accès de la façon la plus sédentaire possible, est maintenant diffusé dans des salles confortables et à domicile par le *home cinema*, les DVD et dans des complexes offrant de plus en plus de services complémentaires (restauration, Internet, etc.). Il est une distraction de plus en plus immobile.

Les *jeux* constituent des formes particulièrement développées du nomadisme virtuel : jeux vidéo (voyages et labyrinthes, courses et poursuites virtuels en deux ou trois dimensions), jeux de société, jeux télévisés de plus en plus liés aux voyages, substituts de la guerre ou des sports, mêlant curiosité et aventure, émaillés d'incidents virtuels.

La distraction par le voyage atteint désormais les ultimes espaces encore relativement protégés contre l'intrusion d'autrui : la *vie privée*. En poussant à la transparence, en exacerbant la liberté de circuler, d'explorer, d'investiguer, la démocratie et le marché conduisent aux voyages des autres sur le territoire privé de chacun. La presse, l'Internet et la télévision donnent déjà libre cours à ce voyeurisme, forme souvent sordide du nomadisme de proximité. On ne se contente plus du récit des aventures des stars ; on veut y assister. Bientôt, tout sera objet de spectacle et de distraction, mis à part peut-être le meurtre et l'inceste – et encore... Rien n'interdit même de disposer de caméras dans son propre appartement et d'offrir sa vie privée, ses « petits côtés » et ses fantasmes mis en scène, au voyage des autres. D'autres distractions fournissent des occasions de rencontre, substituts à celles que n'offrent plus les voyages ; voyages symboliques, occasions de rencontre. Le *bookcrossing* en est un exemple. Il consiste à déposer un livre dans un lieu public, après l'avoir lu, afin que quelqu'un d'autre s'en saisisse, le lise, émette des commentaires sur un feuillet joint, puis le laisse à disposition dans un autre lieu public. Le livre ainsi *libéré* circule sans que ce manège constitue un acte de piraterie à l'égard des auteurs et éditeurs. Les *semeurs* de livres partagent avis et réflexions que la lecture leur a inspirés, ce qui leur fournit autant d'occasions de rencontre. Sans le savoir, ils renouent ainsi avec la *kula* mélanésienne dont on a parlé à propos des premiers nomades, rituel par lequel des bijoux voyagent de main en main, prétextes à la rencontre de leurs propriétaires provisoires[238].

5.4. Le voyage vers l'au-delà

Il ne reste alors plus de lieux vierges pour le voyage, sinon vers l'au-delà.

Cela a commencé dans l'au-delà de la science, avec le premier Spoutnik lancé en 1956, puis avec le débarquement sur la Lune en 1969, et avec des sondes lancées vers huit des neuf planètes du système solaire.

Cela continuera avec un tourisme spatial, réservé pour longtemps aux hypernomades et inauguré le 28 avril 2001 par le voyage de Dennis Tito vers la station spatiale internationale. Diverses sociétés privées, telle Space Adventures aux États-Unis, pensent envoyer un jour des hypernomades dans des hôtels placés en orbite. Avant un voyage sur Mars dans le prochain quart de siècle.

Plus tard, le voyage vers les étoiles, confondu jusqu'ici avec la transmigration des âmes dans l'au-delà, fera figure de projet concret pour les vivants. Nul ne sait encore quel combustible permettrait d'envisager de telles expéditions, puisque aucune des sources d'énergie connues – telles l'énergie nucléaire, celle dégagée par la fusion de l'hydrogène, l'impulsion photo-électrique, etc. – ne saurait approcher la vitesse de la lumière. Et à supposer qu'on puisse le faire, il faudrait quatre ans et trois mois pour atteindre l'étoile la plus proche, un système triple formé d'Alpha A et B et Proxima du Centaure.

Pour aller plus loin, il faudrait imaginer que des astronautes vivent une vie entière à bord, progressivement remplacés par leurs enfants à qui ils apprendraient le pilotage ; ou qu'ils soient placés dans un état de vie ralentie, le temps du voyage ; ou encore qu'on découvre comment passer par un point du continuum espace-temps déformé au voisinage d'un « trou noir » ; ou enfin que la téléportation permette un jour de transformer les atomes en grains de lumière et de se déplacer soi-même à travers l'espace.

Ces progrès sont évidemment, pour l'instant, hors d'atteinte ; la Terre restera donc pour longtemps la prison et l'oasis de l'humanité.

D'autres formes de tourisme de l'au-delà commencent à apparaître dans une certaine clandestinité : d'aucuns tentent par exemple d'aller voir de l'autre côté de la mort, et d'en revenir. Se chuchotent des techniques visant un simulacre d'agonie, un semi-suicide, expériences de presque-mort, aventures sans retour assuré.

6. LE REFLUX
DE LA TROISIÈME MONDIALISATION

Devant cette exacerbation de la précarité et l'absence de nouvelles perspectives d'aventures, beaucoup, sédentaires ou nomades, se révoltent contre la mondialisation marchande et la dérive insensée dans laquelle elle les entraîne.

6.1. La révolte des infranomades

Le nombre des infranomades vivant au-dessous du seuil de pauvreté passe de 500 millions à la fin des années quarante à 2,5 milliards en 2003 et il atteindra les 5 milliards en 2040. Même si la classe moyenne sédentaire s'élargit encore en Inde et en Chine, la grande majorité des êtres humains sont de plus en plus conscients de la précarité de leur situation. Depuis 1990, 54 pays, dont 20 en Afrique, ont vu leur niveau de vie baisser. Tout nomade n'est pas nécessairement en situation précaire, mais toute personne en situation précaire finit par devenir nomade, nomade urbain.

Les diverses formes de la lutte contre la pauvreté ne peuvent permettre d'espérer voir ce nombre se réduire significativement : le secteur privé ne fournit pas assez d'emplois – en tout cas d'emplois stables ; le secteur public en fournit moins encore ; les mécanismes de redistribution, restés confinés à l'échelle des nations alors que les problèmes de pauvreté sont devenus mondiaux, ne peuvent financer des revenus décents d'assistance à tant d'infranomades. La mise en place d'infrastructures urbaines est loin de suivre la croissance du nombre de leurs habitants. Enfin, l'enfermement des pauvres n'est pas envisageable, même si certains y songent et le pratiquent déjà, comme les États-Unis. La pauvreté, premier signe d'échec de la troisième mondialisation, donne, comme lors des deux précédentes, le signal du début des rébellions.

Ces révoltes commencent par les mouvements pathétiquement négligés des peuples premiers. Cette avant-garde de l'infranomadisme manifeste dans l'indifférence générale contre l'extension de la mondialisation marchande. Pourtant, ces peuples gagneraient à être écoutés, car leur sort guette tous les autres hommes.

C'est le cas des Indiens d'Amérique, qui s'organisent pour faire entendre leurs critiques. Par exemple, en octobre 2002, les principales organisations d'Indiens d'Amérique latine (Confédération des nations indigènes d'Équateur, Conseil des Ayllu et Marka de Bolivie, Coordination des organisations indigènes du bassin amazonien, Confédération syndicale unique des travailleurs paysans de Bolivie, Mouvement de la jeunesse cuna de Panamá, Organisation nationale des indigènes de Colombie, Organisation indigène du Mexique, Organisation indigène du Chili) protestent contre les risques que représente pour Abya Yala (l'Amérique) la mise en place d'un marché unique continental. Ce texte vaut d'être longuement cité pour ce qu'il révèle de la prise de conscience, par des Indiens, des menaces qu'affrontent tous les infranomades[405].

« De Quito, royaume du soleil vertical, nous, descendants des premières nations d'Abya Yala, tenons à exprimer notre point de vue face à l'accord de libre commerce des Amériques, nouvel instrument de spoliation, de génocide et d'ethnocide sur les territoires sacrés qui sont les nôtres. Nous représentons des nations et des peuples indigènes, héritiers de ceux qui furent les premiers occupants de ces terres, il y a plus de quarante mille ans, sur ce continent dont nous sommes aujourd'hui la caution morale. Nous avons appris que vous, représentants des différents États, avez conçu un dénommé projet d'intégration pour l'Amérique latine sans que nous, amphitryons, premiers habitants de ces terres, ayons été prévenus, encore moins consultés. Nous, peuples indigènes, serons à nouveau délogés de nos propres territoires, contraints d'accepter la privatisation de l'eau et l'utilisation généralisée des produits transgéniques ; la grande pauvreté, les inégalités et l'injustice augmenteront ; les cultures ancestrales et les valeurs ethniques qui nous restent disparaîtront. Nous sommes venus vous parler des êtres qui peuplent l'eau, la montagne et la forêt, des êtres de la fécondité, des êtres des semences, des êtres de la récolte, des êtres de l'abondance, de tous les êtres qui, comme nous, se sentent menacés par votre "plan d'intégration" [...]. Nous déclarons aux chefs d'État de notre continent que, pour nous, les premières nations d'Abya Yala, c'en est assez de ces cinq cent dix années de pillage et d'exclusion ! »

À partir de ces protestations naissent d'autres révoltes, venues de groupes innombrables. Ceux-ci dénoncent la mondialisation marchande comme un facteur d'aggravation des inégalités, de destruction de la nature, de ruine des paysans et des industries naissantes, de misère urbaine, d'affaiblissement des États, d'exacerbation de la précarité et de la tyrannie du neuf.

Si quelques-uns, parmi ces plus pauvres, se fraient un destin par le travail, d'autres trouvent leur voie dans la violence et la lutte armée contre les riches. Ils emploieront toutes les armes, s'allieront à toutes les causes.

D'autres réaliseront que le mouvement en cours conduit au déplacement – réel ou virtuel – des entreprises du Nord vers les pays où les coûts de production sont les plus bas. Ils découvriront que la mondialisation marchande peut servir une partie du Sud, au détriment des hypernomades qui s'en croient encore les maîtres.

6.2. Le mal du voyage des hypernomades

Certains, parmi les hypernomades comblés de tous les droits, satisfaits dans tous leurs caprices, maîtres de tous les moyens de s'accomplir, estiment que le nomadisme marchand les conduit une nouvelle fois à la désillusion, à une fatigue, un « mal du voyage ». Parfois rejetés eux-mêmes dans le néant du marché après en avoir été les maîtres, ils s'éloignent du pseudo-nouveau, du simulacre, de l'uniformité de pacotille, de la distraction standardisée, du cynisme et de la prostitution morale, de la fébrilité, de la haine des différences, de l'obsolescence grandissante des choses et des gens, y compris d'eux-mêmes. Ils prennent peur des maladies que le nomadisme accélère : sida et autres maladies transmissibles sexuellement, sras, etc. Ils n'aiment plus l'image d'eux-mêmes que ce monde leur renvoie. Ils critiquent et rejettent ce qu'il leur apporte : la solitude, l'encombrement, la précarité, la déloyauté, la frustration, l'envahissement ; ils ne trouvent plus plaisir aux objets nomades, ni aux animaux de compagnie, si exotiques soient-ils, non plus qu'à leurs substituts, robots et compagnons d'un moment. Ils vivent des séparations de plus en plus répétées comme un défilement de solitudes. Ils ne tolèrent plus de ne pas voter partout où ils paient l'impôt ou créent des richesses. Ils dénoncent le nomadisme en tant que source de désordres, de gaspillages, de bouleversements climatiques. Ils prennent conscience que la mobilité risque de les ruiner ; ils se plaignent de devoir aller vivre là où le marché exige leur présence, et non là où la qualité de vie est la meilleure.

Ils revendiquent dès lors un nouveau droit, radicalement neuf : celui de ne pas bouger, de ne pas être contraints de circuler, d'être sédentaires ; une partie de l'avant-garde nomade devient ainsi l'alliée des forces immobiles.

7. La revanche des sédentaires

Dans toutes les nations du Nord, les dépenses sédentaires – éducation, santé, sécurité – augmentent particulièrement vite. Elles sont la traduction d'un refus croissant du nomadisme.

7.1. Les antimondialistes : du nomadisme désarmé à la haine des nomades

Certains infranomades, sédentaires et hypernomades, revendiquent un droit à l'enracinement et à l'identité, à la lenteur, à l'emploi sur place, au repos, à l'immobilité. Ils constituent un ensemble encore flou, dont les attitudes varient du simple désir de moins voyager à la haine des voyageurs. De l'antimondialisme à la xénophobie.

Certains des hypernomades, devenus bourgeois bohèmes (les *bobos*), se conçoivent comme des *hobos virtuels*, repliés sur eux-mêmes, hédonistes et égoïstes, adeptes du *cocooning*. Leur refus de la mondialisation marchande se borne à un rejet de ce qui l'exprime : les multinationales, les OGM, l'OMC.

D'autres, surtout parmi les sédentaires en situation précaire, ajoutent à ces refus celui du libre commerce des produits des autres, à commencer par les produits agricoles et les biens culturels, notamment américains. Ils y ajoutent un rejet des règles du marché en matière d'environnement, de droit social, et de délocalisations d'entreprises. Certains de ces antimondialistes rêvent d'un monde où les gens pourraient voyager à leur guise, sans que les choses, les idées et le capital puissent en faire autant : d'un *nomadisme désarmé*.

Parmi eux se dressent des défenseurs autoproclamés des paysans et des peuples premiers réclamant la fermeture des frontières, le refus du modèle occidental, de la mondialisation marchande.

D'autres vont plus loin encore et ne se contentent pas de vouloir « désarmer » les nomades. Ils ajoutent le refus du voyage des autres à leurs listes d'exclusions et dressent des barrières contre l'entrée des étrangers sur leur sol.

D'autres, allant plus loin encore, ne se contentent pas de se barricader contre les nomades qui pourraient venir, mais souhaitent chasser ceux qui sont déjà là. Partout dans le monde, faute de pouvoir repousser l'empire dominant, on s'en prend aux minorités, symboles de l'altérité. Ainsi sont malmenés les chrétiens en Indonésie, les Tamouls au Sri Lanka, les Tutsis au Rwanda, les Tsiganes dans l'ensemble des Balkans, les Serbes en Croatie, les Croates en Serbie, les peuples premiers partout.

D'autres encore, jeunes et vieux, sédentaires de condition, se joignent à ce refus du mouvement.

7.2. Le sit-in des jeunes : obésité et drogue

Des enfants, trop jeunes pour être nomades, sont contraints d'y faire face par la précarisation de leurs parents, et par celle qu'ils appréhendent pour leur propre avenir. Très tôt, ils se rebellent par une sorte de sit-in symbolique. Ils se cloîtrent dans un univers étroit et barricadé dont ils ne sortent plus : dans l'autisme des écouteurs d'objets nomades et dans la fenêtre miniature de jeux vidéo, à l'instar des *otakus* japonais, ces jeunes fanatiques du nomadisme virtuel, obsédés par leurs écrans, s'absentent du monde.

Ce sit-in se traduit de plus en plus par une maladie – l'*obésité* – et une dérive – la *drogue*.

Immobiles, cloués au sol, des jeunes grossissent du

grignotage nomade et de l'absence d'exercice physique. Aux États-Unis, le nombre d'enfants obèses a déjà doublé en vingt ans ; celui des adolescents dans le même cas a triplé. Ils deviennent le plus souvent des adultes impotents, avec une espérance de vie réduite, encourant des risques de maladies cardio-vasculaires, de diabète, de cancer du côlon, d'hypertension artérielle, d'ostéoporose, de troubles lipidiques, de dépression, d'échec scolaire, de fiasco professionnel et affectif[210]. L'obésité n'est pas, comme on le dit en général, une maladie de la sédentarité assumée, mais, au contraire, l'expression d'un refus désespéré du nomadisme, d'une volonté inconsciente de devenir intransportable, pour échapper au destin des nomades. À terme, plus de la moitié de la population du Nord sera touchée par ce fléau.

Les mêmes, et d'autres, sont menacés par une forme exacerbée du nomadisme virtuel : l'usage de drogues pour des voyages extrêmes, suicides tacites. Leur trafic est en passe de devenir une des composantes essentielles de la géopolitique. Elles conduisent des générations entières à la négation de l'effort, au refus de la réalité, à l'immobilité béate, à l'insouciance irresponsable.

Comme l'obésité et tous les autres refus du mouvement, les drogues sont un des principaux facteurs d'enlisement et de déclin des sociétés qui y cèdent, en particulier américaine et européennes.

7.3. L'immobilité des aînés

De plus en plus de sédentaires vivent assez longtemps pour ne plus trouver de plaisir ni au nomadisme du travail ni au nomadisme ludique, si ce n'est dans ses simulacres. Ils sont de plus en plus nombreux aux États-Unis : alors que seulement 4 % de la population avaient plus de 65 ans en 1900, il y en aura le tiers en 2025 ; sept millions d'entre eux auront alors plus de 85 ans. Les plus de 65 ans représenteront au Japon 25 % de la population en l'an 2030, et 22 % en Chine. En France, le nombre des plus de 85 ans doublera dans les dix prochaines années.

Ces sédentaires forcés consomment des produits et des services spécifiques : produits cosmétiques et diététiques, sports immobiles, hôpitaux, maisons médicalisées, personnels d'assistance. Ils deviennent *de facto* les alliés des jeunes immobiles, et parfois vivent ensemble, dans une solidarité entre petits-enfants et grands-parents, cependant que les jeunes adultes continuent de circuler, nomades contraints ou volontaires.

En s'enfermant dans leurs maisons dites de « retraite », au nom prédestiné, ils pourraient devenir l'avant-garde d'une société résignée à s'engourdir, à refuser de bouger, à nier le nomadisme.

7.4. Le déclin des immobiles

Dans certains pays d'Europe, dont la France, la part des dépenses sédentaires – santé, éducation, sécurité – augmente vite ; une coalition des immobiles et de ceux qui les soutiennent menace d'imposer la mise en œuvre d'un projet de fermeture, de négation du mouvement, de « désarmement » général des nomades.

En faisant l'apologie du local, de la proximité et de la distraction, en s'installant dans le cocooning et le nomadisme virtuel, en laissant les jeunes se noyer dans les drogues et les vieux se « retirer de la circulation » dans les maisons de retraite, en donnant la priorité à la police et à l'hôpital, ces pays finiront par perdre le sens du mouvement et du neuf. Ceux de leurs citoyens qui refuseront d'avoir à subir – et surtout à financer – un tel destin partiront.

Le déclin de ces nations deviendra alors inéluctable. Il entraînera la remise en cause d'édifices géopolitiques comme la construction européenne : ceux des pays de l'Union qui choisiront la voie de l'ouverture, du mouvement, de l'accueil des étrangers, ne pourront continuer de lier leur sort à des pays qui auront fait un choix inverse. On verra alors l'Union se fissurer, puis se scinder. L'euro, promesse d'une Europe ouverte et puissante, n'aura été qu'une fulgurante parenthèse.

Pour éviter une telle issue, l'Union – et tous les pays qui la composent, la France au premier rang – devra changer radicalement d'attitude à l'égard de l'effort et du mouvement. Il lui faudra tout à la fois se donner les moyens d'un net rajeunissement, accepter l'entrée d'un grand nombre d'étrangers, mener une bataille frontale contre les drogues et l'obésité, prôner un retour au goût du travail, de l'effort, de la curiosité, de la mobilité. Bref, à tout ce qui fit en son temps la grandeur de ce continent, et d'abord de ses ports.

8. Le soldat, le marchand, le prêtre, le citoyen

Comme l'Empire romain, l'Empire américain n'est pas menacé par des empires sédentaires rivaux, mais par les rebelles qui se pressent à ses frontières et à l'intérieur de celles-ci. Ni l'Europe, ni l'Inde, ni la Chine ne seront avant très longtemps, et peut-être jamais, en situation de pouvoir et de vouloir être les maîtres du marché mondial. Elles ont les unes et les autres trop à faire pour rester rassemblées sous les coups des forces nomades qui vont les menacer. Il ne s'agit plus cette fois de peuples organisés comme l'étaient les Huns ou les Germains, mais de marchands, de religieux, de citoyens du monde.

De fait, trois forces nomades vont s'imposer comme les rivaux planétaires de l'Empire américain : le marché, la religion, la démocratie. Chacun porteur d'un projet planétaire, cassant l'Empire et les nations.

8.1. L'empire du Marché : l'hyperempire

Les forces du marché, dont les intérêts sont désormais disjoints de ceux de l'Europe et du Sud, le sont aussi de plus en plus de ceux des États-Unis, qui en assurent encore la gérance. Le capitalisme, par nature, pense mondial ; il rêve de se constituer en un pouvoir universel, indépendant des exigences de l'Empire américain, des lois américaines, des intérêts américains. Les hypernomades qui animent le marché voudront un jour fonder un empire hors sol et imposer leurs lois à tous les États, y compris à celui des États-Unis.

Les entreprises nomades ne se reconnaîtront aucune nationalité. Elles n'obéiront qu'au seul critère du profit. Aucune nation n'aura de prise sur elles. Une seule institution nationale subsistera. Elle sera le lieu d'exercice du pouvoir des hypernomades et servira de substitut aux États : l'Organisation mondiale du commerce (OMC), régulateur des marchés, imposera la disparition des subventions et des droits de douane, le respect des brevets et des contrats, l'obligation d'ouverture des services publics à la concurrence dans tous les pays. Ces règles profiteront à l'agriculture du Sud et à l'industrie du Nord. Elles accéléreront la destruction des forêts et celle des peuples premiers.

Des services privés de santé, d'éducation et de défense remplaceront ceux fournis jusqu'ici par les États. Ils deviendront nomades comme les autres entreprises. Les lois seront remplacées par des contrats ; la justice, par l'arbitrage. Des institutions privées surveilleront les travailleurs et les consommateurs, sous prétexte de préserver leur sécurité.

Entouré d'objets d'autosurveillance, chacun deviendra son propre policier, son propre juge, son propre gardien de prison. Quiconque voudra faire respecter sa vie privée sera considéré comme suspect aux yeux des autres. La transparence deviendra une obligation. Des bureaucraties privées sauront tout de chacun des gestes, actes, pensées, désirs des hommes qui ne seront plus libres que de vouloir leur servitude, dans le travail et la consommation.

Cet empire nomade instaurera alors le règne de la précarité universelle. Il créera des déséquilibres extrêmes et n'aura pas les moyens de lutter contre la mondialisation simultanée du crime et de la drogue. Le chaos provoquera une demande de stabilité, de sécurité, d'éternité.

8.2. Les empires de la totalité éternelle

Pour donner du sens au long terme, de nombreuses idéologies se proposeront comme horizon de substitution.

Certaines nations s'isoleront, comme ce fut déjà le cas au XXᵉ siècle, pour tenter de se dérober à l'emprise du marché mondial et à l'Empire américain, dénoncé comme l'« empire du Mal ». Des totalitarismes surgiront, fermeront leurs frontières, massacreront des élites.

D'autres rêveront à un empire planétaire imposant à tous des règles de vie austère faites d'économies d'énergie, de consommation frugale, de diktats écologiques. Des mouvements politiques inspirés par cette utopie verront le jour. Ils ne réussiront pas à emporter une conviction assez large pour mettre sur pied un tel empire planétaire : pour y parvenir, il y faudrait une force supérieure, l'élan du fanatisme, qui ne saurait être que d'ordre religieux.

De tout temps de nombreuses croyances se sont donné une vocation de prosélytisme nomade. Des frères mendiants et des frères prêcheurs ont sillonné les routes du monde au nom de toutes les fois et de bien des sectes. Le christianisme au premier chef.

D'une certaine façon, l'Église catholique est donc le premier empire nomade, « hors sol », géré comme tel, tentant, par tous les moyens, d'étendre une influence théologique et de s'opposer à l'empire du marché en dénonçant les excès de la société de consommation ; elle ira un jour jusqu'à s'opposer à l'Empire américain si leurs intérêts viennent à se contredire, ce qui n'est pas encore le cas. Mais cela pourrait le devenir : le christianisme considère en principe l'enrichissement comme un péché et exhorte à la non-violence, deux traits qui suffisent à l'éloigner de l'empire en place. Cependant le Vatican ne sera pas un rival crédible : s'il représente en théorie une des plus grandes forces mobilisatrices et l'un des premiers mouvements prosélytes au monde, si plus du tiers des habitants de la planète s'en réclame, le christianisme est partout en baisse au Nord et de plus en plus morcelé au Sud ; cette religion nomade, capable de dénoncer haut et fort les maux de la mondialisation marchande, n'est nullement à même de camper à sa place en empire dominant la planète.

La seule foi aujourd'hui en situation de le vouloir et de le faire est l'islam. Non parce qu'il serait par nature une foi plus conquérante que les autres, mais parce que, depuis ses origines, il se veut une réponse à l'exercice exacerbé de la liberté individuelle et à la précarité. Certaines de ses règles rigoureuses (respect du ramadan, prohibition de l'alcool, port du voile, soumission de la femme, etc.) peuvent être envisagées et présentées comme des formes individuelles, non imposées, de refus de l'empire marchand et de promesse de fraternité. Son action caritative est porteuse d'un message populaire de solidarité dont le christianisme, dans sa pratique, est de plus en plus dépourvu. Ses plus extrêmes partisans proposent même un rejet de toutes les valeurs culturelles occidentales, en particulier de la démocratie et du marché. Aucun aspect de la vie et du travail des humains ne saurait lui échapper[229].

En promettant l'appartenance à une *umma*, une communauté, l'islam trouve une écoute chez nombre de sédentaires précaires d'Afrique, d'Asie et d'Amérique. L'OCI (Organisation de la conférence islamique), tente de donner corps à cette *umma* et se veut pour l'islam ce que l'OMC est à l'empire du Marché.

Aujourd'hui, nombreux sont les mouvements qui en appellent à la constitution d'un empire mondial de l'Islam, sans centre ni nation dominante, nomade. Il trouve dans l'islam d'Occident[313] des théoriciens d'une stratégie de conquête. Ces théoriciens rappellent que, depuis sa création, la figure dominante de l'islam n'est pas le fidèle, mais le converti, le pèlerin[146], le prédicateur et le prosélyte. Ils rappellent que toute conversion doit se faire au nom d'un idéal de pureté, de solidarité, de refus des valeurs précaires, de réaffirmation du pouvoir masculin. Ils affirment que l'édification de cet empire est en bonne voie et que les conversions suffiront à l'assurer : de fait, le nombre de musulmans augmente plus vite que celui des adeptes d'aucune autre foi. Jouent ici leur rôle la fécondité démographique, la conviction religieuse et l'esprit de conquête : les musulmans, qui étaient un milliard en 1991 (19 % de la population mondiale), seront sans doute plus du double en 2020 (23 % de la population mondiale).

Pour beaucoup, il suffit à l'islam pour atteindre ce but de proposer ce que le marché n'offre pas : des formes concrètes de solidarité, de fraternité, de charité, d'intangibilité des valeurs et des principes permettant d'avoir accès à la subsistance, donc à la dignité, d'échapper à la solitude, au doute, et d'espérer le paradis.

Pour d'autres, encore extrêmement minoritaires, la constitution de l'empire de l'Islam doit se faire par la guerre. Ceux-là, appelés fondamentalistes ou islamistes, définissent une stratégie conquérante en trois étapes :

• Là où il est minoritaire, l'islam doit pratiquer le *Dar al-Sulh*, « la paix momentanée » ou trêve ; elle est limitée à dix ans et peut être dénoncée à tout moment par l'imam. Ceux-là considèrent l'Europe comme une zone de trêve en attendant que l'islam s'y renforce.

• Là où l'islam devient plus fort – parce qu'il a converti une fraction significative de la population – ces islamistes pensent qu'il doit entrer en *Dar al-Harb* ou « zone de guerre ». Tous les infidèles y sont pour eux des ennemis : « l'incroyance est une seule nation », prétendent-ils, et même les monothéistes, qui sont un temps tolérés, doivent être convertis ou chassés des terres de l'islam : les juifs, parce qu'ils n'ont pas accepté la lettre du Coran à Médine ; les chrétiens, parce qu'ils placent Jésus au-dessus de Mahomet. Les non-musulmans y sont, pour ces extrémistes de l'islam, des *harbiyyûn*, destinés à passer sous la juridiction islamique soit par la guerre *(harb)*, soit par la conversion, *al Kufru millatun Wâhida*.

• Là où il domine est le *Dar al-Islam*, le « royaume de l'islam » ; les autres monothéistes y sont tolérés comme des *dhimmis* (« protégés ») ; les adeptes d'autres croyances ou philosophies sont persécutés.

Ces islamistes prétendent ainsi avoir l'obligation de refuser d'obéir aux lois des pays où les musulmans sont minoritaires et le devoir d'y prendre le pouvoir par la force dès que possible[229]. Déjà le wahhabisme, fondé au XVIIIᵉ siècle par Abdel Wahhab, refusait le moindre compromis avec tout ce qui n'était pas l'islam le plus strict. Aujourd'hui, le Hizb ul-Tahrir (parti de la Libération), basé à Londres, appelle à proclamer la renaissance du califat et condamne toute participation à la vie sociale et politique dans les pays d'accueil. Le théologien pakistanais Seyyid Mawdudi (1903-1979) interdit l'obéissance à toute autre législation que celle du Coran ; à ses yeux la seule souveraineté est la *hakimiyya* (« souveraineté politique exclusive de Dieu seul ») ; pour lui la loi se résume au Coran et aux actes des quatre premiers califes, qui peuvent rendre compte de tous les aspects de la vie. Qotb, leader des Frères musulmans, pendu au Caire en 1966, appelait à la « révolution islamique », qui est passage de la *Jâhiliyya*, « l'ignorance islamique », à la *Hakimiyya* (« rébellion totale en tout lieu de notre terre, chasse aux usurpateurs de la souveraineté divine qui dirigent les hommes par des lois venues d'eux-mêmes »). Son projet : la fusion de l'*Umma islamiyya*, « la meilleure communauté surgie pour les hommes », et du *Dar al-Islam*, régi par la loi islamique. Pour y parvenir, certains de ces extrémistes très minoritaires dans l'islam, comme le Groupe islamique armé (GIA) et al-Qaida, prônent la guerre sainte contre l'Empire américain, contre le marché et contre leur seul autre concurrent : la démocratie.

8.3. L'empire de la démocratie

Une troisième forme de projet planétaire apparaît en réaction à l'Empire américain, au nomadisme marchand, aux divers totalitarismes et au fait religieux. En poussant à l'expression de la liberté individuelle, le marché génère la demande d'une démocratie aux dimensions du marché ; une démocratie hors sol, nomade, planétaire, où chacun jouirait, où qu'il soit, de tous les droits d'un citoyen du monde. On trouve des partisans de cet empire nomade dans tous les groupes :

Des infranomades aspirent à faire entendre leur voix hors du concert des nations et du chœur des religieux, et à imposer leur majorité démographique dans le monde alors qu'ils sont politiquement minoritaires dans tous les pays ; ils rêvent de l'application du principe démocratique – « un homme, une voix » – à toutes les institutions internationales et à toutes les organisations politiques.

Des sédentaires veulent construire pour leur part des démocraties continentales afin de mieux s'opposer au règne du marché ; c'est ce qui est en train de se construire en Europe avec le projet de Constitution, et ce qui pourrait servir, un jour très lointain, de modèle à une Constitution planétaire.

Des hypernomades souhaitent eux aussi créer des institutions hors sol, planétaires, sans frontières, à dominantes civiques, médicales, écologiques ou sociales, instituant un droit d'ingérence humanitaire et imposant progressivement un usage mondial de la démocratie. Ces organisations humanitaires, qui gèrent et inventent un

« Bien commun » de la planète, expérimentent une pratique de la démocratie planétaire où chacun se sent responsable de tous ses frères humains : ces organisations, encore autoproclamées, sont les amorces de ce que pourraient devenir demain les agences d'exécution des décisions d'un gouvernement de la planète.

Le chemin sera long : le principe « un homme, une voix » n'est pas même appliqué au sein de l'Union européenne, et le pouvoir d'intervention des organisations humanitaires – quand elles ne sont pas détournées de leurs fins ou ne servent pas d'alibis – reste aujourd'hui dérisoire.

Pourtant, ces trois forces nomades auront un jour raison de l'Empire américain, parce qu'il ne peut que décliner.

8.4. Rome-sur-Potomac

Comme l'Empire romain, l'Empire américain est depuis longtemps conscient des risques que toutes ces forces font peser sur lui. Livres, débats, articles de journaux abondent en Amérique sur ces sujets. À la différence de ce qui se passe en Europe, on y parle librement de ces risques et des remèdes possibles.

Pour l'heure, la stratégie américaine consiste, comme à Rome dans les trois derniers siècles de l'empire, à consacrer l'essentiel des moyens de l'État à la lutte contre les nomades de l'extérieur.

Les programmes d'assistance sociale ont ainsi été réduits à leur plus simple expression ; il ne subsiste pratiquement que des programmes d'enfermement des plus pauvres : plus de 2 % de la population américaine sont en prison ; autant sont enfermés dans des institutions psychiatriques ; 1,5 % sont des sans-abri. Le coût de la « gestion » des infranomades de l'intérieur ne dépasse donc pas le vingtième de la richesse produite.

En revanche, le coût de la défense des intérêts américains face aux infranomades de l'extérieur est bien plus considérable. L'Empire entend ainsi maîtriser les marchés, protéger ses zones commerciales, garantir ses accès aux matières premières, assurer son influence stratégique, soutenir son agriculture, protéger ses industries de pointe, assister les gouvernements alliés, combattre l'influence politique et sociale de l'islam. Il dépense pour les aspects purement militaires de ce programme plus du quart du budget fédéral, essaime un million de soldats sur quatre continents et de nombreux navires sur tous les océans.

Comme l'Empire romain, l'Empire américain incorpore désormais des étrangers dans ses propres troupes : 2 % des forces armées américaines sont constituées d'immigrés non encore citoyens naturalisés ; leur nombre augmentera considérablement avec le décret du 4 juillet 2002, qui accélère la naturalisation des étrangers s'engageant dans l'armée. Comme la copie d'un décret de l'empereur Hadrien...

L'Empire américain se retrouvera, à terme rapproché, dans la situation de tous ses prédécesseurs juste avant leur disparition : dirigé par des élites issues d'anciens peuples vassaux, attaqué de toutes parts, finançant sa présence sur tous les continents et ses dépenses de sécurité par des emprunts massifs à l'étranger.

Aussi longtemps que les alliés des Américains auront intérêt à ce que cet empire continue d'assumer son rôle de gendarme du monde, aussi longtemps qu'ils lui croiront un avenir, ils lui prêteront les ressources nécessaires pour financer son armée et pour qu'il assure la sécurité de la planète. Quand ils penseront pouvoir agir eux-mêmes à sa place, quand ils auront un usage plus utile et plus urgent de leur propre épargne, quand augmentera le nombre de ses ennemis, le financement de l'Empire deviendra plus difficile.

Face à une telle situation, les Américains se retrouveront confrontés aux mêmes dilemmes que l'Empire romain : les libéraux et les libertaires proposeront de laisser entrer aux États-Unis encore plus d'immigrants, de lutter contre la pauvreté en Amérique, d'aider les infranomades du monde à trouver du travail pour qu'ils soient moins tentés par la violence, de réduire la part des dépenses militaires consacrées à la défense des frontières, de faire confiance au marché et à la démocratie pour servir les intérêts de l'Amérique.

À l'opposé, les sécuritaires et les sociaux-démocrates proposeront de « disposer les chariots en cercle », de subventionner les entreprises stratégiques, de ne s'intéresser qu'aux problèmes des minorités américaines et des pauvres à l'intérieur du pays, de limiter la défense du pays à des attaques préventives contre les rebelles nomades, à la mise en place d'un bouclier antimissile et à une étroite surveillance des frontières et des mouvements.

L'Amérique actuelle semble avoir choisi la seconde stratégie ; elle met en place de très nombreux mécanismes de surveillance de tout ce qui bouge : le système CAPPS (Computer Assisted Passenger Pre-Screening) pour contrôler tous les voyageurs pénétrant aux États-

Unis, et une banque de données regroupant des informations sur 65 millions de Mexicains, 31 millions de Colombiens et 18 millions de Centre-Américains. Plus tard, un système dit de Total Information Awareness (TIA, rebaptisé pour cause de scandale, Terrorist Information Awareness) doit collecter l'équivalent de quarante pages d'informations sur chacun des habitants de la planète[296], afin de contrôler tout ce qui risque, en bougeant, de menacer l'Empire.

L'Europe semble en faire autant, multiplie les caméras de surveillance dans les villes (1,5 million de caméras dans la seule Grande-Bretagne) et finance d'énormes programmes de surveillance et de filtrage des étrangers en situation irrégulière.

Tout cela ne fera que retarder l'inéluctable effondrement. Comme la chute de l'Empire romain, celle de l'Empire américain et de ses alliés européens engendrera un formidable chaos d'où naîtra une nouvelle civilisation faite des résidus de l'hyperpuissance en déshérence et de valeurs nouvelles prises aux nouveaux empires nomades naissants. Tout comme nos sociétés actuelles ont été constituées de Romains autant que de Mongols, de Chinois autant que d'Indiens, de Germains autant que de Slaves, de Grecs autant que de Turcs, d'Arabes, de Juifs, de Bantous, de Vikings et de Gaulois, le monde de demain sera tout à la fois démocrate, américain, religieux et marchand. Sédentaire *et* nomade.

CHAPITRE IX

Les transhumains

« Il est sur la route, sans avoir quitté la maison ; il est dans la maison, sans avoir quitté la route. »

Koan japonais.

Dans les temps de très grands troubles qui s'annoncent, nul ne saurait prédire le sort des armes : toutes sortes de nomades s'opposeront à l'empire dominant, à sa culture, à ses armées, à sa politique ; dans le même temps, des sédentaires le combattront aussi pour préserver leurs démocraties qu'ils estimeront menacées ou pour imposer des totalitarismes qu'ils jugeront protecteurs de leur identité. Toutes sortes de conflits – économiques, politiques, culturels, militaires – opposeront ainsi l'argent, la foi et la liberté, valeurs et forces nomades, à d'autres valeurs et forces sédentaires.

Le point d'aboutissement ultime de ces conflits est, à mon sens, assez clair. Comme il eût été possible, au IIe siècle de notre ère, de prévoir que l'Occident serait un jour dirigé conjointement par un maître civil et un maître religieux, plus précisement par un empereur et par un pape (sans pour autant pouvoir prédire avec précision ce qui adviendrait durant les siècles intermédiaires), il semble aujourd'hui possible de discerner l'avenir le plus lointain sans rien connaître du détail des prochains événements.

Après bien des désordres, voire d'épouvantables désastres, la planète deviendra une entité unique, sans frontières ; les hommes y seront à la fois sédentaires et nomades, jouissant de droits et assumant des devoirs d'un genre nouveau : une démocratie universelle au service d'un « Bien commun » de l'humanité.

Si cette démocratie se met en place, la planète deviendra un lieu d'extrême diversité, d'autonomie et de liberté, acceptable pour tous les humains ; ils pourront y travailler et y vivre libres, respectables et respectés, dans l'hospitalité des voyageurs et la multi-allégeance des hôtes.

1. LES GUERRES NOMADES

Aucun empire sédentaire – pas plus la Chine ou l'Inde que l'Europe – ne pourra remplacer les États-Unis comme empire mondialement dominant. Il leur faudrait des moyens économiques, politiques, militaires et culturels définitivement hors de leur portée.

Les principales batailles à venir pour la suprématie mondiale se joueront donc entre l'Empire américain et les trois nomadismes conquérants. Elles provoqueront sur toute la planète une prolifération de violence économique, culturelle et militaire, utilisant des armes nouvelles, nomades ou sédentaires.

Chacun des combattants choisira ses propres armes : les marchands tenteront d'imposer la loi du commerce ; les religieux s'efforceront de convaincre les peuples de se ranger aux ordres de la foi ; les démocrates revendiqueront un traitement égal de chaque être humain, quels que soient son niveau de revenus et ses options religieuses. Tous recourront, si nécessaire, à la force et à la violence pour parvenir à leurs fins.

Face à eux, l'Empire américain combinera toutes ces armes et s'alliera à des forces sédentaires, en Chine, en Europe ou ailleurs, pour maintenir son ordre.

Les rebelles s'allieront parfois entre eux : les marchands avec les démocrates ; les marchands avec les religieux ; plus rarement les démocrates avec les religieux. Certains s'allieront aussi à l'Empire américain contre les autres nomades et contre les autres sédentaires. D'autres encore s'allieront à la Chine ou à l'Europe contre l'Amérique. On verra un peu plus loin en quelles circonstances de telles alliances pourront se nouer.

En toute hypothèse, l'Empire américain finira, comme son homologue romain, par se défaire. Les trois grandes forces en marche devront encore se battre contre d'ultimes empires sédentaires, rivaux mineurs de l'Amérique. À mon sens, c'est la plus faible de ces trois forces qui l'emportera sur les autres en imposant un jour à l'échelle du monde ce qui balbutie aujourd'hui à l'échelle de quelques nations : la démocratie.

1.1. Les rebelles à la troisième mondialisation

Contre l'Empire américain et la mondialisation qu'il conduit se dressent aujourd'hui toutes sortes de rebelles ; ils ont entrepris une guerre dont nous ne vivons encore que les prémices.

• Des hypernomades fatigués, hébétés, indignés, refusent de continuer à servir les intérêts et la culture de l'Amérique, de rivaliser avec eux pour être ensuite rejetés dans le même néant. Certains passent alors au service de l'un ou l'autre des adversaires de l'Empire : les uns aspirent à contrôler les marchés pour leur propre compte ; les autres veulent servir une foi pour donner un sens à leur vie ; d'autres encore choisissent le camp de la démocratie pour le bien de leur descendance ou de l'humanité. D'autres enfin se satisfont de défendre une culture nationale. Dans chaque camp, des artistes, des écrivains, des musiciens, des inventeurs se placent à la pointe des combats.

• Des infranomades, grondant aux frontières de l'Empire, viennent le combattre de l'extérieur ; soit pour obtenir leur part des richesses du monde ; soit parce que l'islam leur explique que le chemin du paradis passe par la défaite du Grand Satan américain ; soit encore pour faire reconnaître leurs droits de citoyens de la planète ; soit enfin pour renverser des dirigeants nationaux acquis à la cause de l'Empire. Les uns veulent prendre le contrôle du marché mondial ; les autres veulent sortir de l'économie de marché et rêvent à une société soumise à l'éthique de l'islam ; d'autres encore rêvent d'une démocratie planétaire ; d'autres enfin complotent pour prendre le pouvoir dans leur propre pays et l'isoler du chaos du monde.

• Des sédentaires – paysans, commerçants, etc. –, défenseurs de l'État-nation, refusant eux aussi la domination américaine, rêvent d'une défaite de l'Empire, qu'ils considèrent comme responsable de leur précarisation. Ils se rangent alors dans l'un ou l'autre des camps.

Les hypernomades se rangent plus volontiers du côté du marché ou de la démocratie ; les infranomades soutiennent ou la démocratie ou la foi ; les sédentaires se retrouvent plutôt du côté de la foi, de la démocratie ou d'un des totalitarismes locaux. La démocratie est le seul camp où tous pourraient se retrouver.

Face à ceux de ces rebelles qui n'ont pas recours aux armes de guerre, les États-Unis se bornent à mettre en œuvre des moyens pour les récupérer ou les contenir : ils proposent aux plus aptes (selon leurs propres critères) des places dans leurs entreprises, leurs universités ou leurs forces armées, et ils ferment leur porte aux autres.

Si des marchands viennent à trop s'éloigner, dans certains secteurs clés des intérêts américains, ou si une revendication particulière (marchande, religieuse ou démocratique) menace par trop – comme c'est déjà le cas çà et là – les intérêts stratégiques des États-Unis, ceux-ci prennent l'initiative de la violence pour se débarrasser préventivement de ce genre de menaces.

Plus encore, l'Empire américain réagit par la violence contre ceux de ces rebelles qui, les premiers, utilisent des armes au service de la foi, ou d'une ambition laïque, ou pour la conquête d'un marché.

Des rebelles l'ont déjà fait et le feront davantage encore à l'avenir. Beaucoup parmi eux sont des guerriers, fortement armés, au service de l'un ou l'autre des trois empires nomades en devenir. Fidèles aux principes de la guerre de mouvement, ces guerriers nomades n'ont ni territoire ni patrimoine à protéger ; ils frappent par surprise, pour faire peur. Ils utiliseront tôt ou tard toutes les armes (nucléaires, chimiques, bactériologiques) contre l'empire dominant. Ils s'attaqueront d'abord aux communications, souvent par l'action de commandos-suicides, cherchant non pas à rafler un butin mais à faire peur et à couper des lignes. Ils continueront de tirer sur *tout ce qui bouge*, en particulier sur tous les moyens de transport de l'Empire. Ils attaqueront ses terres – réelles et virtuelles – avec des virus – réels et virtuels –, transformant les premières victimes en armes nomades semant la mort autour d'elles. Exploitant la colère des infranomades, ils tenteront de mettre des masses en mouvement pour envahir les terres de l'Empire et de ses alliés ; ils désarticuleront par surprise leurs systèmes de défense, les paralyseront pour qu'ils cessent de voyager, d'entreprendre, de créer, et s'enferment dans leurs bunkers.

Certains rebelles tenteront aussi de prendre le contrôle de l'une ou l'autre des régions aux frontières de l'Empire pour y installer une tête de pont, voire une capitale nomade, comme le firent jadis un Attila ou un Gengis Khan. En particulier les régions du Caucase, clés de l'approvisionnement en énergie des marchands, seront convoitées par les multinationales de toutes origines qui s'y heurteront à celles de l'Empire américain ; ce qui se trame, d'hier à aujourd'hui, en Afghanistan, au Turkménistan et en Tchétchénie n'est pas sans relation avec ces enjeux. Pour les guerriers de l'islam, la péninsule arabique, sanctuaire des Lieux saints, dont dépend aussi l'approvisionnement en énergie de l'Empire américain, est une des plus probables cibles des guerriers nomades avec l'Égypte, l'Indonésie et le Pakistan.

Enfin, les militants de la démocratie pourraient réussir un jour à organiser une marche plus ou moins pacifique d'une grande cohorte de migrants du Sud et imposer le règne du nombre dans un des pays les plus sensibles du Nord, tels l'Espagne, l'Italie, le Mexique ou la Russie. Et comme des masses barbares ont franchi le Rhin en 406, des masses d'infranomades franchiront un jour la rivière Usamacinta, le fleuve Amour ou le détroit de Gibraltar.

Les attentats du 11 septembre 2001, dans lesquels des rebelles nomades ont détourné des moyens nomades (des avions) pour abattre la fierté des sédentaires (des tours), marquent le début de ces hostilités.

1.2. La défaite du soldat, du prêtre et du marchand

Parmi les innombrables scénarios ainsi rendus possibles, dont beaucoup se réaliseront simultanément, le premier est celui du réveil de l'Empire américain.

Comme Rome au IIe siècle, les États-Unis, aiguillonnés par des attaques perpétrées sur leur sol, retrouveront un temps leur force morale et leur goût du travail. Ils accueilleront alors un plus grand nombre d'étrangers – dans leurs entreprises, leurs armées – et, en les mettant au travail et au combat, redoubleront de force. Ils pourraient alors, pour un temps, échapper à leur déclin. Pour y parvenir, ils devront se donner les moyens d'attirer davantage de nomades dans leurs rangs, de mieux surveiller leurs ennemis – et ceux qui pourraient le devenir –, de détruire leurs oasis de repli, d'intercepter leurs raids avant qu'ils n'atteignent leurs cibles, de les faire s'entretuer et de retourner contre les guerriers nomades ce que ceux-ci croient leur point fort : la colère des infranomades. Tout cela est déjà à l'œuvre dans la stratégie américaine.

Certains stratèges américains imaginent aussi de s'allier à l'un des trois grands groupes de rebelles nomades pour vaincre les deux autres. Les États-Unis s'entendront ainsi avec les autres puissances marchandes, en particulier les Européens, alliés naturels de leur camp, pour imposer leurs propres règles. Ils s'efforceront de la sorte de dominer durablement l'OMC et, simultanément, multiplieront les accords commerciaux bilatéraux, en Amérique latine et ailleurs, comme ils viennent de le faire récemment avec Singapour. Progressivement, ils élargiront l'empire sous l'hypersurveillance de Washington. À terme, les contradictions entre les intérêts de l'Empire américain et ceux de ses alliés se révéleront considérables. En particulier, l'Europe et les États-Unis seront en situation d'extrême rivalité.

Les États-Unis s'appuieront aussi sur l'islam, comme ils l'ont déjà fait en Iran et ailleurs, pour garder la haute main sur les gisements de gaz et de pétrole d'Asie centrale, et s'opposer aux convoitises russes et européennes. Cette alliance entre l'Islam et l'Amérique ne sera que locale et tactique, la contradiction entre les intérêts en jeu étant trop flagrante pour perdurer.

L'Empire américain s'associera enfin (comme il l'a déjà fait avec divers pays d'Europe et d'ailleurs, en Yougoslavie, en Irak, en Afghanistan) à certaines nations ou forces réputées démocratiques telles celles de l'Europe pour lutter contre ses adversaires. Il mettra ainsi en avant la nécessité d'une alliance des nations « libres » – pour l'essentiel celles de l'OTAN et du G8 – contre le terrorisme. À supposer même que perdure l'une ou l'autre de ces alliances, aucune ne suffira à enrayer le déclin de l'Empire américain. À force d'étendre ses lignes, d'élargir ses frontières, de multiplier ses interventions armées, de se battre sur tous les fronts, il disposera de moins de ressources pour maintenir sa suprématie économique et technologique et pour financer la lutte contre la pauvreté intérieure. L'insécurité augmentera dans ses villes, et le reste du monde refusera de continuer à financer ses déficits.

À terme, ni les marchands, ni l'Islam, ni les démocraties ne trouveront d'intérêt à servir et financer durablement les intérêts d'un empire qui ne les soutient que lorsque cela est très directement conforme à ses intérêts.

Les hypernomades, les premiers, deviendront par trop puissants, exubérants et exigeants pour se contenter de servir les intérêts d'un pays, quel qu'il soit. Se considérant comme les arbitres des élégances et les maîtres des richesses, disposés à les trouver où qu'elles émergent, ils ne se reconnaîtront plus aucune allégeance, même culturelle, au modèle américain. Les entreprises américaines elles-mêmes, devenues des cirques planétaires, auront intérêt à produire et commercer ailleurs que sur le sol américain. De même, les tenants des deux autres nomadismes joueront pour leur compte et ne financeront plus une armée qui prétend les contrôler.

À terme – d'ici à un siècle ? –, et en dépit de toutes ces manœuvres de retardement, les États-Unis perdront les moyens de maintenir leur imperium sur le monde. Comme l'Empire romain, l'empire américain finira par décliner ; non sous les coups d'un rival sédentaire, mais par le jeu de forces nomades massées à ses frontières.

Après sa défaite, ni les marchands, ni les imams ne pourront, à mon sens, durablement gouverner le monde.

Comme les Vandales venus piller Rome, l'empire du Marché se révélera d'abord incapable de tenir le monde : il sera balayé par les désordres nés de la précarité et des inégalités qu'aura engendrées son règne. L'OMC, seule institution qu'il tolère, ne saura pas empêcher l'aggravation de la misère, de la prolétarisation et de l'anarchie, en particulier en Afrique, continent oublié et détaché du marché. Ailleurs, l'émergence d'une forte classe moyenne n'empêchera pas la croissance du nombre des infranomades, de plus en plus rebelles, de plus en plus mobiles. Le monde tendra à devenir un gigantesque champ de bataille entre tribus et mafias nomades qui, munies de toutes les armes, s'entre-déchireront. Cette quatrième mondialisation marchande sera encore moins viable et vivable que les trois précédentes.

L'Islam pourrait espérer recueillir les fruits de cet échec. Et, de fait, il sera perçu dans beaucoup d'endroits du monde comme l'un des agents majeurs du déclin américain et mesurera son triomphe à l'aune des défaites de Washington. Il continuera de se développer en Asie, en Afrique, et le fera davantage en Europe et en Amérique latine. Il rencontrera des résistances là où des Églises concurrentes surgiront ou se renforceront, comme c'est déjà le cas aux États-Unis, au Brésil et en Russie. Il ne réussira pas à devenir une force homogène ni à s'imposer comme un empire politique ou militaire. Comme chaque fois que, depuis sa naissance, il a tenté de prendre le pouvoir sur un vaste territoire – par des moyens religieux, économiques, politiques ou militaires –, il échouera ; religieusement, parce qu'il restera divisé en de multiples courants antagoniques ; économiquement, en raison de la corruption et de l'incurie qui règnent dans ses bureaucraties, de son incapacité à favoriser l'innovation et l'esprit d'entreprise, de son absence de reconnaissance du règne du droit[229] ; politiquement, parce que dans ses aires d'influence sévissent trop souvent l'oppression des femmes, la dictature, l'intolérance, l'expulsion des élites[229] ; militairement enfin, parce que le projet planétaire de certains de ses guerriers s'est finalement toujours ramené à des revendications nationalistes, depuis les Almohades au XIIIᵉ siècle et les mouvements nationalistes du XVIIIᵉ jusqu'au Refah turc, au FIS algérien, au Hezbollah libanais, au Hamas palestinien, à une fraction des Frères musulmans d'Égypte. Le rêve d'une *umma* universelle ne se réalisera donc sans doute pas. L'islam deviendra un élément – parmi d'autres – d'un ensemble de cultures – religieuses et/ou laïques – où chacun puisera, pour se construire, une morale personnelle, tout en reconnaissant aux autres le droit d'en faire autant. Sa culture, sa profondeur philosophique, sa morale participeront ainsi à la diversité des éthiques à venir.

Comme après la chute de l'Empire romain, ne subsistera qu'un immense désordre, une formidable diversité, un joyeux métissage, une jubilatoire transgression dont presque tous les mots d'ordre, toutes les doctrines, sortiront épuisés, exsangues et renouvelés.

Seuls resteront vivaces le nomadisme des idées, le désir de différence et l'interdépendance croissante des hommes, où qu'ils soient et quelle que soit leur situation.

De formidables mouvements de population renverseront les majorités du Nord. Aucune des frontières ne résistera. Cette interpénétration des réseaux dans la diversification des modèles créera progressivement des hommes d'un type nouveau : ils ne pourront plus être définis par un lieu (car la liberté de circuler sera la première et la principale de leurs libertés), et ils ne pourront pas non plus être nomades (puisqu'il n'y aura plus de frontières à franchir).

Pour que ce monde ne se transforme pas en une prison, chacun devra pouvoir y vivre à la fois en sédentaire et en nomade : *transhumain*, telle sera l'utopie à construire, au service d'un « bien commun ».

1.3. La victoire de la rébellion démocratique : les transhumains

Un tel ordre, mondial et libertaire, ouvrira le droit à la vie immobile, au séjour confortable, au logement digne, à l'air respirable, mais aussi au voyage et à la diversité. Il organisera la promiscuité de tribus aux vocations contradictoires, la tolérance des métissages les plus inattendus, et permettra à chacun de choisir de bouger ou de rester immobile.

Des valeurs et des règles éthiques permettront de rester immobile sans perdre les qualités du nomade (entêtement, hospitalité, courage, transgression, liberté, mémoire) et de voyager sans perdre celles du sédentaire (vigilance, sens du long terme et de la nature).

De cette réconciliation des deux grandes forces de l'Histoire, de cet apprentissage de la dualité, de ce refus de la dichotomie naîtra une nouvelle façon – « transhumaine » – de vivre le métier d'homme.

2. LE MÉTIER D'HOMME

Alors que la mondialisation marchande s'est fondée sur le pire du nomadisme (la précarité) et de la sédentarité (la fermeture), une démocratie planétaire durable suppose de donner à chacun les moyens de vivre l'enracinement comme une découverte, et le voyage comme un répit ; de se poser en nomade et de se déplacer en sédentaire, d'errer même immobile, de méditer même en bougeant.

Ce n'est pas une pratique facile. Pour moi qui suis nomade au moins de cinq façons différentes, en même temps que sédentaire de bien des manières, vivre cette dualité est un défi, une discipline, une pratique. Elle permet de ne souffrir ni de l'engourdissement du séjour, ni de l'arrachement du départ ; d'éviter les routines d'un lieu comme la précarité d'une route ; elle organise la réconciliation de l'exil et du royaume, du plaisir et de la dignité, de la liberté et de la fraternité, de la présence et de l'absence.

L'ensemble des droits et devoirs de ce mode de vie formera ce que j'appellerai ici les « droits et devoirs transhumains » au service d'un « Bien commun ». Les quelques principes énoncés ci-après dessinent les grands traits d'un tel comportement transhumain, comme il se formera dans longtemps, très longtemps.

2.1. Voyager en sédentaire

Une partie de ces droits et devoirs sont à exercer en voyage ; une autre à l'arrêt.

Les premiers doivent être rendus d'abord accessibles aux ultimes peuples nomades pour que leur survie maintienne la diversité des cultures et protège la nature, pour le compte du reste du monde. Ce qui requiert de leur permettre de conserver leur identité tout en ayant accès aux bénéfices de la sédentarité, c'est-à-dire à l'éducation, à la santé, à la sécurité, à la protection des identités.

Quelques tentatives, rares, vont aujourd'hui dans ce sens. En Afrique de l'Ouest et au Kenya, des formations dispensées dans les langues nomades par des centres éducatifs informels aident à préserver le mode d'existence des peuples vivant dans les forêts aux lisières du désert. En Mongolie, en Norvège, au Canada, un enseignement spécial, dispensé par des professeurs issus des peuples concernés, leur permet de transmettre leurs langues, leurs croyances, leurs valeurs. Au Canada[67], dans les communautés algonquines, enfants et maîtres accompagnent les parents à la chasse deux fois l'an, à l'automne et au printemps. Tout y est fait aussi pour leur rendre le nomadisme facile à vivre : des races animales mieux adaptées aux conditions de chaque région réduisent les exigences de voyage ; de nouvelles plantes fourragères améliorent les conditions du stockage des nourritures d'hiver du cheptel ; la rationalisation de l'usage des pâturages permet aux pasteurs de nomadiser sur des espaces plus réduits et d'avoir ainsi un accès plus aisé aux services médicaux, vétérinaires, scolaires et postaux.

Au Nunavut, au Groenland et chez les Samits, les nouvelles technologies – en particulier la motoneige, le téléphone portable et l'Internet – aident les nomades à bénéficier de l'éducation, du commerce et des distractions des sédentaires sans qu'ils aient à renoncer à tout ou partie de leur identité. C'est d'ailleurs pour renforcer les liens des Lapons entre eux que les téléphones mobiles ont connu en Scandinavie un développement plus rapide qu'ailleurs. Et tout le programme public et privé de recherche en télécommunications vise au désenclavement. En faisant converger nomadisme et sédentarité, les technologies de communication contribuent à la naissance de la transhumanité.

Ces mêmes droits « transhumains » – à une activité, à un logement, à une éducation, etc. –, qui forment le cœur du Bien commun, devraient être reconnus aux infranomades du monde entier, en particulier aux habitants des nouvelles mégapoles du Sud.

Par ailleurs, le passage à la « transhumanité » exige de tous le respect de devoirs transhumains, en l'occurrence voyager en respectant les devoirs des sédentaires : respecter la nature, être économe en énergie, accumuler sans nuire, laisser des traces sans blesser, se refuser au caprice, au précaire, à l'éphémère, au déloyal, transmettre son savoir aux autres, trouver son plaisir dans celui de l'autre, être prêt sans cesse et à tout instant à lever le camp, comme un sédentaire aux aguets.

De plus, le « transhumain » se comportera partout comme s'il était un citoyen des pays qu'il traverse. Il exigera de lui-même et des autres un comportement démocratique, que ce soit en voyage ou dans les oasis. Il reconnaîtra que voyager est un acte qui lui impose des devoirs d'ingérence aussi bien que de solidarité. Il ne tolérera nulle part une dictature, une violation des droits de l'homme. L'humiliation d'un seul transhumain réduira le Bien commun.

2.2. Immobile comme en voyage

Une autre partie de ces droits et devoirs consistera à respecter les droits et devoirs du nomade même lorsqu'on réside durablement en un lieu fixe.

Les peuples premiers sédentaires devront ainsi bénéficier du droit au mouvement, à la circulation, à sortir de leurs réserves sans perdre leur identité. Ils devront pouvoir disposer partout des moyens de préserver leur éducation et leur culture, lesquelles devront être matière d'enseignement dans toutes les grandes villes. En échange, ils devront respecter les modes de vie de leurs hôtes.

De même, l'habitant des villes devra pouvoir conserver le droit de quitter un lieu, de circuler ; le droit de voyager intérieurement, de s'isoler pour penser, rêver, et de fuir les pressions du marché et des prédicateurs, de la distraction et de la foule ; le droit à la solitude. Il devra encore conserver le droit de transgresser toutes les frontières de l'art et des idées. Il s'acceptera enfin multiple, métissé, contradictoire, au confluent d'innombrables voyages pour assumer où qu'il vive ses diverses identités, sans avoir à les définir par un territoire ni même par une culture.

À l'inverse, ses devoirs consisteront à vivre le plus léger possible, à ne s'encombrer d'aucun bien foncier, à n'accumuler qu'idées, expériences, savoirs, relations, ce qui le soustraira à la dictature et aux servitudes de l'argent. Il cessera de redouter la précarité parce qu'il renoncera à se croire propriétaire du monde et de l'espèce, et admettra qu'il n'en a que l'usufruit. Il n'oubliera pas qu'il pourrait être à la place des voyageurs qui viennent le visiter ; il ouvrira ses portes aux idées et gens de passage ; il y aura toujours une place à sa table pour ses visiteurs, il se montrera curieux des autres et valorisera ce qu'il en reçoit. Comme le nomade, il sera capable de silence, de partage, d'écoute, et ne laissera aucun visiteur, aucun étranger, aucun voisin en situation de solitude ou de détresse. Il attendra le retour du voyageur sans même le connaître et s'y préparera sans même savoir qui il attend. Il ira le chercher par la pensée, par la prière, par le sourire, au plus loin de lui : l'attente d'un messie est une attitude transhumaine. Seul un transhumain est susceptible d'en recevoir la visite.

L'ensemble des ces « droits et devoirs transhumains » forme, on l'a dit, le Bien commun.

3. LE BIEN COMMUN

La définition des droits et devoirs précède la conception des institutions qui seront chargées de les mettre en œuvre.

3.1. L'égale valeur des hommes

Le fondement de la démocratie est l'égalité devant les droits et devoirs. Cette égalité implique que chaque homme vaudra autant que chaque autre et aura autant que lui accès à tout le Bien commun.

Chacun comprendra alors qu'il a intérêt au développement de l'autre, que plus l'autre est libre, moins il est menaçant, que plus l'autre prend soin du long terme, plus le monde en profite.

Chacun aura des moyens égaux d'exercer ses droits et ses devoirs. Cela suppose, pour chaque humain, un droit – déjà reconnu en Europe – à un revenu, aux moyens de savoir, au logement, à la santé, au travail, à la création, à l'amour. Ces droits et devoirs seront cumulables et transférables en tous lieux.

3.2. La multiappartenance

Le marché comme la foi auront leur place : la transhumanité est la condition de la diversité. Le transhumain aura le droit d'appartenir à plusieurs tribus à la fois, obéissant, selon les lieux où il se trouve, à diverses règles d'appartenance, à de multiples rituels de passage, à diverses formes de politesse et à de multiples codes d'hospitalité. Il devra assumer loyalement ces appartenances multiples. De même, il pourra vivre des passions simultanées, des sincérités parallèles. En particulier, la polyandrie et la polygamie lui permettront de partager avec d'autres, provisoirement ou durablement, un toit, des biens, des projets, un compagnon ou une compagne, sans pour autant désirer avoir ou élever ensemble des enfants ni porter le même nom, ni même avoir des relations sentimentales ou sexuelles, retrouvant ainsi les pratiques variées de certains peuples nomades, tels les Nuers d'Afrique, où des femmes restées sans enfant se marient entre elles et mettent leurs biens en commun, et où d'autres concilient polygamie et polyandrie dans la même tolérance. Il pourra mêler les cultures, les fois, les doctrines, les religions, prendre à sa guise des éléments de l'un et de l'autre sans être obligé de s'embrigader dans telle Église ou tel parti en charge de penser pour lui.

3.3. Les institutions transhumaines

Il ne sert à rien de vouloir décrire en grand détail ce qu'elles pourraient être. Trop de temps s'écoulera, trop de chaos se seront produits, trop de technologies nouvelles seront apparues avant d'y parvenir. Pourtant, on peut les dessiner à très grands traits, sans trop risquer se tromper, à partir de ce qui précède : ce sera une démocratie planétaire, « en réseau », où chaque homme vaudra et influera autant qu'un autre, où qu'il soit, qu'il voyage ou réside dans un lieu fixe. Les institutions au service de cette multiplicité devront permettre à chacun d'avoir accès au Bien commun, constitué par l'ensemble des droits et devoirs des transhumains.

Lorsque la richesse économique de la planète permettra d'assurer à tous les humains les moyens du Bien commun, comme elle permet déjà de le faire aux habitants de quelques pays d'Europe du Nord, se mettront en place les institutions permettant d'en assurer la jouissance. Ces institutions de la « transhumanité » ne seront ni nomades ni sédentaires. Elles rendront possibles et nécessaires de nouvelles façons de penser l'entreprise, les villes, les États, enfin le gouvernement du monde.

• L'*entreprise transhumaine* sera à la fois précaire, durable et mondiale par son marché. La création de profit ne sera qu'un des critères de décision parmi d'autres. Les sièges sociaux disparaîtront, la quasi-totalité du personnel d'assistance disparaîtra. Les deux tiers des emplois seront intellectuels. L'entreprise fera de la loyauté une de ses premières valeurs ; elle n'oubliera pas les histoires et les cultures qui l'ont fondée.

Chacun pourra appartenir simultanément à plusieurs entreprises à la fois. En changeant d'employeur, chacun devra pouvoir conserver les droits acquis ailleurs (droits sociaux, à la retraite, à la création, à l'emploi ou au réemploi). Chacun sera pour lui-même une entreprise transhumaine, et cherchera à avoir accès aux moyens financiers et intellectuels de la création. Chacun travaillera en nomade et à domicile.

• La *ville*, futur lieu de vie de l'essentiel de l'humanité, devra devenir un lieu accueillant pour les voyageurs, quelle que soit la durée de leur séjour, et d'abord aux infranomades. Elle sera conçue comme une oasis et devra réunir les conditions de l'accès de tous au Bien commun : voirie, réseaux de communication, logements, financement de l'emploi ; elle devra être un lieu d'accueil de toutes les cultures. Dans le même temps, elle devra favoriser la vie sédentaire, c'est-à-dire autoriser le repos, l'immobilité, la rencontre. Le silence, la qualité de l'air, la convivialité des lieux publics y seront des traits essentiels. Nul n'en sera propriétaire, nul n'y sera étranger.

• Dans chaque *nation*, l'État aura la responsabilité d'organiser la vie de l'oasis, l'accès de tous, résidents durables ou de passage, au Bien commun, la transférabilité des droits entre les entreprises et les villes, la diversité culturelle. Les fonctions essentielles de l'État seront l'accueil et la sécurité. Le passeport ne signifiera plus aucun privilège ; chacun pourra voter dans tous les lieux où il aura un intérêt : là où il aura une famille, là où il possédera une résidence, là où il comptera se retirer, c'est-à-dire dans tous les lieux où il paiera des impôts et dont il contribuera à former l'avenir.

• Le gouvernement de la *planète* sera – utopie ultime – organisé autour d'un ensemble d'agences en réseau, dépendant d'un Parlement planétaire, lui-même en réseau, dans lequel les élus représenteront chacun un nombre égal de voix. Il lèvera l'impôt. Ces agences auront en charge les problèmes du Bien commun planétaire, c'est-à-dire les questions d'équité, de liberté, de transférabilité, de sécurité et de durabilité, selon des règles définies par le Parlement planétaire au service du Bien commun. Là encore, les technologies du voyage permettront dans un siècle de traiter à l'échelle mondiale ce qui ne pouvait l'être, il y a cent ans, qu'à celle du canton.

Si l'homme échappe à tous les écueils de cette route, si le voyage qui conduit vers cette nouvelle condition humaine se déroule sans trop de massacres, si l'humanité ne sombre pas dans une juxtaposition chaotique d'obscures barbaries, viendra le temps d'une planète sereine et rassemblée.

Alors surgira comme la promesse d'une Terre enfin accueillante à tous les humains, voyageurs de la vie.

Méditation. Maîtrise. Silence. Sourire. Renoncement. Chaque être, héritier de chacun des actes de toutes les vies, échappera alors à l'errance humaine, dont on vient de conter l'histoire, pour atteindre – dans l'indifférence, la sérénité ou le dépassement – à l'éternité universelle de l'esprit.

BIBLIOGRAPHIE

1. ADAMS Robert McCormick, *Heartland of Cities*, Chicago, University of Chicago Press, 1981.
2. AGIER Michel, *Aux bords du monde, les réfugiés*, Paris, Flammarion, 2002.
3. AKICHEV, « Les nomades à cheval du Kazakhstan dans l'Antiquité », in *Nomades et sédentaires en Asie centrale : les apports de l'archéologie et de l'ethnologie*, Actes du 3e colloque franco-soviétique, Paris, CNRS, 1990.
4. ALGAZE Guillermo, *The Uruk World System : the Dynamics of Expansion of Early Mesopotamian Civilization*, Chicago, University of Chicago Press, 1993.
5. ALGAZE Guillermo, « The Prehistory of Imperialism : the Case of the Uruk Period Mesopotamia », in *Uruk Mesopotamia and their Neighbors : Cross-cultural Interactions and their Consequences in the Era of State Formation*, éd. par Mitchell S. Rothman, Santa Fe : School of American Research Press, 2001.
6. ALLARD Guy-H. (dir.), *Aspects de la marginalité au Moyen Âge*, Montréal, Éd. de l'Aurore, 1975.
7. ALLSOP Kenneth, *Les Bootleggers*, Paris, Le Cercle du Bibliophile, 1998.

8. AMMIEN MARCELLIN, *Histoire*, Paris, Les Belles-Lettres, 1968-1996.

9. ANDERSON David, *The Savannah River Chiefdoms : Political Change in the Late Prehistoric Southeast*, Tuscaloosa, University of Alabama Press, 1994.

10. ANDERSON Nels, *On Hobos and Homelessness*, Chicago, University of Chicago Press, 1998.

11. ARENDT Hannah, *L'Impérialisme*, Paris, Gallimard, 1981.

12. ARISTOTE, *Les Politiques*, Paris, Garnier-Flammarion, 1993.

13. ARVEILLER R., « Mots orientaux, mots lexicologiques », in *Mélanges de linguistique offerts à Albert Dauzat par ses élèves et amis*, Paris, Éd. d'Artrey, 1951, pp. 23-32.

14. ASCHER François, *La République contre la ville. Essai sur l'avenir de la France urbaine*, La Tour-d'Aigues, Éd. de l'Aube, 1998.

15. ASSEO Henriette, *Les Tsiganes ; une destinée européenne*, Paris, Gallimard, 1994.

16. ATTALI Jacques, *L'Ordre cannibale*, Paris, Grasset, 1979.

17. ATTALI Jacques, *Les Trois Mondes*, Paris, Fayard, 1981.

18. ATTALI Jacques, *Au propre et au figuré. Histoire de la propriété*, Paris, Fayard, 1988.

19. ATTALI Jacques, *Lignes d'horizon*, Paris, Fayard, 1990.

20. ATTALI Jacques, *1492*, Paris, Fayard, 1991.

21. ATTALI Jacques, *Chemins de sagesse : traité du labyrinthe*, Paris, Fayard, 1996.

22. ATTALI Jacques, *Bruits*, Paris, Fayard, 2001.

23. ATTALI Jacques, *Les Juifs, le Monde et l'Argent. Histoire économique du peuple juif,* Paris, Fayard, 2002.

24. AUBREY Elizabeth, *The Music of the Troubadours*, Bloomington, Indiana University Press, 1996.

25. AUNG-THWIN Michael, *Pagan : the Origins of Modern Burma*, Honolulu, University of Hawaii Press, 1985.

26. AUZIAZ Claire, *Samudaripen, le génocide des Tziganes*, Paris, L'Esprit frappeur, 1999.

27. BAFFIER Dominique, *Les Derniers Néandertaliens*, Paris, La Maison des Roches, 1999.

28. BAIROCH Paul, *De Jéricho à Mexico : villes et économie dans l'histoire*, Paris, Gallimard, 1985.

29. BALARD Michel et DUCELLIER Alain (dir.), *Migrations et diasporas méditerranéennes (X^e-XVIe siècles)*, Paris, Publications de la Sorbonne, 2002.

30. BALARD Michel, GENET Jean-Philippe et ROUCHE Michel, *Le Moyen Âge en Occident*, Paris, Hachette, 1999.

31. BALIBAR Étienne, *Nous, citoyens d'Europe*, Paris, La Découverte, 2001.

32. BANDELIER Danielle, *Se dire et se taire*, Neuchâtel, La Baconnière, 1988.

33. BANDET Jean-Louis, *Histoire de la littérature allemande*, Paris, PUF, 1997.

34. BARBAZA Michel, *Les Civilisations post-glaciaires, la vie dans la forêt tempérée*, Paris, La Maison des Roches, 1999.

35. BARBIER Jean-Paul, *L'Art des steppes*, musée Barbier-Mueller, Genève, 1996.

36. BARBROOK Richard, « L'économie du don High-Tech », in *Libres enfants du savoir numérique : une*

anthologie du « libre », textes réunis par Olivier Blondeau et Florence Latrive, Paris, L'Éclat, 2000.

37. BARDET Jean-Pierre et DUPÂQUIER Jacques (dir.), *Histoire des populations d'Europe* (3 vol.), Paris, Fayard, 1997.

38. BARFIELD Thomas J., *The Perilious Frontier : Nomadic Empires and China*, Oxford, Blackwell, 1989.

39. BARFIELD Thomas J., *The Nomadic Alternative*, Englewood Cliffs, Prentice-Hall, 1993.

40. BARFIELD Thomas J., *Han Narrative Histories*, HIST/ SISRE 225 Silk Road, section « A Chinese Memorial Arguing against Campaigns Deep into Hsiung-nu Territory », Seattle, University of Washington, 14 janvier 2001.

41. BARFIELD Thomas J., « Tribe and State Relations : the Inner « Asian Perspective », in *Tribe and State Formation in the Middle East*, éd. par Philip S. Koury et Joseph Kostiner, Oxford, University of California Press, 1991.

42. BARFIELD Thomas J., « Inner Asia and Cycles of Power in China's Imperial Dynastic History », in *Rulers from the Steppe : State Formation on the Eurasian Periphery*, éd. par Gary Seaman et Daniel Marks, Los Angeles, Ethnographic Press, University of Southern California, 1991.

43. BARFIELD Thomas J., « The Shadow Empires : Imperial State Formation along the Chinese-nomad Frontier », in *Empires : Perspectives from Archeology and History*, éd. par Terence d'Altroy, Kathleen Morrison et Susan Alcock, Cambridge, Cambridge University Press, 2001.

44. BARTH Frederick, *Ethnic Groups and Boundaries : the Social Organization of Culture Difference*, Boston, Little Brown, 1969.

45. BAUMAN Zigmunt, *Le Coût humain de la mondialisation*, Paris, Hachette-Littératures, 2000.

46. BAUMAN Zigmunt, *In Search of Politics*, Cambridge, Polity Press, 1999.

47. BAUMAN Zigmunt, *Liquid Modernity*, Cambridge, Polity Press, 2000.

48. BAUMAN Zigmunt, *Postmodern Ethics*, Oxford, Cambridge (Mass.), Blackwell, 1993.

49. BAUGH Timothy G., « Ecology and Exchange : the Dynamics of Plains-Pueblo Interaction » in *Farmers, Hunters, and Colonists : Interaction between the Southwest and the Southern Plains*, éd. par Katherine A. Spielmann, Tucson, University of Arizona Press, 1991.

50. BECKWITH Christopher I., « The Concept of the "Barbarian" in Chinese Historiography and Western Sinology : Rhetoric and the Creation of World Nations in Inner Asia », conférence à l'Association for Asian Studies, Boston, avril 1987.

51. BECKWITH Christopher I., « The Impact of the Horse and Silk Trade on the Economies of T'ang China and the Uighur Empire », *Journal of the Economic and Social History of the Orient*, n° 34-2, 1991, pp. 183-198.

52. BENEDICKT Michael, « Cyberspace : Some Proposals », in *Id. Cyberspace : First Steps*, Cambridge, MIT Press, 1991.

53. BENJAMIN Walter, *Charles Baudelaire*, Paris, Payot, 1982.

54. Benmakhlouf Ali, *Averroès*, Paris, Les Belles-Lettres, 2000.

55. Benyon David, « Beyond Navigation as Metaphor », in N. Dahlback, éd., *Exploring Navigation : Towards a Framework for Design and Evaluation of Navigation in Electronic Space*, SICS Technical Report, t. 98 : 01, 1998.

56. Berger Thomas, *Little Big Man : Mémoires d'un Visage Pâle*, Paris, 1991.

57. Beren Nora, « Immigration nomade dans un royaume chrétien », in *Migration et Diaspora méditerranéennes, Xᵉ-XVIᵉ siècles*, Paris, Publications de la Sorbonne, 2002.

58. Bernus Edmond et Boilley Pierre, colloque « Nomades et commandants ». *Administration et sociétés nomades dans l'ancienne A.-O. F.*, Paris, Karthala, 1993.

59. Biraben Jean-Noël, « La peste et la pauvreté », in *Études sur l'histoire de la pauvreté*, Paris, Publications de la Sorbonne, t. 2, 1974.

60. Biraben Jean-Noël, *Les Hommes et la peste*, Paris-La Haye, Mouton, 1975.

61. Bogdan Henry, *Histoire des peuples de l'ex-URSS*, Paris, Perrin, 1993.

62. Boorstin Daniel, *Histoire des Américains*, Paris, A. Colin, 1981.

63. Bordonove Georges, *Charlemagne*, Paris, J'ai Lu, 1989.

64. Bordonove Georges, *Les Croisades et le Royaume de Jérusalem*, Paris, Pygmalion.

65. Bouillon Jacques, *Le XIXᵉ Siècle et ses racines*, Paris, Bordas, 1981.

66. BOURIN Monique et DURAND Robert, *Vivre au Moyen Âge, les solidarités paysannes du XIᵉ au XIIIᵉ siècle*, Rennes, Presses universitaires de Rennes, 2000.

67. BOUVIER R., *Éducation nomade au Canada*, février 1998.

68. BOUYXOU Jean-Pierre, DELANNOY Pierre, *L'Aventure hippie*, Paris, Éd. du Lézard, 2000.

69. BRAIDOTTI Rosi, *Soggetto nomade : femminismo e crisi della modernita*, Rome, Donzelli, 1995.

70. BRAUDEL Fernand, *Civilisation matérielle, économie et capitalisme, XVᵉ-XVIIIᵉ siècle*, Paris, Armand Colin, 1979, t. I.

71. BROWN R. Allen, *Les Normands : de la conquête de l'Angleterre à la première croisade*, Errance, 1986.

72. BRUNEL Pierre, *Arthur Rimbaud ou l'éclatant désastre*, Paris, Champ Vallon, 1983.

73. BRUNET Roger, intervention faite au forum de l'Académie universelle des cultures à l'Unesco, in Françoise Barret-Ducrot (dir.), *Migrations et errances*, Paris, Grasset, 2000.

74. BURNS Roger A., *Knights of the Road*, New York, Methuen, Inc., 1980.

75. BRUSSA L., éd., *Health, Migration and Sex Work : the Experience of Tamped*, Amsterdam, Tamped International Foundation, décembre 1999.

76. BUZARD James, *The Beaten Track : European Tourism Literature and the Ways to Culture, 1800-1918*, Oxford, Clarendon Press, 1993.

77. BUTZER Karl W., « Sociopolitical Discontinuity in the Near East C. 2200 B. C. E. : Scenarios from Palestine and Egypt », in *Third Millennium BC : Climate*

Change and Old World Collapse, éd. par Hasan Nuzhet Dalfes, George Kukla et Harvey Weiss, Berlin, Springer, 1997.

78. CAGNAT René, *La Rumeur des steppes. Aral, Asie centrale, Russie*, Paris, Payot/Rivages, 1999.

79. CALLIMAQUE, *Hymne à Artémis*, texte établi et traduit par Émile Cahen, Paris, Les Belles-Lettres, 1961.

80. CANFORA Luciano, *César, le dictateur démocrate*, Paris, Flammarion, 2001.

81. CASTANEDA Carlos, *L'Herbe du diable et la petite fumée, The Teachings of Don Juan*, Paris, Éd. du Soleil Noir, 1972.

82. CASTELLAN Georges, *Histoire des peuples de l'Europe centrale*, Paris, Fayard, 1994.

83. CASTELLS Manuel, *L'Ère de l'information*, Paris, Fayard, 1996.

84. CAUVIN Jacques, *Naissance des divinités, naissance de l'agriculture*, Paris, Flammarion, 1998.

85. CHASE-DUNN Christopher, « Comparing World Systems : Toward a Theory of Semiperipheral Development », *Comparative Civilizations Review*, n° 19, automne 1988.

86. CHAMBARON D., « Foyers intérieurs et extérieurs des chasseurs-cueilleurs du Subarctique québécois », in *Nature et fonction des foyers préhistoriques*, Actes du colloque de Nemours, 1987.

87. CHATWIN Bruce, *Le Chant des pistes*, Paris, Grasset, 1988.

88. CHILDE Vere Gordon, *De la préhistoire à l'histoire*, Paris, Gallimard, 1963.

89. CHILDE Vere Gordon, *La Naissance de la civilisation*, Paris, Gonthier, 1963.

90. CHOBEAUX François, *Les Nomades du vide : des jeunes en errance, de squats en festivals, de gares en lieux d'accueil*, Arles, Actes Sud, 1999, 2ᵉ éd.

91. CLASTRES Pierre, *Chronique des Indiens Guayaki*, Paris, Plon, 1972.

92. CLASTRES Pierre, *La Société contre l'État*, Paris, Minuit, 1974.

93. CLIFFORD James, *Routes : Travel and Translation in the Late 20th Century*, Cambridge (Mass.), Harvard University Press, 1997.

94. CLOTTES Jean, *Voyage en préhistoire*, Paris, La Maison des Roches, 1998.

95. COHEN Ronald et SERVICE Elman R., éd, *Origins of the State : the Anthropology of Political Evolution*, Philadelphie, ISHI, 1978.

96. CONTE Francis, *Les Slaves*, Paris, Albin Michel, 1996.

97. COON Carleton Stevens, *The Races of Europe*, New York, MacMillan Inc., 1939.

98. COON Carleton Stevens, *Histoire de l'homme, du premier être humain à la culture primitive et au-delà*, Paris, Calmann-Lévy, 1958.

99. COON Carleton Stevens, *The Origin of Races*, New York, A. A. Knopf, 1963.

100. COOPER Fenimore, *Le Dernier des Mohicans, une histoire de 1757*, Presses Pocket, 1992.

101. COPPENS Yves, *Le Singe, l'Afrique et l'Homme*, Paris, Fayard, 1983.

102. COPPENS Yves et PICQ Pascal, *Aux origines de l'humanité*, Paris, Fayard, 2001.

103. CORCUFF Pierre, *Les Nouvelles Sociologies : constructions de la réalité sociale*, Paris, Nathan, 1995.

104. CORDINGLY David, *Under the Black Flag, the Romance and Reality of Life among the Pirates*, Londres, Random House, 1995.

105. CORNILLE Jean-Louis, *Rimbaud, nègre de Dieu*, Lille, PUL, 1989.

106. COTTERIL Robert S., *Histoire des Amériques*, Paris, Payot, 1946.

107. COURTIN Jean, *Les Premiers Paysans du Midi : de – 6000 à – 4500 ans*, Paris, La Maison des Roches, 2000.

108. CRIBB Roger, *Nomads in Archeology*, Cambridge, Cambridge University Press, 1991.

109. DANIEL-ROPS, *Ce qui meurt et ce qui naît*, Paris, Plon, 1937.

110. DANTE, *La Divine Comédie*, Paris, Flammarion, 1985.

111. DARWIN Charles, *La Descendance de l'homme*, Bruxelles, Complexe, 1981.

112. DAUMAS François, *La Civilisation de l'Égypte pharaonique*, Paris, Arthaud, 1987.

113. DAVIS Erik, *Techgnosis : Myth, Magic + Mysticism in the Age of Information*, Harmony Books, 1998.

114. DAVIS Jefferson, *The King of the American Hobos*.

115. DAVIS Mike, *Magical Urbanism : Latinos Reinvent the US City*, Londres, Verso, 2000.

116. DELEUZE Gilles, *Négociations*, New York, Columbia University Press, 1995.

117. DELEUZE Gilles et GUATTARI Félix, *Mille Plateaux. Capitalisme et schizophrénie*, Paris, Éd. de Minuit, 1980.

118. DELEUZE Gilles et GUATTARI Félix, *Qu'est-ce que la philosophie ?*, Paris, Éd. de Minuit, 1991.

119. DELEUZE Gilles et GUATTARI Félix, *Rhizome*, Paris, Éd. de Minuit, 1976.

120. DELPORTE Henri, *Les Aurignaciens, premiers hommes modernes*, Paris, La Maison des Roches, 1998.

121. DESBROSSE René et KOZLOWSKI Janusz Krzysztof, *Les Habitats préhistoriques, des Australopithèques aux premiers agriculteurs*, Paris, CTHS, 2001.

122. DESCAMPS Philippe, « Sciences et techniques des bâtisseurs de cathédrales », cahier de *Science et Vie*, juin 2002, rééd. mai 2003.

123. DÉTIENNE Marcel, *Dionysos à ciel ouvert*, Paris, Hachette, 1986.

124. DIAMOND Jared, *Guns, Germs and Steel : the Fates of Human Societies*, New York, Norton, 1997.

125. DIDEROT, *Supplément au voyage de Bougainville*, in *Pensées philosophiques*, Paris, Flammarion, 1992.

126. DISTER Alain, *Oh ! Hippie days !* Paris, Fayard, 2001.

127. DOUKI Caroline, in *Police et migrants*, textes réunis par Marie-Claude BLANC-CHALÉARD, Caroline DOUKI, Nicole DYONET, Claire LÉVY-VREYLANT et Vincent MILLIOT, Rennes, PUR, 2001.

128. DREYFUS Hubert L., *On the Internet*, New York, Routledge, 2001.

129. DU GAY Hall S., JANES L., MACKAY H. ; NEGUS K., *Doing Cultural Studies. The Story of Sony Walkman*, Londres, Sage, 1997.

130. DUMÉZIL Georges, *Mythes et dieux des Germains*, Paris, E. Leroux, 1939.

131. DUMONT Louis, *Essai sur l'individualisme : une*

perspective anthropologique sur l'idéologie moderne, Paris, Le Seuil, 1983.

132. DUROSELLE Jean-Baptiste, *L'Europe, histoire de ses peuples*, Perrin et Bertelsmann, 1990.

133. DUVEYRIER Henri, *Exploration du Sahara. Les Touareg du Nord*, Paris, Challamel aîné, 1864.

134. DVORNIK Francis, *Les Slaves. Histoire et civilisation de l'Antiquité aux débuts de l'époque contemporaine*, Paris, Le Seuil, 1970.

135. ECO Umberto, *De Superman au surhomme*, Paris, Grasset, 1993.

136. EDENSOR Tim, *Tourists at the Taj : Performance and Meaning at a Symbolic Site*, Londres, Routledge, 1998.

137. ELISSEEFF Danielle, *Histoire de la Chine*, Paris, Éd. du Rocher, 1997.

138. ENCYCLOPÉDIE, dirigée par Denis Diderot.

139. EMERSON Thomas E. et WALTHALL John A., éd., *Calumet et Fleur de lys : Archeology of Indian and French Contact in the Midcontinent*, Washington D. C., Smithsonian Institution Press, 1992.

140. EMPERAIRE José, *Les Nomades de la mer*, Paris, Gallimard, 1955.

141. EWIG Eugen, « Résidence et capitale pendant le haut Moyen Âge », *Revue historique*, 1963.

142. FALVY Zoltan, *Mediterranean Culture and Troubadour music, Studies in Central and Eastern European Music*, 1, Budapest, Akademiai Kiado, 1986.

143. FASSIN Didier, « Peut-on étudier la santé des étrangers et des immigrés ? », *Plein Droit*, nº 38, 1998.

144. FERGUSON R. Brian et WHITEHEAD Neil L., éd., *War in the Tribal Zone : Expanding States and Indige-*

nous Warfare, Santa Fe (NM), School of American Research Press, 1992.

145. FIELDER Leslie A., *Le Retour du Peau-Rouge*, Paris, Le Seuil, 1971.

146. FLEURY Cynthia, *Dialoguer avec l'Orient*, Paris, PUF, 2003.

147. FRANK André Gunder, *ReOrient : Global Economy in the Asian Age*, Berkeley, University of California Press, 1998.

148. FRAZER James George, *Le Rameau d'or*, Laffont, Paris, 1981-1984.

149. FREUD Sigmund, *Interprétation des rêves*, Paris, PUF, 1971.

150. GAILLOT Michel, *Sur les Dolganes*, texte non publié.

151. GARANGER José, *La Préhistoire dans le monde*, ouvrage collectif, PUF, Paris, 1992.

152. GAUVARD Claude, *La France au Moyen Âge du Ve au XVe, Paris, PUF, 1997, 2e éd. corrigée.*

153. *GEREMEK Bronislaw, Les Marginaux parisiens aux XIVe et XVe siècles*, Paris, Flammarion, 1976.

154. GEREMEK Bronislaw, *Truands et misérables dans l'Europe moderne (1350-1600)*, Paris, Julliard, coll. « Archives », 1980.

155. GEREMEK Bronislaw, *La Potence et la pitié. L'Europe et les pauvres du Moyen Âge à nos jours*, Paris, Gallimard, 1987.

156. GERNET Louis et BOULANGER André, *Le Génie grec dans la religion*, Paris, Albin Michel, 1970.

157. GERNET Louis, *Anthropologie de la Grèce antique*, Paris, Flammarion, 1982 (chapitre sur la notion mythique de la valeur en Grèce).

158. GIBBON Edward, *Histoire du déclin et de la chute de l'Empire romain*, Paris, Laffont, 1983.

159. GIRARD René, *La Violence et le Sacré*, Paris, Grasset, 1972.

160. GOODY Jack, *L'Évolution de la famille et du mariage en Europe*, Paris, Armand Colin, 1985.

161. GRAVES Robert, *Les Mythes grecs*, Paris, Fayard, 1967.

162. GREEN Nicholas, *The Spectacle of Nature : Landscape and Bourgeois Culture in 19th Century France*, Manchester, Manchester University Press, 1990.

163. GREGORY Derek, « Scripting Egypt : Orientalism and the Cultures of Travel », in *Writes of Passage*, James Duncan et Derek Gregory, éd., Londres, Routledge, 1999.

164. GROTIUS, *Le Droit de la guerre et de la paix*, Paris, PUF, 1999.

165. GROUSSET René, *L'Empire des steppes : Attila, Gengis Khan, Tamerlan*, Paris, Payot, 1996, rééd.

166. GROUSSET René, *L'Épopée des Croisades*, Bruxelles, Marabout, coll. « Marabout Université », 1981, rééd.

167. GUICHARD Pierre, *Structures sociales « orientales » et « occidentales » dans l'Espagne musulmane*, Paris-La Haye, Mouton, 1977.

168. GUY Donna J. et SHERIDAN Thomas E., éd., *Contested Ground : Comparative Frontiers on the Northern and Southern Edges of the Spanish Empire*, Tucson, University of Arizona Press, 1998.

169. HAALAND Gunnar, « Economic Determinants in

Ethnic Processes », in *Ethnic Groups and Boundaries*, Fredrick Barth, éd., Boston, Little Brown, 1969.

170. HADDAD Gérard, *Maïmonide*, Paris, Les Belles-Lettres, 1998.

171. HAGÈGE Claude, *Le Souffle de la langue*, Paris, Odile Jacob, 1992.

172. HALL Thomas D., « Incorporation in the World-System : Towards a Critique », *American Sociological Review*, n° 51, pp. 390-402, juin 1986.

173. HALL Thomas D., « Crisis of Empire : Spanish », in *Encyclopedia of the North American Colonies*, vol. III, Jacob Ernest Cooke, éd., New York, Scribner's Sons, 1993.

174. HALL Thomas D., « World Systems and Evolution : an Appraisal », in *Leadership, Production and Exchange : World-Systems Theory in Practice*, P. Nick Kardulias, éd., Boulder (Col.), Rowman et Littlefield, 1999.

175. HANCOCK Ian F., *The Pariah Syndrome : an Account of Gypsy Slavery and Persecution*, Ann Arbor, Karoma, 1987.

176. HAOUR-KNIPE Mary et RECTOR Richard, *Crossing Borders : Migration, Ethnicity and AIDS*, Londres, Taylor and Francis, 1996.

177. HARDT Michael, « The Withering Civil Society » in Eleanor KAUFMAN et K. J. HELLER, éd., *Deleuze and Guattari : New Mapping in Politics, Philosophy and Culture*, Minneapolis, University of Minnesota Press, 1998.

178. HARDT Michael et NEGRI Antonio, *Empire*, Paris, Exils, 2000.

179. HAYOUN Maurice-Ruben et DE LIBERA Alain, *Averroès et l'averroïsme*, Paris, PUF, 1991.

180. HATZFELD Jean, *Une saison de machettes*, Paris, Le Seuil, 2003.

181. HAZARD Paul, *La Crise de la conscience européenne, 1680-1715*, Paris, Fayard, 1961.

182. HEERS Jacques, *Le Clan familial au Moyen Âge : études sur les structures politiques et sociales des milieux urbains*, Paris, PUF, 1974.

183. HÉRODOTE, *Histoires*, Paris, Le Livre de Poche, 1987.

184. HERTOGHS Jan, « The Drifters Express : 4000 km. through the Hobo Jungle », *Humo*, 2 mars 2002.

185. HIMANEN Pekka, *L'Éthique hacker et l'esprit de l'ère de l'information*, Paris, Exils, 2001.

186. HOBBES, *Léviathan*, Paris, Gallimard, coll. « Folio Essais », 2000.

187. HOMÈRE, *L'Odyssée*, Paris, Les Belles-Lettres, 1987-1992.

188. HOURANI Albert, *Histoire des peuples arabes*, Paris, Le Seuil, 1993.

189. HUBAC Pierre, *Les Nomades*, Paris, Marcel Daubin, 1948.

190. JACOB Pascal, *La Fabuleuse Histoire du cirque*, Paris, Éd. du Chêne, 2002.

191. JEAULIN Robert, *La Paix blanche*, Paris, Le Seuil, 1970.

192. JEANMAIRE Henri, *Dionysos. Histoire du culte de Bacchus*, Paris, Payot, 1970.

193. JELINEK Jan, *Sociétés de chasseurs. Ces hommes qui vivent de la nature sauvage*, Gründ, 1989.

194. JENKS Chris, éd., *Visual Culture*, Londres, Routledge, 1995.

195. KAFKA Franz, *Le Château* (1926), Paris, Gallimard, Folio, 1996.

196. KAPLAN Caren, *Questions of Travel : Postmodern discourses of Deplacement*, Durham (Car. du Nord), Duke University Press, 1996.

197. KAVANAUGH Thomas W., *Comanche Political History : an Ethnohistorical Perspective, 1706-1875*, Lincoln, University of Nebraska Press, 1996.

198. KAZANSKI Michel, « Les grandes migrations et les royaumes barbares », in *Les Européens*, ouvrage collectif sous la direction d'Hélène Ahrweiler et Maurice Aymard, Paris, Hermann-Unesco, 2000.

199. KEITH Shirley, « Les héritiers de Géronimo », *La Recherche*.

200. KENNEDY Paul, *Naissance et déclin des grandes puissances*, Paris, Payot, 1991.

201. KEROUAC Jack, *Sur la route,* Paris, Gallimard, 1997.

202. KHALDUN Ibn, *Histoire des Berbères et des dynasties musulmanes*, Paris, Paul Geutner, 1968.

203. KHAZANOV Anatoly M., *Nomads and the Outside World*, Cambridge (1983), Madison, 1994, 2ᵉ éd.

204. KHAZANOV Anatoly et BAR-YOSEF Ofer, éd. : *Pastoralism in the Levant : Archeological Materials in Anthropological Perspective*, monographie nº 10, Madison (Wn), Prehistory Press.

205. KIPLING (Rudyard), *Œuvres*, Paris, Gallimard, coll. « La Pléiade », 2001.

206. KI ZERBO Joseph, *Histoire générale de l'Afrique*, t. IV, Paris, Unesco, 1991.

207. KLEIN Phillip, *A History of Pennsylvania*, New York, McGraw-Hill, 1973.

208. KLOSSOWSKI, *Le Bain de Diane*, Paris, J.-J. Pauvert, 1980.

209. KNIGHTON Tess et FALLOWS David, éd., *Companion to Medieval and Renaissance Music*, New York, Schirmer Books, 1992.

210. KOLETZKO Berthold Pr., Hôpital des Enfants du Dr von Hauner, université de Munich, texte privé.

211. KOUCHOUKOS Nicholas, *Landscape and Social Change in Late Prehistoric Mesopotamia*, Ph. D. du département d'anthropologie à l'université Yale.

212. LACARRIÈRE Jacques, *Au cœur des mythologies, en suivant les dieux*, Paris, Gallimard, 2002.

213. LA LONE Darrell, *Semiperipheral Development in the Andean World-System*, conférence à l'American Sociological Association, Chicago, août 1999.

214. LAMAISON Pierre (dir.), *Généalogie de l'Europe*, Atlas/Hachette, Paris, 1994.

215. LAMING-EMPERAIRE A., *Le Problème des origines américaines*, Lille, PUL, 1980.

216. LATTIMORE Owen, « Inner Asian Frontiers : Defensive Empires and Conquest Empires », in *Studies in Frontier History : Collected Papers*, 1928-1958, Londres, Oxford University Press, 1962.

217. LATTIMORE Owen, « La civilisation, mère de barbarie ? », *Annales ESC*, n° 17-1, janvier-février 1962.

218. LEBEDYNSKY Iaroslav, *Les Sarmates. Amazones et lanciers cuirassés entre Oural et Danube, VII⁵ siècle av. J.-C. – VI⁵ siècle apr. J.-C.*, Errance, 2002.

219. LE BRIS Michel et SERNA Virginie (dir.), *Pirates et*

flibustiers des Caraïbes, Centre culturel de l'Abbaye de Daoulas, Hoëbeke, 2001.

220. LE GOFF Jacques, *Les Intellectuels au Moyen Âge*, Paris, Le Seuil, « coll. « Points/Histoire », 1985.

221. LE GOFF Jacques et SCHMIT Jean-Claude, *Dictionnaire raisonné de l'Occident médiéval*, Paris, Fayard, 1999.

222. LE GOFF Jacques, *La Civilisation de l'Occident médiéval*, Paris, Arthaud, 1969.

223. LEROI-GOURHAN André, *Les Chasseurs de la préhistoire*, Paris, A.-M. Métaillé, 1983.

224. LEROI-GOURHAN André, *Le Geste et la Parole*, Paris, Albin Michel, 1965.

225. LESTOCQUOY Jean, « Le paysage urbain en Gaule du Ve au IXe siècle », *Annales*, 1953.

226. LÉVI-PROVENÇAL Évariste, *La Civilisation arabe en Espagne, vue générale*, Paris, Maisonneuve et Larose, 1948.

227. LÉVI-STRAUSS Claude, *Anthropologie structurale*, Paris, Plon, 1974.

228. LEWIS Bernard, *Sémites et antisémites*, Paris, Fayard, 1987.

229. LEWIS Bernard, *L'Islam*, Paris, Payot/Rivages, 2003, 2e éd.

230. LI PO, *Sur notre terre exilé*, Paris, La Différence, 1990.

231. LITTRÉ Émile, *Dictionnaire de la langue française*, 1877.

232. LOMBARD Maurice, *L'Islam dans sa première grandeur*, Paris, Flammarion, coll. « Champs », 1971.

233. LONDON Jack, *Les Vagabonds du rail*, Paris, Hachette, 1931.

234. LUMLEY Henry de, *L'Homme premier : préhistoire, évolution, culture*, Paris, Odile Jacob, 1998.

235. LUTTWAK Edward N., *La Grande Stratégie de l'Empire romain*, Paris, Économica, 1987.

236. MAILLART Ella, *Des monts Célestes aux Sables rouges* (1943), Paris, Payot, 1990.

237. MAKIMOTO T. et MANNERS D., *Digital Nomad*, Chichester, John Wiley, 1997.

238. MALINOWSKI Bronislaw, *Les Argonautes du Pacifique occidental*, Paris, Payot, 1930.

239. MANN Michael, *The Sources of Social Power : a History of Power from the Beginning to A. D. 1760*, vol. I, Cambridge, Cambridge University Press, 1986.

240. MANTRAN Robert (dir.), *Histoire de l'Empire ottoman*, Paris, Fayard, 2003.

241. MARÇAIS Georges, *L'Islamisme et la vie urbaine*, CR Académie des inscriptions et belles-lettres, 1928.

242. MARÇAIS Georges, « Comment l'Afrique du Nord a été arabisée : l'arabisation des villes », *Annales de l'Institut d'études orientales d'Alger*, Alger, tome I, 1938.

243. MARILLIER Bernard, *Les Vikings*, Puiseaux, Pardès, 2001.

244. MARTONNE Emmanuel de, *La Vie pastorale et la transhumance dans les Carpates méridionales*, Paris, 1904.

245. MARX Karl, *Discours sur la question du libre-échange*, Paris, Gallimard, La Pléiade, t. 1.

246. MARX Karl, *Introduction à la critique de l'économie politique*, Paris, Gallimard, La Pléiade, t. 1.

247. MARX Roland, *Histoire de l'Angleterre*, Paris, Fayard, 1998.

248. MATHERS Michael, *Riding the Rails*, Boston, Gambit, 1973.

249. MATTINGLY D. J., « War and Peace in Roman North Africa : Observations and Models of State-Tribe Interaction », in *War in the Tribal Zone*, 1992, pp. 31-60.

250. MAUSS Marcel, « Essai sur le don, forme et raison de l'échange dans les sociétés archaïques », in *Sociologie et anthropologie*, Paris, PUF, 1950.

251. MAUSS Marcel, *Œuvres*, Paris, Éd. de Minuit, 3 vol., 1969.

252. MÉNÉTRIER Jacques, *Origines de l'Occident : nomades et sédentaires*, Paris, Weber, 1972.

253. MERCIER Louis-Sébastien, *Tableau de Paris* (1788), Paris, Mercure de France, 1994.

254. MEUNIER J., *Peuples nomades et tribaux et syndicats*, Internationale des services publics, 1996.

255. MICHEL Franck, *En route pour l'Asie. Le rêve oriental chez les colonisateurs, les aventuriers et les touristes occidentaux*, Strasbourg, Histoire et Anthropologie, 1995.

256. MISRAKI Jacqueline, « Criminalité et pauvreté à l'époque de la guerre de Cent Ans en France », in *Études sur l'histoire de la pauvreté*.

257. MOKHTAR G., *Histoire générale de l'Afrique*, Paris, Présence africaine, 8 vol., Edicef, Unesco, 1986.

258. MOLLAT Michel (dir.), *Études sur l'histoire de la pauvreté*, tome II, Paris, Publications de la Sorbonne, 1974.

259. Monod Théodore, *L'Émeraude des Garamantes*, Paris, L'Harmattan, 1984.

260. Montaigne, *Essais*, Paris, Gallimard, coll. « La Pléiade », 1968.

261. Monteil Vincent, *Lawrence d'Arabie, le lévrier fatal*, Paris, Hachette, 1989.

262. Montesquieu, *Lettres Persanes* (1721), Paris, Flammarion, 1992.

263. More Thomas, *Utopie* (1516), Paris, Hachette, 1972.

264. Morin Michel, *L'Usurpation de la souveraineté autochtone*, Montréal, Boréal, 1997.

265. Morris M., « At Henry Parkes Motel », *Cultural Studies*, n° 2, 1988, pp. 1-47.

266. Morrison Jim, *Wilderness*, Paris, Christian Bourgois, 1992.

267. Morrison J. et Crosland B., « The trafficking and smuggling of refugees : the end game in european asylum policy », Genève, *UNHCR*, juillet 2000.

268. *Nature* (revue), avril 2003.

269. Nestor, *Chronique des Temps anciens*, Paris, E. Leroux, 1884.

270. Noin Daniel, *Atlas de la population mondiale*, Paris, Reclus-La Documentation française, 1996, 2ᵉ éd.

271. Noin Daniel, *Géographie de la population*, Paris, Armand Colin (plusieurs éditions).

272. Nordman Daniel, « Le "nomadisme", ou nomadisme d'un mot ou d'un concept », in *Le Nomade, l'oasis, la ville*, Actes du colloque tenu à Tours en 1989.

273. NOUVEL Suzanne, *Nomades et sédentaires au Maroc*, Paris, Larose, 1919.

274. NUMELIN Ragnar, *Les Migrations humaines. Étude de l'esprit migratoire*, Paris, Payot, 1939.

275. ONG A. et NONINI D., éd., *Ungrounded Empires*, Londres, Routledge, 1997.

276. OURY Jean-Marc, *Économie politique de la vigilance*, Paris, Calmann-Lévy, 1983.

277. OURY Jean-Marc, « Pour une économie relativiste », in séminaire « Vie des affaires », *Journal de l'École de Paris du management*, n° 11, mai-juin 1998.

278. PARKER Ian, « The performance of troubadour and trouvère songs : some facts and conjectures », *Early Music*, n° 5.2, avril 1977, pp. 185-207.

279. PASCAL, *Les Pensées*, Paris, Gallimard, coll. « La Pléiade », 2002.

280. PERNAUD-ORLIAC Jacques, *Petit guide de la préhistoire*, Paris, Le Seuil, 1997.

281. PHILIBERT Denise, *Préhistoire et archéologie aujourd'hui*, Paris, Picard, 2000.

282. PIRENNE Henri, *Les Villes du Moyen Âge, Essai d'histoire économique et sociale*, Bruxelles, Lamertin, 1927.

283. PIRENNE Henri, *Mahomet et Charlemagne*, Paris, Alcan, 1937.

284. PLANHOL Xavier de, *De la plaine pamphylienne aux lacs pisidiens. Nomadisme et vie paysanne*, Paris, 1958.

285. PLUMET Patrick, « Amérique du Nord, premiers habitants », in *Dictionnaire de la préhistoire*, Paris, Albin Michel, 1999.

286. POLO Marco, *Livre des merveilles*, Paris, La Découverte, 1998.

287. POSTGATE John Nicholas, *Early Mesopotamia : Society and Economy at the Dawn of History*, Londres, Routledge, 1992.

288. PRATO P. et TRIVERO G., « The spectacle of travel », *The Australian Journal of Cultural Studies*, n° 3, 1985.

289. PRÉVOST-PARADOL Lucien, *La France nouvelle*, Paris, Lévy-frères, 1868.

290. PUTNAM Robert, *Bowling Alone : the Collapse and Revival of American Community*, New York, Simon and Schuster, 2000.

291. QOTB AL, *The Science of Mystics Lights*, Harvard University Press, Cambridge (Mass.), 1992.

292. RHABI Pierre, *Du Sahara aux Cévennes, ou la reconquête du songe*, Paris, Albin Michel, 1995.

293. RACINE Pierre, « Une migration au temps des croisades », in *Migrations et diasporas*.

294. RADKOWSKI Georges-Hubert de, « Le crépuscule des sédentaires », *Janus*, Paris, 1967.

295. RAMMELKAMP Charles, « Sing a song of heroes, the chanson of geste », *Renaissance Magazine* 3 n° 2.10, 1998 : 4.

296. RAMONET Ignacio, *Le Monde diplomatique*, août 2003.

297. RATZEL Friedrich, *Anthropogéographie*, Stuttgart, Engelhorn, 1909, 2ᵉ éd.

298. RAYMOND Eric S., *The New Hacker's Dictionary*, MIT Press, 1993.

299. REECE Steve, *The Stranger's Welcome : Oral Theory and the Aesthetics of the Homeric*

Hospitality Scene, Ann Arbor, University of Michigan Press, 1993.

300. REYNIERS Alain, « Les causes des migrations tziganes », *Migrations, Société, Les mouvements de réfugiés*, Paris, CIEMI, vol. 14, septembre-octobre 2002, pp. 103-111.

301. RIMBAUD Arthur, *Œuvres. Des Ardennes au désert*, Paris, Presses Pocket, 1990.

302. RIFKIN Jeremy, *L'Âge de l'accès : la révolution de la nouvelle économie*, Paris, La Découverte, 2000.

303. ROBINS Kevin, *Into the Image : Culture and Politics in the Field of Vision*, Londres, Routledge, 1996.

304. ROCHE Daniel, *Humeurs vagabondes : de la circulation des hommes et de l'utilité des voyages*, Paris, Fayard, 2003.

305. ROTHEA Xavier, « Roms : parias de l'Europe », *Le Rire*, Marseille, nᵒ 47, novembre-décembre 2002.

306. ROUCHE Michel, *Clovis*, Paris, Fayard, 2002.

307. ROUSSEAU Jean-Jacques, *Les Confessions* (1782-1789), Paris, Gallimard, coll. « La Pléiade », 1960.

308. ROUX Jean-Paul, *Les Traditions des nomades de la Turquie méridionale*, Paris, Maisonneuve, 1970.

309. ROUX Jean-Paul, *L'Asie centrale, histoire et civilisations*, Paris, Fayard, 1997.

310. ROUX Jean-Paul, *Histoire de l'empire mongol*, Paris, Fayard, 1993.

311. ROUX Jean-Paul, *Histoire des Turcs*, Paris, Fayard, 2000, 2ᵉ éd.

312. ROY Olivier, *L'Asie centrale contemporaine*, Paris, PUF, 2001.

313. ROY Olivier, « Groupe de solidarité au Moyen-Orient », *Cahiers du CERI*, n° 16, 1996.

314. SAID Edward W., *Culture et impérialisme*, Paris, Fayard, 2000.

315. SAVIGNONI (dir.), « Situation du SIDA dans la population étrangère domiciliée en France », Paris, Institut de veille sanitaire, avril 1999.

316. SCHILTZ Véronique, *Les Scythes et les nomades des steppes*, Paris, Gallimard, 1994.

317. SCHILTZ Véronique, *Les Nomades antiques*, Paris, Citadelles-Mazenod, 1999.

318. SCHILTZ Véronique, *L'Or des Sarmates. Entre Asie et Europe, nomades des steppes de l'Antiquité*, catalogue de l'exposition de l'abbaye de Daoulas, 1995.

319. SCHIVELBUSCH Wolfgang, *Histoire des voyages en train*, Paris, Le Promeneur, 1990.

320. SELLIER André et Jean, *Atlas des peuples d'Europe centrale, d'Europe occidentale, d'Orient et d'Asie* (4 vol.), Paris, La Découverte, 2000.

321. SEMERANO Giovanni, *Le origini della cultura europea*, vol. I, t. I, Florence, Olschki, 1984.

322. SENNETT Richard, « The Spaces of Democracy », in *The Urban Moment : Cosmopolitan Essays on the Late 20th Century City*, Sophie Body-Gendrot et R. Beauregard, éd., London, Sage, 1999.

323. SERGENT Bernard, *Les Indo-Européens, histoire, langue, mythe*, Paris, Payot, 1995.

324. SERGENT Bernard, *Genèse de l'Inde*, Paris, Payot, Rivages, 1997.

325. SERVICE Elman Roger, *Origins of the State and Civilization : the Process of Cultural Evolution*, New York, Norton & Co., 1975.

326. SHERIDAN Thomas E., « The Limits of Power : the Political Ecology of the Spanish Empire in the Greatest Southwest », *Antiquity*, n° 66, 1992.

327. SIMA QIAN, *Mémoires historiques* (6 vol.), Paris, Adrien Maisonneuve, 1969.

328. SIMON Gildas, *Géodynamique des migrations internationales dans le monde*, Paris, PUF, 1995.

329. SNOW DEAN R., *The Iroquois*, New York, Blackwell, 1996.

330. SOCOLOW Susan Midgen, « Spanish Captives in Indian Societies : Cultural Contact along the Argentine Frontier, 1600-1835 », *Hispanic American Historical Review*, n° 72-1, février 1992.

331. SORRE Max, *Les Migrations des peuples. Essai sur la mobilité géographique*, Paris, Flammarion, 1955.

332. SOULCIE Thibaut, « Paris-Ménestreau Prods », *Hérodote*, 2001.

333. SPIELMAN Katherine A., *Farmers, Hunters and Colonists : Interaction between the Southwest and the Southern Plains*, Tucson, University of Arizona Press, 1991.

334. STEIN Gil J., *Rethinking World-Systems : Diasporas, Colonies and Interaction in Uruk Mesopotamia*, Tucson, University of Arizona Press, 1999.

335. STEINBECK John, *Les Raisins de la colère* (1939), Paris, Gallimard.

336. STENDHAL, *Mémoires d'un touriste* (1838), Paris, F. Maspero-La Découverte, 1981.

337. STRABON, *Géographie*, Paris, Les Belles-Lettres, 1989.

338. STRAUSSFOGEL Debra, « System Perspectives on

World-Systems Theory », *Journal of Geography*, n° 92-2, mars-avril 1997.

339. STRAYER Joseph R., *The Albigensian Crusades*, New York, Dial Press, 1971.

340. STURDY D., *Some Reindeer Economics in Prehistoric Europe*, Cambridge, Cambridge University Press, 1975.

341. SUN-TZU, *L'Art de la guerre*, Paris, Flammarion, 1972.

342. SWIFT Anthony et PERRY Ann, *Paroles de nomades*, Paris, Éd. Autrement, 2002.

343. TAINTER Joseph A., *The Collapse of Complex Societies*, Cambridge, Cambridge University Press, 1988.

344. TAINTER Joseph A., « Post-Collapse Societies », in *Companion Encyclopedia of Archeology*, Graeme Barker, éd., Londres, Routledge, 1999.

345. TAYLOR J., *A Dream of England*, Manchester, Manchester University Press, 1994.

346. TAYLOR Nelson, « The Fate of the Modern-Day Hobo », *Bikini*, 1998.

347. THESIGER Wilfred, *Les Arabes des déserts*, Paris, Plon, 1959.

348. THÉVENET Jacqueline, *Les Mongols de Gengis Khan et d'aujourd'hui*, Paris, Armand Colin, 1986.

349. TOCQUEVILLE Alexis de, *La Démocratie en Amérique*, Paris, Garnier-Flammarion, 1981.

350. TOLAN John, *Les Sarrasins*, Paris, Aubier, 2003.

351. URBAIN Jean-Didier, *Paradis verts. Désirs de campagne et passions résidentielles*, Paris, Payot, 2002.

352. URBAIN Jean-Didier, *Secrets de voyages. Menteurs, imposteurs et autres voyageurs invisibles*, Paris, Payot/Rivages, 1998.

353. URBAIN Jean-Didier, *L'Idiot du voyage*, Paris, Payot, 1993.

354. URRY John, *Sociology beyond Societies : Mobilities for the 21th Century*, Londres, Routledge, 2000.

355. URRY John, « Mobility and Proximity », texte non publié, Lancaster University, dépt. de sociologie.

356. URRY John, *The Tourist Gaze*, Londres, Sage, 1990.

357. URRY John et ROJEK Chris, éd., *Touring Cultures : Transformations of Travel and Theory*, Londres, Routledge, 1997.

358. URRY John et SHELLER M., « The City and the Car », *International Journal of Urban and Regional Research*, vol. 24 (4), pp. 737-757.

359. URVOY Dominique, *Averroès, les ambitions d'un intellectuel musulman*, Paris, Flammarion, coll. « Champs », 1998.

360. VAN DER WERF Hendrik, *The Chansons of Troubadours and Trouvères : a Study of the Melodies and their Relations to the Poems*, Utrecht, Oosthoek, 1972.

361. VAN STEENBERGHEN Fernand, *Le Thomisme*, Paris, PUF, 1983.

362. VASSAL Jacques, *Folk-Song : racines et branches de la musique folk aux États-Unis*, Paris, Albin Michel, 1977.

363. VERNANT Jean-Pierre, *L'Individu, la mort, l'amour, soi-même et l'autre en Grèce ancienne*, Paris, Gallimard, 1983.

364. VIALOU Denis, *Chasseurs et artistes. Au cœur de la préhistoire*, Paris, Gallimard, 1996.

365. VICTOR Paul-Émile, *Eskimo*, Paris, Stock, 1988.

366. VIRILIO Paul, *La Bombe informatique*, Paris, Galilée, 1998.

367. VOLTAIRE, *Œuvres*, Paris, Gallimard, coll. « La Pléiade », 1964.

368. VON GEIRT, « Red Power », *Planète*, Paris.

369. VOVELLE Michel, « De la mendicité au brigandage », *Les Errants en Beauce pendant la Révolution*, Actes du 86e congrès national des sociétés savantes, Montpellier 1961.

370. VOVELLE Michel, *La Mentalité révolutionnaire*, Éditions sociales, 1989.

371. WALLERSTEIN Immanuel, *The Modern World-System : Capitalism Agriculture and the Origins of European World-Economy in the Sixteenth Century*, New York, Academic Press, 1974.

372. WALTER Xavier, *Avant les grandes découvertes : une image de la Terre*, Paris, Alban, 1997.

373. WATZMAN Haïm, « Archaeology vs. The Bible », *Chronicle of Higher Education*, 46 : 20 (janvier 21) : A19-A20.

374. WAUGH Daniel, *History 225*, conférence à l'Université de Washington, Seattle, 14 janvier 2001.

375. WEBER Max, *La Ville*, Paris, Aubier-Montaigne, 1982.

376. WEISS H., COURTY M. A., WETTERSTRON W., GUICHARD F., SENIOR L. et CURNOW A., « The Genesis and Collapse of Third Millennium North Mesopotamian Civilization », *Science*, n° 261, août 1993.

377. WENIGER Gerd Christian, « The Magdalenian in Western Central Europe. Settlement Pattern and Regionality », *Journal of World Prehistory*, vol. 3 n° 3.

378. WESSELING Henri, *Le Partage de l'Afrique. 1880-1914*, Paris, Denoël, 1996.

379. WHEELER Michael, éd., *Ruskin and the Environment*, Manchester, Manchester University Press, 1995.

380. WHIGHAM Peter, éd., *The Music of Troubadours*, vol. 1, Santa Barbara, Ross-Erkson Publishers, 1979.

381. WHITMAN Walt, *Leaves of grass*, New York, O. K. Kurmings, 1991.

382. WHITTAKER Charles Richard, *Frontiers of the Roman Empire : a Social and Economic Study*, Baltimore, Johns Hopkins University Press, 1994.

383. WIHTOL DE WENDEN Catherine, *Faut-il ouvrir les frontières ?*, Paris, Presses de Sciences-Po, 1999.

384. WILKINS Nigel, *The Lyric Art of Medieval France*, Fulbourn, New Press, 1989, 2e éd.

385. WILLIAMS R., « Ideas of Nature », in J. Benthall, éd., *Ecology : the Shaping Enquiry*, Londres, Longman, 1972.

386. WOLFF J., « On the road again : metaphors of travel in cultural criticism », *Cultural Studies*, n° 7, 1993, pp. 224-239.

387. WRIGGINGS Sally Hovey, *Xuanzang : a Buddhist Pilgrim on the Silk Road*, Boulder, Westview Press Inc., 1996.

388. WRIGHT Arthur F., *Buddhism in Chinese History*, Stanford, Stanford University Press, 1970.

389. WRIGHT Rita, « Comments », in G. Algaze, *The Uruk Expansion, Cross-Cultural Exchange in Early Mesopotamian Civilization, Current Anthropology*, n° 30, 1989, pp. 599-600.

390. YAL Bérengère et DUBOIS Philippe, *Les Structures d'habitat au paléolithique en France*, Montagnac, Monique Mergoil, 1999.

391. YOFFEE Norman et COWGILL George L., éd., *The Collapse of Ancient States and Civilizations*, Tucson, University of Arizona Press, 1991.

392. YOVEL Jeremiahouh, *Spinoza and Other Heretics*, Princeton University Press, 1989.

393. ZAREMSKA Hanna, *Les Bannis au Moyen Âge*, Paris, Aubier, 1996.

394. ZETTLER Richard L., « Written Documents as Excavated Artefacts and the Holistic Interpretation of the Mesopotamian Archeological Record », in *The Study of the Ancient Near East in the 21st Century*, Jerrold S. Cooper et Glenn M. Schwartz, Winona Lake (Ind.), Eisenbrauns, 1996.

395. *Grand Atlas de l'Histoire mondiale*, Paris, Albin Michel-Universalis, 1981.

396. LA BIBLE.

397. LE CORAN.

398. LES ÉVANGILES.

SITES INTERNET

399. Africa on Web
400. Creanet
401. Encarta
402. Hérodote.net

403. « In Search of the Hobo » http://www.xroads.virginia. edu/MAO1/white/hobo/thecity.html (14 mars 2002).
404. Yahoo encyclopédie
405. *Courrier International*
406. Health Unlimited.org

INDEX DES NOMS DE PERSONNES*, DE PEUPLES, DE TRIBUS, DE DYNASTIES ET DE GROUPES DIVERS

* En italiques.

REMERCIEMENTS

Claude Durand, Denis Maraval et René Cleitman ont relu des versions préliminaires de ce texte. Jeanne Auzenet a complété et vérifié la bibliographie. Josseline Rivière a effectué les recherches iconographiques. Murielle Clairet, Betty Rogès, Colette Ledannois ont assuré la frappe d'innombrables versions successives de ce texte. Qu'ils soient tous remerciés.

Table

Table 533

Table 535

Table 537

Table 539

Du même auteur :

Essais :

Analyse économique de la vie politique, PUF, 1973.
Modèles politiques, PUF, 1974.
L'Anti-économique (avec Marc Guillaume), PUF, 1975.
La Parole et l'Outil, PUF, 1976.
Bruits, PUF, 1977, nouvelle édition Fayard, 2001.
La Nouvelle Économie française, Flammarion, 1978.
L'Ordre cannibale, Grasset, 1979.
Les Trois Mondes, Fayard, 1981.
Histoires du Temps, Fayard, 1982.
La Figure de Fraser, Fayard, 1984.
Au propre et au figuré, Fayard, 1988.
Lignes d'horizon, Fayard, 1990.
1492, Fayard, 1991.
Économie de l'Apocalypse, Fayard, 1994.
Chemins de sagesse : traité du labyrinthe, Fayard, 1996.
Mémoires de sabliers, Éditions de l'Amateur, 1997.
Dictionnaire du XXIᵉ siècle, Fayard, 1998.
Fraternités, Fayard, 1999.
Les Juifs, le Monde et l'Argent, Fayard, 2002.

Romans :

La Vie éternelle, roman, Fayard, 1989.
Le Premier Jour après moi, Fayard, 1990.
Il viendra, Fayard, 1994.
Au-delà de nulle part, Fayard, 1997.
La Femme du menteur, Fayard, 1999.
Nouv'Elles, Fayard, 2002.

Biographies :

Siegmund Warburg, un homme d'influence, Fayard, 1985.
Blaise Pascal ou le génie français, Fayard, 2000.

Théâtre :

Les Portes du Ciel, Fayard, 1999.

Contes pour enfants :

Manuel, l'enfant-rêve (ill. par Philippe Druillet), Stock, 1995.

Mémoires :

Verbatim I, Fayard, 1993.
Europe(s), Fayard, 1994.
Verbatim II, Fayard, 1995.
Verbatim III, Fayard, 1995.

Composition réalisée par IGS-CP

Imprimé en France sur Presse Offset par

BRODARD & TAUPIN

GROUPE CPI

La Flèche (Sarthe).
N° d'imprimeur : 29647 – Dépôt légal Éditeur : 56314-04/2005
Édition 01
LIBRAIRIE GÉNÉRALE FRANÇAISE – 31, rue de Fleurus – 75278 Paris cedex 06.
ISBN : 2 - 253 - 10894 - 4